노예 12년

노예 12년

솔로몬 노섭 지음 | 원은주 옮김

더클래식

| 차례 |

편집자 서문 12

제1장 17

서두-조상-노섭 가문-탄생과 부모-민투스 노섭-앤 햄프턴과의 결혼-올바른 결심-샘플레인 운하-캐나다로 떠난 뗏목 여행-농사일-바이올린-요리-사라토가로 이사-파커와 페리-노예들-그리고 노예 제도-아이들-슬픔의 서막

제2장 27

두 명의 이방인-서커스단-사라토가를 떠나다-복화술과 마술-뉴욕으로의 여행-자유인 증명 서류-브라운과 해밀턴-서커스단에 도착하려 서두르다-워싱턴에 도착-해리슨의 장례식-갑작스러운 병-고통스러운 갈증-멀어지는 빛-의식 불명-사슬과 암흑

제3장 38

고통스러운 상념-제임스 H. 버치-워싱턴의 윌리엄스 노예 수용소-래드번이란 하인-자유인임을 주장하는 나-노예상의 분노-패들과 아홉 꼬리 고양이-채찍질-새 친구들-레이, 윌리엄스, 그리고 랜들-수용소에 도착한 어린 에밀리와 아이의 어머니-애끓는 모정-엘리자의 이야기

제4장 53

슬픔에 잠긴 엘리자-출항할 준비-워싱턴의 길거리로 끌려 나가는 노예들-컬럼비아 국회의사당-워싱턴의 무덤-클레먼스 레이-증기선 위에서의 아침 식사-행복한 새들-아퀴아 크리크-프레더릭스버그-리치몬드에 도착-구딘과 그의 노예 수용소-신시내티 출신의 로버트-데이비드와 그의 아내-메리와 리시-워싱턴으로 돌아가는 클레먼스-이후에 캐나다로 탈출한 클레먼스-올리언스 호-제임스 H. 버치

제5장 64

노포크에 도착-프레더릭과 마리아-자유인 아서-승무원으로 임명되다-짐, 쿠피, 그리고 제니-폭풍-바하마 뱅크-가라앉은 폭풍-음모-보트-천연두-로버트의 죽음-선원 매닝-선실-편지-뉴올리언스에 도착-자유를 되찾은 아서-인수인 티오필러스 프리먼-플랫-뉴올리언스 노예 수용소에서 보낸 첫날 밤

제6장 77

프리먼의 사업-세수와 옷-쇼룸에서의 연습-춤-바이올린 연주자 밥-도착한 고객들-노예 검사-뉴올리언스의 노신사-팔려 간 데이비드와 캐롤라인, 리시-헤어지게 된 랜들과 엘리자-천연두-병원-회복, 그리고 프리먼의 노예 수용소로 돌아오다-엘리자와 해리, 플랫의 구매자-어린 에밀리와 헤어지는 엘리자의 고통

제7장 90

증기선 로돌프 호-뉴올리언스 출발-윌리엄 포드-레드 강의 알렉산드리아에 도착-결단-그레이트 파인 우즈-야생 소 떼-마틴의 여름 주거지-텍사스로-포드 씨 댁 도착-로즈-포드 마님-샐리와 그녀의 아이들-요리사 존-월터, 샘, 그리고 앤서니-인디언 크리크의 제재소-안식일-샘의 개종-친절함에 따르는 이익-뗏목-자그마한 백인 남자 애덤 테이덤-카스칼라와 그의 부족-인디언 무도회-존 티비츠-다가오는 폭풍

제8장 105

곤란한 처지가 된 포드-티비츠에게 팔리다-담보물-바이유 뵈프에 있는 포드 마님의 농장-바이유 뵈프에 대한 설명-포드의 처남 피터 태너-엘리자와 만나다-여전히 아이들을 잃은 슬픔에 빠져 있는 엘리자-포드의 감독관 채핀-티비츠의 학대-못 통-티비츠와의 첫 번째 싸움-티비츠의 질책-나를 목매달려는 티비츠-채핀의 개입과 연설-불행한 생각들-도망가는 티비츠와 쿡, 램지-로슨과 갈색 노새-파인 우즈에 보내는 전갈

제9장 119

뜨거운 태양-아직 묶인 몸-살갗을 파고드는 밧줄-채핀의 불안-레이첼과 그녀가 가져다준 물 한 잔-커지는 고통-노예의 행복-포드가 도착하다-내 몸을 묶은 밧줄을 잘라 내고 내 목에 걸린 올가미를 벗겨 주다-절망-엘리자의 오두막에 모여든 노예들-노예들의 친절함-레이첼이 그날의 사건을 이야기하다-로슨이 노새를 타고 다녀온 이야기를 자랑하다-티비츠가 돌아올까 봐 걱정하는 채핀-피터 태너에게 고용되다-성서를 자세히 설명해 주는 피터-형틀에 대한 설명

제10장 132

티비츠에게 돌아가다-어떻게 해도 만족시킬 수 없는 티비츠-손도끼를 들고 나를 공격하는 티비츠-도끼를 피하려 몸부림치는 나-그를 죽이고 싶은 유혹-농장을 가로질러 탈출을 감행-울타리에서 내려다본 풍경-티비츠와 하운드 개들의 추격-내 뒤를 밟다-개 떼의 요란한 울음소리-하마터면 잡힐 뻔하다-강가에 도달하다-흔적을 놓친 하운드 개들-뱀 떼와 악어 떼-광활한 파쿠드리 늪에서의 하룻밤-생명의 소리-북서쪽 길-파인 우즈-노예와 젊은 주인-포드 댁에 도착-음식과 휴식

제11장 147

여주인의 정원-선홍빛과 황금빛의 과일-오렌지나무와 석류나무-바이유 뵈프로 돌아가다-돌아가는 길에 포드 주인님이 하신 말-티비츠와의 만남-추격에 대한 그의 이야기-포드가 그의 포악함을 비난하다-농장에 도착-나를 보고 놀라는 노예들-예고된 매질-켄터키 존-농장주 엘드렛 씨-엘드렛의 샘-큰수수덤불숲과 서튼 밭-나무숲-각다귀와 모기떼-큰수수덤불숲에 도착한 흑인 여자들-여자 벌목꾼-갑자기 나타난 티비츠-그의 짜증 나는 태도-바이유 뵈프를 방문하다-노예 통행 허가증-남부의 관습-엘리자의 마지막-에드윈 엡스에게 팔리다

제12장 163

엡스의 외모-엡스, 술 취했을 때와 제정신일 때-그의 과거사-목화 경작-밭 갈기-심기-괭이질과 맨손으로 목화 따기-목화 따는 사람들의 차이점-놀라운 팻시-능력에 따른 임무-목화밭의 아름다움-노예의 노동-조면 공장에 가는 두려움-무게 달기-허드렛일-오두막 생활-옥수수 제분소-조롱박 사용법-늦잠에 대한 두려움-지속적인 두려움-옥수수 재배법-고구마-비옥한 땅-돼지 살찌우기-베이컨-소 기르기-원예 작물-꽃과 초목

제13장 176

신기한 도끼자루-다가오는 질병의 징조들-지속적인 쇠락-헛된 채찍질-오두막에 감금-와인스 박사의 방문-예술-부분적인 회복-목화 따기 실패-엡스의 농장에서 울려 퍼지는 소리들-채찍질의 등급-채찍질하는 엡스-춤추는 엡스-춤에 대한 설명-휴식도 없이 강행해야 하는 노동-엡스의 성격-짐 번스-허프파워에서 바이우 뵈프로 이사-에이브럼 아저씨, 윌리, 피비 아줌마, 밥, 헨리, 에드워드, 팻시 각각의 족보에 대한 설명-그들의 과거사, 그리고 특징-질투와 욕망-희생자 팻시

제14장 190

병충해 피해를 입은 1845년 목화밭-일꾼이 필요한 세인트메리 교구-그리로 보내지다-행진의 순서-그랜드 고토-바이우 살르의 터너 판사에게 고용되다-그의 제당공장 몰이꾼으로 임명되다-일요일 수당-노예가 세간을 얻는 방법-센터빌의 야니 저택에서 열린 파티-행운-증기선 선장-나를 숨겨 달라는 부탁을 거절하는 선장-바이우 뵈프로 돌아오다-티비츠의 모습-슬픔에 잠긴 팻시-소란과 다툼-너구리와 주머니쥐 사냥하기-주머니쥐의 교활함-노예의 딱한 상황-어량에 대한 설명-나체즈에서 온 남자 살해당하다-마셜의 도전을 받은 엡스-노예 제도가 미치는 영향-자유에 대한 사랑

제15장 205

사탕수수 밭에서의 노동-사탕수수를 심는 방법-사탕수수를 캐는 방법-사탕수수 줄기-사탕수수 자르기-사탕수수 칼에 대한 설명-사탕수수 건초 더미-이듬해 농사 준비-바이우 뵈프에 있는 호킨스 제당공장에 대한 설명-크리스마스 휴일-노예 아이들의 축제 철-크리스마스 저녁 식사-제

일 좋아하는 색 빨강-바이올린과 바이올린이 주는 위안-크리스마스 댄스-요부 라이블리-샘 로버츠와 그의 경쟁자들-노예 영가-남부의 삶-1년에 사흘-결혼 제도-결혼 제도를 무시하는 에이브럼 아저씨

제16장 220

감감독관들-그들이 가지고 다니는 무기들-살인-마크스빌에서 벌어진 처형-노예 몰이꾼들-바이유 뵈프로 이사해 몰이꾼으로 임명되다-훈련이 완벽을 만든다-플랫의 목을 따려고 시도하는 엡스-그에게서 도망치다-주인마님의 보호를 받다-금지된 읽기와 쓰기-9년 동안의 노력 끝에 얻은 한 장의 종이-편지-비열한 백인 암스비-그에게 비밀을 일부 털어놓다-그의 배신-엡스의 의심-의심을 잠재우다-태워 버린 편지-바이유를 떠나는 암스비-실망과 절망

제17장 233

피비 아주머니와 에이브럼 아저씨의 조언을 무시하고 순찰대에 잡힌 와일리-순찰대 조직과 임무-도망치는 와일리-그를 찾기 위한 수색-예기치 못하게 돌아온 와일리-레드 강에서 붙잡혀 알렉산드리아 감옥에 수감되는 와일리-조지프 B. 로버츠가 구해 주다-탈출을 위해 개들을 길들이다-그레이트 파인 우즈의 탈주자들-애덤 테이덤과 인디언들에게 사로잡히다-개 떼에게 살해당한 오거스터스-엘드렛의 노예 여인 넬리-셀레스트의 이야기-구체적인 움직임-배신자 루 체니-폭동을 일으키자는 생각

제18장 247

무두장이 오닐-피비 아줌마가 엿들은 대화-무두질하는 엡스-칼에 찔린

에이브럼 아저씨-흉측한 상처-질투하는 엡스-사라진 팻시-쇼 씨 댁에서 돌아온 팻시-쇼 씨의 흑인 아내 해리엇-분노하는 엡스-엡스의 비난을 부인하는 팻시-발가벗긴 채 네 개의 말뚝에 묶이는 팻시-비인간적인 매질-매질을 당하는 팻시-한낮의 아름다움-소금물 양동이-핏덩이가 엉겨 뻣뻣해진 원피스-우울에 빠진 팻시-하느님과 영원에 대한 그녀의 생각-천국과 자유에 대한 생각-노예 제도의 결과-채찍질-엡스의 큰아들-"아이는 어른의 아버지다."

제19장 260

바이유 루지의 에이버리-특이한 주거지-새 집을 짓는 엡스-목수 배스-그의 숭고한 기질들-그의 외모와 괴벽-노예 제도에 대해 토론하는 배스와 엡스-엡스가 생각하는 배스-배스에게 말을 거는 나-우리의 대화-놀라는 배스-바이유 강둑에서 한밤중에 만나다-배스의 확답-노예 제도에 대한 전쟁을 선언하다-내 과거사를 밝히지 않은 이유-편지를 쓰는 배스-그가 파커 씨와 페리 씨에게 쓴 편지의 사본-불안과 긴장-실망-나를 위로하려 애쓰는 배스-그를 신뢰하는 나

제20장 276

약속을 충실히 지키는 배스-크리스마스이브에 도착한 배스-이야기를 나누기 어려움-오두막에서의 만남-도착하지 않은 편지-직접 북부로 가겠다고 선언하는 배스-크리스마스-엡스와 배스가 나눈 대화-바이유 뵈프의 미인, 젊은 여주인 맥코이-완벽한 정찬-음악과 춤-여주인의 참석-여주인의 뛰어난 미모-마지막 노예 춤-윌리엄 피어스-늦잠을 잔 나-마지막 채찍질-낙담-추운 아침-엡스의 위협-지나가는 마차-목화밭으로 다가오는 이방인들-바이유 뵈프에서의 마지막 시간

제21장 286

사라토가에 도착한 편지-앤에게 보내진 편지-헨리 B. 노섭에게 그 편지를 보여 주다-1840년 5월 14일에 통과된 법령-그 조항들-주지사에게 보낸 앤의 탄원서-탄원서에 첨부한 진술서들-슐레 상원 의원의 편지-주지사가 임명한 대리인 출발-마크스빌 도착-존 P. 와딜 판사-뉴욕 정치계에 대한 대화-그 대화가 행운으로 이어지다-배스와의 만남-밝혀진 비밀-법적 절차-마크스빌에서 바이유 뵈프로 출발하는 노섭과 보안관-오는 길에 준비한 증거물-엡스의 농장에 도착-면화 밭에서 일하는 노예들 발견-만남-작별

제22장 305

뉴올리언스 도착-지나치면서 본 프리먼-서기관 제누아-솔로몬에 대한 그의 설명-찰스턴 도착-세관원에게 제지를 당하다-리치몬드를 지나다-워싱턴 도착-체포되는 버치-셰클스와 손-이들의 증언-무죄 판결을 받는 버치-고소당하는 솔로몬-고소를 취하는 버치-상급 법정-워싱턴 출발-샌디힐 도착-오랜 친구들과 익숙한 풍경들-글랜즈 폴스-앤과 마거릿, 엘리자베스와의 만남-솔로몬 노섭 스탠턴-일화들-결말

에필로그 317

부록 A 321
부록 B 323
부록 C 334

작품 해설 336
작가 연보 341

편집자 서문

 편집자는 이 책의 출간을 준비하면서, 이 정도로 방대한 분량이 나올 거라고는 예상하지 못했다. 하지만 솔로몬이 이야기한 모든 사실을 싣기 위해 현재의 분량으로 늘리는 것은 불가피한 선택이었다.
 이 책에 실린 많은 이야기는 풍부한 증거가 뒷받침하고 있으며, 그렇지 않은 것들은 전적으로 솔로몬의 확신에만 의지한 것이다. 그는 편집자에게 진실만을 말하기로 엄격히 맹세했으며, 적어도 그의 진술에서 모순된 부분을 탐지할 기회가 있던 편집자에게는 흠잡을 데 없는 만족스러운 이야기였다. 솔로몬은 아무리 사소한 내용도 변함없이, 수없이 같은 이야기를 반복했고, 또한 원고를 신중히 숙독하며 아주 사소한 오류라도 꼼꼼히 잡아내고 수정했다.

노예 생활 동안 서너 명의 주인을 거쳤다는 점이 솔로몬에게는 행운이었다. '파인 우즈'에 머무는 동안 그가 받았던 대우는, 노예 소유주들 중 잔혹한 사람뿐만 아니라 인간적인 사람도 있음을 보여 준다. 솔로몬은 그중 일부는 감사의 마음을 담아 이야기했고, 또 일부는 신랄한 감정을 담아 이야기했다. 솔로몬이 '바이유 뵈프'에서 경험한 일화는 오늘날에도 그 지역에 존재하는 노예 제도의 빛과 그림자를 모두 보여 준다고 생각한다. 편집자의 유일한 목표는 모든 선입관이나 편견을 배제하고 솔로몬 노섭의 인생 이야기를 그의 입을 통해 들은 대로 알리는 것이다.

비록 문체와 표현에 여러 가지 오류가 있을 수 있겠지만, 편집자는 이 목적을 완수하는 데 성공했다고 믿는다.

1853년 5월, 뉴욕 화이트홀
데이비드 윌슨

IN HIS PLANTATION SUIT

일꾼 복장을 한 솔로몬의 초상화

자유인 신분으로 뉴욕에서 태어나
1841년 워싱턴에서 납치되어
루이지애나주 레드강 근처의 목화농장에서 노예생활을 하다가
1853년에 구출된

솔로몬 노섭의 이야기

"솔로먼 노섭은 레드 강 유역의 한 농장으로 끌려가 노예 생활을 했는데, 내 소설 속 톰 아저씨가 끌려간 곳과 같다니 참으로 기이한 우연이다. 더구나 그 농장에 대한 설명이나 생활 모습, 일화도 내 소설 속 장면들과 놀랍게 일치한다."
— 해리엇 비처 스토,《톰 아저씨의 오두막을 여는 열쇠》, 174쪽 중에서.*

전 세계인이 기억하는
위대한 개혁을 이끈 여성, 해리엇 비처 스토.
이 이야기가 또 다른
"톰 아저씨의 오두막을 여는 열쇠"가 되기를 바라며,
그분께 바칩니다.

*원제는《A Key to Uncle Tom's Cabin》이다. 해리엇 비처 스토가《톰 아저씨의 오두막(Uncle Tom's Cabin)》(1852)을 쓰고 나서, 노예 제도에 대한 내용이 사실에 근거했음을 밝히기 위해 문서와 자료를 보강하여 증언한 책이다.

제1장

서두-조상-노섭 가문-탄생과 부모-민투스 노섭-앤 햄프턴과의 결혼-올바른 결심-샘플레인 운하-캐나다로 떠난 뗏목 여행-농사일-바이올린-요리-사라토가로 이사-파커와 페리-노예들-그리고 노예 제도-아이들-슬픔의 서막

자유주(미국 남북전쟁 전에 노예 제도가 없는 주_옮긴이)에서 자유인으로 태어나 30년 넘게 자유의 축복을 누리며 살았던 나는, 납치되어 노예로 팔려가 12년 동안 속박된 삶을 살다가 1853년 1월에 다행스럽게도 구출되었다. 그리고 주변에서는 대중이 내가 살아온 삶에 관심이 없지 않을 것이라고 이야기했다.

내가 자유를 되찾은 후 미국 북부에서는 노예 제도에 대한 논란이 점점 거세졌다. 노예 제도의 추악한 면모를 밝힐 뿐만 아니라 재미까지 보장한다고 공언하는 소설들이 전례 없이 쏟아져 나오면서 노예 제도에 대한 유익한 논란이 형성되었다.

내가 노예 제도에 대해 말할 수 있는 것은 내가 직접 목격한

것, 내가 직접 경험한 것뿐이다. 나는 있는 그대로의 진실만을 이야기하고자 한다. 과장하지 않고 내 삶을 있는 그대로 이야기하고, 소설 속의 노예 제도가 더 잔혹하거나 더 가혹한지에 대한 판단은 독자들에게 맡기겠다.

내가 확인할 수 있는 한 내 아버지 쪽 조상은 로드아일랜드의 노예였다. 그분들은 노섭 가문의 소유였으며, 그 가문이 뉴욕 주로 이주해 렌셀러 카운티의 후식에 자리를 잡으면서 내 아버지인 민투스 노섭을 데려왔다. 대략 50년 전 노섭 가문의 주인이 임종을 맞았고, 그분의 유언에 따라 내 아버지는 자유인이 되었다.

샌디힐의 지방 유지인 헨리 B. 노섭 씨는 저명한 법정 변호사이며 내가 지금 누리는 자유를 찾을 수 있도록, 내 아내와 아이들에게 돌아갈 수 있도록 도와준 분이다. 그리고 내 조상을 소유하고 내 성을 준 노섭 가문의 일원이기도 하다. 아마도 이 때문에 노섭 씨가 내게 관심을 가지고 도와주었을 것이다.

아버지는 자유인이 된 지 얼마 후에 뉴욕 주 에섹스 카운티의 미네르바라는 마을로 이주했고, 그곳에서 1808년 7월에 내가 태어났다. 아버지가 그 마을에서 얼마나 오래 살았는지는 내가 확인할 길이 없다. 그 후로 아버지는 워싱턴 카운티의 슬라이버로 근처에 위치한 그랜빌로 이사해서, 그곳에서 몇 년간 과거 주인의 친척인 클라크 노섭의 농장에서 일하셨다. 또 그 후에는 샌디힐에서 북쪽으로 얼마 떨어지지 않은 모스가의 올든 농장으로 옮기셨다. 또 그 후에는 포트 에드워드에서 아가

일로 이어지는 도로가에 위치해 있으며, 현재 러셀 프랫이 소유하고 있는 농장으로 옮겨 1829년 11월 22일에 돌아가실 때까지 그곳에 머무르셨다. 아버지가 돌아가시고 어머니와 두 아이, 즉 나와 형님 조지프만이 남았다. 내 형님은 현재 오스위고 카운티의 오스위고 시 근처에 살고 있고, 어머니는 내가 납치되어 노예 생활을 하는 사이에 돌아가셨다.

비록 노예로 태어났고, 우리 흑인에게 가해진 부당한 대우를 받으며 고된 노동을 해야 했지만, 내 아버지는 근면 성실한 분이셨다. 그 사실은 지금까지 살아 있고 그분을 기억하는 수많은 사람들이 얼마든지 증명해 줄 것이다. 아버지는 평생을 농사일에만 전념했고, 좀 더 편한 잡일은 굳이 찾아보지 않았다. 그런 일은 흑인 아이들의 몫이라 생각하셨기 때문이다. 게다가 보통 우리 같은 처지의 아이들이 받는 것보다 더 많은 교육을 받게 해 주셨고, 성실하게 일해 참정권을 얻을 만큼의 재산도 모으셨다. 아버지는 우리에게 자주 어린 시절 이야기를 해 주셨다. 아버지는 친절하게 대해 준 노섭 가문에 항상 호의와 애정을 품고 계셨지만, 그럼에도 노예 제도의 본질을 이해하고 계셨고 우리 흑인의 처지를 슬퍼하셨다. 또한 우리에게 도덕심을 심어 주려 노력하셨으며, 높은 데뿐 아니라 낮은 데에도 임하시는 하느님을 믿고 의지하라고 가르치셨다. 루이지애나의 외지고 끔찍한 동네에 있는 노예 오두막에서 냉혹한 주인에게 부당한 매질을 당하고 욱신거리는 몸을 뉜 채 아버지의 가르침을 얼마나 떠올렸던가. 나도 아버지가 묻힌 무덤에 눕기를,

그래서 폭군의 채찍질을 피하기만을 얼마나 간절히 바랐던가. 하느님이 정하신 낮은 곳에서 묵묵히 주어진 의무를 다한 후 돌아가신 아버지는 샌디힐의 교회 묘지에 묻히셨고 그 위에는 초라한 비석 하나가 세워져 있다.

아버지가 돌아가시기 전까지 나는 주로 아버지와 함께 농장 일을 했다. 여가 시간에는 책을 읽거나 어린 시절에 푹 빠져 있었던 바이올린을 연주했다. 바이올린을 연주하는 것은 나 같은 소박한 농부에게 즐거움을 안겨 주는 유일한 위안이자, 내 운명에 대한 고민을 잠시나마 잊게 해 주는 유일한 수단이었다.

1828년 크리스마스에 나는 당시 우리 집 근처에 살던 흑인 소녀 앤 햄프턴과 결혼했다. 결혼식은 포트 에드워드에서 열렸고, 그 마을의 치안 판사이자 지금도 그 지역 유지인 티머시 에디 씨가 주례를 섰다. 앤은 이글 선술집의 주인인 베어드 씨 및 살렘의 알렉산더 프라우드핏 목사 댁에서 일하며 오랫동안 샌디힐에 살았다. 프라우드핏 목사님은 오랜 세월 동안 살렘의 장로교 공동체를 이끌어 오셨고, 높은 학식과 신앙이 독실하신 것으로 널리 알려진 분이었다. 앤은 지금까지도 그 훌륭한 분이 베풀어 주신 넘치는 친절함과 훌륭한 조언들에 감사한 마음을 품고 있다. 앤은 자신의 뿌리에 대해 확실히 알지 못하지만, 그녀의 핏속에는 세 인종의 혈통이 섞여 있다. 인디언과 백인, 흑인이라는 세 인종의 혈통 중 어느 것이 두드러진다고 단언하기가 어렵다. 허나 그 세 혈통이 적절히 조화를 이루어 보기 드물게 독특하고 아름다웠다. 쿼드룬(흑백 혼혈인 물라토와 흑인 사이에서 태어나 흑인의 피가 사 분의 일 섞인 인종_옮긴이)과 비슷한 면도 있긴 하지만 딱히 쿼드룬이라고 지칭할 수는 없다. 그리고 내가 앞서 언급하지 않았는데 내 어머니가 바로 쿼드룬이었다.

이제 막 유년기를 지나 앞서 말한 7월에 나는 스물한 살이 되었다. 아버지의 조언과 도움도 있었고, 내가 부양해야 할 아내가 있었기에 산업 전선에 뛰어들기로 결심했다. 흑인이라는 장애물과 사회의 하위 계층이라는 단점에도 불구하고 언젠가는 좋은 날이 올 거라는 행복한 단꿈에 빠졌다. 조그만 마당이 딸린 소박한 집 한 채를 사서, 내 노동에 대한 보상을 받으며 행복하고 안락한 삶을 살게 될 것이라고 말이다.

결혼한 날부터 지금 이 순간까지 내 아내에 대한 사랑은 진실하고 한결같다. 자식이 있는 사람이라면 사랑스러운 아이들이 태어난 순간부터 내가 그 아이들을 얼마나 아끼고 예뻐했을지 짐작할 것이다. 내가 이렇게 가족에 대한 애정을 강조하며 언급하는 것은, 이 책을 읽는 독자들이 이후로 내가 겪은 고통이 얼마나 끔찍한 것인지 이해해 주길 바라는 마음 때문이다.

결혼을 한 즉시 나는 당시 포트 에드워드 마을의 남쪽 끝에 위치한 낡은 노란색 건물의 관리를 맡게 되었다. 그 건물은 현재 현대적인 대저택으로 개조되어 최근 래스럽 장군의 소유가 되었으며, 포트 하우스라 불리고 있다. 카운티 의회가 조직된 후 이따금씩 이 건물에서 재판이 열렸다. 또 허드슨 왼쪽 강둑의 오래된 항구 근처에 위치하고 있어, 1777년에는 버고인 장군이 이 건물에 거주하기도 했다.

겨울에는 다른 사람들과 함께 섐플레인 운하 공사의 일꾼으로 고용되었다. 내가 일하던 공사장의 십장은 윌리엄 밴 노트웍이라는 사람이었고, 건설 회사에서 나온 총감독은 데이비드 매키치론이었다. 봄이 되어 운하 공사가 끝날 때쯤 나는 운송업에 필요한 말 두 마리와 다른 물품들을 살 만큼의 돈을 모았다.

사업을 도와줄 유능한 직원들 서넛을 고용하고, 섐플레인 호수부터 트로이까지 뗏목으로 목재를 운반하기로 도급 계약을 맺었다. 다이어 벡위드 씨와 화이트홀의 바터미 씨가 서너 번 나와 동행해 준 덕분에, 뗏목 타기의 기술과 비법을 완전히 숙달하게 되었다. 이때 쌓은 지식 덕분에, 나는 후에 훌륭한 주인에게 도움을 주고 바이유 뵈프 기슭의 무식한 벌목꾼들 코를 납작하게 만들 수 있었다.

한번은 섐플레인 호수를 따라 내려가다가 캐나다를 방문하게 되었다. 그 후로 몬트리올을 자주 가게 되면서 그 도시 안의 성당이며 다른 흥미로운 장소들을 둘러보았고, 킹스턴이며 다른 마을까지 여행을 다니며 그 지방에 대한 견문을 넓히게 되었다. 이 또한 훗날 내게 도움이 되었는데, 그건 내 이야기가 막바지에 다다를 때 등장할 것이다.

운하 운송 일을 만족스럽게 마친 후 운하 운송이 중단되는 시기가 왔다. 나는 할 일 없이 빈둥거리기가 싫어서 메댓 건이라는 회사와 또 다른 도급 계약을 맺었다. 벌목 일이었다. 이 방대한 작업은 1831년 겨울부터 1832년 초까지 이어졌다.

봄이 돌아오자 앤과 나는 근처의 농장 하나를 인수하기로 계획을 세웠다. 어린 시절부터 농장 일을 해 온 데다가 내 적성에 맞는 일이기도 했다. 따라서 전에 내 아버지가 일했던 낡은 올든 농장의 일부를 맡기로 했다. 얼마 전 하트포드의 루이스 브라운에게서 구매한 암소 한 마리, 돼지 한 마리, 튼튼한 황소 한 쌍과 그 외의 재산과 가재도구들을 챙겨 킹스베리의 새 집으로 들어갔다. 그 해에 10만 제곱미터의 땅에 옥수수와 귀리를 심으며, 최대한 넓은 땅을 일구기 시작했다. 앤은 부지런히 집안일을 돌보았고, 나는 비지땀을 흘리며 들판에서 농사일에 전념했다.

우리는 이곳에서 1834년까지 살았다. 겨울이면 바이올린을 연주해 달라는 요청이 수없이 들어왔다. 젊은 사람들이 모여 춤을 추는 곳이면, 나는 어김없이 초청되었다. 근방의 모든 동네에서 내 바이올린 솜씨는 평판이 자자했다. 앤은 이글 선술집에서 오래 일한 터라 요리 솜씨가 남달랐다. 법정이 개정하는 시기와 공식 행사가 열리는 때면 셰릴네 커피점 주방에서 제일 높은 봉급을 받고 일할 정도였으니까.

우리 부부는 일이 끝나면 언제나 주머니에 돈을 넣은 채 집으로 돌아왔다. 그렇게 바이올린 연주와 요리, 농사일로 곧 꽤 많은 재산을 모았고, 사실상 행복하고 성공한 삶을 향해 나아가고 있었다. 아아, 킹스베리의 농장에 남았더라면 정말 그렇게 되었을 것이다. 하지만 우리는, 나를 기다리는 잔혹한 운명으로 향하는 단계를 밟고 말았다.

1834년 3월, 우리는 사라토가 스프링스로 이사했다. 대니얼 오브라이언이 소유한 워싱턴가 북쪽의 집에 세 들었다. 당시 아이작 테일러가 브로드웨이 북쪽 끝에 워싱턴 홀이라는 커다란 하숙집을 운영했고, 그곳에 마부로 고용되어 2년간을 근무했다. 그 후에는 관광객이 많은 성수기에만 마차를 몰았고, 앤 역시 유나이티드 스테이츠 호텔이나 다른 선술집을 돌며 주방 일을 했다. 겨울에는 주로 바이올린 연주를 하러 다녔지만, 트로이와 사라토가를 잇는 철로를 건설할 때는 그 공사에 참가해 고된 노동을 하기도 했다.

사라토가에 살 당시 나는 세파스 파커 씨와 윌리엄 페리 씨가 운영하는 가게에서 직접 장을 보곤 했다. 언제나 친절하고 상냥하게 대해 주는 그 신사분들에게 큰 호감을 품고 있었다. 그로부터 12년이 지난 후 그분들에게 편지를 보낸 이유가 바로 이 때문이었다. 노섭 씨에게 전달되어 나를 노예 신분에서 해방시켜 준 바로 그 편지 말이다.

유나이티드 스테이츠 호텔에 머무는 동안 남부에서 주인들을 따라온 노예들을 자주 보았다. 언제나 말쑥한 차림에 아무런 문제없이 편안한 삶을 사는 것 같았다. 그들은 수없이 내게 다가와 노예 제도에 관한 이야기를 꺼냈다. 한결같이 그들은 자유에 대한 은밀한 열망을 품고 있었다. 일부는 탈출하고 싶다는 간절한 속내를 토로하며 가장 효과적인 방법이 무엇인지 상담하기도 했다. 하지만 처벌에 대한 두려움, 탈출하다가 잡힌다면 분명히 받게 될 처벌에 대한 두려움 때문에 다들 감히 실행에 옮길 엄두를 내지 못했다. 평생을 북부의 자유로운 공기를 마시며 살아온 나는, 내가 백인의 가슴속에 있는 것과 똑같은 감정들을 가지고 있음을 알고 있었다. 또한 살결이 흰 사람들 중에 적어도 일부와 동등한 지능을 지녔음을 알고 있었다. 그러나 나는 너무 무지했다. 어쩌면 너무 자유로웠는지도 모른다. 어떻게 사람이 노예라는 비굴한 처지에 만족하고 살아갈 수 있는지 이해하지 못했으니 말이다. 나는 노예 제도 법이나 노예 제도의 이론을 지지하거나 인정하는 종교를 이해하지 못했다. 허나 한 가지는 자랑스럽게 말할 수 있다. 그들이 내게 다가오면 단 한 번도 거부하지 않고 상담을 해 주고, 함께 도망칠 기회를 엿봐 주고 자유를 지지해 주었다고.

나는 1841년 봄까지 죽 사라토가에 살았다. 7년 전 허드슨 동쪽의 조용한 농장 집에서 우리를 유혹했던 들뜬 기대는 현실이 되지 않았다. 물론 항상 안락한 삶을 살긴 했지만 성공한 것은 아니었다. 세계적으로 유명한 온천 관광지인 그곳에는 휴식을 취하러 온 부유한 관광객들을 접대할 유능한 일꾼들이 넘쳐 나, 나처럼 단순한 일용직 일꾼은 할 일이 많지 않았다.

이 당시 우리는 세 아이의 부모였다. 맏이인 엘리자베스는 열 살이었다. 마거릿은 두 살이 어렸고, 막내 알론조는 막 다섯 살 생일이 지난 참이었다. 아이들 덕분에 우리 집안에는 기쁨이 가득했다. 조잘거리는 아이들의 목소리는 우리의 귀에 음악

소리였다. 이 순진무구한 아이들을 위해 애 엄마와 나는 수없이 동화를 읽어 주었다. 일이 없을 때면 항상 아이들에게 가장 좋은 옷을 입혀 사라토가의 길거리와 언덕을 함께 산책했다. 아이들이 존재한다는 사실이 내게는 기쁨이었다. 아이들을 품 안에 껴안으면 한없는 사랑과 부드러운 애정이 샘솟았다. 우리 아이들의 가무잡잡한 피부는 눈처럼 하얀 백인 아이들의 피부만큼이나 아름다웠다.

지금까지의 내 인생 이야기는 그리 특이할 것이 없다. 그저 피부가 검은 한 남자의 평범한 희망과 사랑, 일, 소박하게나마 세상에 한발씩 내딛는 이야기일 뿐이다. 하지만 이제 내 인생의 전환점에 도달했다. 말로 표현할 수 없는 괴로움과 슬픔, 절망의 입구에 도달했다. 이제 나는 구름의 그림자 안으로 들어가 완전한 암흑 안으로 사라지고, 내 가족과 떨어진 채 긴 세월 동안 자유의 달콤한 빛을 차단당하게 된다.

제2장

두 명의 이방인-서커스단-사라토가를 떠나다-복화술과 마술-
뉴욕으로의 여행-자유인 증명 서류-브라운과 해밀턴-서커스
단에 도착하려 서두르다-워싱턴에 도착-해리슨의 장례식-갑
작스러운 병-고통스러운 갈증-멀어지는 빛-의식 불명-사슬과
암흑

1841년 3월 하순이 다가오던 어느 날 아침, 특별한 일이 없었던 나는 성수기가 오기 전에 당장 일할 자리를 구할 수 있을까 궁리하며 사라토가 스프링스의 길거리를 슬렁슬렁 걷고 있었다. 앤은 법원 개정 기간이라 셰릴네 커피점 주방에서 일하기 위해 30킬로미터 떨어진 샌디힐에 간 참이었다. 엘리자베스도 제 엄마를 따라갔던 것 같다. 마거릿과 알론조는 사라토가의 친척 아주머니 댁에 맡겨 두었다.

당시에도 그렇고 지금까지 문 씨가 운영하고 있는 선술집 근처 콩그레스 가와 브로드웨이의 모퉁이에서 점잖은 차림새의 신사 두 명과 마주쳤다. 둘 다 생전 처음 보는 얼굴이었다. 내 지인 중 한 명에게 내가 바이올린 연주자라며 나를 소개받은

모양이었지만, 도대체 누가 그런 소개를 해 주었는지 아무리 궁리해 보아도 떠오르지 않는다.

어쨌든 두 신사는 다짜고짜 본론을 꺼내며, 내 연주 실력을 가늠하려 꼬치꼬치 질문을 던졌다. 내 답변이 만족스러웠는지, 내가 자신들 일에 딱 적합한 사람이라며 단기간 함께 일하는 것이 어떠냐고 권유했다. 후에 내게 밝힌 바에 따르면 그 둘의 이름은 메릴 브라운과 에이브럼 해밀턴이지만, 분명 본명은 아니었을 것이다. 메릴 브라운이라는 남자는 마흔쯤 되어 보였으며 다소 땅딸막한 체구에 예리하고 지적인 인상이었다. 검은색 프록코트에 검은색 모자 차림이었고, 로체스터인지 시러큐스인지에 산다고 했다. 또 다른 남자는 얼굴이 창백하고 눈동자 색이 옅은 청년으로, 내가 보기에 스물다섯을 넘지는 않았을 것 같았다. 청년은 호리호리한 체구에 짙은 황갈색 코트와 광이 나는 고급 모자에 우아한 패턴이 들어간 조끼 차림이었다. 전체적으로 지나치게 꾸며 입은 차림새였다. 생김새는 좀 유약하지만 인상은 좋았으며, 사람들과 잘 어울릴 것 같은 편안한 분위기가 감돌았다. 그들이 내게 말한 바로는 워싱턴에 위치한 어느 서커스단에서 일하며, 이제 워싱턴으로 돌아가려는 참이었다. 잠시 짬을 내어 시골 풍경을 구경하러 북쪽으로 여행을 왔고 가끔씩 공연을 해서 경비를 충당한다고 했다. 또한 공연에 쓸 악사를 구하기가 너무 어려웠노라 토로하며, 내가 뉴욕까지 같이 동행해 준다면 일당 1달러를 줄 것이며, 야간 공연에서 연주를 해 줄 때마다 추가로 3달러를 지불하고, 그 외에 내가 뉴욕에서 사라토가까지 돌아올 여비도 두둑이 챙겨 주겠다고 덧붙였다.

물론 나는 이 구미당기는 제안을 덥석 수락했다. 보수도 쏠쏠한 데다가 대도시에 가 보고 싶은 열망도 한몫했다. 둘은 당장이라도 출발하자고 재촉했다. 잠깐이면 다녀올 거라고 생각한 나는 굳이 앤에게 편지를 써서 알릴 필요도 없다고 여겼다. 어쩌면 앤이 돌아오는 시기와 비슷한 때에 오게 될지도 모른다고 생각했다. 그래서 그 길로 리넨 옷과 바이올린을 챙기고 떠날 준비를 마쳤다. 마차 한 대가 집 앞으로 마중을 왔다. 위풍당당한 암갈색 말 한 쌍이 끄는 화려한 포장마차였다. 두 남자의 짐은 세 개의 커다란 트렁크로 뒤쪽 선반 위에 묶여 있었다. 내가 마부석에 올라타자 둘은 뒷좌석에 앉았고, 나는 말을 몰아 올버니로 이어지는 도로를 따라 사라토가를 나섰다. 새로 얻은 일자리에 의기양양했고 그 어느 날처럼 행복했다.

볼스턴을 지나, 내 기억이 정확하다면 올버니로 곧장 이어지는 산길에 접어들었다. 날이 어두워지기 전에 올버니에 도착했고, 박물관 남쪽에 위치한 어느 호텔 앞에 섰다. 이날 밤, 나는 둘의 공연 하나를 구경할 기회가 있었다. 내가 둘과 지내는 기간 내내 공연을 한 적은 오직 이때 한 번뿐이었다. 해밀턴은 문 앞에 서 있었다. 나는 오케스트라를 담당했고 그 음악에 맞추어 브라운이 공연을 했다. 공연 내용은 공 던지기, 밧줄 위에서 춤추기, 모자 안에서 팬케이크 굽기, 보이지 않는 돼지가 꽥꽥 우는 소리 내기, 그 외에 자잘한 마술이나 복화술 같은 것들이었다. 객석에 앉은 관객은 가뭄에 콩이 날 정도로 드문드문했고, 그나마 공연에 관심을 보이는 관객도 거의 없었다. 해밀턴이 모금 상자를 들고 관객들 사이를 누볐지만 상자에 모인 것은 푼돈 몇 푼이 고작이었다.

다음 날 아침 일찍 우리 셋은 다시 길을 떠났다. 이제 둘의 대화는 늦지 않게 서커스단에 도착하지 못할까 봐 초조해하는 내용이 대부분이었다. 둘은 서둘러 길을 재촉했고 공연을 하러 다시 멈추지도 않았으며, 얼마 지나지 않아 뉴욕에 도착해 브로드웨이에서 강으로 이어지는 거리에 위치한 도시 서쪽의 어느 숙소에 묵었다. 나는 내 여정이 끝이 났으며 하루, 적어도 이틀 후면 사라토가에 있는 친구들과 가족에게로 돌아갈 거라고 예상했다. 하지만 브라운과 해밀턴은 워싱턴까지 같이 가자고 집요하게 나를 꼬드기기 시작했다. 우리가 워싱턴에 도착할 때쯤이면, 마침 여름이 다가오는 참이라 서커스단도 북쪽으로 이동할 것이라고 주장했다. 함께 워싱턴까지 가 준다면 높은 임금을 지불하겠다고 약속했다. 내가 얻게 될 여러 가지 이득에 대해 장황하게 부연 설명을 하고 달콤한 말로 유혹하는 통에 결국 나는 그 제안을 수락하고 말았다.

다음 날 아침이 되자 그들은 이제 노예주에 들어가게 될 것이므로, 뉴욕을 떠나기 전에 자유인 증명 서류를 받아 가는 게 좋겠다고 제안했다. 분별력 있고 신중한 제안이라는 생각이 들었다. 그들이 먼저 말을 꺼내지 않았더라면 나는 그럴 생각도 하지 못했을 것이다. 우리 셋은 즉시 세관으로 갔다. 그들은 내가 자유인이라는 사실을 증언해 주었다. 직원이 서류 한 장을 꺼내 우리에게 건네며 서기에게 가져가라고 했다. 우리는 그렇게 했고, 서기가 서류에 무언가를 첨부하자 그 대가로 6실링을 낸 후 다시 세관으로 돌아갔다. 공식적인 절차가 더 이어지고 마침내 서류 작성이 끝나자 관리에게 2달러를 지불한 후, 나는 주머니에 서류들을 넣고 두 명의 친구와 함께 호텔로 돌아갔다. 고백하자면 그때 나는 굳이 그런 돈을 지불하고 서류를 받아야 할 필요성을 전혀 느끼지 못했다. 내 안위에 위험이 다가오고 있다는 사실은 조금도 눈치채지 못했다. 내 기억에 따르면 서류를 작성했던 그 서기는 커다란 장부에 내용을 기입했고, 그 장부 기록이 아직 그 사무실에 남아 있을 거라고 생각한다. 1841년 3월 말, 혹은 4월 초에 그 장부에 기입된 내용을 확인하면, 적어도 이 특정 증명서 발부와 관련한 내 이야기가 입증될 것이다.

  자유인이라는 증거를 손에 넣은 후, 뉴욕에 도착한 다음 날 연락선을 타고 저지시티로 건너가 필라델피아로 향했다. 필라델피아에서 하룻밤을 묵고, 다음 날 아침 일찍 볼티모어를 향해 길을 떠났다. 머지않아 볼티모어에 도착했다. 기차역 근처의 어느 호텔에 들어갔는데, 그 호텔의 주인이 래스본 씨였든지, 아니면 그 호텔 이름이 '래스본 하우스'였던 것 같다. 뉴욕을 떠난 순간부터 두 남자는 서커스단에 빨리 도착해야 한다며 몹시도 안달복달했다. 볼티모어에서는 마차를 두고, 기차로 갈아타 워싱턴으로 향했다. 해질녘에 워싱턴에 도착했는데 마침 그날은 해리슨 장군의 장례식 전날이었고, 우리는 펜실베이니아 가의 개즈비 호텔에 묵었다.

저녁 식사 후에 둘이 나를 방으로 불러 43달러를 지불했다. 그동안 모인 내 임금보다도 훨씬 더 큰 액수였는데, 사라토가를 떠난 후로 예상했던 것만큼 공연을 자주 하지 못해 미안해서 주는 돈이라고 했다. 또한 서커스단이 다음 날 아침 워싱턴을 떠날 계획이었지만, 장례식 때문에 하루를 더 머물기로 결정했다고 일러 주었다. 당시 그들은 처음 만났던 날 그랬던 것처럼 굉장히 친절했다. 틈만 나면 내 말에 맞장구를 쳐 주었다. 나는 그들이 보여 주는 호의에 홀딱 넘어간 상태였다. 뭐든 그들에게 다 터놓고 말했으며, 그들을 무조건적으로 신뢰했다. 끊임없이 내게 말을 걸고 상냥하게 대하는 태도며, 자유인 서류를 받자고 제안하는 선견지명이며, 굳이 다시 말할 필요도 없는 수많은 작은 배려까지. 모두가 둘이 나를 진정한 친구로 여기고 있으며 나를 진심으로 배려하고 아끼는 증거라고 여겼다. 나는 그들이 정말 그런 줄 알았다. 이제는 그들이 악랄한 사기꾼이라는 것을 알지만, 당시에는 그저 마음씨 좋은 사람들인 줄만 알았다. 그들이 내 불행의 방조자—인간의 탈을 쓴 교활하고 냉혹한 괴물들인지—이며 돈을 벌기 위해 부러 나를 집과 가족, 자유에게서 꾀어낸 것인지 여부는, 이 글을 읽는 독자들 역시 충분히 판단할 수 있을 것이다. 만약 그자들이 무고하다면, 내가 갑작스럽게 납치된 연유를 달리 어떻게 설명할 수 있겠는가. 그때의 상황을 아무리 되짚어 보아도 그 둘에 대한 의심을 지울 수가 없다.

 금전적인 여유가 있는 듯 보이는 그들은 내게 돈을 건넨 후, 그날 밤 거리에 나가지 않는 게 좋겠다고 조언했다. 이 도시의 관습에 익숙하지 않으니 괜한 문제가 생길 수도 있다는 것이었다. 나는 그러겠다고 약속한 다음 방에서 나왔고, 곧 흑인 하인의 안내를 받아 호텔 1층 뒤편의 침실로 들어갔다. 침대에 누워 집과 아내, 아이들, 그리고 우리 사이에 놓인 먼 거리를 생각하다가 어느 순간 잠이 들었다. 하지만 내 침대 곁에는 내게 도망치라고 명령하는 연민의 천사는 찾아오지 않았다. 내 꿈속에서도 눈앞에 닥친 시련을 경고해 주는 자비로운 목소리도 들리지 않았다.

 다음 날 워싱턴에서는 거대한 행사가 열렸다. 대포의 포효와 종소리가 공기 중을 가득 채웠고, 많은 집이 검은 모직 천에 덮여 있었으며 거리는 검은 상복을 입은 사람들로 가득했다. 시간이 지나자 가두 행렬이 모습을 드러냈고 마차가 줄을 지어 대로를 천천히 행진했다. 그 뒤로는 수천, 수만 명의 사람들이 따라왔다. 모두들 울적한 음악에 맞추어 움직이고 있었다. 그 행렬은 해리슨의 시신을 무덤으로 운구하는 행렬이었다.

 아침 일찍부터 나는 브라운과 해밀턴이랑 계속 붙어 다녔다. 내가 워싱턴에서 아는 사람이라고는 그 둘뿐이었다. 위풍당당한 장례식 행렬이 지나가는 모습을 함께 서서 지켜보았다. 매장지에서 대포를 발사할 때마다 창유리가 와장창 깨져 바닥으로 떨어지던 게 어렴풋이 기억난다. 그 후에는 국회의사당으로

가 그 주변을 한참 걸었다. 오후에는 백악관 방향으로 산책을 했는데, 둘은 항상 나를 곁에 꼭 붙여 두고 손으로 볼거리들을 가리키며 설명해 주었다. 그때까지 나는 서커스단은 코빼기도 보지 못했다. 사실 조금 의아하게 생각하기는 했지만 흥미진진한 대도시 구경에 빠져 금세 잊고 말았다.

 그날 오후 내내 서너 번 정도, 내 친구들은 술집에 들어가서 술을 마셨다. 하지만 내가 아는 한 둘은 술꾼은 아니었다. 술집에 들어갈 때마다 둘은 자신들의 잔에 술을 따른 다음 한 잔을 따라 내게 내밀었다. 뒤이어 일어나게 될 일로 내가 취했을 거라고 추측할지도 모르니 미리 말하겠지만, 나는 취하지 않았다. 저녁이 다가올 때쯤 마지막 술집에 들어갔다가 나온 직후였다. 너무나도 불쾌한 감각이 나를 사로잡기 시작했다. 몸이 너무 안 좋았다. 머리가 욱신욱신 쑤시기 시작했는데, 둔탁하고 무거운 통증, 말로 표현하기 힘든 고통이었다. 저녁 식탁 앞에 앉았지만 입맛이 없었다. 음식을 보고 냄새만 맡아도 구역질이 났다. 해가 지자 전날 밤과 같은 그 하인이 나를 방으로 안내했다. 브라운과 해밀턴은 들어가서 쉬는 게 좋겠다며 상냥하게 위로해 주면서 아침에는 좀 나아지기를 바란다고 했다. 나는 간신히 외투와 부츠를 벗고 침대 위에 풀썩 쓰러졌다. 잠을 잘 수가 없었다. 두통이 점점 심해져서 더는 참기 힘들 정도가 되었다. 곧 갈증도 났다. 입술이 바짝바짝 말랐다. 오로지 물 생각만 났다. 호수와 졸졸 흘러가는 강물, 내가 가끔 허리를 숙여 마시던 시냇물, 깊은 우물에서 끌어올려 시원한 감로수가 철철 넘쳐흐르는 양동이만 눈앞에 어른거렸다. 자정이 되자 더 는 갈증을 참지 못하고 침대에서 일어났다. 낯선 곳이었고 어 디가 어딘지도 전혀 알 수 없었다. 이리저리 헤매다가 마침내 지하의 주방으로 이어지는 길을 발견했다. 흑인 하인 두서넛이 돌아다니고 있었고 그중에 한 여자가 내게 물 두 잔을 주었다. 일시적이나마 갈증이 가셨지만, 방에 돌아왔을 때쯤 목이 타는 듯한 고통스러운 갈증이 다시 엄습했다. 전보다 더 괴로웠고 두통 또한 더 심해진 것 같았다. 나는 고통, 그것도 극심한 고통에 시달렸다! 돌아 버릴 것 같았다! 그날 밤의 끔찍한 고통의 기억은 무덤까지 나를 따라다닐 것이다.

주방에 다녀온 지 1시간이 더 지났을 때쯤, 누군가가 내 방에 들어오는 것을 감지했다. 여러 명의 목소리가 들렸던 것으로 미루어 서넛은 되었던 것 같지만, 정확히 몇 명이었는지, 그들이 누구였는지는 모르겠다. 브라운과 해밀턴도 그중에 섞여 있었는지 여부도 확실하지 않다. 어렴풋이 기억나는 거라곤, 의사에게 가서 약을 받아 와야 한다는 소리를 들은 것과, 외투나 모자는 두고 부츠만 신은 채 그들을 따라 긴 복도, 혹은 골목을 따라 거리로 나갔다는 것뿐이다. 그 거리는 펜실베이니아 대로로부터 오른쪽으로 꺾어지는 길이었다. 그 맞은편으로 불이 켜진 창이 하나 보였다. 당시 내 곁에 있던 사람이 세 명 정도였던 것 같지만, 그때의 기억은 고통스러운 꿈을 꾼 것처럼 흐릿하고 모호하기만 하다. 나는 병원의 불빛이라고 생각한 그 빛을 향해 나아갔지만, 내가 다가갈수록 그 빛은 점점 뒤로 물러나는 것 같았다. 그게 지금 기억할 수 있는 마지막 장면이다. 그 이후로는 의식이 사라졌다. 내가 그 상태로 얼마나 오래 있었는지, 그날 밤뿐이었는지 아니면 몇 날 며칠을 그러고 있었는지는 모르겠다. 하지만 의식을 차렸을 때 나는 완전한 어둠 속에서 홀로 사슬에 묶여 있었다.

두통은 어느 정도 가라앉았지만, 머리가 멍하고 기운이 없었다. 나는 거친 판자로 만든 나지막한 벤치에 앉아 있었고, 외투나 모자도 없었다. 손목에는 족쇄가 채워져 있었다. 양쪽 발목에도 묵직한 족쇄가 채워져 있었다. 사슬의 한쪽 끝은 바닥에 박힌 커다란 고리에 묶이고, 다른 한쪽 끝은 내 발목의 족쇄에 묶여 있었다. 자리에서 일어서려 했지만 헛수고였다. 너무나도 고통스러운 잠에서 깨어난 터라, 생각을 정리하기까지 시간이 좀 걸렸다. 여기는 어디지? 이 사슬은 뭐지? 브라운과 해밀턴은 어디에 있는 거지? 내가 이런 지하 감옥에 감금될 만한 짓을 저지른 것인가? 이해가 되지 않았다. 그곳에서 홀로 깨어나기 전까지 알 수 없는 기간 동안 의식을 잃고 있었던 터라, 어떻게 이런 지경에 이르게 된 것인지 통 기억이 나지 않았다. 사람이 있다는 조짐이나 소리가 들리지 않는지 귀를 기울였지만, 무거운 침묵을 깨는 소리는 전무했다. 내가 움직이려고 할 때마다 철컹거리는 사슬 소리뿐이었다. 소리를 내어 보았지만, 내 목소리에 내가 놀랐다. 수갑을 찬 손을 간신히 움직여 주머니를 더듬어 보았다. 자유를 빼앗겼을 뿐만 아니라 돈과 자유인임을 증명하는 서류마저 사라지고 없는 게 아닌가! 그제야 흐릿하고 혼란스럽던 머릿속에 처음으로 내가 납치된 것이라는 생각이 떠올랐다. 하지만 그건 말도 안 되는 것 같았다.

뭔가 오해가, 끔찍한 실수가 있는 것이 분명했다. 뉴욕의 자유인을, 아무에게도 해를 끼치지 않고 법도 어기지 않은 사람을 이렇게 비인간적으로 다룰 수는 없는 노릇이 아닌가. 하지만 내가 처한 상황을 곱씹을수록, 의심은 더 확고해졌다. 정말이지 삭막하고 외로웠다. 어떻게 인간이 이렇게 잔인하고 무정할 수 있단 말인가. 나는 억압받는 자들의 신에게 내 몸을 맡긴 채, 족쇄를 찬 손에 머리를 묻고 서럽게 오열했다.

제3장

고통스러운 상념-제임스 H. 버치-워싱턴의 윌리엄스 노예 수용소-래드번이란 하인-자유인임을 주장하는 나-노예상의 분노-패들과 아홉 꼬리 고양이-채찍질-새 친구들-레이, 윌리엄스, 그리고 랜들-수용소에 도착한 어린 에밀리와 아이의 어머니-애끓는 모정-엘리자의 이야기

대략 3시간 정도가 지났을까. 그동안 나는 낮은 벤치에 앉아 고통스러운 상념에 잠겨 있었다. 이윽고 수탉 울음소리가 들리더니, 이내 멀리서 거리를 서둘러 달리는 마차들 소리처럼 우르릉거리는 소리가 났다. 날이 밝은 모양이었다. 하지만 내가 있는 감방에는 빛줄기 하나 새지 않았다. 마침내 바로 머리 위쪽에서 발소리가 들렸다. 누군가가 이리저리 방 안을 거니는 것 같았다. 그제야 내가 지하실에 갇혀 있는 것이라는 생각이 떠올랐고, 눅눅한 곰팡내가 나는 것으로 보아 짐작이 맞는 것 같았다. 위쪽의 그 소음은 적어도 한 시간 정도 계속되었고, 마침내 방 바깥에서 발소리가 났다. 자물통에 열쇠를 넣고 돌리는 소리가 들리더니 묵직한 문이 열리면서 빛이 쏟아져 들어

왔다. 두 남자가 안으로 들어와 내 앞에 섰다. 둘 중에 한 명은 몸집이 크고 탄탄한 남자로 마흔 정도 되어 보였으며 검은 밤색 머리카락은 희끗희끗했다. 통통하게 살집이 잡힌 얼굴은 불그레했으며 이목구비가 우락부락한 것이 잔혹하고 교활하기 이를 데 없어 보였다. 키는 대략 178센티미터에 풍채가 위압적이었고, 편견 없이 본 그대로 솔직히 이야기하는 것인데 전반적인 외모에서 풍기는 인상이 사악하고 불쾌했다. 나중에 알게 된 바로 그자의 이름은 제임스 H. 버치, 워싱턴에서 유명한 노예 상인이었다. 그리고 뉴올리언스의 티오필러스 프리먼과 사업상 파트너 관계를 맺고 있었다. 그자와 함께 온 자는 에버니저 래드번이라는 하인으로, 간수 노릇을 하는 자였다. 이 두 남자 모두 아직 워싱턴에 산다. 아니, 적어도 내가 지난 1월에 탈출해 그 도시를 지날 때에는 그곳에 살고 있었다.

열린 문으로 들어온 빛에 내가 갇힌 방 안이 보였다. 방 크기는 대략 1제곱미터였고, 단단한 돌벽이 둘러싸고 있었다. 바닥은 두꺼운 널빤지가 깔려 있었다. 두툼한 철창살이 달린 작은 창문이 하나 있긴 하나 바깥쪽의 덧문이 단단히 잠겨 있었다. 철판을 댄 문 하나가 옆 감방, 혹은 지하실로 이어졌는데, 그곳에는 창문이나 빛이 들어올 만한 틈은 전혀 없었다. 내가 갇힌 방에는 내가 앉아 있는 나무 벤치와 낡고 지저분한 난로가 전부였고, 옆방이나 내 방, 침대나 담요, 다른 물건은 전혀 없었다. 버치와 래드번이 들어온 그 문 앞으로 좁은 복도가 나 있고, 그 복도를 따라가면 마당으로 이어지는 계단이 나오며, 마당은 3~4미터 높이의 벽돌담으로 둘러싸여 있다. 그 마당은 집 뒤쪽으로 10미터 정도 뻗어 있었다. 담장 한쪽에는 단단한 철제문이 있는데, 그 문을 열고 나가면 지붕이 달린 좁은 통로가 나오고, 그 통로는 집 옆면을 따라 큰 거리까지 이어진다. 내 운명은, 그 좁은 통로로 이어지는 굳게 닫힌 문 안에 봉인된 것이다. 담장의 꼭대기가 솟아오른 지붕 한쪽 끝을 받치고 있어 마치 헛간 같은 모양이다. 지붕 아래로는 다락이 있어, 내키면 노예들이 밤에 그곳에서 자기도 하고, 혹은 폭풍우 같은 악천후가 밀려올 때 대피소로 사용하기도 한다. 어느 모로 보나 농촌의 헛간같이 생겼지만, 다만 너무나도 철저하게 가려져 있어 외부에서는 안에서 길러지는 인간 가축을 절대 볼 수 없다는 점만이 달랐다.

마당이 딸린 그 건물은 2층이었으며 워싱턴의 거리 하나를 마주하고 있었다. 외관상으로는 조용한 개인 주택 같아 보일 뿐이었다. 외부인이 그 건물을 쳐다본다고 해도 그 끔찍한 용도를 상상도 하지 못할 정도로 평범했다. 참으로 기이하게도 높은 곳에 우뚝 서서 이 집을 내려다보고 있는 건물이 바로 국회의사당이다. 자랑스럽게 자유와 평등을 외치는 의원들의 목소리와 불쌍한 노예가 묶인 사슬이 철커덩거리는 소리가 거의 뒤섞일 정도로 가까운 거리였다. 국회의사당의 바로 지척에 노예 수용소가 있다니!

내가 영문도 모른 채 감금되어 있던 1841년 워싱턴에 있는 윌리엄의 노예 수용소는 바로 그랬다.

"일어났군. 몸은 좀 어때?"

버치가 열린 문으로 들어오며 물었다. 나는 몸이 아프다고 대답하고 내가 감금된 이유를 물었다. 버치는 내가 그의 노예이며, 자신이 나를 샀고, 이제 나를 뉴올리언스로 보낼 작정이라고 대답했다. 나는 과감하게도 큰 소리로 나는 자유인이자 사라토가의 주민이며 그곳에 역시 자유인인 아내와 아이들이 있고 내 이름은 노섭이라고 주장했다. 나는 내가 받은 부당한 대우를 신랄하게 비난했고, 풀려나기만 하면 잘못을 바로잡겠다고 위협했다. 하지만 그자는 내가 자유인이란 사실을 부정하며 내가 조지아 출신의 노예라고 선언하는 것이 아닌가. 나는 몇 번이고 노예가 아니라고 주장했고, 당장 사슬을 풀어 달라고 애원했다. 버치는 내 목소리가 밖으로 샐까 봐 걱정되었는지 나를 조용히 시키려고 애썼다. 그래도 나는 입을 다물지 않고 나를 가둔 자들이 누구인지 몰라도 지독한 악당들이라고 맹렬히 비난했다. 내가 입을 다물지 않자 그자는 머리끝까지 화가 치솟은 모양이었다. 나를 거짓말쟁이 깜둥이, 조지아에서 탈출한 노예라고 모욕했고, 그 외에도 가장 추잡한 자들이나 입에 올릴 법한 온갖 불경하고 천박한 욕설을 퍼부었다.

그러는 내내 래드번은 아무 말없이 옆에 서 있었다. 그가 맡은 일은 하루에 두당 2실링을 받고 인간 마굿간, 아니 비인간적인 마굿간을 감독하며, 노예를 가두고 먹이고 채찍질하는 것이었다. 버치가 그자를 돌아보며 패들과 아홉 꼬리 고양이를 가져오라고 명령했다. 래드번은 사라졌다가 잠시 후 이 고문 도구들을 가지고 왔다. 패들이라는 것은 내가 이때 처음 알게 된 노예 매질 도구다. 설명해 보자면 45~50센티미터 길이의 강목 판자로 옛날 푸딩 주걱이나 평범한 노처럼 생겼다. 양손을 펼친 정도 크기의 납작한 주걱 부분에는 작은 나사송곳이 수없이 빼곡하게 박혀 있었다. 아홉 꼬리 고양이란 밧줄이 아홉 가닥으로 갈라져 있고, 그 가닥 끝에 매듭을 지은 채찍이었다.

이 무시무시한 도구들이 등장하자마자, 두 남자가 나를 붙잡아 거칠게 내 옷을 잡아 뜯었다. 좀 전에 이야기했다시피 내 두 발은 사슬로 바닥에 묶여 있었다. 그들은 나를 나무 벤치에 엎드리게 했고, 래드번이 족쇄를 찬 내 손목 사이의 사슬을 한 발로 꽉 눌러 밟았다. 버치가 패들로 나를 때리기 시작했다. 벌거벗은 내 맨몸 위로 매질이 연달아 떨어졌다. 가차 없이 매를 내리치다가 지치면 손을 멈추고 아직도 자유인이라고 주장하느냐고 물었다. 나는 꿋꿋하게 그렇다고 대꾸했고, 그러자 다시 매질이 시작되었다. 전보다 더 빠르고 더 강한 매질이. 그러다가 또 지치면 똑같은 질문을 다시 던지고, 똑같은 대답을 받고, 잔인한 매질을 계속했다. 매질을 하는 내내 인간의 탈을 쓴 악마는 지독한 욕설을 지껄였다. 마침내 패들이 부러져 그자의 손에는 쓸모없는 손잡이만 남았다. 여전히 나는 항복할 생각이 없었다. 아무리 잔혹한 매질을 당해도 차마 내 입으로 내가 노예라는 끔찍한 거짓말을 털어놓을 수는 없었다. 그자는 부러진 손잡이를 홱 바닥에 내팽개치더니 이번에는 채찍을 집어 들었다. 이건 패들로 맞는 것보다 훨씬 더 고통스러웠다. 있는 힘을 다해 버텨 보려고 했지만 헛된 일이었다. 나는 자비를 내려 달라고 기도했지만, 내 기도에 돌아온 대답이라고는 욕설과 채찍질뿐이었다. 이 저주받을 짐승 같은 작자에게 채찍질을 당하다가 죽을 거라고 생각했다. 지금도 그때를 떠올리면 뼛속까지 소름이 돋는다. 온몸이 불타는 것 같은 고통이었다. 그때 내가 겪은 고통은 지옥 불에서 타는 고통 외에 다른 것으로는 비교할 수 없으리라!

마침내 나는 반복되는 그자의 질문에 침묵하게 되었다. 나는 아무 대꾸도 하지 않았다. 사실 말할 수도 없는 지경이었다. 버치는 내 뼈에서 살점을 다 발라 버릴 기세로, 내 가련한 몸뚱이에 아낌없는 채찍질을 퍼부었다. 영혼에 일말의 자비가 있는 사람이라면 개라도 그렇게 잔인하게 때리지 않을 것이다. 마침내 래드번이 더 매질을 해 봐야 소용없다고, 충분히 알아들었을 거라고 버치를 말렸다. 그러자 버치는 채찍질을 멈추고 내 얼굴 앞에서 주먹을 위협적으로 흔들며 이를 악물고 내뱉었다. 다시 한 번만 더 내가 자유인이라고, 납치되었다고 주장하거나 그 외의 어떤 말이라도 꺼낸다면, 내가 방금 당한 것과는 비교도 안 될 만큼 큰 벌을 내리겠다고, 나를 죽여 버리겠다고 호언장담했다. 오히려 내게는 위안이 되는 이 말과 함께 손목의 족쇄를 풀어 주었다. 발목은 여전히 고리 족쇄에 묶여 있었다. 두 남자는 열려 있던 창살 달린 작은 창의 덧문은 다시 닫고, 밖으

SCENE IN THE SLAVE PEN AT WASHINGTON.

워싱턴에 위치한 노예 수용소에서

로 나가 묵직한 문을 잠갔다. 나는 전처럼 홀로 암흑 속에 남았다.

한 시간, 아니 두 시간쯤 지났을까, 다시 문 자물통에 열쇠가 돌아가는 소리가 들렸다. 내 심장이 목구멍으로 튀어나올 것처럼 벌렁거렸다. 너무나도 외로워 누구라도 나타나길 간절히 바랐던 내가 이제는 사람이 다가오는 소리에 질겁했다. 사람의 얼굴, 특히 백인의 얼굴은 내게 두려운 것이 되었다. 래드번이 양철 접시 하나를 들고 안으로 들어왔다. 그 접시에는 쪼글쪼글하게 오그라들어 붙은 튀긴 돼지고기 한 점과 빵 한 조각, 물 한 컵이 담겨 있었다. 그자는 내게 몸이 어떠냐고 묻고, 내가 꽤 심한 매질을 당했다고 한마디 했다. 그러게 왜 괜히 자유인이라는 소리를 했냐며 투덜거렸다. 그는 마치 어린아이를 가르치듯이, 그리고 은밀한 투로 그런 말은 가능한 한 꺼내지 않는 게 좋을 거라고 내게 조언했다. 친절을 베풀려고 애쓰는 기색이 역력했다. 내 처참한 상태를 보고 마음이 움직인 것일까, 아니면 내가 더는 내 권리를 주장하지 않고 입을 다문 것이 안쓰러웠을까? 이제 와 그런 것은 중요하지 않다. 래드번은 내 발목에서 족쇄를 풀어 주고 작은 창의 덧문을 연 다음 방을 나섰고, 또다시 나는 혼자가 되었다.

내 몸은 온통 결리고 쑤셨다. 온몸이 물집으로 뒤덮였고, 꼼짝하기도 힘든 데다가 조금이라도 움직일라치면 어마어마한 고통이 뒤따랐다. 창밖으로 보이는 거라고는 담장에 올라앉은 지붕뿐이었다. 밤이면 베개나 덮을 것도 없이 눅눅하고 딱딱한 바닥에 몸을 뉘었다. 래드번은 정확히 하루에 두 번씩 돼지고기와 빵, 물을 가져왔다. 통 입맛은 없었지만 심한 갈증 때문에 미칠 지경이었다. 온몸에 난 상처 때문에 한 자세로 2~3분밖에 버틸 수 없었다. 그래서 밤이고 낮이고 앉았다가 일어섰다가, 천천히 움직이기를 반복했다. 나는 비탄에 잠겼고 낙심해 있었다. 머릿속에는 온통 내 가족, 내 아내와 아이들 생각뿐이었다. 잠에 굴복할 때면 가족들 꿈을 꾸었다. 나는 다시 사라토가에 있는 꿈을 꾸었다. 가족의 얼굴을 보고 나를 부르는 가족의 목소리를 듣는 꿈을 꾸었다. 기분 좋은 환영에서 깨어나 내가 처한 쓰라린 현실을 목도할 때면, 그저 신음하며 흐느껴 울었다. 그래도 내 영혼은 꺾이지 않았다. 나는 조만간 탈출하겠다는 희망을 품고 있었다. 내 진실이 알려진다면, 나를 노예로 둘 만큼 부당한 사람은 없지 않겠는가. 내가 조지아의 탈출 노예가 아니라는 사실을 확인한다면 버치가 분명 나를 풀어 주지 않겠는가. 물론 브라운과 해밀턴에 대한 의심도 적잖게 떠올랐지만, 그들이 내 감금의 공모자라는 생각은 차마 받아들일 수가 없었다. 분명히 그들도 나를 찾고 있을 것이다. 그들이 감금되어 있는 나를 구해 줄 것이다. 아아! 당시 나는 '사람에 대한 사람의 비인간적인 행동'이 어느 정도인지, 돈에 눈이 먼 인간이 어느 정도까지 사악해질 수 있는지 알지 못했다.

사나흘이 지난 후 감방 문이 활짝 열리며 내게 마당을 거니는 자유를 허락해 주었다. 그곳에서 세 명의 노예를 발견했다. 그중 한 명은 열 살 먹은 어린아이였고, 나머지 두 명은 스물에서 스물다섯쯤 된 청년이었다. 머지않아 나는 그들과 안면을 트고 이름과 과거사를 알게 되었다.

그중 제일 나이가 많은 이는 클레먼스 레이라는 흑인 청년이었다. 레이는 워싱턴에 살면서, 오랫동안 마차 임대 가게에서 일하며 마차를 몰았다. 그 청년은 아주 영리했으며 자신의 상황을 완전히 파악하고 있었다. 남부로 간다는 생각만 해도 끔찍하다고 했다. 버치가 며칠 전 그 청년을 구매했고, 뉴올리언스 노예 시장에 보낼 때까지 이곳에 구금되어 있는 상태였다. 레이를 통해 나는 처음으로 내가 있는 곳이 윌리엄의 노예 수용소라는 사실을 알았다. 노예 수용소라니, 전에 한 번도 들어 보지 못한 장소였다. 레이는 내게 이곳의 용도를 설명해 주었다. 나는 그에게 내 불행한 사연을 토로했지만, 그가 내게 줄 수 있는 것은 연민이라는 위로뿐이었다. 그 친구 또한 내게 이후로 자유인이라는 이야기를 꺼내지 말라고 조언했다. 버치라는 작자의 성미를 잘 아는 그는 그 이야기를 꺼내 봐야 또다시 채찍질을 당할 뿐이라며 신신당부했다. 그다음 청년은 존 윌리엄스였다. 그 청년은 워싱턴에서 멀지 않은 버지니아 출신이었다. 버치가 빚 대신 데려온 담보물이었는데, 그 친구는 주인이 다시 자신을 되찾아 갈 것이라는 희망을 버리지 않았고, 그 희망은 후에 이루어졌다. 소년은 쾌활한 아이로 이름은 랜들이라고 했다. 마당에서 노느라 바빴지만 이따금씩 엄마를 부르고 엄마는 언제 오느냐며 울었다. 이 어린아이의 마음속에는 어머니의 부재만이 유일하고 커다란 슬픔인 모양이었다. 랜들은 너무 어려 자신이 처한 상황을 몰랐고, 어머니 생각이 떠오르지 않을 때면 개구진 장난으로 우리를 즐겁게 해 주었다.

밤이면 레이와 윌리엄스, 그리고 아이는 헛간의 다락에서 잤고, 나는 지하 감방에 갇혔다. 마침내 우리에게도 각자 담요가 한 장씩 주어졌다. 말을 덮는 데 사용하는 담요 같은 것이었고, 그 후로 12년 동안 내가 사용할 수 있는 유일한 침구였다. 레이와 윌리엄스는 내게 뉴욕에 대해 수없이 질문을 던졌다. 그곳에서는 흑인이 어떤 대우를 받는지. 괴롭히고 억압하는 사람 하나 없이 집과 가족을 이루고 살 수 있는지. 그리고 특히 레이는 끝없이 자유를 갈망했다. 물론 그런 대화들은 버치나 간수인 래드번의 귀에 들어가지 않는 선에서만 나누었다. 혹시라도 그들이 우리의 열망을 눈치채는 날이면 등짝에 채찍질이 쏟아질 테니까.

내 인생사에서 일어난 중요한 사건들 전부를 완전하고 진실하게 이야기하려면, 그리고 내가 보고 아는 노예 제도를 묘사하려면, 실제 존재하는 장소들과 아직 살아 있는 많은 사람의 실명을 꼭 언급해야 한다. 나는 그때도 지금도 워싱턴은 물론이고 그 근방에 대해 전혀 모른다. 내 노예 동료들을 통해 들은 사람들을 제외하면 그곳에 아는 사람이라곤 버치와 래드번뿐이다. 내가 이제부터 하려는 말이 틀리다면 언제든 지적해 주길 바란다.

나는 윌리엄스의 노예 수용소에 약 이 주간 머물렀다. 내가 떠나기 전날 밤 수용소에 한 여자가 들어왔다. 그 여자는 애통하게 흐느끼며 어린 여자아이의 손에 이끌려 왔다. 그 둘은 랜들의 어머니와 이부(異父) 여동생이었다. 둘을 만난 랜들은 기뻐서 팔딱팔딱 뛰며 어머니의 드레스 자락에 매달리고, 동생 뺨에 뽀뽀를 하는 등 온갖 기쁨의 표시를 드러냈다. 어머니 또한 아들을 부둥켜안고 부드럽게 쓰다듬으며 눈물이 그렁한 눈으로 다정하게 바라보고 사랑스러운 이름을 수없이 불렀다.

랜들의 여동생인 에밀리는 일고여덟쯤 되었는데 피부가 하얗고 인형처럼 예뻤다. 곱슬거리는 머리카락이 목을 감싸고 있었으며, 풍성하고 예쁜 원피스며 전체적으로 깔끔한 차림새를 보아하니 꽤나 부유한 집안에서 자란 모양이었다. 정말이지 사랑스러운 아이였다. 여자 또한 실크 드레스 차림에 손가락에 반지를 여러 개 끼고 있었으며 귀에는 금 귀걸이가 달려 있었다. 그녀가 풍기는 분위기와 태도, 단정하고 예절 바른 말투로 비추어 볼 때, 어느 모로 보나 평범한 노예는 절대 아니었다. 그녀는 갑자기 그런 곳에 오게 된 것에 대해 놀라고 당황한 기색이 역력했다. 순전히 느닷없고 갑작스러운 운명의 장난으로 인해 그곳에 오게 된 것이 분명했다. 무어라 계속 하소연을 하던 그녀는 아이들과 나와 함께 감방 안으로 떠밀려 들어갔다. 언어로는 끝없이 한탄을 읊조리던 그녀의 모습을 제대로 옮길 수가 없다. 그녀는 바닥에 털썩 주저앉아 양팔로 아이들을 감싸 안고, 어머니의 사랑과 다정함이 깃든 매우 가슴 찡한 말들을 쏟아 냈다. 아이들은 어머니의 품에 바싹 안겼다. 그곳이 유일하게 안전하거나 보호를 받을 수 있는 곳인 것처럼. 마침내 아이들이 어머니의 무릎에 머리를 뉜 채 잠이 들었다. 아이들이 잠을 자는 동안 그녀는 자그마한 이마에서 머리카락을 쓸어 넘기며 밤새도록 아이들에게 두런두런 이야기를 했다. 우리 귀염둥이들—우리 귀여운 아기들—아무것도 모르는 불쌍한 우리 아기들, 앞에 놓인 절망적인 운명을 모르는 불쌍한 우리 아기들. 곧 이 아이들에게는 그들을 안아 줄 어머니가 없어지게 될 테지. 아이들을 빼앗기게 될 테지. 아이들은 어떻게 되는 것일까? 아! 어린 에밀리와 사랑스러운 아들과 떨어져서는 살 수가 없다. 이렇게 착하고 사랑스러운 아이들인데. 아이들을 빼앗기면 가슴이 갈기갈기 찢어질 거라는 것을 하느님은 아시겠지. 그러나 그녀는 그 아이들을 판다는 것이 무슨 의미인지 알고 있었고, 어쩌면 두 아이는 서로 떨어져 다시는 만나지 못할 수도 있었다. 고독하고 괴로운 어머니의 애처로운 넋두리는 돌로 된 심장도 녹일 정도였다. 그녀의 이름은 엘리자였다. 그리고 다음은 나중에 엘리자에게서 들은 그녀의 인생사다.

엘리자는 워싱턴 근방에 사는 부자 엘리샤 베리의 노예였다. 엘리자는 그자의 농장에서 태어났다고 했던 것 같다. 몇 해 전부터 베리는 방탕한 생활에 빠져 아내와 다툼이 끊이질 않았고, 엘리자가 랜들을 낳은 직후에는 별거에 들어갔다. 원래 살던 집은 아내와 딸에게 넘긴 채, 베리는 근방의 영지에 새 집을 지었다. 그리고 이 집으로 엘리자를 데려갔다. 엘리자에게 자신과 같이 산다면 그녀와 아이를 노예에서 해방시켜 주겠다는 조건을 내걸었던 것이다. 엘리자는 그곳에서 베리와 9년을 살았다. 수발을 들어주는 하인들을 거느리고 온갖 사치와 안락을 누렸다. 에밀리는 바로 베리의 아이였다! 그러던 어느 날 어머니와 함께 본가에 남았던 젊은 여주인이 제이컵 브룩스 씨와 결혼했다. 그리고 어떤 이유에서인지—내가 그녀의 친척에게 들은 바에 따르면—베리 씨도 손을 쓸 수 없는 상태에서 베리 씨의 재산이 분할되었다. 엘리자와 아이들은 브룩스 씨의 소유가 되었다. 어쩔 수 없이 베리와 함께 살았던 9년의 시간 동안 엘리자와 에밀리는 베리 부인과 그 딸이 증오하는 대상이 되어 버렸다. 그녀의 이야기 속에 등장하는 베리 씨는 상냥한 남자였으며, 언제나 그녀에게 자유를 주겠다고 약속했다. 힘만 닿는다면 언제라도 그 약속을 지켜 줄 거라고 믿어 의심치 않았던 남자였다. 엘리자와 아이들이 베리 씨 딸의 수중에 들어간 순간부터 그들이 오랫동안 함께 살 수 없음이 매우 명백해졌다. 브룩스 부인이 엘리자를 보기만 해도 질색을 한 모양이었다. 게다가 배다른 여동생이며 이렇게 인형처럼 어여쁜 아이가 눈앞에 얼쩡거리는 것을 못 견뎌 했다!

　엘리자가 수용소에 들어온 날, 그녀는 전 주인인 베리 씨가 약속한 대로 자유인 증명 서류가 거의 다 완성되었다는 브룩스의 말을 믿고 그를 따라 시내에 나왔다. 눈앞에 다가온 자유에 들뜬 그녀는 어린 에밀리와 함께 가장 좋은 옷을 차려입고 기쁜 마음으로 그를 따라나섰다. 허나 시내에 도착한 순간, 자유인 가족이라는 세례를 받는 대신 노예상 버치의 손에 넘겨졌다. 완성되었다는 서류는 매매 계약서였다. 수년간의 희망이 한순간에 물거품이 되었다. 하루 안에 엘리자는 미칠 듯한 행복이라는 높은 곳에서 배신이라는 가장 깊은 낭떠러지로 떨어지고 만 것이다. 그러니 엘리자가 그토록 애통하게 흐느낀 것도, 수용소 안을 애달픈 울음과 가슴 저민 슬픔으로 가득 채운 것은 당연하지 않은가.

이제 엘리자는 세상을 떠나고 없다. 루이지애나의 낮은 습지 사이를 천천히 흘러가는 레드 강 저 위쪽의 무덤에 묻혔다. 불쌍한 노예가 유일하게 편히 몸을 뉠 수 있는 곳에! 어떻게 엘리자의 두려움이 전부 현실이 되었는지, 엘리자가 어떻게 밤이고 낮이고 끝없는 슬픔에 잠겨 있었는지, 어떻게 엘리자의 가슴이 애끓는 모정으로 썩어 문드러지게 되었는지, 이 모든 것들은 이야기가 진행되면서 차차 알게 될 것이다.

제4장

슬픔에 잠긴 엘리자-출항할 준비-워싱턴의 길거리로 끌려 나가는 노예들-컬럼비아 국회의사당-워싱턴의 무덤-클레먼스레이-증기선 위에서의 아침 식사-행복한 새들-아쿠아 크리크-프레더릭스버그-리치몬드에 도착-구딘과 그의 노예 수용소-신시내티 출신의 로버트-데이비드와 그의 아내-메리와 리시-워싱턴으로 돌아가는 클레먼스-이후에 캐나다로 탈출한 클레먼스-올리언스 호-제임스 H. 버치

 수용소에 감금된 첫날 밤, 엘리자는 두고두고 젊은 여주인의 남편 제이컵 브룩스를 통렬하게 비난했다. 그가 자신을 배신하고 사기를 치려 한다는 것을 알았다면, 차라리 자결했을 거라고 단언했다. 그들은 베리 씨가 농장을 비웠을 때를 기회 삼아 엘리자를 치워 버리기로 한 것이다. 베리는 언제나 엘리자에게 친절했다. 엘리자는 베리를 만나길 바랐지만, 베리라도 이제 와 그녀를 구할 수 없다는 것을 알았다. 그러다가 엘리자는 다시 흐느끼며 잠든 아이들에게 뽀뽀를 하고, 엄마의 무릎을 베고 잠에 빠진 아들에게, 그다음에는 딸에게 이야기를 했다. 그렇게 긴 밤이 흘러갔다. 그리고 아침이 밝고 다시 밤이 내려앉았을 때도 엘리자는 계속해서 슬퍼했으며 그 어떤 위로도 그

녀를 달랠 수 없었다.

그날 밤 자정쯤 감방 문이 열리더니 버치와 래드번이 각자 손에 등불을 들고 들어왔다. 버치가 욕설을 지껄이며 지체 없이 담요를 말아 들고 배 타러 갈 준비를 하라고 명령했다. 서두르지 않으면 배를 놓친다고 으름장을 놓았다. 버치가 곤히 잠든 아이들을 거칠게 흔들어 깨웠지만 아이들은 정신을 차리지 못했다. 버치는 욕설을 지껄이며 마당으로 나갔다. 다락에 있는 클레먼스 레이를 불러 담요를 가지고 감방으로 오라고 명령했다. 클레먼스가 나타나자, 버치는 우리를 한 줄로 세우고 줄줄이 손에 족쇄를 연결했으며 내 왼손을 자신의 오른손에 묶었다. 존 윌리엄스는 우리가 출발하기 하루 이틀 전 되찾으러 온 주인을 따라 굉장히 기뻐하며 수용소를 떠난 터였다. 클레먼스와 나는 앞으로 행진하라고 명령을 받았고 엘리자와 아이들이 우리 뒤를 따랐다. 우리는 마당으로 나가 지붕이 덮인 통로로 들어섰으며, 그곳의 계단을 올라가 옆문을 통과해 위층 방에 들어섰다. 이리저리 거니는 발소리가 들렸던 바로 그곳이었다. 그 방에는 난로 하나, 낡은 의자 몇 개, 종이가 가득 쌓인 긴 탁자 하나가 있었다. 바닥에 카펫도 깔리지 않은 휑한 방은 일종의 사무실 같았다. 어느 창문 옆에 녹슨 칼 한 자루가 걸려 있던 게 기억난다. 버치의 트렁크가 그곳에 있었다. 나는 그의 명령에 따라 족쇄를 차지 않은 한 손으로 트렁크 손잡이를 들었고, 버치는 또 다른 트렁크를 들었으며, 우리는 감방을 떠난 것과 같은 순서로 정문을 통과해 길거리로 나섰다.

캄캄한 밤이었다. 쥐 죽은 듯 고요한 밤이었다. 펜실베이니아 대로 쪽으로 불빛들, 혹은 반사된 빛들이 보였지만 인적은 없었다. 늦게 귀가하는 사람 한 명조차 보이지 않았다. 나는 도망치기로 거의 마음을 먹은 상태였다. 손목에 채워진 족쇄만 아니었다면 결과가 어떻든 분명 시도는 해 보았을 것이다. 래드번은 행렬의 뒤편에 서서 커다란 막대기를 들고 아이들이 최대한 속도를 내도록 재촉했다. 그렇게 우리는 족쇄를 찬 채 아무 말없이 미국의 수도인 워싱턴의 길거리를 걸었다. 양도할 수 없는 사람의 권리가 생명, 자유, 행복 추구라는 이념하에 세워진 이 미국이란 나라의 길거리를! 만세! 컬럼비아, 참으로 행복한 땅이구나!

증기선에 도착하자 버치는 서둘러 우리를 배에 태운 뒤 화물통과 상자가 가득한 화물칸 안에 가두었다. 흑인 하인 한 명이 등을 켜고 종을 울렸고, 곧 증기선은 포토맥 강을 따라 내려가며 우리를 알 수 없는 곳으로 데려가기 시작했다. 증기선이 워싱턴 장군의 무덤을 지나는 순간 종이 울렸다! 분명 버치는 모자를 벗고 조국의 자유를 위해 목숨을 바쳐 빛나는 업적을 세운 남자의 성스러운 재 앞에서 경건하게 고개를 숙였으리라.

그날 밤 랜들과 어린 에밀리를 제외하고 아무도 잠을 이룰 수 없었다. 처음으로 클레먼스 레이가 슬픔에 빠져 맥을 추지 못했다. 그에게 남부로 가는 것은 세상에서 가장 끔찍한 일이었다. 어린 시절 친구들과 지인들을, 그의 마음에서 가장 소중하고 사랑스러운 것들을 떠나 이대로 다시는 돌아오지 못할 가능성이 높으니 말이다. 클레먼스와 엘리자는 함께 울음을 터트리며 잔혹한 운명을 한탄했다. 나로 말할 것 같으면 물론 힘들기는 했으나 기운을 잃지 않으려 애썼다. 머릿속으로 백여 가지는 되는 탈출 계획을 세웠고, 어떻게든 기회만 생기면 실행에 옮기기로 마음을 단단히 먹고 있었다. 또한 다시는 내가 자유인이라는 사실을 언급하지 않기로 마음을 다잡았다. 그래 봐야 끔찍한 처벌을 받고 탈출할 기회만 줄어들 게 뻔했으니까.

아침 해가 뜨자, 우리는 갑판으로 불려 나가 아침 식사를 했다. 버치가 손목에 찬 족쇄를 풀어 주었고, 우리는 탁자 앞에 앉았다. 버치가 엘리자에게 술 한잔 하겠냐고 물었다. 엘리자는 정중하게 사양했다. 식탁에는 적막만 감돌았다. 다들 입도 뻥끗 하지 않았다. 우리 식사 시중을 들던 물라토 여자가 우리가 안쓰러워 보였던지 기운을 내라고, 그렇게 축 처져 있지 말라고 달랬다. 아침 식사가 끝나자 족쇄가 다시 채워졌고, 버치는 우리에게 뱃고물 쪽 갑판에 있으라고 명령했다. 다들 상자 위에 모여 앉았지만, 버치 때문에 여전히 묵묵히 입을 다물고 있었다. 이따금씩 증기선의 승객 한 명이 우리 쪽으로 걸어와서는 한동안 우리를 쳐다보다가 아무 말없이 돌아섰다.

아주 화창한 아침이었다. 강을 따라 난 들판은 내가 한 해의 그 계절에 늘 보던 것보다 훨씬 더 일찍 푸르른 초록으로 뒤덮여 있었다. 태양은 따사롭게 빛났으며, 새들은 나무 위에서 지저귀었다. 행복한 새들, 나는 그 새들이 부러웠다. 내게도 날개가 있어, 공중으로 날아올라 더 서늘한 북쪽에서 애비가 돌아오길 기다리는 새끼들에게 날아갈 수 있기를 얼마나 간절히 바랐던가.

오전 중에 증기선은 아쿠아 크리크에 도착했다. 그곳에서 승객들은 마차로 갈아탔는데, 버치와 그가 거느린 다섯 명의 노예는 따로 마차 한 대에 올랐다. 버치는 엘리자의 아이들과 웃고 떠들었고, 한 정류지에서는 그 아이들에게 생강 빵을 사 주기까지 했다. 버치는 내게 고개를 들고 빠릿빠릿한 표정을 지으라고 했다. 고분고분한 태도를 보이면 좋은 주인을 얻을 수 있을지도 모른다면서. 나는 아무 대꾸도 하지 않았다. 나는 그자의 얼굴이 증오스러웠고, 그 얼굴을 쳐다보기도 싫었다. 그저 구석에 앉아 언젠가 내 고향 땅에서 이 독재자를 맞닥뜨리는 날이 오기를 남몰래 희망했다.

프레더릭스버그에 도착한 우리는 역마차에서 기차로 갈아탔고, 어둠이 내리기 전에 버지니아 주의 주요 도시인 리치몬드에 도착했다. 기차에서 내린 우리는 길을 걸어 어느 노예 수용소로 갔다. 기차역과 강 사이에 있는 수용소인데 그곳의 주인은 구딘 씨였다. 워싱턴에 있는 윌리엄스 노예 수용소와 비슷한데, 다만 규모가 좀 더 크고 마당 안의 양쪽 구석에 작은 별채 두 채가 있다. 이런 별채는 노예 수용소 마당에 흔히 있는 것인데, 매매를 하기 전 구매자들이 인간 가축을 검사하는 용도로 사용되는 곳이다. 말을 살 때와 마찬가지로 노예의 건강 상태가 좋지 못하면 몸값이 떨어진다. 품질보증기간이 없는 경우, 흑인 말을 사 가는 기수들은 특히 더 꼼꼼하게 검사를 한다.

우리는 그 수용소 마당 문 앞에서 구딘을 만났다. 땅딸막한 체구에 얼굴은 둥글고 투실투실했으며 검은 머리카락에 검은 구레나룻, 그자 소유의 흑인들만큼이나 까만 얼굴이었다. 냉정하고 날카로운 인상에 쉰 정도 되어 보였다. 버치는 그와 아주 다정하게 인사를 나누었다. 오랜 친구 사이인 모양이었다. 다정하게 악수를 나눈 다음 버치는 일행을 좀 데려왔다면서 배가 몇 시에 떠나는지 물었고, 구딘은 다음 날 이맘때쯤 떠날 것이라고 대답했다. 그런 다음 구딘은 나를 돌아보더니 내 팔을 잡고 돌려세워 물건을 감정하는 듯, 내 몸값이 얼마나 나가는지 계산하듯, 예리한 눈으로 살펴보았다.

"어이, 어디서 왔지?"

순간 나는 아무 생각 없이 대답했다.

"뉴욕이요."

"뉴욕이라고! 하이구! 거기서 뭘 했는데?"

그가 놀라며 물었다.

순간 버치가 화난 표정으로 나를 쳐다보았고, 그 의미는 이해하기 어렵지 않았다. 나는 얼른 둘러댔다.

"아, 한 번 가 본 것뿐입니다."

그저 뉴욕에 가 본 것뿐이며 뉴욕이나 그 외의 자유주 출신은 아니라는 투로. 그러자 구딘은 클레먼스, 그다음에는 엘리자와 아이들을 각각 살펴보며 이런저런 질문을 던졌다. 그는 에밀리를 보고 아주 좋아했다. 그 아이의 사랑스러운 외모를 본 사람이라면 누구나 그렇듯이 말이다. 에밀리는 내가 처음 본 순간처럼 말끔한 모습은 아니었다. 머리카락이 다소 헝클어져 있었다. 흐트러지긴 했지만 풍성하고 보드라운 머리카락에 감싸인 아이의 얼굴은 여전히 사랑스럽게 반짝반짝 빛났다.
"물건이 꽤 괜찮네. 끝내주게 좋아."
그는 점잖은 기독교인이 사용하지 않는 저속한 단어까지 써가며 강조했다. 그런 후 우리는 마당 안으로 들어갔다. 서른 명쯤은 될 법한 꽤 많은 노예들이 마당 안을 거닐거나 헛간 아래의 벤치에 앉아 있었다. 모두들 깔끔한 차림새였다. 남자들은 모자를 쓰고 있었고, 여자들은 머리에 손수건을 두르고 있었다.
버치와 구딘은 우리를 남겨 두고 주 건물의 뒤편에 위치한 계단을 올라가 문지방에 앉았다. 그러고는 이야기를 나누기 시작했지만 무슨 이야기를 나누는지는 들리지 않았다. 이내 버치가 마당으로 내려와 내 족쇄를 풀더니 작은 별채 중 한 곳으로 나를 데려갔다.
"누가 뉴욕에서 왔다고 하래?"
나는 대답했다.
"뉴욕까지 가 봤다고만 했습니다. 제가 뉴욕 출신이라거나 자유인이란 말은 하지 않았어요. 일부러 한 말은 아닙니다, 주인님. 제가 생각이 짧았습니다."
일순간 버치는 잡아먹을 듯 나를 노려보다가 뒤돌아서서 나갔다. 잠시 후 그가 다시 돌아와 거칠게 내뱉었다.

"뉴욕이나 자유인이란 소리를 다시 한 번만 더 입 밖에 내면 네 놈을 죽여 버릴 거야······. 네 놈을 죽이고 말겠어. 내 말 믿는 게 좋을 거야."

버치는 자유인을 노예로 파는 게 얼마나 위험한 일인지, 얼마나 큰 처벌을 받는 일인지 나보다 더 잘 알고 있었던 것이 분명하다. 내 입을 단속하려 그토록 애쓴 것을 보면. 물론 그에게 내 목숨은 깃털처럼 가볍기 그지없었고, 버치가 한 말에는 한 톨의 거짓도 들어 있지 않았다.

마당 한쪽의 헛간 아래에는 조악한 탁자 하나가 놓여 있고 그 위로는 워싱턴의 수용소와 같은 다락이 있었다. 이 탁자에 앉아 돼지고기와 빵으로 저녁을 먹은 후, 나는 몸집이 큰 황인종 남자와 같이 손목에 족쇄가 채워졌다. 그 남자는 꽤나 덩치가 크고 살집이 탄탄했으며 굉장히 울적한 표정이었다. 그 남자는 지식과 정보가 풍부했다. 함께 사슬에 묶인 처지라 얼마 지나지 않아 우리는 서로에 대해 알게 되었다. 그 남자의 이름은 로버트였다. 나와 마찬가지로 그는 자유인이었으며 신시내티에 아내와 두 아이가 있었다. 그는 살던 도시에서 두 남자에게 고용되어 함께 남부로 왔다고 했다. 자유인 증명 서류가 없어 프레더릭스버그에서 잡혔고, 감금된 뒤에는 나처럼 침묵의 필요성을 깨달을 때까지 매질을 당했다. 구딘의 수용소에 머문 지는 삼 주 정도 되었다. 나는 이 로버트란 친구에게 커다란 애정을 가지게 되었다. 서로의 처지가 비슷해 공감하고 이해할 수 있었으니까. 허나 그로부터 며칠 지나지 않아 나는 죽음이 그 친구를 데려가는 것을 그저 눈물을 흘리며 비통한 심정으로 지켜보아야 했다!

로버트와 나, 클레먼스, 엘리자와 아이들은 그날 밤 마당의 작은 별채에서 바닥에 담요를 깔고 잤다. 그 별채 안에는 같은 농장 출신으로 노예상에게 팔려 남부로 가는 중인 다른 네 명의 노예도 함께였다. 둘 다 물라토인 데이비드와 그의 아내 캐롤라인은 극심한 불안감에 시달리고 있었다. 그들은 사탕수수 밭과 목화 농장에 가는 것은 생각만 해도 두렵지만, 그보다 둘이 떨어지게 되는 것이 무엇보다 무섭다고 했다. 키가 크고 호리호리한 메리라는 소녀는 유난히 피부가 까맸는데 기운이 없고 무심했다. 그 계급의 많은 사람들이 그렇듯, 그 소녀는 자유라는 단어가 있는지도 잘 모르고 있었다. 무식한 짐승 같은 작자에게 길러져 그 짐승 같은 작자와 다를 것 없는 지능 수준밖에 갖추지 못했다. 수많은 노예들과 마찬가지로 주인의 매질만을 두려워하고, 주인의 목소리에 복종하는 것밖에 모르는 아이였다. 나머지 한 명은 리시였다. 리시는 메리와는 성격이 정반대였다. 머리카락은 길고 곧았으며 흑인이라기보다는 인디언에 가까운 외모였다. 눈은 날카롭고 앙심을 품고 있었으며, 끝없이 증오와 복수의 말을 내뱉었다. 리시의 남편은 이미 다른 데로 팔려갔다. 리시는 자신이 있는 곳이 어딘지 몰랐다. 주인이 바뀐다고 해도 더 나빠질 수는 없을 것이며, 어디로 가든 상관없다고 했다. 이 절망에 찬 여자는 자기 얼굴의 흉터들을 가리키며, 언젠가 놈들의 피로 이 흉터들을 없앨 수 있길 바랐다!

서로의 끔찍한 사연을 이야기하는 동안, 엘리자는 구석에 앉아 아이들을 위해 찬송가를 부르고 기도를 했다. 나는 너무나도 잠이 부족하고 지쳤던 나머지 그 달콤한 목소리를 듣다가 로버트 옆 바닥에 누웠다. 곧 내 처지는 잊고 해가 뜰 때까지 잠을 잤다.

아침이 오자 마당으로 끌려 나가 씻은 다음, 구딘의 감독하에 담요를 말아 들고 여정을 계속할 준비를 했다. 클레먼스 레이는 이곳에 남으라는 명령을 받았다. 어떤 이유에서인지 버치가 클레먼스를 다시 워싱턴으로 데려가기로 결정한 것이다. 클레먼스는 크게 기뻐했다. 우리는 클레먼스와 악수를 나눈 후 리치몬드의 노예 수용소를 떠났고, 이후로는 클레먼스를 만나지 못했다. 하지만 나는 자유를 되찾은 후 놀라운 사실을 알게 되었다. 클레먼스가 탈출에 성공해, 자유의 땅 캐나다로 가는 길에 사라토가에 있는 내 처남의 집에서 하룻밤을 머물며 나를 마지막으로 만난 장소와 내 처지를 알려 주었다는 것이다.

오후에 우리는 둘씩 나란히 줄을 섰다. 로버트와 내가 선두에 서서 버치와 구딘을 따라 섰다. 마당을 나서서 리치몬드의 거리를 지나 올리언스 호로 향했다. 올리언스 호는 커다란 크기에 완전한 장비를 다 갖춘 배로, 주로 담배를 실어 나르는 화물선이었다. 5시쯤 모두 배에 올랐다. 버치가 우리에게 각각 양철 컵 하나와 숟가락 하나를 나누어 주었다. 그 배에는 클레먼스를 제외한, 수용소에 있던 노예 40명 전부가 타고 있었다.

나는 빼앗기지 않은 작은 주머니칼로 양철 컵에 내 이름 이니셜을 새기기 시작했다. 일행들이 그 즉시 내 주변으로 몰려들어 자기 컵에도 이름을 새겨 달라고 부탁했다. 나는 그들이 자신의 이름을 잊지 않도록 일일이 컵에 이름을 새겨 주었다.

밤이 되면 버치는 우리 모두를 화물칸에 몰아넣은 뒤 그 문의 빗장을 걸어 잠갔다. 우리는 상자 위나 담요를 펼 수 있는 여유만 있으면 바닥 어디든 자리를 깔고 누웠다.

버치는 리치몬드까지만 우리와 동행한 뒤, 클레먼스를 데리고 워싱턴으로 돌아갔다. 그 후로 12년이란 기간이 흐른 뒤인 지난 1월에야 나는 워싱턴 경찰서에서 그자의 얼굴을 다시 마주했다.

제임스 H. 버치는 노예상이었고, 저렴한 가격에 남자와 여자, 아이들을 사서 웃돈을 얹어 팔았다. 남부에서는 인간을 사고파는 장사꾼으로 악명이 자자했다. 이제 그자는 이 이야기에서 사라지지만, 이야기가 마무리되기 전에 다시 등장하게 될 것이다. 사람에게 매질을 하는 독재자가 아닌, 법정에 선 비굴한 범죄자의 모습으로. 다만 법정이 그에게 올바른 판결을 내리지 못했다는 점이 유감스러울 따름이다.

제5장

노포크에 도착-프레더릭과 마리아-자유인 아서-승무원으로 임명되다-짐, 쿠피, 그리고 제니-폭풍-바하마 뱅크-가라앉은 폭풍-음모-보트-천연두-로버트의 죽음-선원 매닝-선실-편지-뉴올리언스에 도착-자유를 되찾은 아서-인수인 티오필러스 프리먼-플랫-뉴올리언스 노예 수용소에서 보낸 첫날 밤

우리 모두가 배에 오르자 올리언스 호는 제임스 강을 따라 내려갔다. 체사피크 만에 접어든 다음 날 노포크 시의 맞은편에 도착했다. 배가 정박해 있는 동안, 도시 쪽에서 거룻배 한 척이 다가왔다. 그 안에는 네 명의 노예가 타고 있었다. 노예로 태어난 열여덟 살 소년 프레더릭과 몇 살 더 많은 헨리도 그중에 있었다. 둘 다 그 도시에서 집안일을 돌보는 하인으로 일했다. 마리아는 점잖은 집안에서 자란 것 같은 예쁘장한 흑인 소녀였지만, 무지하고 허세가 심했다. 소녀는 뉴올리언스로 간다는 생각에 잔뜩 들떠 있었다. 자신의 외모가 꽤나 매력적이라 생각하는지 콧대가 이만저만 높은 게 아니었다. 심지어 뉴올리언스에 도착한 즉시 분명 보는 눈이 있는 부유한 독신남이 바

로 자신을 사 갈 거라고 동료들에게 호언장담하기까지 했다!

하지만 넷 중에서 가장 눈에 띄는 인물은 아서라는 남자였다. 거룻배 안에서 그는 간수들과 완강히 몸싸움을 벌였다. 그를 배 위로 끌어올리려고 전력을 다해야 했다. 아서는 큰 소리로 자신이 받고 있는 대우를 항의하며 당장 풀어 달라고 요구했다. 얼굴은 퉁퉁 부은 데다가 온통 상처와 멍투성이었고, 뺨 한쪽은 다 터진 상태였다. 간수들은 서둘러 그를 화물칸 안으로 밀어 넣었다. 나는 그가 몸부림을 치며 부르짖는 통에 그의 사정을 대략적으로 들었다. 후에 좀 더 자세한 이야기를 들은 바에 따르면 그의 사정은 이랬다. 아서는 오랫동안 노포크 시에 살았고 자유인이었다. 그곳에 가족이 있었으며 직업은 석공이었다. 하루는 늦게까지 일을 하고 밤늦게 도시 외곽의 집으로 돌아가는 길에, 인적이 드문 거리에서 웬 일당에게 공격을 받았다. 그는 힘이 다할 때까지 맞서 싸웠다. 하지만 결국 그 일당에게 제압당하고 말았고, 그 일당은 그에게 재갈을 물리고 밧줄에 묶고 의식을 잃을 때까지 구타했다. 사나흘 동안 일당은 그를 노포크의 노예 수용소에 가두어 두었다. 남부의 도시에는 노예 수용소가 아주 흔한 모양이다. 그날 밤 그는 바깥으로 끌려 나와 거룻배에 태워졌고, 강 위에서 우리가 도착하길 기다렸다. 하지만 결국에는 그 역시 침묵하게 되었다. 울적하게 입을 다물고 혼자만의 생각에 빠져들었다. 이 남자의 결연한 얼굴에는 절망이 깃들어 있었다.

노포크를 떠난 후로 손목에 차고 있던 족쇄는 풀렸고, 낮 동안에는 갑판에 나와 있어도 좋다는 허락을 받았다. 선장은 로버트를 웨이터로 골랐고, 나는 요리 감독과 음식과 물을 나르는 일을 맡았다. 내 보조는 세 명이었는데 짐과 쿠피, 그리고 제니였다. 제니가 맡은 일은 커피를 준비하는 것이었는데, 그 커피란 주전자에 볶은 옥수수 가루를 물을 넣고 끓여 당밀로 달게 한 것이었다. 짐과 쿠피는 옥수수빵과 베이컨을 구웠다.

나는 통 위에 넓은 판자를 올려놓은 탁자 옆에 서서 고기와 딱딱한 옥수수빵을 한 점씩 썰어 건네고, 제니가 끓여 온 커피 주전자에서 커피를 한 잔씩 따라 주었다. 접시 따윈 없었고, 검은 손가락이 칼과 포크를 대신했다. 짐과 쿠피는 조용히 맡은 일에만 전념했는데, 보조 주방장이라는 지위에 좀 우쭐해 있었고, 막중한 책임을 맡았다고 느낀 것이 분명했다. 나는 승무원이라 불렸는데, 이 호칭은 선장이 붙여 주었다.

노예들은 10시와 5시 하루에 두 번 식사를 했고, 언제나 위에서 설명한 것과 같은 방식으로 같은 종류와 같은 양의 음식을 먹었다. 밤이면 화물칸에 갇혔고 문은 단단히 잠겼다.

육지가 시야에서 사라지기가 무섭게 격렬한 폭풍우에 갇히고 말았다. 이러다가 가라앉는 게 아닌가 싶을 정도로 배는 심하게 일렁거렸다. 몇몇은 뱃멀미에 시달렸고, 또 몇몇은 무릎을 꿇고 기도를 했으며, 또 몇몇은 공포에 휩싸여 서로를 꼭 끌어안았다. 뱃멀미 때문에 우리가 감금된 곳은 혐오스럽고 구역질 나는 곳이 되어 버렸다. 차라리 그날 우리를 연민한 바다가 우리를 냉혹한 자들의 손아귀에서 낚아채 주었다면, 우리 대부분은 차라리 행복했으리라. 수백만 번의 채찍질의 고통과 결국에 이어질 비참한 죽음을 피할 수 있었으리라. 랜들과 어린 에이미가 바다 괴물의 입속으로 가라앉는 것이 무조건적인 고통의 삶으로 끌려 들어가는 것보다 더 나았으리라.

폭풍이 잦아든 지 사흘째 되던 날, '나침반' 혹은 '바다의 구멍'이라 불리는 바하마 뱅크가 시야에 들어왔다. 바람 한 점 불지 않았고, 만의 물은 마치 석회수처럼 새하얬다.

순서대로 일어난 일을 이야기하다 보니, 이제 떠올릴 때마다 후회가 밀려오는 사건을 이야기할 차례가 왔다. 나는 노예라는 속박에서 벗어날 수 있게 해 주시고, 자비로운 개입으로 내 손에 그분의 창조물들의 피를 묻히지 않게 해 주신 하느님께 감사했다. 한 번도 그런 상황에 처해 보지 않은 자들이 내게 가혹한 평가를 내리지 않게 해 주신 것을. 사슬에 묶여 매질을 당해 보지 않은 자는, 나와 같은 상황에 처해 보지 않은 자는, 집과 가족에게서 떨어져 속박의 땅에 갇혀 보지 않은 자는, 아무리 자유를 얻기 위해서라지만 어떻게 그런 생각을 할 수 있냐는 말을 감히 하지 말아야 할 것이다. 그때 나의 행동을 하느님과 사람들이 어디까지 이해해 줄지, 이제 와 생각해 본들 무슨 소용 있을까. 그저 심각한 결과를 초래했을 일을 실행에 옮기지 않은 것이 다행스러울 따름이다.

폭풍이 잦아든 첫날 저녁때쯤 아서와 나는 뱃머리의 권양기 위에 앉았다. 우리를 기다리는 운명에 대해 이야기를 나누며 우리의 불행을 함께 슬퍼했다. 아서는 우리 앞에 놓인 삶을 사는 것보다 차라리 죽는 게 훨씬 낫다고 했고, 나 역시 그 말에 동의했다. 한참 동안 우리는 아이들과 과거의 삶, 탈출할 가능성에 대해 이야기했다. 그러다가 우리 둘 중 하나가 배를 탈취하자는 제안을 하기에 이르렀다. 배를 탈취하는 데 성공할 경우 뉴욕항까지 갈 수 있는지에 대해서도 의논했다. 나는 나침반 사용법 따윈 몰랐다. 다만 위험한 모험을 감행한다는 생각에 들떠 있었다. 우리에게 유리한 기회와 그렇지 않은 기회, 선원과 마주치는 상황 등을 검토했다. 믿고 의지할 수 있는 사람과 그렇지 않은 사람, 급습에 적절한 시간과 방법을 전부 이야기하고 또 이야기했다. 그 계획이 떠오른 순간부터 나는 희망을 품기 시작했다. 나는 머릿속으로 그 계획을 끝없이 생각했다. 난관이 하나씩 떠오를 때마다 그 난관을 극복할 방법을 찾아내며 성급한 자만심에 빠졌다. 다른 이들이 잠을 자는 동안 아서와 나는 그 계획을 더더욱 구체화했다. 마침내 아주 조심스럽게 로버트에게 우리의 의도를 슬쩍 알렸다. 로버트는 선뜻 그 계획을 반기며, 열성적으로 우리의 음모에 참가했다. 그 외에는 우리가 감히 신뢰하고 계획을 털어놓을 만한 노예는 없었다. 두려움과 무지 속에서 살아온 그들은, 자신들이 그 특유의 노예근성으로 백인에게 얼마나 비굴하게 구는지 알지 못했다. 그런 그들에게 그렇게 과감한 비밀을 털어놓는다는 것은 위험한 일이었고, 마침내 우리 셋은 그 무시무시한 계획을 떠맡기로 결심했다.

좀 전에도 말했듯이 밤이면 우리들은 전부 화물칸에 갇혔고

문은 빗장이 걸려 잠겼다. 가장 큰 문제는 어떻게 갑판으로 나가냐 하는 점이었다. 나는 뱃머리에 작은 보트 한 척이 뒤집혀 있는 것을 본 적이 있었다. 문득 그 아래에 숨을 수도 있겠다는 생각이 떠올랐다. 밤이면 화물칸 안에 우리를 서둘러 밀어 넣으니 무리에서 한두 명쯤 빠져도 눈치채지 못할 것 같았다. 실현 가능성을 확인해 보기 위해 내가 실험을 해 보기로 했다. 다음 날 저녁, 저녁 식사를 마친 후 나는 기회를 노리다가 재빨리 그 보트 아래에 몸을 숨겼다. 갑판에 바짝 엎드리자 주변 정황이 훤히 보였는데 아무도 내가 사라진 걸 눈치채지 못했다. 아침이 되어 일행이 다시 갑판 위로 나오자, 숨어 있던 곳에서 슬쩍 나와 무리에 끼어들었다. 결과는 아주 만족스러웠다.

선장과 항해사는 갑판 앞쪽의 선실에서 잠을 잤다. 웨이터 노릇을 하며 자주 그 구역에 드나들었던 로버트를 통해, 선장과 항해사가 있는 선실의 정확한 위치를 확인했다. 로버트는 또한 선실의 탁자 위에 항상 권총 두 자루와 날이 휜 단검 한 자루가 놓여 있다는 사실도 알려 주었다. 요리사는 갑판의 주방에서 잠을 잤는데, 주방이라고 하긴 뭣한 게 필요시에 편리하게 이동할 수 있는 바퀴 달린 수레였다. 여섯 명밖에 되지 않는 선원들은 갑판 앞쪽이나 삭구 장치 사이의 해먹에서 잠을 잤다.

마침내 모든 준비가 끝났다. 아서와 나는 소리 없이 몰래 선장의 선실로 숨어들어 권총 두 자루와 단검을 챙겨 가능한 한 빠르게 선장과 항해사를 해치우기로 했다. 로버트는 곤봉을 들고 선실로 이어지는 갑판의 문 앞을 지키다, 만약 선원들이 나타날 경우 우리가 나타나 도울 때까지 막아서기로 했다. 그 후로는 상황을 봐서 대처하기로 했다. 저항을 예방하기 위해서는 단번에 공격을 감행해 성공해야 했고, 화물칸의 빗장은 그대로 걸어 두어야 했다. 빗장을 열었다가는 노예들이 갑판으로 쏟아져 나올 테고 정신없이 북적거리고 혼란한 상황에서 자유를 되찾기는커녕 외려 목숨을 잃을 수도 있을 테니 말이다. 배를 탈취하는 데 성공한다면, 내가 이 지역의 지리는 잘 모르지만 선장 노릇을 맡아 북쪽으로 배를 몰기로 했다. 행운의 바람이 우리를 자유의 땅으로 데려가 주길 바라면서.

항해사의 이름은 비디였고, 내가 한 번 들은 이름은 웬만하면 잊지 않는 편이지만 선장의 이름은 지금 기억이 나지 않는다. 선장은 작은 키에 점잖은 남자로, 언제나 당당하게 허리를 꼿꼿이 세우고 다녔으며 용기의 화신같이 생긴 남자였다. 만약 그 선장이 아직 살아 있다면 이 글을 읽고, 그의 항해 일지에는 적혀 있지 않은, 1841년 리치몬드에서 뉴올리언스로 향하던 그 화물선의 여정에 관한 새로운 사실을 알게 될지도 모르겠다.

우리는 만반의 준비가 되어 있었고, 계획을 실행에 옮길 기회가 오기만을 초조하게 기다렸지만, 예측하지 못한 안타까운 사건으로 인해 수포로 돌아가고 말았다. 로버트가 병에 걸린 것이다. 그는 곧 천연두에 걸렸다는 진단을 받았다. 상태가 점점 악화되더니 결국 뉴올리언스에 도착하기 나흘 전에 죽고 말았다. 선원 한 명이 로버트를 담요에 넣고 꿰맨 다음 그의 발치에 커다란 돌덩이 하나를 넣었다. 그리고 불쌍한 로버트의 시신을 화물 창구에 눕히고 도르래를 이용해 난간 위로 끌어 올린 다음 만의 하얀 물보라 속으로 떨어뜨렸다.

천연두의 출현에 우리 모두는 겁에 질렸다. 선장은 화물칸 안 구석구석에 석회 가루를 뿌리라고 지시하고, 그 외에도 다른 안전 조치를 취했다. 하지만 나는 로버트의 죽음과 전염병으로 인해 무거운 슬픔에 짓눌렸고, 깊은 절망에 잠긴 채 거대한 물줄기만 멍하니 내다보았다.

로버트를 보내고 하루 이틀이 지난 저녁, 선실 근처의 화물 창구에 기대어 수심에 잠겨 있는데, 선원 한 명이 상냥한 목소리로 왜 그렇게 기운이 없냐고 물어 왔다. 그 선원의 목소리와 태도에 마음을 놓은 나는 내가 자유인이고 납치되었기 때문이라고 털어놓았다. 그러자 그런 경우라면 누구라도 상심할 거라고 맞장구를 치며 계속해서 내 사정을 캐물었다. 그 선원은 내 사연에 큰 관심을 보이며, 선원 특유의 무뚝뚝한 말투로 배가 두 동강이 나는 한이 있어도 나를 돕겠다고 맹세했다. 나는 친구에게 편지를 쓸 수 있도록 펜과 잉크, 종이를 구해 달라고 부탁했다. 그는 그러겠다고 약속했다. 하지만 어떻게 들키지 않고 편지를 쓸 수 있을지가 문제였다. 그 선원의 일과가 끝나고 다른 선원들이 잠자는 동안 선실에 갈 수만 있다면, 편지를 쓸 수 있을 텐데. 계속해서 그 작은 보트가 떠올랐다. 그 선원은 우리가 미시시피 강의 입구에 위치한 볼리즈에서 그리 멀리 떨어져 있지 않으며, 빨리 편지를 쓰지 않으면 기회를 놓칠 거라고 했다. 따라서 약속을 정한 다음, 나는 다음 날 밤 다시 한 번 보트 아래에 몰래 숨어들었다. 그의 일과는 자정에 끝났다. 나는 선실로 들어가는 그를 보고 1시간 뒤쯤 그의 뒤를 따라갔다. 그는 탁자 앞에 앉아 꾸벅거리며 졸고 있었고, 탁자 위에는 창백한 불빛이 깜빡였으며 펜 하나와 종이도 있었다. 내가 안으로 들어서자 그가 잠에서 깨어 나를 옆자리에 앉히고는 종이를 가리켰다. 나는 샌디힐의 헨리 B. 노섭 앞으로 편지를 썼다. 납치를 당해 뉴올리언스행 올리언스 호에 탔다고 사정을 설명하고, 이 여정의 종착지는 알 수 없지만 어떻게 해서든 나를 구출해 달라고 부탁했다. 내가 편지를 봉인하고 주소를 적자, 매닝은 그 편지를 받아 들고는 뉴올리언스 우체국에서 꼭 부치겠다고 약속했다. 나는 서둘러 다시 보트 아래에 숨었고, 아침이 되어 노예들이 갑판 위로 나와 어슬렁거릴 때 몰래 기어 나가 무리 속에 섞였다.

나의 친구 존 매닝은 본래 영국인으로 갑판에 발을 붙인 선원들 중 가장 고귀하고 마음이 넓은 선원이었다. 그가 사는 곳은 보스턴이었다. 키가 크고 체격이 좋았으며 스물네 살쯤으로 얼굴에는 마맛자국이 좀 있었지만 아주 사람 좋은 인상이었다.

별일 없는 단조로운 일상이 이어지다가 어느덧 뉴올리언스에 도착했다. 배가 부두에 다 들어서기도 전에 해안으로 뛰어내려 서둘러 시내로 향하는 매닝이 보였다. 그는 발걸음을 재촉하면서 자신이 시내에 서둘러 가는 이유를 확인시켜 주듯,

의미심장하게 어깨 너머로 나를 흘끗 쳐다보았다. 다시 배로 돌아온 그는 내 옆을 가까이 지나가면서 팔꿈치로 툭 치고는 묘한 윙크를 했다. '다 잘 됐어.'라고 말하듯이.

내가 이후에 알게 된 바에 따르면 그 편지는 샌디힐에 도착했다. 노섭 씨가 올버니를 방문해 슈어드 주지사에게 그 편지를 보여 주었지만, 내가 있을 법한 장소에 대한 확실한 정보는 전혀 없었기에 기관에서 취할 수 있는 조치가 없다는 답변뿐이었다. 결국 내가 있는 장소를 알아낼 때까지 기다려 보기로 기약 없이 미뤄졌다.

부두에 도착한 순간, 행복하고 감동적인 장면이 펼쳐졌다. 매닝이 배에서 내려 우체국으로 향하는 순간, 두 남자가 다가와 큰 소리로 아서를 불렀다. 그들을 알아본 아서는 큰 기쁨에 미친 사람처럼 날뛰었다. 그는 참지 못하고 배에서 훌쩍 뛰어내렸다. 곧 그들을 만난 아서는 둘의 손을 꽉 잡고 아주아주 오랫동안 그들을 꼭 끌어안았다. 그들은 노포크에서 온 남자들로, 아서를 구하기 위해 뉴올리언스로 온 것이다. 아서를 납치한 자들은 체포되어 노포크 감옥에 수감되었다고 했다. 그들은 선장과 잠시 이야기를 나눈 다음, 기쁨에 찬 아서와 함께 떠났다.

하지만 부두에 모여든 수많은 인파들 중에 나를 알거나 내게 신경 쓰는 사람은 한 명도 없었다. 단 한 명도. 나를 반기는 익숙한 목소리도, 내가 전에 본 적 있는 단 하나의 얼굴도 없었다. 아서는 곧 가족과 재회하고, 자신에게 잘못을 저지른 악당들이 벌을 받는 것을 만족스럽게 지켜볼 텐데. 아아, 내 가족은? 나는 다시 내 가족을 만날 수 있을까? 나는 처절하게 외로웠고, 내 심장에는 절망과 슬픔이 가득 들어차 차라리 로버트와 함께 바다 밑으로 가라앉았으면 싶은 심정이었다.

이내 노예 거래상들과 인수인들이 배에 올랐다. 키가 크고 창백하고 야윈 얼굴에 약간 화가 난 표정의 남자 한 명이 손에 서류를 들고 나타났다. 버치의 노예 무리인 나와 엘리자와 아이들, 해리, 리시, 그리고 리치몬드에서 합류한 몇 명이 그에게 인수되었다. 이 신사는 티오필러스 프리먼 씨였다. 그는 서류를 보고 외쳤다.

"플랫!"

아무도 대답하지 않았다. 그 이름을 몇 번이고 불렀지만 여전히 아무도 대답하지 않았다. 그러자 이번에는 리시의 이름이 불렸고, 그다음엔 엘리자, 해리까지, 목록이 끝날 때까지 이름이 불린 사람들은 앞으로 나섰다.

"선장, 플랫은 어딨소?"

티오필러스 프리먼이 따져 물었다. 선장은 대답하지 못했다. 갑판 위에서 그 이름에 대답한 사람은 아무도 없었기 때문이다.

"저 깜둥이는 누가 실었어요?"

그가 나를 가리키며 선장에게 물었다.

"버치요."

선장이 대답했다.

"네 이름이 플랫이군. 인상서와 일치해. 왜 앞으로 나오지 않은 거지?"

그가 화난 목소리로 내게 따졌다. 나는 그게 내 이름이 아니며, 그런 이름으로 불려 본 적은 한 번도 없지만 그렇게 불린다고 해도 괜찮다고 대답했다.

"자, 그게 네 이름이야. 앞으로 잊기만 해 봐, 아주 그냥……."

티오필러스 프리먼 씨는 모욕적인 언동에 있어서는 동업자인 버치에게 조금도 뒤지지 않았다. 배 위에서 나는 '승무원'이라는 이름으로 통했고, 플랫이란 이름으로 불리는 것은 이번이 처음이었다. 그 이름이 바로 버치가 그의 동업자에게 전달한 이름이었다. 배 위에서 나는 한 줄의 쇠사슬에 묶인 채 부두에서 일하는 노예들을 보았다. 우리는 그 노예들 옆을 지나 프리먼의 노예 수용소로 끌려갔다. 프리먼의 수용소는 리치몬드에 있는 구딘의 수용소와 아주 흡사했지만, 마당 둘레는 벽돌담 대신 끝이 뾰족한 판자가 둘러싸고 있었다.

이 수용소에는 우리 일행을 포함해 적어도 오십 명이 수용되어 있었다. 마당에 있는 작은 별채 한 곳에 담요를 펴 놓고, 호출을 받고 나와 식사를 했다. 밤이 되기 전까지는 마당 안을 산보해도 좋으며, 밤이 되면 헛간 아래든, 다락이든, 마당이든 원하는 데서 자도 좋다고 했다.

그날 밤 잠을 이룰 수가 없었다. 여러 가지 생각으로 머릿속이 복잡했다. 내가 정말로 집에서 수천 킬로미터 떨어진 곳에 있는 것일까? 내가 정말로 멍청한 짐승처럼 길거리를 끌려다 닌 것일까? 내가 정말 사슬에 묶여 무자비하게 매질을 당한 것일까? 내가 정말 노예가 되어 노예들 무리에 끼어 있는 것일까? 지난 몇 주간 일어난 일들이 정말로 현실인가? 아니면 내가 길고 긴 악몽을 꾸고 있는 것일까? 아니, 꿈이 아니었다. 내 슬픔의 잔이 가득 차 넘쳐흘렀다. 나는 하느님을 향해 양손을 들어 올렸다. 여전히 야간 감시꾼들이 지켜보고 있었고 주위는 잠든 동료들이 둘러싸고 있었지만, 나는 불쌍하고 버림받은 포로에게 자비를 내려 달라고 애원했다. 전지전능하신 하느님 아버지께, 자유인과 노예를 두루 살피시는 하느님 아버지께 기도를 드렸다. 비탄에 잠긴 영혼의 애원을 쏟아부으며 고된 짐을 견딜 힘을 달라고 간청했다. 아침 햇살에 동료들이 깨어 또다시 고된 하루를 시작할 때까지 밤새도록.

제6장

프리먼의 사업-세수와 옷-쇼룸에서의 연습-춤-바이올린 연주자 밥-도착한 고객들-노예 검사-뉴올리언스의 노신사-팔려 간 데이비드와 캐롤라인, 리시-헤어지게 된 랜들과 엘리자-천연두-병원-회복, 그리고 프리먼의 노예 수용소로 돌아오다-엘리자와 해리, 플랫의 구매자-어린 에밀리와 헤어지는 엘리자의 고통

아주 쾌활하고 독실한 티오필러스 프리먼 씨는 제임스 H. 버치의 동업자 혹은 인수자이자 뉴올리언스에 있는 노예 수용소의 관리인이었다. 그런 그가 아침 일찍 자신이 키우는 인간 가축들을 깨우러 나왔다. 버치가 나이 든 노예들을 발로 툭툭 걷어차고 젊은 노예들의 귓전에 날카로운 채찍 소리를 퍼붓는 통에 이내 노예들이 다들 잠에서 깨어 일어났다. 티오필러스 프리먼 씨는 아주 부지런하게 부산을 떨며 소유물을 판매소에 내놓을 준비를 했다. 본격적으로 장사를 시작할 모양이었다.

먼저 우리는 깨끗하게 씻고 수염이 있는 자들은 면도를 했다. 싸구려지만 깨끗한 새 옷도 받았다. 남자들은 모자와 외투, 셔츠, 바지, 신발을 받았고, 여자는 무명 원피스와 머리를 가릴

손수건을 받았다. 그런 다음 마당과 인접한 건물의 정면에 위치한 커다란 방 안으로 들어가, 고객들이 입장하기 전에 적절한 교육을 받았다. 방 한쪽에는 남자들이, 맞은편에는 여자들이 늘어섰다. 가장 키가 큰 사람을 선두로 키 순서대로 일렬로 섰다. 여자 행렬의 맨 끝은 에밀리였다. 프리먼은 우리에게 각자의 자리를 명심하라고 했다. 빠릿빠릿하고 활기찬 모습을 보여야 한다고 훈계하기도 했고, 때로는 위협하기도 했고, 또 여러 가지 이유를 들어 살살 회유하기도 했다. 낮 동안 그는 우리에게 '빠릿빠릿해 보이는 법'을 가르쳤고 정확하게 각자의 자리에 서는 방법을 연습시켰다.

식사를 하고 오후에는 다시 행진을 하고 춤추는 연습을 했다. 한동안 프리먼의 소유였던 밥이란 흑인 소년이 바이올린을 연주했다. 그 아이 옆에 서 있던 나는 과감하게도 그 아이에게 〈버지니아 무곡〉을 연주할 수 있냐고 물었다. 아이는 못 한다고 대답하며 내게 그 곡을 연주할 수 있냐고 물었다. 그렇다고 대답하자 아이가 내게 바이올린을 건넸다. 내가 그 곡을 연주하자, 프리먼이 나에게 계속해서 연주하라고 명령했다. 내 연주가 꽤 만족스러운 듯 밥에게 내 실력이 훨씬 낫다고도 했다. 이 말에 내 음악 동료인 아이는 굉장히 상심한 표정을 지었다.

다음 날 프리먼의 '새 물건들'을 살펴보러 수많은 고객들이 찾아왔다. 프리먼은 수다스럽게 우리의 장점과 자질에 대해 한참 늘어놓았다. 프리먼은 우리더러 고개를 들고 씩씩하게 앞뒤로 걸어 보라고 명령했고, 그동안 고객들은 우리 손과 팔과 몸을 만져 보고 우리를 이리저리 돌려 보고 무엇을 할 수 있느냐고 묻기도 하고, 입을 벌려 치아를 살펴보기도 했다. 기수가 말을 사기 전에 말을 검사하는 것과 똑같았다. 가끔씩 남자 노예나 여자 노예가 마당의 작은 별채로 끌려가 옷을 죄다 벗은 채 더 자세한 검사를 받기도 했다. 노예의 등에 난 흉터들은 반항적이거나 다루기 힘든 성격이라는 증거였고, 판매에 지장이 되는 요소였다.

마부를 구한다는 어느 노신사 한 분이 나를 마음에 들어 하는 것 같았다. 버치와 나누는 이야기를 통해, 그가 이 도시에 거주한다는 것을 알았다. 나는 그 사람이 나를 사 가기를 간절히 바랐다. 뉴올리언스에 머무른다면 북쪽행 배에 몰래 올라타 탈출할 수도 있을 거라 생각했기 때문이다. 프리먼은 그에게 1,500달러를 요구했다. 노신사는 요즘같이 사정이 어려운 때에 그건 너무 과한 액수라고 고개를 절레절레 저었다. 프리먼은 내가 건전하고 건강하며, 체격도 좋고 머리도 좋다고 우겼다. 내 음악적 재능에 대해서도 늘어놓았다. 그 노신사는 깜둥이가 다 거기서 거기지 특별할 게 뭐 있냐고 노련하게 받아치더니, 결국에는 아쉽게도 다시 방문하겠노라며 떠났다. 그래도 낮 동안 몇 건의 판매가 이루어졌다. 데이비드와 캐롤라인은 함께 나체즈의 농장주에게 팔렸다. 둘은 헤어지지 않았다는 사실에 환히 웃으며 아주 행복한 모습으로 우리를 떠났다. 리시는 배턴루지의 농장주에게 팔렸고, 그를 따라나서는 그녀의 두 눈은 분노로 활활 불타올랐다.

같은 남자가 랜들도 구매했다. 그 어린아이는 자신의 활동성과 상태를 보여 주기 위해 점프를 하고 방 안을 달리고 그 외에도 여러 가지 재주를 선보여야 했다. 그 거래가 진행되는 내내 엘리자는 큰 소리로 펑펑 울며 양손을 쥐어짰다. 엘리자는 그 남자에게 랜들을 사지 말아 달라고, 살 거면 자신과 에밀리도 함께 사 가라고 애원했다. 자신과 에밀리도 함께 사 준다면 세상에서 가장 충실한 노예가 되겠다고 약속했다. 그 남자가 그럴 여유가 없다고 대답하자 엘리자는 슬픔을 주체하지 못하고 발작적인 울음을 터트렸다.

프리먼이 사납게 그녀를 쏘아보며 채찍을 든 손을 치켜들고 당장 울음을 그치지 않으면 때리겠다고 했다. 프리먼은 질질 짜며 소란 피우는 것을 참아 주는 성격이 아니었다. 엘리자가 즉시 울음을 멈추지 않았더라면, 그녀를 마당으로 데리고 나가 백 번의 채찍질을 퍼부었을 것이다. 그래, 그자라면 당장 엘리자를 고분고분하게 만들었을 것이다. 그래, 그자라면 그러고도 남을 위인이었다.

엘리자는 겁을 집어먹고 눈물을 닦아 내려 했지만 터져 나오는 울음을 멈추지 못했다. 엘리자는 아직 어린아이들과 함께 있게 해 달라고 애원했다. 프리먼이 아무리 인상을 쓰며 위협해도 자식을 염려하는 어머니의 입을 완전히 막진 못했다. 엘리자는 계속해서 셋을 갈라놓지 말아 달라고 너무나도 애처롭게 애원하고 간청했다. 수없이 자신이 아들을 얼마나 사랑하는지 토로했다. 앞서 했던 약속들을 수없이 반복했다. 셋을 전부 사 주기만 한다면, 가장 충실하고 고분고분한 노예가 되겠다, 밤이고 낮이고 죽는 그 순간까지 몸 바쳐 일하겠다. 하지만 소용없는 짓이었다. 그 남자는 셋을 다 살 여력이 되지 않았다. 매매가 타결되고 랜들은 홀로 떠나야 할 처지가 되었다. 그러자 엘리자가 아들에게 달려갔다. 미친 듯이 아들을 껴안고 아이에게 키스를 퍼부으며 엄마를 잊지 말라고 신신당부했다. 엘리자의 눈물이 비처럼 아이의 얼굴 위로 흘러내렸다.

프리먼이 엘리자에게 욕설을 퍼부으며, 시끄러우니까 그만 좀 질질 짜라고, 제자리로 돌아가 얌전하게 서라고 명령했다. 다시는 이런 일을 용납하지 않겠다고 단언했다. 아주 조심하지 않으면 울 일을 또 만들어 주겠다고, 내 말 명심하는 게 좋을 거라고 엄포를 놓았다.

배턴루지에서 온 농장주가 새로 구매한 물건들을 데리고 출발할 준비를 했다.

"엄마, 울지 마. 나 말 잘 들을게. 울지 마."

랜들이 문 밖으로 나서다가 뒤를 돌아보며 제 엄마를 달랬다. 그 아이가 어떻게 되었는지는 하느님만이 아신다. 정말이지 가슴 저민 순간이었다. 감히 울 수만 있다면 나도 울었을 것이다.

그날 밤, 올리언스 호를 타고 온 노예들 거의 대부분이 병에 걸렸다. 다들 머리와 등에 극심한 고통을 호소했다. 어린 에밀리는 보기 드물게 끝없이 울어 댔다. 아침에 의사 한 명이 왔지만 질병의 원인을 밝혀내지는 못했다. 의사가 나를 검진하며 증상이 어떠냐고 물을 때, 나는 천연두인 것 같다는 의견을 냈다. 배 위에서 로버트가 죽은 게 천연두 때문이었던 것 같다는 말도 덧붙였다. 의사는 그럴지도 모르겠다며, 병원의 내과 과장을 불렀다. 잠시 후 내과 과장이 도착했다. 카 박사라고 불리는 그 남자는 체구가 작고 금발이었다. 카 박사가 그 병이 천연두라 선언하자 마당 내에는 큰 소란이 일었다.

카 박사가 떠난 직후 엘리자와 에밀리, 해리, 나는 마차에 실려 병원으로 향했다. 도시 외곽에 위치한 커다란 흰색 대리석 건물이었다. 해리와 나는 위층의 한 병실로 들어갔다. 내 상태는 점점 나빠졌다. 사흘 동안 아예 앞이 보이지 않았다. 그 상태로 누워 있던 어느 날 밤이 카 박사를 찾아왔다. 우리가 어떻게 지내고 있는지 알아보라고 프리먼이 보낸 것이다. 박사는 플랫은 상태가 아주 심각하지만, 9시까지 살아남는다면 회복할지도 모른다고 전했다.

죽음이 다가오고 있었다. 내 앞에 놓인 인생이 살 만한 가치가 없는 것이기는 했지만, 죽음이 가까이 다가오자 두려웠다. 가족의 품에 안길 수만 있다면 당장 죽어도 여한이 없겠지만, 이런 상황에서 낯선 이들에게 둘러싸인 채 죽는다는 것은 생각만 해도 비참했다.

병원에는 남녀노소 할 것 없이 어마어마한 환자들이 있었다. 병원 뒤편에서는 관을 만들고 있었다. 환자가 죽으면 병원에서 종을 울렸고, 그 종소리를 들은 장의사가 와서 시신을 공동묘지로 옮겼다. 매일 밤낮으로 수없이 울적한 종소리가 울려 퍼지며 또 다른 죽음을 알렸다. 하지만 내가 갈 때는 오지 않았다. 위기를 넘겼는지 나는 다시 기력을 회복하기 시작했고, 이주 하고도 이틀이 지난 후에 해리와 함께 수용소로 돌아왔다. 하지만 내 얼굴에는 천연두의 얽은 자국이 오늘날까지도 남아 있다. 엘리자와 에밀리 또한 다음 날 마차를 타고 돌아왔고, 다시 한 번 우리는 판매소에 늘어서서 구매자들의 검사를 받았다. 나는 그때까지도 마부를 구한다는 그 노신사가 약속대로 다시 찾아와 나를 구매해 줄 거라는 희망을 품고 있었다. 그렇게만 된다면 곧 자유를 되찾을 수 있을 것 같은 확신이 들었다. 고객들이 연달아 들어왔지만, 그 노신사는 끝끝내 나타나지 않았다.

그러던 어느 날, 우리가 마당에 있는데 프리먼이 나와 커다란 방 안으로 들어가라고 명령했다. 신사 한 명이 우리가 들어오기를 기다리고 있었다. 그 신사는 이 이야기가 진행됨에 따라 자주 등장하게 될 것이므로, 여기서 그의 외모와 내가 느낀 첫인상을 이야기해 보겠다.

그 신사는 평균 키를 넘는 큰 키에, 다소 허리가 굽어 있었다. 잘생긴 얼굴에 나이는 중년쯤 되어 보였다. 겉으로 드러나는 분위기나 태도에 상대방을 불쾌하게 만드는 부분은 전혀 없었다. 오히려 인상과 목소리가 유쾌하고 매력적이었다. 게다가 그의 가슴속에는 그보다 더 훌륭한 자질들이 가득했다. 그는 우리 사이를 거닐며 여러 가지 질문을 던졌다. 무엇을 할 수 있는지, 그동안 어떤 일을 해 왔는지, 그와 함께 살고 싶은지,

우리를 구매한다면 착실하게 행동할 수 있는지, 그리고 성격에 관해서도 이것저것 물었다.

좀 더 자세히 살펴본 후 몸값에 관한 이야기가 나왔고, 마침내 프리먼은 나는 1,000달러, 해리는 900달러, 엘리자는 700달러에 주겠다고 제안했다. 천연두가 내 몸값을 깎아 먹었는지, 아니면 다른 이유에서인지는 알 수 없으나 프리먼은 애초에 내게 붙였던 가격에서 500달러를 낮춰 불렀다. 조금 더 숙고해 본 후, 그 남자는 결국 그 가격에 나를 사겠다고 선언했다.

그 이야기를 듣는 순간, 엘리자는 또다시 슬픔에 빠졌다. 이때 엘리자는 이미 병과 슬픔으로 수척하고 눈이 푹 꺼져 있었다. 이제부터 벌어질 장면을 말없이 그냥 넘어갈 수만 있다면 얼마나 좋을까. 그 장면을 떠올릴 때면 말로는 표현할 수 없을 정도로 슬프고 애처로운 기억이 떠오른다. 나는 죽은 자식의 얼굴에 마지막으로 키스를 하는 어머니들을 보았다. 자식을 담은 관이 땅속에 묻히는 것을, 영원히 사라지는 것을 내려다보는 어머니들을 보았다. 하지만 엘리자가 자식과 떨어질 때처럼 강렬하고 끝없는 슬픔을 표현하는 어머니는 한 번도 본 적이 없다. 엘리자는 여자 대열에서 떨어져 나와 에밀리에게 달려가더니 아이를 품속에 껴안았다. 위험이 닥쳤음을 감지한 아이는 본능적으로 어머니의 목을 끌어안고 자그마한 머리를 어머니의 품속에 파묻었다. 프리먼이 조용히 하라고 엄하게 명령했지만 엘리자는 그의 말을 무시했다. 프리먼이 거칠게 그녀의 팔을 잡아당겨도 오히려 아이에게 더 매달릴 뿐이었다. 그러자 프리먼은 어마어마한 욕설을 쏟아 내며 냉혹하게 주먹을 날렸고, 엘리자는 금방이라도 쓰러질 것처럼 뒷걸음질을 쳤다. 아! 엘리자가 아이와 떨어질 수 없다고 빌고 애원하는 모습이 어찌나 가련하던지. 왜 아이와 함께 사 주지 않는 건가요? 왜 사랑스러운 자식들 중 단 한 명이라도 곁에 둘 수 있게 해 주지 않는 건가요? 엘리자는 무릎을 꿇고 울부짖었다.

"주인님, 제발 자비를 베풀어 주세요, 자비를 베풀어 주세요. 제발요, 주인님. 에밀리를 사 주세요. 이 아이를 빼앗기면 전 아무 일도 할 수가 없어요. 전 죽을 거예요."

프리먼이 다시 끼어들었지만, 그럼에도 불구하고 엘리자는 열렬한 애원을 멈추지 않았다. 이미 랜들을 빼앗아 가지 않았는가. 그 아이를 다시는 보지 못할 텐데. 그녀의 자랑이자 하나 남은 에밀리까지 빼앗아 가는 건 너무하다, 너무 잔인하다. 어미 없이 살기에는 너무 어리지 않은가!

수없는 간청이 이어진 끝에 엘리자의 구매자가 마음이 움직인 듯 앞으로 나섰다. 프리먼에게 에밀리를 사겠다며 가격이 얼마인지 물었다.

"저 애가 얼마냐구요? 저 애를 사겠다고요?"

티오필러스 프리먼은 이렇게 되묻더니, 곧이어 대답했다.

"저 애는 팔지 않을 겁니다. 저 애는 판매용이 아니에요."

남자는 저렇게 어린아이는 필요하지 않고 자신에게 아무 이익도 되지 않지만, 어미가 그토록 아이를 아끼니 헤어지게 하는 것보다는 적당한 가격을 지불하고 사겠다고 했다. 하지만

SEPERATION OF ELIZA AND HER LAST CHILD.

막내딸과 헤어지는 엘리자

이런 인간적인 제안을 프리먼은 들은 체도 하지 않았다. 얼마를 주어도 팔지 않겠다고 막무가내였다. 몇 년만 더 지나면 에밀리는 자신에게 어마어마한 돈더미를 안겨 줄 거라면서. 몇 년 후면 빼어나게 아름다운 처녀로 자랄 테고, 뉴올리언스에는 그런 에밀리를 5,000달러를 주고라도 사겠다는 사람이 널려 있다면서. 아니, 아니, 절대 팔지 않겠다고 고개를 저었다. 에밀리는 입술이 두껍고 총알 같은 머리통에 목화나 따는 깜둥이가 아니라 그림처럼, 인형처럼 예쁜 아이고 백인의 피가 섞였다고.

프리먼이 결단코 에밀리를 팔지 않겠다고 선언하자, 엘리자는 미쳐 날뛰었다.

"나는 에밀리를 두고 가지 않을 거예요. 나한테서 에밀리를 빼앗아 갈 수 없어요."

엘리자는 비명을 지르다시피 했고, 엘리자의 비명 소리는 조용히 하라고 명령하는 프리먼의 고함 소리와 한데 뒤섞였다.

한편 해리와 나는 마당으로 나가 담요를 챙겨 현관문 앞에서 떠날 준비를 하고 있었다. 우리 구매자가 옆에 서서 안타까운 표정으로 엘리자를 바라보았다. 엘리자에게 그토록 극심한 슬픔을 안겨 준 것을 후회하는 표정이었다. 우리는 한동안 기다렸고, 마침내 더는 참지 못한 프리먼이 강제로 에밀리를 어머니의 품에서 떼어 놓으려고 했다. 둘은 있는 힘을 다해 서로에게서 떨어지지 않으려 발버둥을 쳤다.

"나 두고 가지 마, 엄마. 나 두고 가지 마."

프리먼이 어머니를 세게 앞으로 떠밀자, 아이가 외쳤다.

"나 두고 가지 마. 가지 마, 엄마."

아이는 애원하듯 작은 팔을 뻗으며 외쳤다. 하지만 헛된 일이었다. 우리는 문 밖으로, 거리로 순식간에 떠밀려 나갔다. 그래도 여전히 어머니를 부르는 에밀리의 목소리가 들렸다. "가지 마……. 나 두고 가지 마……. 가지 마, 엄마." 우리가 앞으로 나아갈수록 어린아이의 목소리는 점차 희미해지다가 곧 완전히 사라졌다.

엘리자는 그 후로 에밀리나 랜들을 만나지도, 그 아이들의 소식을 듣지도 못했다. 하지만 밤이고 낮이고 그 아이들은 한시도 엘리자의 기억 속에서 사라진 적이 없다. 목화밭이든, 오두막이든, 그 어디에 있든 엘리자는 항상 그 아이들 이야기를 했고, 때로는 그 아이들의 곁에 있는 것처럼 말을 걸기도 했다. 그 후로 엘리자가 잠시나마 위안을 얻을 수 있었던 순간은 그러한 환각에 빠져 있을 때나 잠을 잘 때뿐이었다.

앞에서 말했듯 엘리자는 평범한 노예가 아니었다. 워낙에 영리한 데다가 다양한 주제에 대한 지식과 정보가 풍부했다. 엘리자는 억압받는 흑인 계층 중에서는 드문 기회를 누렸다. 상류층의 삶을 살았다. 자유, 그녀 자신과 아이들에게 주어질 자유만이 몇 년 동안 그녀에게는 낮의 구름이자 밤의 불기둥이었다. 노예 생활이라는 황야를 순례하는 내내 그 희망의 표지만을 바라보던 그녀는 마침내 '피스가 산꼭대기'에 올라 '약속의 땅'을 보았다. 그러나 예기치 못한 한순간 좌절과 절망이 그녀를 사로잡았다. 그들이 엘리자를 노예상에게 팔아 버리는 순간, 자유라는 영광스러운 꿈은 눈앞에서 사라졌다. 이제 엘리자는 "밤만 되면 서러워 목 놓아 울고, 흐르는 눈물은 끝이 없었다. 사랑을 속삭이던 연인들조차 위로해 주지 않고 벗들마저 원수가 되어 등을 돌렸다."(구약성서 아가서 1장 2절_옮긴이)

제7장

증기선 로돌프 호-뉴올리언스 출발-윌리엄 포드-레드 강의 알렉산드리아에 도착-결단-그레이트 파인 우즈-야생 소 떼-마틴의 여름 주거지-텍사스로-포드 씨 댁 도착-로즈·포드 마님-샐리와 그녀의 아이들-요리사 존-월터, 샘, 그리고 앤서니-인디언 크리크의 제재소-안식일-샘의 개종-친절함에 따르는 이익-뗏목-자그마한 백인 남자 애덤 테이덤-카스칼라와 그의 부족-인디언 무도회-존 티비츠-다가오는 폭풍

뉴올리언스의 노예 수용소를 떠난 해리와 나는 우리의 새 주인을 따라 길을 걸었고, 엘리자는 울면서 계속 뒤를 돌아보며 프리먼과 그의 수하들에게 끌려왔다. 그리고 마침내 부두에 정박해 있던 증기선 로돌프 호에 올랐다. 30분 후, 배는 레드 강의 어느 지역을 향해 미시시피 강을 세차게 거슬러 올라갔다. 배 위에는 우리 외에도 뉴올리언스 노예 시장에서 구매된 꽤 많은 노예들이 타고 있었다. 그중 유명한 대농장주이며 여자 노예 무리를 거느리고 있던 켈소 씨가 기억난다.

우리 주인의 이름은 윌리엄 포드였다. 당시 그는 어보이엘르 교구의 그레이트 파인 우즈(광활한 소나무 숲)라는 곳에 살았는데, 그곳은 레드 강 오른편 강둑의 루이지애나 심장부에 위치

하고 있다. 현재는 침례교도 목사이다. 어보이엘르 전 교구 내에서, 특히 바이유 뵈프의 양쪽 연안에서 그를 아는 동료 시민들은 그를 신의 충실한 목자라 칭송했다. 북부 사람들 중 많은 수는 같은 형제를 노예로 부리고 인간을 매매하는 남자가 도덕적이거나 종교적으로 독실할 수 있다는 점을 받아들일 수 없을지도 모르겠다. 버치와 프리먼 같은 자들, 그리고 내가 이후에 언급할 또 다른 자들을 보면 노예 소유주 전체를 무조건 경멸하고 비난할지도 모르겠다. 하지만 나는 한동안 윌리엄 포드의 노예로 있으면서 그의 성품과 성향을 알게 될 기회가 있었고, 그보다 더 친절하고 고귀하고 정직한 기독교인은 없다는 것이 내 공평한 의견이다. 포드는 주변을 둘러싼 사람들과 환경 때문에, 노예 제도의 근본적인 잘못을 보지 못했을 따름이다. 그는 사람에게는 다른 사람을 노예로 둘 도덕적 권리가 있다는 점을 한 치도 의심하지 않았다. 아버지들과 같은 선입견을 가지고 자라 그들과 같은 견지에서 세상을 바라보았다. 아마도 다른 환경에서 자랐다면 분명히 다른 생각을 가졌으리라. 그럼에도 포드는 이상적인 주인이었고 자신이 품은 신념에 따라 고결하게 행동했다. 그의 노예가 된 것은 행운이었다. 세상에 그와 같은 사람만 있다면 노예들은 비통함을 반 이상은 덜었을 것이다.

이틀 낮과 사흘 밤 동안 로돌프 호를 타고 이동했으며, 그동안 특별한 일은 없었다. 이제 나는 버치에게서 받은 플랫이란 이름으로 불렸고, 노예 생활 내내 이 이름으로 불리게 된다. 엘리자는 '드레이디'라는 이름으로 팔렸다. 포드에게 판매되면서 워낙에 소란을 피운 터라 지금도 뉴올리언스의 기록청에 그녀에 관한 기록이 남아 있다.

가는 내내 나는 내가 처한 상황을 곰곰이 생각하며, 궁극적으로 탈출하기 위한 최선의 방법을 고민했다. 그때뿐만 아니라 그 후에도, 나는 여러 번 포드에게 내 사정을 사실대로 털어놓을 뻔 했다. 이제 와 생각하면 차라리 털어놓는 편이 내게 좋았을 것 같다. 자주 생각했던 방법이지만 일이 틀어질까 봐 두려운 마음에 한 번도 실행에 옮기지 못했고, 그러다가 결국 포드가 경제적인 어려움에 처하면서 다른 곳으로 팔려 가게 되고 말았다. 윌리엄 포드와는 다른 주인들 밑에 들어간 후로는, 내 정체를 알려 봐야 노예 제도라는 수렁으로 더 깊숙이 끌려갈 뿐이라는 사실을 절실히 깨달았다. 나는 값비싼 가축이었고, 자유인이라는 말을 속삭이기라도 했다가는 도둑이 훔친 말을 팔아 버리듯 텍사스 국경 너머로 팔려 갈 게 뻔했다. 그래서 비밀을 가슴속에 꽁꽁 묻어 두고—내 정체에 대해서는 일언반구도 하지 않고—하느님과 내 기민한 통찰력으로 탈출 방법을 찾기로 결심했다.

마침내 뉴올리언스에서 수백 킬로미터 떨어진 알렉산드리아란 곳에 도착해 로돌프 호에서 내렸다. 알렉산드리아는 레드 강 남부 연안에 위치한 작은 마을이다. 그곳에서 하룻밤을 지낸 다음, 아침 기차를 타고 곧 알렉산드리아에서 30킬로미터 떨어진 더 작은 마을 바이유 라무리에 도착했다. 당시에는 그곳이 철로의 종착지였다. 포드의 농장은 라무리에서 20킬로미터 떨어진 텍사스로의 그레이트 파인 우즈에 위치해 있었다. 그곳까지는 공공 운송 수단이 없어서 그 먼 거리를 걸어가야 했다. 따라서 우리는 포드와 함께 길을 나섰다. 찌는 듯이 무더운 날이었다. 해리와 엘리자, 나는 천연두에 걸려 한참을 병원에 누워 있던 탓에 아직 몸이 허약하고 발바닥의 굳은살도 다 사라진 상태여서 걷기가 힘들었다. 우리의 발걸음은 느렸고, 포드는 원한다면 언제든 앉아 쉬어도 좋다고 했다. 우리는 이 특권을 꽤 자주 누렸다. 라무리를 출발해 카넬 씨의 농장과 플린트 씨의 농장을 차례로 지나, 마침내 사빈 강까지 뻗은 황야의 파인 우즈에 도착했다.

레드 강 주변의 땅은 전부 낮은 습지다. 파인 우즈는 비교적 지대가 높은 편이지만 사이사이에 좁은 습지가 끼어 있다. 이곳에는 떡갈나무, 칭커핀 밤나무 등 수많은 나무가 무성하지만, 주를 이루는 것은 소나무다. 거대한 소나무들이 18미터 높이까지 곧게 뻗어 있다. 그 숲에는 야생 소 떼가 가득 있었는데, 낯을 가리는지 우리가 다가가자 요란하게 콧김을 내뿜으며 무리지어 멀리 달아났다. 그중 일부는 낙인이 찍힌 가축이었지만, 나머지는 길들여지지 않은 야생 소 같았다. 이 소들은 북부의 소보다 몸집이 훨씬 작았고 무엇보다 특이한 점은 뿔이었다. 뿔이 마치 철못 두 개를 박아 놓은 것처럼 머리 양쪽에서 곧게 뻗어 있었다.

정오가 되자 3~4에이커(12,000~16,000제곱미터) 되는 너른 공지에 도착했다. 그 공지에는 칠을 하지 않은 작은 오두막집 한 채, 옥수수 창고 또는 우리 식으로 헛간이 한 채, 그리고 집에서 5미터쯤 떨어진 곳에 통나무 부엌이 있었다. 그곳은 마틴 씨의 여름 주거지였다. 바이유 뵈프에서 대농장을 운영하는 부유한 농장주들은 이 숲에서 여름을 보낸다. 이곳에는 깨끗한 물과 상쾌한 그늘이 있기 때문이다. 사실상 북부 도시의 부자들에게는 뉴포트와 사라토가가 그렇듯 이 지역 농장주들에게는 이 숲이 휴양지다.

우리는 주방으로 들어가 고구마와 옥수수빵, 베이컨을 받아먹었고, 포드 주인과 마틴은 집 안에서 식사를 했다. 그 부지 내에는 서너 명의 노예가 있었다. 마틴이 밖으로 나와 우리를 한 번 쳐다보더니, 포드에게 각각 얼마를 주었는지, 일솜씨는 어떤지 등을 묻고, 전반적인 노예 시장에 관한 질문도 던졌다.

한참 휴식을 취한 후 우리는 다시 텍사스로를 따라 출발했는데, 그 길을 다니는 사람이 거의 없는 듯했다. 끝없이 이어지는 숲길을 8킬로미터나 걷는 동안 사람이라곤 한 명도 보지 못했다. 마침내 해가 서쪽으로 지기 직전, 우리는 대략 12~15에이커(48,000~60,000제곱미터)나 되는 또 다른 광활한 공지에 들어섰다.

공지에는 마틴 씨의 것보다 훨씬 더 큰 저택 한 채가 있었다. 2층 건물이었고 정면에는 마당이 딸려 있었다. 저택 뒤편으로는 통나무 부엌, 양계장, 옥수수 창고, 깜둥이 오두막집 서너 채가 있었다. 또 저택 근처에는 복숭아 과수원과 오렌지나무와 석류나무 정원도 있었다. 그곳은 숲으로 완전히 둘러싸여 있었으며 온통 풍성한 초목으로 빼곡히 뒤덮여 있었다. 고요하고 외지고 쾌적한 곳이었다. 말 그대로 황야 속의 녹지였다. 그리고 그곳이 바로 내 주인 윌리엄 포드의 거주지였다.

황인종 소녀—그 아이의 이름은 로즈였다—가 저택 앞마당에 서 있었다. 우리를 발견한 아이가 문 앞으로 가 여주인을 불렀고, 여주인이 주인을 맞이하러 뛰어나왔다. 여주인은 남편에게 키스를 하고, 웃음기 어린 목소리로 '저 깜둥이들'을 사 온 거냐고 물었다. 포드는 그렇다고 대답하고, 우리더러 샐리의 오두막으로 가 쉬라고 했다. 저택 모퉁이를 돌아가자 빨래를 하는 샐리가 보였다. 그녀의 두 아기는 옆의 잔디밭에서 뒹굴고 있었다. 아기들은 펄떡 일어나 우리 쪽으로 아장아장 걸어오더니, 한 쌍의 토끼처럼 잠시 우리를 쳐다보다가 우리가 무서운 듯 다시 제 엄마에게 뛰어갔다.

샐리가 우리를 오두막으로 안내해 주고는 피곤할 테니 짐을 내려놓고 앉으라고 했다. 바로 그때 요리사인 열여섯쯤 된 존, 까마귀보다 더 까만 소년이 헐레벌떡 뛰어 들어오더니 우리의 얼굴을 찬찬히 뜯어보고는 안녕하냐는 인사도 한마디 없이 돌아서서 주방으로 뛰어갔다. 우리가 온 것이 재밌는 농담이라도 되는 듯 깔깔 웃으면서.

한참을 걸어 지칠 대로 지친 터라, 어둠이 내려앉자마자 해리와 나는 담요를 두르고 오두막 바닥에 누웠다. 언제나 그렇듯 내 생각은 아내와 아이들에게로 돌아갔다. 내 현실에 대한 의식, 어보이엘르의 광활한 숲을 지나 탈출하는 것이 불가능하다는 자각이 나를 무겁게 짓눌렀지만, 내 심장은 사라토가의 집에 있었다.

나는 로즈를 부르는 주인 포드 씨의 목소리에 아침 일찍 잠에서 깼다. 로즈는 주인집 아이들의 옷을 입히러 저택 안으로, 샐리는 소젖을 짜러 들판으로 서둘러 나갔고, 존은 아침 식사를 준비하느라 주방에서 분주했다. 해리와 나는 마당을 거닐며 우리의 새 주거지를 둘러보았다. 아침 식사 직후에, 흑인 남자 하나가 목재를 실은 수레를 이끄는 세 쌍의 소를 몰고 마당 안으로 들어섰다. 그 남자는 포드의 노예인 월턴으로 로즈의 남편이었다. 참, 로즈는 워싱턴 출신으로 줄곧 그곳에 살다가 5년 전 그곳으로 왔다. 워싱턴에서 엘리자를 만난 적은 없지만 베리에 대한 이야기는 들은 적이 있다고 했으며, 둘은 개인적으로 혹은 소문으로 같은 거리와 같은 사람을 알고 있었다. 엘리자와 로즈는 순식간에 친해졌고 옛날 일, 워싱턴에 있는 친구들 이야기를 한참 나누었다.

당시 포드는 부자였다. 파인 우즈의 농장 외에도 6킬로미터 떨어진 인디언 크리크에 거대한 벌목 업체를 소유하고 있었으며, 바이유 뵈프에도 부인의 소유로 된 거대한 농장과 수많은 노예가 있었다.

월턴은 인디언 크리크에 있는 제재소에서 목재를 가져온 것이었다. 포드는 우리에게 월턴과 함께 제재소로 가라고 지시하며, 자신도 곧 뒤따라가겠다고 했다. 떠나기 전 포드 마님이 나를 창고 안으로 부르더니 해리와 내 것이라며 당밀이 담긴 양철 들통을 건넸다.

엘리자는 여전히 아이들을 잃은 슬픔에 빠져 있었다. 포드는 최대한 그녀를 위로하려고 노력했다. 일을 너무 열심히 할 필요가 없다고, 로즈와 함께 남아 여주인의 집안일이나 도우라고 다독거렸다.

월턴과 함께 수레에 탄 해리와 나는 인디언 크리크에 도착하기 한참 전부터 그와 꽤 친해지게 되었다. 월턴은 포드의 집에서 태어난 토박이 노예였고, 마치 아이가 아버지를 이야기할 때 그렇듯 포드를 이야기할 때는 다정하고 애정이 묻어났다. 월턴이 내게 어디서 왔냐고 물었을 때 나는 워싱턴에서 왔다고 대답했다. 그러자 월턴은 아내인 로즈에게서 그 도시 이야기를 많이 들었다며 가는 내내 내게 터무니없는 질문을 퍼부었다.

인디언 크리크의 제재소에 도착한 우리는 또 다른 포드의 노예인 샘과 앤터니를 만났다. 샘 또한 워싱턴 출신이었으며 로즈와 함께 이곳으로 왔다. 그 전에는 조지타운 근처의 농장에서 일했다. 앤터니는 켄터키 출신의 대장장이로, 현재의 주인 밑에서 일한 지 대략 10년쯤 되었다. 샘은 버치를 알았다. 그자가 나를 워싱턴에서 데려온 노예상이라고 했더니, 놀랍게도 극악무도하고 비열한 자라며 울분을 토했다. 샘을 이리로 팔아넘긴 노예상도 바로 버치였던 것이다.

제재소에 도착한 포드는 우리에게 목재를 쌓고, 통나무를 패는 임무를 맡겼고, 우리는 여름이 끝날 때까지 이 작업을 계속했다.

안식일은 보통 저택 앞마당에서 지냈으며, 포드는 노예들을 전부 곁에 불러 모아 놓고 성서를 읽어 주고 설명해 주었다. 포드는 우리에게 서로에 대한 상냥한 마음, 신에 대한 믿음을 심어 주고자 했으며, 올바르고 신실한 삶을 사는 자들에게 약속된 보상에 대해 설명해 주었다. 포드는 저택 문간에 앉아, 진지하게 선한 남자의 얼굴을 들여다보는 남자 노예들과 여자 노예들에게 둘러싸여, 창조주의 애정과 상냥함에 대해, 앞으로 다가올 삶에 대해 이야기했다. 그곳의 적막을 깨는 유일한 소리는, 이따금씩 포드의 입술에서 떠올라 하늘로 올라가는 기도의 목소리뿐이었다.

여름 중에 샘은 포드의 설교에 깊이 감화되어 종교에 푹 빠졌다. 여주인에게 받은 성경책을 일터에 가지고 다녔다. 짬만 나면 성경책을 펼쳤지만, 몇 구절을 읽는 것도 굉장히 어려워했다. 내가 종종 그에게 성경책을 읽어 주면, 그는 수없는 감사의 말로 내 호의를 갚았다. 샘의 깊은 신앙심은 제재소에 오는 백인들이 자주 목격했는데, 그들이 가장 흔히 내뱉은 말은, 노예에게 성경을 허락하는 포드 같은 남자는 '깜둥이를 소유할 자격이 없다.'는 것이었다.

하지만 포드는 친절함으로 인해 하나도 잃은 것이 없었다. 나는 노예들을 아주 관대하게 대우하는 노예주들이 어마어마한 양의 노동으로 보상을 받는 것을 수없이 보았다. 내 경험을 통해서도 그게 사실임을 알고 있다. 하루 노동량을 초과 달성했을 때 포드 씨가 놀라는 모습을 보는 것이 내 기쁨의 원천이었지만, 뒤이은 주인들 밑에서 일할 때는 더 열심히 일하게 만드는 격려 따위는 없고 감독관의 채찍질뿐이었다.

나는 포드 씨의 칭찬을 듣고 싶다는 열망에 그에게 이익이 될 아이디어를 한 가지 떠올리게 되었다. 우리가 생산하는 목재는 라무리까지 운송하기로 계약을 맺고 있었다. 지금까지는 육로로 운송해 왔으며 그 운송비가 경비 중 상당한 부분을 차지하고 있었다. 제재소가 위치한 인디언 크리크에는 바이유 뵈프까지 이어지는 좁지만 깊은 하천이 흘렀다. 일부 구간은 폭이 고작 3.5미터밖에 되지 않았고, 쓰러진 나무 몸통들이 수없이 가로막고 있었다. 바이유 뵈프는 바이유 라무리와 연결되어 있었다. 나는 육로가 아닌 수로로 이동한다면, 제재소에서 우리 목재를 운반해야 하는 바이유 라무리까지의 거리를 3~5킬로미터는 더 단축할 수 있을 거라고 확신했다. 그 하천에 뗏목을 띄울 수만 있다면, 운송비를 상당히 절감할 수 있을 것 같았다.

머나먼 플로리다 출신에 전직 군인인 애덤 테이덤은 체구가 자그마한 백인으로 제재소의 십장이자 감독이었다. 그는 내 아이디어를 듣고 코웃음을 쳤다. 하지만 포드 씨에게 그 이야기를 하자 좋아하시며 내게 실험을 해 보라고 격려해 주었다.

나는 장애물들을 치운 다음, 열두 개의 통나무를 엮어 좁은 뗏목을 하나 만들었다. 수년 전 샘플레인 운하에서의 경험을 잊지 않았는지 꽤나 능숙하게 해냈던 것 같다. 나는 열심히 일했고 성공하고 싶어 안달이 나 있었다. 주인을 기쁘게 만들고 싶었고, 또한 애덤 테이덤에게 내 계획이 그가 끝없이 주장한 것처럼 터무니없는 공상이 아님을 보여 주고 싶었다. 통나무 세 개당 사람 한 명이 탈 수 있었다. 나는 뗏목 맨 앞쪽에 타서, 노를 저어 하천을 따라 내려갔다. 얼마 지나지 않아 우리는 첫 번째 바이유에 도착했고, 마침내 예상보다 더 빠른 시간 내에 목적지에 도착했다.

뗏목이 라무리에 도착하자 엄청난 환호가 일었고, 포드 씨는 내게 칭찬을 퍼부었다. 다들 포드 씨네 플랫이 '파인 우즈에서 제일 똑똑한 깜둥이'라고 감탄했다. 나는 인디언 크리크의 풀턴(증기선을 발명한 미국인_옮긴이)이나 다름없었다. 물론 나는 내게 쏟아지는 칭찬을 당연히 인지하고 즐겼으며, 특히 악의 섞인 조롱으로 내 자존심을 뭉개 놓았던 테이덤의 콧대를 꺾은 게 기뻤다. 이 순간부터 라무리로 목재를 운반하는 일은 계약이 만료되는 순간까지 전적으로 내가 맡게 되었다.

인디언 크리크는 광활한 숲 한가운데를 가로지르며 흘러간다. 그 강가에는 인디언 부족이 하나 살고 있는데, 내 기억이 맞다면 치카소 족 혹은 치코피 족의 후예였다. 그들은 1제곱미터쯤 되고 소나무 기둥에 나무껍질로 덮어 만든 소박한 오두막에 산다. 이 숲의 풍부한 사슴과 너구리, 주머니쥐를 주식으로 먹으며, 가끔씩은 근처 농장주들을 찾아가 약간의 옥수수와 위스키로 교환하기도 한다. 평소 옷차림은 사슴 가죽 반바지에 허리부터 목까지 단추가 달린 알록달록한 날염 셔츠 차림이다. 손목과 귀, 코에 놋쇠 고리를 차고 다닌다. 여자의 옷차림도 남자와 아주 흡사하다. 그들은 개와 말을 사랑하며―작고 강인한 말을 많이 소유하고 있다―승마에 능숙하다. 고삐와 뱃대끈, 안장은 동물의 생가죽으로 만든 것이었으며, 등자는 나무였다. 나는 인디언 남자들과 여자들이 조랑말에 올라타고 최대한의 속력을 내며 좁고 구불거리는 길 사이로 나무를 요리조리 피하면서 숲 속을 달리는 모습을 보았다. 문명사회의 가장 뛰어난 마상 기술도 무색하게 만드는 솜씨였다. 그들이 여러 방향으로 달려 나가자 숲에는 그들의 함성 소리가 메아리쳤고, 이내 출발할 때와 같은 기운 넘치는 속도로 서로 앞다투어 돌아왔다. 그 부족 마을은 인디언 캐슬이라 알려진 인디언 크리크에 위치해 있었지만, 그들의 활동 반경은 사빈 강에까지 이르렀다. 이따금씩 텍사스의 인디언 부족이 방문하러 오면, 그레이트 파인 우즈에는 그야말로 진정한 축제가 열렸다. 그 부족의 추장은 카스칼라였고, 부추장은 그의 사위인 존 발티즈였다. 나는 뗏목을 타고 그 하천을 자주 여행하느라 그 둘뿐 아니라 다른 부족원들과도 친해지게 되었다. 샘과 나는 하루의 일과가 끝나면 종종 그들을 만나러 갔다. 부족민들은 추장에게 무조건 복종했으며, 카스칼라의 말은 곧 법이었다. 그들은 무례하지만 착했고, 야생 생활을 즐겼다. 그들은 바이유 연안의 평야와 벌목한 땅보다 숲의 그늘 안에 숨는 것을 더 좋아했다. 그들은 '위대한 정령'을 섬겼으며, 위스키를 사랑했고,

행복했다.

텍사스의 유랑 부족이 그 마을에 캠프를 쳤을 때, 나도 인디언 무도회에 참석한 적이 한번 있다. 커다란 모닥불에 사슴 한 마리를 통째로 구웠고, 그 모닥불이 얼마나 큰지 멀리 사람들이 모여 있는 나무 사이까지 빛을 비추어 주었다. 남자와 여자가 번갈아 가며 원형으로 둥글게 모여 섰고, 일종의 인디언식 바이올린이 말로 설명하기 힘든 곡조를 연주했다. 끊임없이 이어지는, 멜랑콜리한 물결 같은 곡이었다. 첫 음에—만약 그 곡 전체에 한 가지 이상의 음이 정말로 있다면 말이다—다들 펄쩍펄쩍 돌면서 목구멍으로 단조로운 소리를 내뱉었는데, 이 소리 역시 바이올린 곡조와 마찬가지로 말로 설명할 수가 없다. 그렇게 세 바퀴를 돌고 나자 갑자기 자리에서 우뚝 멈추더니 폐를 터트리기라도 할 것처럼 함성을 지르다가 원형을 깨고 나가 남녀가 짝을 지었다. 뒤로 껑충껑충 뛰면서 서로에게 가능한 한 멀리까지 떨어졌다가 다시 앞으로 다가갔다. 이 우아한 춤을 두 번이나 세 번 정도 추고는 다시 원형을 이루고 펄쩍거리며 빙빙 돌았다. 가장 큰 함성을 지르는 자, 가장 멀리 뛴 자, 가장 요란한 소음을 내뱉은 자를 최고의 춤꾼으로 여기는 것 같았다. 중간중간, 허기가 졌는지 한두 명 정도가 춤추는 원형 대열에서 나가 모닥불 앞으로 가서는 구운 사슴 고기를 한 점 잘라 내 배를 채웠다.

쓰러진 나무 몸통을 파낸 막자사발 같은 모양의 구멍 안에, 나무절구로 옥수수를 빻더니, 그 반죽으로 빵도 구웠다. 그들은 춤추고 먹기를 반복했다. 텍사스에서 온 방문객들도 치코피 족의 거무스름한 아들과 딸들의 축제를 즐겼고, 내가 본 어보이엘르 파인 우즈의 인디언 무도회는 바로 그러했다.

가을이 되자 나는 제재소에서 나와 저택 마당에서 일하게 되었다. 하루는 여주인이 포드에게 베틀을 구해 오라고 단단히 주의를 주었다. 샐리가 노예들의 겨울 의복을 만들 천을 짜려면 당장 필요하다는 것이다. 포드 씨가 어디 가야 그런 것을 살 수 있는지 전혀 몰라 난감해하기에, 나는 제일 간편한 방법은 직접 만드는 거라고 넌지시 일러 주었다. 그와 동시에 내가 '만물박사'이며 허락만 해 준다면 한번 만들어 보겠다고 제안했다. 포드 씨는 선뜻 내 제안을 수락했고, 나는 이웃 농장주의 집에 가 베틀을 살펴보고 직접 만들기로 했다. 마침내 베틀이 완성되자 샐리는 완벽하다고 칭찬했다. 하루에 14미터의 천을 짜고도, 소젖을 짜고 여가 시간도 즐길 수 있다고 좋아했다. 워낙 잘 만든 나머지 나는 베틀 만드는 일을 계속해 바이유의 농장에도 보냈다.

이 시기에 존 M. 티비츠라는 한 목수가 주인집 일을 하러 왔다. 나는 베틀 만드는 일을 중단하고 그를 도우라는 지시를 받았다. 이 주 동안 그의 곁에서 천장에 댈 판자를 재단하고 짜 맞추었으며, 어보이엘르 교구에서는 드물게 방에 회반죽 칠도 했다.

존 M. 티비츠는 모든 면에서 포드와 정반대였다. 키가 작고 성미가 까다로운 데다가 걸핏하면 성질을 부렸으며 심술궂은 남자였다. 들은 바로 고정된 주거지는 전혀 없고, 일거리를 찾아 이 농장 저 농장을 떠도는 뜨내기였다. 지역 사회에서 아무런 입지도 없었고, 백인들 사이에서 평판도 좋지 않았으며, 노예들에게도 존경받지 못했다. 무식한 데다가 성격도 고약했다. 티비츠는 나보다 오래전 그 교구를 떠났으며, 그가 현재 살았는지 죽었는지는 모르겠다. 확실한 것은, 그와 함께 일하게 된 것이 내게는 최악의 날이었다는 점이다. 포드 씨와 함께 사는 동안 나는 노예 제도의 긍정적인 부분만을 보았다. 포드 씨는 우리를 혹독하게 땅에 짓누르지 않았다. 포드 씨는 하늘 위를 가리키며, 자비롭고 따뜻한 목소리로 우리 모두가 그와 마찬가지로 조물주의 창조물이자 그의 동료 인간이라고 했다. 그를 떠올릴 때면 가슴속에 애정이 샘솟고, 가족과 함께 살 수만 있다면 평생이라도 군말없이 그의 밑에서 노예 생활을 할 수 있었을 것 같다. 하지만 지평선에 먹구름이 몰려들고 있었다. 그것은 곧 나를 덮칠 가혹한 폭풍의 전조였다. 나는 가련한 노예만이 아는 쓰라린 시련을 견뎌야 할, 그레이트 파인 우즈에서의 비교적 행복한 생활을 더는 누릴 수 없는 운명이었다.

제8장

곤란한 처지가 된 포드-티비츠에게 팔리다-담보물-바이유 뵈프에 있는 포드 마님의 농장-바이유 뵈프에 대한 설명-포드의 처남 피터 태너-엘리자와 만나다-여전히 아이들을 잃은 슬픔에 빠져 있는 엘리자-포드의 감독관 채핀-티비츠의 학대-못통-티비츠와의 첫 번째 싸움-티비츠의 질책-나를 목매달려는 티비츠-채핀의 개입과 연설-불행한 생각들-도망가는 티비츠와 쿡, 램지-로슨과 갈색 노새-파인 우즈에 보내는 전갈

불행히도 윌리엄 포드에게 경제적인 어려움이 닥쳤다. 알렉산드리아 위쪽의 레드 강 근처에 사는 남동생 프랭클린 포드가 빚을 갚지 못하게 되면서, 빚보증을 섰던 형 윌리엄 포드가 그 빚을 전부 떠안게 된 것이다. 또한 포드는 인디언 크리크에 제재소 건물을 지은 존 M. 티비츠에게 주어야 할 막대한 공사비가 밀려 있었다. 그 외에도 아직 완공되지 않은 바이유 뵈프 농장의 직조소와 옥수수 제분소며 다른 건물들의 공사비도 밀려 있었다. 따라서 이 빚을 갚을 비용을 마련하기 위해 나를 포함한 열여덟 명의 노예를 처분해야 했다. 그중에 샘과 해리를 포함한 열일곱 명도 레드 강 근처에 거주하는 농장주 피터 콤프턴에게 팔렸다.

나는 티비츠에게 팔렸다. 내 변변찮은 목공 실력 때문인 게 분명했다. 이때가 1842년 겨울이었다. 내가 자유를 되찾고 나서 뉴올리언스 관청에서 공문서를 확인해 본 결과, 내가 프리먼에게서 포드에게로 팔려 간 때가 1841년 6월 23일이라고 적혀 있었다. 티비츠에게 팔려 갈 때 내 몸값은 밀린 공사비보다 높아서, 티비츠가 외려 포드에게 400달러의 저당권을 주었다. 앞으로 알게 되겠지만 내 목숨이 바로 그 저당권에 달려 있었다.

나는 마당에서 친한 친구들과 작별 인사를 나눈 뒤, 새 주인인 티비츠를 따라나섰다. 아직 끝나지 않은 일을 마치기 위해 파인 우즈에서 44킬로미터 떨어진 바이유 뵈프의 농장으로 내려갔다. 바이유 뵈프는 느릿하고 구불구불한 하천으로, 레드 강의 지류이자 그 지역에서 흔한 늪지 중 하나다. 그 하천은 알렉산드리아에서 그리 멀지 않은 남동쪽 방향의 한 지점에서 뻗어 나와 95킬로미터 넘게 구불구불 이어진다. 그 하천 양쪽으로는 대규모 목화 농장과 사탕수수 농장들이 끝없이 펼쳐진 늪의 경계선까지 뻗어 있었다. 늪에는 악어가 서식하고 있어 돼지나 생각 없는 노예 아이들이 강둑을 따라 걷다가 큰일을 당하기도 했다. 체니빌에서 지척인 이 바이유 뵈프의 어느 굽이 위쪽에 포드 마님의 농장이 위치해 있었다. 그리고 포드 마님의 오라버니이자 땅 주인인 피터 태너가 그 맞은편에 살았다.

바이유 뵈프에 도착한 나는 반갑게도 몇 달간 보지 못한 엘리자를 만났다. 슬픔에 빠져 일을 제대로 못한 탓에 포드 마님의 눈 밖에 나고 밭일로 내몰린 것이다. 엘리자는 전보다 더 쇠약하고 수척하게 여위었으며, 여전히 아이들을 잃은 슬픔에 빠져 속을 끓이고 있었다. 엘리자는 내게 그 아이들을 잊은 거냐고 물었고, 어린 에이미가 얼마나 예뻤는지, 랜들이 제 동생을 얼마나 예뻐했는지 기억하냐고 수없이 캐물었다. 그리고 그 어린 것들이 아직 살아 있기나 한지, 도대체 어디에 있는지 애달파했다. 엘리자는 커다란 슬픔의 무게에 짓눌리고 있었다. 구부정한 허리와 푹 꺼진 뺨은 그녀의 힘겨운 인생 여정이 막바지에 이르렀음을 여실히 보여 주었다.

포드의 수하로 이 농장을 전적으로 책임지고 감독하는 자는 펜실베이니아 출신으로 사람 좋은 채핀 씨였다. 다른 사람들과 마찬가지로 채핀 씨는 티비츠를 높게 평가하지 않았고, 그와 더불어 내가 400달러짜리 담보물이라는 사실이 얼마나 다행스러운 일이었는지 모른다.

그때부터 나는 고된 노동에 투입되었다. 이른 새벽부터 밤늦게까지 단 한순간도 쉴 수가 없었다. 그런데도 티비츠는 만족을 몰랐다. 늘 욕설과 불평불만을 입에 달고 살았다. 내게 친절한 말 단 한마디도 건네는 법이 없었다. 나는 그의 충실한 노예였고 매일 그에게 큰돈을 벌어 주었지만, 매일 밤 오두막에 돌아가면 내게 쏟아지는 건 극심한 학대와 쓰라린 욕설뿐이었다.

마침내 옥수수 제분소와 주방, 그 외의 시설들을 완공했고, 직조소 공사를 하던 중 나는 죄를 짓고 말았다. 그 주에서는 사형을 받을 수도 있는 죄였다. 처음으로 나는 티비츠와 싸웠다. '저택'이라 부르는 채핀 씨 댁에서 몇 미터 떨어지지 않은 과수원 안에 직조소를 짓고 있었다. 어느 날 밤 너무 깜깜해 앞이 보이지 않을 때까지 일하고 나자, 티비츠가 내게 꼭두새벽에 일어나 채핀 씨에게서 못 한 통을 받아 와 물막이 판자에 못을 박으라고 명령했다. 나는 지친 몸을 끌고 오두막으로 돌아가, 저녁으로 먹을 베이컨과 옥수수빵을 구운 다음 같은 오두막에 기거하는 엘리자와 잠시 이야기를 나누었다. 그 오두막에는 로슨과 그의 아내 메리, 브리스톨이라는 노예도 있었다. 우리는 내일 기다리고 있는 고난은 꿈에도 모른 채 바닥에 누워 곯아떨어졌다.

나는 해가 뜨기 전에 저택 현관 앞에 서서 감독관 채핀이 나오기를 기다렸다. 감히 내 용무 때문에 자고 있는 그를 깨우는 것은 엄두도 낼 수 없었다. 마침내 채핀이 나왔다. 나는 모자를 벗고 그에게 티비츠 주인님이 못 한 통을 가져오라 지시했다고 말했다. 채핀은 창고에 들어가서 못 한 통을 바닥에 굴려 나오면서, 티비츠가 다른 크기의 못을 원한다면 구해 보겠다고, 일단 그때까지는 이 못을 사용하라고 했다. 그런 다음 채핀은 문 앞에 서 있는 안장을 얹고 굴레를 씌운 말에 오르더니, 이미 노예들이 나가 있는 들판을 향해 달려갔다. 나는 어깨에 못 통을 짊어지고 직조소로 가 판자에 못질을 하기 시작했다.

날이 밝기 시작하자 티비츠가 집에서 나와 한창 작업 중인 내게 다가왔다. 그날 아침에는 평소보다 더 뚱하고 불쾌한 얼굴이었다. 티비츠는 법적으로 내 육체를 소유하고 그 못된 성미가 내키는 대로 횡포를 부릴 수 있는 내 주인이었다. 하지만 내가 그를 강렬한 경멸로 쳐다보는 것을 막을 수 있는 법 따위는 없었다. 나는 티비츠의 못돼먹은 성질과 무식한 머리를 경멸했다. 내가 막 못을 더 꺼내려고 통 쪽으로 몸을 돌렸을 때 그가 직조소에 도착했다.

"오늘 아침에 물막이 판자를 박아 놓으라고 했던 것 같은데."

"예, 주인님. 지금 하는 중입니다."

"어디서?"

"반대쪽에서요."

그가 반대쪽으로 걸어가더니 한동안 내가 해 놓은 일을 살펴보고는 못마땅한 목소리로 투덜거렸다.

"내가 어젯밤에 채핀 씨에게 못 통을 받아 오라고 하지 않았어?" 그가 또다시 버럭 성질을 냈다.

"예, 주인님, 그렇게 했습니다. 감독관님이 들판에 다녀온 다음에, 주인님께서 원하시면 다른 크기의 못을 구해다 주실 거라고 했습니다."

티비츠가 못 통으로 다가가 잠시 그 안을 들여다보더니, 냅다 통을 걷어찼다. 그리고는 홱 몸을 돌려 미친 듯이 고함을 질렀다.

"야, 이 빌어먹을 새끼야! 이런 것도 하나 제대로 못해!"

나는 대답했다.

"저는 주인님께서 시키시는 대로 하려고 노력했습니다. 일부러 그런 게 아니에요. 감독관님 말씀이······."

하지만 내가 말을 끝내기도 전에 티비츠가 한바탕 욕설을 쏟아부었다. 종국에는 저택 현관으로 달려가더니 감독관의 채찍 하나를 가져왔다. 그 채찍은 가죽으로 감겨 있는 짧은 나무 손잡이가 달려 있었다. 길이는 1미터쯤 되었고 생가죽끈이 여러 개 달려 있었다.

그 채찍을 본 순간 나는 두려웠고 도망치고 싶었다. 집에는 요리사인 레이첼과 채핀의 아내뿐이었는데, 둘 다 보이지 않았다. 나머지는 다들 들판에 일을 하러 나간 참이었다. 나는 티비츠가 나를 채찍질할 생각이라는 것을 알았고, 어보이엘르에 도착한 이후로 채찍질은 처음이었다. 게다가 나는 충실히 그의 명령에 따랐고 아무 잘못도 하지 않았으며, 벌이 아닌 칭찬을 받아야 한다고 생각했다. 두려움은 곧 분노로 바뀌었다. 그가 내 앞에 서기 전에 나는 죽는 한이 있어도 가만히 채찍질을 맞지는 않기로 마음먹었다.

티비츠는 손에 채찍을 칭칭 감은 채 작은 손잡이를 들고 내게 다가오더니, 악의가 가득한 얼굴로 내게 옷을 벗으라고 명령했다.

"주인님."

나는 대범하게 그의 얼굴을 똑바로 쳐다보았다.

"싫습니다."

내가 좀 더 변명을 하려는 찰나, 티비츠가 이를 악물고 나를 덮치더니 한 손으로 내 목을 움켜쥐고 다른 한 손으로 당장 내려칠 듯 채찍을 치켜 올렸다. 하지만 티비츠가 채찍을 내리치기 전에 나는 그의 외투 깃을 잡고 그를 내 쪽으로 바짝 끌어당겼다. 손을 아래로 뻗어 그의 발목을 잡고, 다른 손으로 그의 몸통을 밀자 그가 바닥으로 벌렁 넘어졌다. 다시 한 팔로 그의 다리를 감아 내 가슴까지 끌어올렸다. 그의 머리와 어깨가 바닥에 간신히 닿을 정도가 되자 한 발로 그의 목을 밟았다. 나는 완전히 티비츠를 제압했다. 내 혈관에서 피가 솟구쳤다. 마치 불길처럼 피가 내 혈관을 타고 올라오는 것 같았다. 격분에 사로잡힌 나는 티비츠의 손에서 채찍을 낚아챘다. 티비츠는 미친 듯이 발버둥을 쳤다. 오늘 당장 네놈 명줄을 끊어 놓고 말겠다, 네놈 심장을 가리가리 찢어 놓겠다며 악을 썼다. 하지만 제아무리 발버둥 치고 위협한다고 해도 헛수고였다. 내가 얼마나 그를 때렸는지 모르겠다. 발버둥 치는 그를 미친 듯이 내리치고 또 내리쳤다. 마침내 티비츠가 사람 살리라고 비명을 질렀다. 이 불경스러운 악당이 하느님께 자비를 내려 달라고 부르짖었다. 하지만 자비라고는 베풀 줄 모르는 자가 자비를 받을 수는 없는 법이다. 나는 오른팔이 저릴 때까지 빳빳한 가죽 채찍을 그의 움츠린 몸에 내리쳤다.

이때까지 나는 내 주변을 쳐다볼 여유가 없었다. 잠시 채찍질을 멈췄을 때, 창밖을 내다보는 채핀 마님과 주방 문가에 선 레이첼이 보였다. 둘 다 어마어마하게 놀라고 당황한 기색이 역력했다. 티비츠의 비명 소리가 들판까지 울려 퍼진 모양이었다. 채핀이 말을 몰고 급히 달려오고 있었다. 나는 티비츠를 한 두 대 더 내리쳤다. 그런 다음 냅다 발로 걷어차자 티비츠가 바닥에서 데굴데굴 굴러갔다.

티비츠는 바닥에서 일어나 머리카락에 붙은 흙을 떨어내며 분노로 하얗게 질린 얼굴로 나를 쳐다보았다. 우리는 아무 말 없이 서로를 쳐다보았다. 채핀이 우리에게 달려올 때까지 한마디도 오가지 않았다.

채핀이 외쳐 물었다.

"무슨 일이야?"

나는 대답했다.

"티비츠 주인님께서 감독관님이 주신 못을 사용했다고 저를 채찍질하려고 하셨습니다."

채핀이 티비츠를 돌아보며 물었다.

"그 못이 왜? 뭐 문제 있어요?"

티비츠는 못이 너무 크다고 건성으로 대답했고, 여전히 그의 뱀 같은 눈은 나를 쏘아보고 있었다.

"여기 감독관은 납니다."

채핀이 말했다.

"내가 플랫에게 그 못을 가져가 사용하라고 했고, 크기가 맞지 않으면 들판에서 돌아오는 길에 다른 못을 가져다주겠다고 했어요. 플랫의 잘못이 아닙니다. 게다가 어떤 못을 갖다 놓든 그건 내 맘이요. 그 점은 이해해 줬으면 좋겠군요, 티비츠 씨."

티비츠는 아무 대꾸도 하지 않았다. 대신 이를 벅벅 갈고 주먹을 흔들며, 아직 끝난 게 아니니 두고 보자고 욕을 내뱉었다. 티비츠가 집으로 걸어가자 감독관이 그의 뒤를 따라가며 열심히 무어라 속닥속닥 말했다.

나는 그 자리에 남았다. 도망쳐야 할지, 어떤 결과가 나오든 감수해야 할지 감이 서지 않았다. 이제 다시 티비츠가 집에서 나와 나 외의 유일한 소유물인 말에 올라타더니 체니빌로 이어지는 길을 달려갔다.

티비츠가 떠나자 흥분한 기색이 역력한 채핀이 나와 내게 말썽을 일으키지 말라고, 어떤 일이 있어도 이 농장에서 도망쳐서는 안 된다고 당부했다. 그런 다음 채핀은 주방으로 가서 레이첼을 부르더니 잠시 그녀와 이야기를 나눴다. 다시 돌아온 채핀은 또 한 번 도망치지 말라고 신신당부했다. 내 주인은 악당 같은 놈이고, 그놈이 말을 타고 나섰으니 분명히 무슨 못된 짓을 꾸미려는 것이 분명하며, 오늘 밤이 오기 전에 큰일이 일어날지도 모른다고 했다. 하지만 어찌됐든 말썽을 부려서는 안 된다고 당부하고 또 당부했다.

그곳에 서 있자니 이루 다 말로 할 수 없는 고통이 나를 엄습했다. 상상도 할 수 없는 끔찍한 벌을 받게 될 것이 뻔했다. 순간 치미는 화를 참지 못하고 벌인 행동에 너무나도 고통스러운 후회가 밀려왔다. 도와주는 이 하나 없는 무력한 노예 주제에 백인의 모욕과 학대에 분노해 내가 저지른 극악무도한 행위를 어떻게, 무슨 말로 변명할 수 있단 말인가. 나는 기도하려고 했다. 하늘에 계신 우리 아버지께 이 모진 시련을 견딜 힘을 달라고 애원하려 했다. 하지만 북받치는 감정에 목이 메어 그저 양손에 머리를 묻고 흐느꼈다. 적어도 한 시간 동안 이렇게 눈물만 흘리다가 고개를 드니 티비츠가 보였다. 두 명의 일행과 함께 개울을 따라 내려오고 있었다. 말을 몰고 마당 안으로 들어온 티비츠 일행은 말에서 뛰어내리더니 커다란 채찍을 들고 내게 다가왔다. 그중 한 명은 둘둘 감은 밧줄 한 더미도 들고 있었다.

"양손 내밀어."

티비츠가 명령했다. 그리고 다시 언급하고 싶지도 않은 무시무시하고 불경스러운 욕설도 덧붙였다.

나는 대답했다.

"묶을 필요 없습니다, 주인님. 명령만 하시면 따르겠습니다."

그러자 그의 일행 중 한 명이 앞으로 나와 내가 조금이라도 반항하면 머리통을 부숴 놓겠다는 둥, 내 사지를 가리가리 찢어 놓겠다는 둥, 새까만 목덜미를 끊어 놓겠다는 둥, 그 외에도 비슷한 여러 가지 위협을 늘어놓았다. 아무리 말해야 소용없다는 것을 깨달은 나는 양손을 내밀고, 그들이 하는 짓을 무엇이든 묵묵히 받아들였다. 그러자 티비츠가 내 손목을 밧줄로 감더니 있는 힘껏 졸라 묶었다. 그런 다음 같은 방법으로 내 양 발목을 묶었다. 그러는 동안 다른 두 명은 내 팔과 등에 밧줄을 둘러 단단히 묶었다. 손 하나 발 하나도 움직일 수 없게 꽁꽁 묶어 놓았다. 남은 밧줄로는 어설픈 올가미를 만들더니 내 목에 둘렀다.

"자, 이제."

티비츠의 일행 한 명이 물었다.

"이 깜둥이를 어디다 매달지?"

한 명이 우리가 서 있던 근처의 복숭아나무에서 뻗어 나온 가지 하나를 가리켰다. 그의 동료는 가지가 너무 약해 금방 부러질 거라며 다른 것을 가리켰다. 마침내 그들은 후자가 선택한 나무로 합의를 보았다.

이들이 대화를 나누는 동안, 이들이 나를 묶는 동안, 나는 한 마디도 하지 않았다. 감독관 채핀은 이 상황이 벌어지는 동안 초조하게 현관 앞 테라스를 이리저리 서성이고 있었다. 레이첼은 부엌 문 옆에 서서 울고 있었고, 채핀 마님은 여전히 창밖을 내다보고 있었다. 내 심장 안에서 희망은 죽었다. 이제 내가 갈 때가 온 것이다. 다시는 해가 뜨는 것을 보지 못하겠지. 다시는 아이들의 얼굴을 보지 못하겠지. 내가 품고 있던 달콤한 기대는 이루어지지 않겠지. 죽음이라는 무시무시한 고통 속에서 몸부림쳐야 하겠지! 아무도 날 위해 울어 주지 않을 테고, 아무도 나를 위해 복수해 주지 않겠지. 곧 내 시체는 머나먼 땅에 묻히거나, 아니면 늪지 속의 미끌거리는 악어 떼 밥으로 던져지겠지! 내 뺨 위로 눈물이 줄줄 흘러내렸지만, 돌아온 것은 내 사형 집행인들의 모욕적인 욕설뿐이었다.

마침내 그들은 나를 나무 쪽으로 끌고 갔다. 테라스에서 잠시 사라졌던 채핀이 집 밖으로 나와 우리 쪽으로 다가왔다. 채핀은 양손으로 권총을 잡고 있었고, 내가 이제야 기억나는 바로는 아주 단호하게 이렇게 말했다.
 "신사분들, 할 말이 있소이다. 내 말 잘 듣는 게 좋을 거요. 그 노예를 한 발짝이라도 더 끌고 가는 자는 당장 죽은 목숨인 줄 아시오. 애초에 그 노예는 이런 대우를 받을 이유가 없소. 이런 식으로 노예를 살해하다니 부끄러운 줄 아시오. 나는 플랫보다 더 충실한 노예는 본 적이 없소이다. 티비츠 당신, 이건 당신 잘못이잖소. 당신이 불한당 같은 작자라는 것은 나도 잘 알고, 당신은 매타작을 당해도 싼 작자야. 그리고 나는 7년 동안 이 농장을 감독해 왔고, 윌리엄 포드 씨가 계시지 않을 때는 내가 이곳의 주인이오. 포드 씨의 이익을 보호하는 것이 내가 맡은 소임이고, 나는 그 소임을 수행할 거요. 당신한테는 아무 권한이 없어. 아무짝에도 쓸모없는 작자라고. 포드 씨가 400달러에 플랫을 맡긴 것뿐이라고. 당신이 플랫을 목매달아 죽인다면 포드 씨는 담보물을 잃게 되는 거야. 당신이 포드 씨에게 400달러를 갚기 전까지 당신에게는 플랫의 목숨을 앗아 갈 권리가 없어. 아니, 어찌되었든 당신한테는 그럴 권리가 없어. 백인뿐만 아니라 노예도 보호해 주는 법이 있으니까. 당신이 플랫을 죽이면 당신은 살인자가 되는 거야. 그리고 당신 둘."
 채핀은 이웃 농장의 감독관인 쿡과 램지를 보며 말했다.
 "둘은 당장 꺼져! 목숨이 중한 줄 안다면 당장 꺼져."
 쿡과 램지는 아무 말없이 말을 타고 떠났다. 채핀의 단호한 목소리에 위압되어 두려워하는 기색이 역력했던 티비츠는 잠시 후 겁쟁이처럼 슬그머니 말을 타고 동료들을 따라나섰다.

CHAPIN RESCUES SOLOMON FROM HANGING.

목이 매달리기 직전의 솔로몬을 구해 주는 채핀

나는 여전히 온몸이 꽁꽁 묶이고 목에 올가미를 건 채로 그곳에 서 있었다. 그들이 떠나자마자 채핀은 레이첼을 불러 들판으로 가라고 명령했고, 로슨에게 서둘러 마굿간에서 갈색 노새 한 마리를 데려오라고 했다. 유독 발이 빠르기로 유명한 노새였다. 로슨이 금방 노새를 끌고 나왔다.

채핀이 말했다.

"로슨. 너는 즉시 파인 우즈로 가. 포드 주인님께 당장 이쪽으로 오시라고 해. 한시도 지체하지 말고 곧장 오시라고. 티비츠가 플랫을 죽이려 한다고 말씀드려. 얼른 서둘러. 노새가 지쳐 쓰러져 죽는 한이 있더라도 정오까지는 파인 우즈에 도착해야 돼."

채핀이 집 안으로 들어가 통행 허가증을 썼다. 그가 다시 나왔을 때 로슨은 문 앞에 있는 노새에 올라타고 있었다. 통행 허가증을 받은 로슨은 노새에게 채찍을 내리치고 쌩하니 마당을 빠져나가더니 개울 위쪽으로 달려갔다. 눈 깜짝할 사이에 노새는 시야에서 사라졌다.

제9장

뜨거운 태양-아직 묶인 몸-살갗을 파고드는 밧줄-채핀의 불안-레이첼과 그녀가 가져다준 물 한 잔-커지는 고통-노예의 행복-포드가 도착하다-내 몸을 묶은 밧줄을 잘라 내고 내 목에 걸린 올가미를 벗겨 주다-절망-엘리자의 오두막에 모여든 노예들-노예들의 친절함-레이첼이 그날의 사건을 이야기하다-로슨이 노새를 타고 다녀온 이야기를 자랑하다-티비츠가 돌아올 것을 걱정하는 채핀-피터 태너에게 고용되다-성서를 자세히 설명해 주는 피터-형틀에 대한 설명

정오가 되어 태양이 자오선으로 향하자 참기 힘들 정도로 푹푹 쪘다. 뜨거운 햇살에 땅이 바싹 익었다. 땅에 닿은 맨발바닥에 물집이 잡힐 정도였다. 나는 외투나 모자도 없이 맨머리로 이글거리는 햇살을 고스란히 맞았다. 굵은 땀방울이 얼굴 위로 흘러내려 빈약한 옷가지를 흠뻑 적셨다. 바로 울타리 너머로는 복숭아나무들이 잔디 위로 서늘하고 상쾌한 그늘을 드리우고 있었다. 지금 서 있는 이글거리는 오븐 안에서 저 나뭇가지 아래 그늘로 자리를 옮길 수만 있다면, 남은 평생 노예 생활을 하라고 해도 기꺼이 받아들이고 싶은 심정이었다. 하지만 나는 아직 밧줄에 꽁꽁 묶여 있었고 목에는 올가미가 걸려 있었으며, 티비츠와 그의 동료들이 놔두고 간 그 자리에 서 있었다.

너무 꽁꽁 묶여 있어 한 발짝도 움직일 수가 없었다. 직조소 건물 벽에 기댈 수만 있다면 그야말로 호사가 따로 없을 텐데. 직조소까지는 고작 6미터 거리밖에 되지 않았지만, 내가 가기에는 너무 멀었다. 눕고 싶었지만, 그랬다가는 다시 일어날 수 없을 거라는 것을 알았다. 땅바닥이 절절 끓고 있어서 누워 봐야 더 힘들어질 뿐이었다. 아주 조금이라도 자세를 바꿀 수만 있다면 이루 말로 할 수 없이 편안해질 텐데. 하지만 긴 여름 내내 내 맨머리 위로 사정없이 쏟아진 남부 태양의 뜨거운 햇살로 인한 고통은 쑤시는 팔다리로 인한 고통에 비할 게 아니었다. 내 손목과 발목과 다리와 팔이 퉁퉁 부어올라, 밧줄이 살갗 속으로 파고들었다.

채핀은 하루 종일 현관 앞 테라스를 서성였지만 단 한 번도 내게 다가오지 않았다. 굉장히 불안한 표정으로 나를 쳐다보았다가, 누가 당장이라도 들이닥칠지 모른다는 듯 길을 쳐다보았다. 평소처럼 들판에 나가지도 않았다. 채핀의 태도로 보아 티비츠가 무장한 일당을 끌고 올지도 모른다고 생각하는 것이 분명했고, 또한 어떤 위험이 닥치더라도 내 목숨을 보호해 주기로 마음을 먹은 것이 분명했다. 왜 채핀이 나를 풀어 주지 않았는지, 왜 하루 종일 고통에 시달리게 두었는지는 알 수가 없었다. 나를 동정하지 않은 것은 절대 아니었다. 어쩌면 포드 씨가 와서 잔혹하게 묶이고 목에 올가미를 건 내 모습을 보길 바랐는지도 모른다. 어쩌면 자신이 아무런 법적 권리가 없는 상황에서 다른 자의 소유물에 손을 댔다가 법적인 처벌을 받을 수 있기 때문인지도 모른다. 티비츠가 하루 종일 모습을 드러내지 않은 것은 내가 절대 짐작할 수 없는 또 다른 미스터리였다. 나를 해치려는 계획만 고집하지 않는다면 채핀이 절대 그를 해치지 않을 거라는 사실을 잘 알았을 텐데 말이다. 후에 로슨이 내게 이야기해 주었는데, 존 데이비드 체니의 농장을 지나다가 그 셋을 보았고, 그들이 고개를 돌려 노새를 타고 달려가는 로슨을 쳐다보더라는 것이다. 아마도 티비츠는 로슨이 채핀 감독관의 심부름으로 이웃의 농장주들을 찾아가 도움을 청하려 한다고 생각했던 모양이다. 따라서 그는 '신중함이 진정한 용기'라는 주의에 따라 계속 몸을 숨기고 있었던 것이 분명하다.

하지만 이 비겁하고 사악한 폭군을 지배한 동기가 무엇이었는지는 중요하지 않다. 나는 여전히 정오의 햇살 아래서 고통으로 신음하며 서 있었으니까. 해가 뜬 후로 한참 동안 나는 빵 한 조각 먹지 못한 터였다. 고통과 갈증, 허기로 의식이 점점 혼미해졌다. 딱 한 번, 해가 가장 뜨거운 때에 레이첼이 감독관의 심기를 거스르는 게 아닌지 두려워하며 조심스럽게 내게 다가와 내 입술에 물컵을 대 주었을 뿐이다. 그 소박한 여인은 그 달콤한 물에 내 마음에 솟아난 축복의 말을 듣지 못했으며, 설사 들었다고 해도 이해하지 못했을 것이다. 레이첼은 그저 "아이고, 플랫, 안쓰러워서 이걸 어째." 하고는 서둘러 다시 부엌으로 돌아갔다.

그날따라 태양이 하늘 위를 얼마나 천천히 움직이던지. 그날 따라 햇살이 어찌나 강렬하고 뜨겁게 내리쬐던지. 적어도 내게는 그렇게 느껴졌다. 당시 내 어지러운 머릿속에 넘쳐흐른 수많은 생각들은 굳이 이야기하지 않겠다. 그 하루 내내 주인이 옷을 입혀 주고 먹여 주고 채찍질을 해 주고 보호해 주는 남부의 노예가 북부에서 자유인으로 사는 흑인보다 더 행복하다는 생각은 단 한 번도 하지 못했다고 이야기하는 것으로 충분할 것이다. 나는 그 후에도 그런 생각을 해 본 적이 단 한 번도 없다. 하지만 북부에 사는 자애롭고 선량한 사람들 중에서도, 그건 나의 일방적인 의견일 뿐이며 진지하게 좀 더 확인해 봐야 한다고 선언하는 사람들이 많다. 아아! 그들은 나처럼 노예 생활의 쓴맛을 본 적이 없다. 해가 질 무렵, 포드가 입에 거품을 문 말을 타고 마당으로 들어오는 걸 본 순간 내 심장은 무한한 기쁨으로 뛰었다. 포드는 문 앞에 나온 채핀과 잠시 이야기를 나눈 다음 곧장 내게 다가왔다.

"불쌍한 플랫, 이런 꼴을 당하다니."

그의 입술에서 나온 말은 이것뿐이었다. 나는 말했다.

"하느님 감사합니다! 하느님 감사합니다. 주인님이 드디어 와 주시다니."

포드는 주머니에서 칼을 꺼내 내 손목과 팔 발목에서 밧줄을 분연히 끊어 내고, 내 목에 걸린 올가미도 빼냈다. 나는 걸음을 옮기려 했으나 술 취한 사람처럼 비틀거리다가 바닥에 털썩 무릎을 꿇었다.

포드는 나를 다시 홀로 두고 재빨리 저택 쪽으로 발걸음을 옮겼다. 포드가 테라스에 들어섰을 때 티비츠와 두 동료가 말을 타고 마당 안으로 들어왔다. 긴 대화가 이어졌다. 그들의 목소리가 들렸다. 포드의 온화한 목소리가 티비츠의 성난 목소리와 뒤섞여 있었지만, 무슨 이야기를 하는지는 알아들을 수 없었다. 마침내 티비츠 일행 셋은 그리 기분 좋지 않은 표정으로 다시 떠났다.

나는 포드에게 일할 의지가 넘친다는 것을 보여 줄 생각에 직조소에서 하던 일을 계속해서 하려 했지만, 힘없는 손은 망치를 제대로 쥐지 못했다. 어둠이 내려앉자 나는 오두막으로 기어 들어가 누웠다. 온몸이 퉁퉁 붓고 쑤셔서 조금만 움직일라치면 견디기 힘든 통증이 밀려왔다. 곧 밭일을 나갔던 일손들이 돌아왔다. 로슨을 뒤따라 나갔던 레이첼이 그날 일을 이야기해 준 모양이었다. 엘리자와 메리가 내게 베이컨 한 조각을 구워 주었지만 입맛이 하나도 없었다. 그러자 이번에는 옥수수빵을 굽고 커피를 끓여 주었다. 내가 먹을 수 있는 것은 그게 전부였다. 엘리자는 나를 위로해 주며 아주 상냥하게 돌봐 주었다. 얼마 지나지 않아 오두막 안에는 노예들로 가득 찼다. 다들 내 주위로 몰려들어 아침에 티비츠와 있었던 일에 대해, 그날 일어난 모든 일에 대해 꼬치꼬치 캐물었다. 그러던 중에 레이첼이 들어왔고, 그녀는 간단하게 사건을 다시 설명해 주었다. 특히 내 발길질에 티비츠가 바닥을 나뒹군 장면을 강조해서 자세히 이야기했는데, 이 이야기가 끝나자 오두막 안에는 낄낄거리는 웃음소리가 퍼졌다. 그다음 레이첼은 채핀이 권총을 꺼내 들고 나와 나를 구해 준 일이며, 포드 주인님이 화를 내며 칼을 꺼내 밧줄을 잘라 준 일을 이야기했다.

이때쯤 로슨이 돌아왔다. 아이는 파인 우즈에 다녀온 이야기를 한껏 늘어놓았다. 갈색 노새가 빛보다 더 빠르게 달렸노라, 자기가 달려가자 다들 눈이 휘둥그레지더라, 포드 주인님이 당장에 말을 타고 나오셨노라, 자기가 플랫은 훌륭한 깜둥이며 죽여서는 안 된다고 이야기했노라. 그러고는 아주 은근하게 이 세상에 오늘 자기가 갈색 노새를 타고 달린 것처럼 길 위에서 파란을 일으키거나, 존 길핀(영국의 시민군 대장_옮긴이)처럼 대단한 묘기를 부릴 수 있는 자는 아무도 없을 거라는 자랑으로 마무리를 지었다.

이 친절한 동료들은 내게 아낌없이 동정의 말을 쏟아 냈다. 티비츠가 냉혹하고 잔인한 남자이며, '포드 마나님'이 나를 다시 되찾아 갔으면 좋겠다고 했다. 이렇게 동료들이 계속해서 이 흥미진진한 사건에 대해 토론하고, 잡담하고, 이야기를 하고 있는데, 느닷없이 채핀이 오두막 문 앞에 나타나 나를 불렀다.

"플랫, 오늘 밤은 저택 바닥에서 자도록 해. 담요 가지고 와."

나는 서둘러 자리에서 일어나 담요를 들고 그를 따라나섰다. 저택으로 가는 길에 채핀은 티비츠가 아침이 밝기 전 다시 돌아와 나를 죽이려고 할지도 모른다고 설명했다. 백여 명의 노예가 보는 앞에서 티비츠가 내 심장을 찌른다 해도, 루이지애나의 법률에 따라 노예들은 절대 티비츠에게 불리한 증언을 할 수 없는 처지였다. 나는 12년의 노예 생활 동안 처음이자 마지막으로 허락된 호화로운 휴식처인 저택 바닥에 몸을 뉘었다. 채핀이 일어나 창밖을 내다보았지만 보이는 것은 아무것도 없었다. 마침내 개도 잠잠해졌다. 채핀은 방으로 돌아가며 말했다.

"플랫, 분명 그 불한당 같은 자가 이 근방을 살금살금 돌아다니고 있을 거야. 만약 개가 다시 짖거든, 날 깨워."

나는 그러겠다고 약속했다. 1시간 혹은 그 이상이 지났을 때쯤 개가 다시 떠들썩하게 정문 앞으로 달려갔다가 다시 돌아오며 미친 듯이 짖어 댔다.

내가 굳이 부르러 가지 않았는데도 채핀이 일어나 나왔다. 이번에는 테라스로 나가 한동안 그 앞에 서 있었다. 하지만 보이는 것은 아무것도 없었고, 개는 다시 개집으로 돌아갔다. 그날 밤에 다시 그런 일은 없었다. 하지만 나는 엄청난 고통과 언제 닥칠지 모르는 위험에 대한 두려움 때문에 제대로 잠을 잘 수 없었다. 티비츠가 그날 밤 실제로 농장에 돌아왔는지, 내게 복수할 기회를 노렸는지는 그 자신만이 알 것이다. 하지만 나는 그때 티비츠가 그곳에 있다는 강한 느낌이 들었다. 아무튼 티비츠는 사람을 죽이고도 남을 위인이었다. 용감한 남자의 말에 위축되어 도망치기는 했지만 언제라도 방심하고 있거나 무력한 희생자를 공격하고도 남을 위인이었다. 그리고 나중에 이 의심은 현실이 되었다.

아침이 되어 날이 밝자 나는 제대로 쉬지도 못해 아프고 지친 몸을 일으켰다. 그러면서도 오두막에서 메리와 엘리자가 차려 준 아침 식사를 먹은 후에 직조소로 가 하루의 일을 시작했다. 여느 감독관들과 마찬가지로 아침에 눈을 뜬 즉시 안장을 채우고 굴레를 씌워 준비해 놓은—이것 역시 노예의 일이었다—말에 올라 들판으로 나가는 것이 채핀의 일과였다. 하지만 이날 아침 채핀은 직조소로 와 티비츠의 낌새를 아직 보지 못했냐고 물었다. 내가 보지 못했다고 대답하자, 채핀은 그자가 영 꺼림칙하다고 한마디 했다. 그자에게는 나쁜 피가 흐른다고. 그자를 예의 주시하지 않으면, 언젠가 내가 마음 놓고 있을 때 내게 못된 짓을 할 것이라고.

채핀이 이야기를 하는 사이에 티비츠가 말을 타고 들어와 말을 매어 놓은 뒤 집 안으로 들어갔다. 포드와 채핀이 옆에 있어 두렵지 않았지만, 그들이 언제고 내 곁에 있어 줄 수는 없는 노릇이었다.

아! 그때 노예라는 멍에가 나를 얼마나 무겁게 짓눌렀던가. 매일같이 노역에 시달리며, 학대와 욕지거리와 조롱을 견디며, 딱딱한 바닥에서 잠을 자고, 거칠기 짝이 없는 빵 쪼가리를 먹어야 할 처지라니. 그뿐인가? 앞으로 끝없는 두려움에 떨며 피에 굶주린 자의 노예로 살아야 하는 게 아닌가. 왜 나는 어릴 때 죽지 않은 것일까? 왜 하느님께서 내게 사랑하고 살아갈 아이들을 주시기 전에 죽지 않은 것일까? 그랬더라면 이러한 불행과 고통과 슬픔을 겪지 않았을 텐데. 나는 간절히 자유를 바랐다. 하지만 노예의 사슬이 나를 묶고 있었고 그 사슬에서 벗어날 수 없었다. 그저 슬픈 눈으로 북쪽을 바라보며 나와 자유의 땅 사이에 놓인 수천 킬로미터의 거리를 생각하는 수밖에 없었다. 자유인이자 흑인인 내가 건널 수 없는 거리였다.

30분 후에 티비츠가 직조소로 건너와 날카로운 눈으로 나를 쏘아보더니, 아무 말 없이 뒤돌아섰다. 오전 내내 티비츠는 저택 테라스에 앉아 신문을 읽고 포드와 이야기를 나누었다. 저녁 식사 후에 포드가 파인 우즈로 떠났고, 나는 농장을 떠나는 그의 뒷모습을 실로 안타깝게 바라보았다. 그날 하루 동안 한 번 더 티비츠가 내게 다가와 몇 가지 명령을 내린 후 돌아갔다.

그 주 안에 직조소가 완공되었다. 그동안 티비츠는 나를 괴롭힐 기미를 전혀 보이지 않았고, 완공된 후에는 나를 피터 태너 댁에 고용살이를 보냈다. 태너 농장에서 목수 마이어스를 도와 목공 일을 하라고 지시했다. 이 말이 얼마나 기쁘던지. 티비츠의 증오스러운 얼굴을 보지 않아도 된다면 그 어떤 곳이라도 내게는 반갑고 안락했다.

피터 태너는 독자들에게 이미 알린 대로 맞은편 강가에 살았고, 포드 마님의 오라버니였다. 그는 바이유 뵈프에서 가장 큰 농장을 보유한 농장주이자 수많은 노예를 소유하고 있었다.

나는 기쁨으로 부푼 가슴을 안고 태너 씨 댁으로 갔다. 태너는 내가 최근에 겪은 일을 들어 알고 있었다. 내가 티비츠를 때린 사실은 곧 부풀대로 부풀어서 널리 소문이 퍼져 있었던 것이다. 이 사건은 뗏목 운송 건과 더불어 나를 일약 유명인으로 만들어 놓았다. 플랫 포드, 아니 플랫 티비츠가—노예의 성은 주인의 성에 따라 바뀐다—'악마 같은 깜둥이'라는 소리를 들은 게 한두 번이 아니었다. 곧 알게 되겠지만 나는 이 바이유 뵈프라는 작은 세계에서 더 큰 유명세를 탈 운명이었다.

피터 태너는 자신이 꽤 엄한 사람이라는 인상을 심어 주려 애썼지만, 그래도 나는 이 노신사에게서 뿜어져 나오는 쾌활한 성격을 감지했다.

"네가 그 깜둥이로군."

내가 도착하자 그가 말했다.

"네가 주인을 때렸다는 그 깜둥이로구나, 응? 네가 목수 티비츠를 발로 차고 다리를 들어 바닥에 내팽개친 그 깜둥이로구나, 안 그러냐? 내 다리도 한 번 잡아 보지 그래. 보통내기가 아니야, 대단한 깜둥이야. 아주 뛰어난 깜둥이야, 안 그러냐? 내가 채찍질을 하면 또 발끈하고 성질을 내겠구먼. 어디한번 내 다리도 잡아 봐. 여기서는 다시 그런 못된 장난은 하면안 돼, 그 점 명심해. 이제 그만 나가서 일 봐. 이 무뢰한 같은놈아."

피터 태너는 이렇게 마무리를 하고는, 재치 있게 비꼬는 그말이 자기가 듣기에도 웃긴지 새어 나오는 미소를 숨기지 못했다.

이 인사말을 들은 후, 나는 목수 마이어스에게 가 한 달 동안 조수로 일했다. 마이어스는 내 일솜씨를 마음에 들어 했고, 나 역시 그의 밑에서 일하는 것이 만족스러웠다.

윌리엄 포드와 마찬가지로 그의 처남인 태너 또한 안식일 날 노예들에게 성경을 읽어 주었지만, 분위기는 좀 달랐다. 태너는 주로 신약 성서를 읽고 설명해 주었다. 내가 그 농장으로 가고 첫 번째 일요일에, 태너는 우리를 전부 모아 놓고 누가복음 12장을 읽기 시작했다. 47절에 도달하자 그는 빤히 주위를 한 번 둘러보고는 계속했다.

"자기 주인의 뜻을 알고도······."

이 부분에서 그는 말을 멈추고 전보다 더 유심히 주위를 둘러본 다음 다시 말을 이었다.

"아무런 준비를 하지 않았거나 주인의 뜻대로 하지 않은 종은······."

이 부분에서 다시 멈췄다.

"주인의 뜻대로 하지 않은 종은 매를 많이 맞을 것이다."

"잘 들었나?"

피터는 의미심장하게 물었다.

"매를 맞을 것이다."

그는 천천히 또박또박 그 구절을 되풀이하며 안경을 벗었다. 몇 마디 해설을 붙이기 전에 하는 행동이었다.

"주인의 뜻대로 하지 않는 종은, 즉 주인의 명령에 따르지 않는 깜둥이는······ 무슨 뜻인지 알겠지? 매를 많이 맞게 될 것이란 뜻이야. 자, '많은'이란 말은 굉장히 많은 수를 의미하지. 마흔 대, 백 대, 백오십 대. 성경에 바로 그렇게 쓰여 있어!"

그리고 피터는 그 주제에 대해 한참 설명하며 흑인 청중을 교화하려고 했다. 설교를 마무리하면서 그는 자신의 노예 셋을 불러냈다. 워너, 윌, 그리고 메이저였다. 그런 다음 내게 외쳤다.

"자, 플랫! 네가 티비츠의 다리를 들고 거꾸로 들어 올렸지. 이제 네가 이 악당들도 들어 올릴 수 있는지 한 번 보자꾸나. 내가 교회에 다녀올 때까지."

그러고는 그 노예들을 차꼬 형틀에 채우라는 명령을 내렸다. 이건 레드 강 지역의 농장에서 흔한 물건이다. 차꼬 형틀은 두 개의 널빤지로 이루어져 있는데, 아래쪽의 널빤지는 땅속에 단단히 박아 놓은 두 개의 짧은 기둥 끝에 고정되어 있다. 이 널빤지의 위 가장자리를 일정한 간격을 두고 반원형으로 파 놓았다. 위쪽의 널빤지는 경첩으로 기둥 하나와 연결되어 있어, 주머니칼날을 접었다 여는 것처럼 여닫을 수 있었다. 위쪽 널빤지의 아래쪽 가장자리에도 역시 반원형으로 파인 부분이 있어, 아래 널빤지와 맞닿게 해 놓으면 깜둥이 한 명의 발목에 딱 맞는 한 쌍의 동그란 구멍이 생긴다. 하지만 발을 뺄 수 있을 정도로 큰 구멍은 아니다. 위쪽 널빤지의 경첩이 달린 맞은편 끝에는 기둥에 연결하는 자물쇠가 달려 있다. 노예를 땅바닥에 앉히고 위쪽 널빤지를 들어 올려 아래쪽 판자의 반원형으로 파인 곳에 발목을 올려놓고 위쪽 판자를 다시 내려 자물쇠를 잠그면 꼼짝 못하게 되는 것이다. 발목 대신 목을 채우는 형틀도 아주 흔하다. 이런 식으로 목을 채워 두고 채찍질을 한다.

태너의 설명에 따르면 워너와 윌, 메이저는 수박을 훔치고 안식일을 어긴 깜둥이며, 그런 사악한 행동은 용납할 수 없어

형틀에 가두는 형벌을 내리는 것이 자신의 임무라고 했다. 태너는 내게 열쇠를 넘기고는 자신과 마이어스, 태너 마님과 아이들은 마차를 타고 체니빌에 있는 교회에 다녀오겠다고 했다. 그들이 출발하자 노예 소년들은 내게 풀어 달라고 애원했다. 절절 끓는 땅바닥에 앉아 있는 아이들을 보니 안타까운 마음이 들었고, 뙤약볕 아래에서 고통을 받던 기억이 떠올랐다. 결국 나는 부르면 곧장 와서 다시 형틀 앞으로 와야 한다는 약속을 받아 낸 다음 그 아이들을 풀어 주었다. 아이들은 베풀어 준 자비가 고마워서 어떻게든 답례를 하고 싶었는지 내게 수박밭으로 가는 길을 알려 주었다. 그것이 그 아이들이 할 수 있는 최선이었을 것이다. 태너가 돌아오기 직전에 나는 그 아이들의 발목을 다시 형틀에 채웠다. 마침내 돌아온 태너가 아이들을 쳐다보더니 킬킬 웃으며 말했다.

"아하! 네놈들이 오늘은 쫄래쫄래 돌아다니지 못했겠구나. 앞으로 옳고 그른 게 뭔지 똑똑히 알려 주마. 다시는 안식일에 수박을 먹지 못하게 해 주마, 이 안식일을 어기는 깜둥이 녀석들아."

피터 태너는 자신이 교회의 집사로서 종교 규율을 엄격히 지켰다며 으스댔다.

이제 이런 가벼운 이야기는 여기서 끝이 난다. 앞으로 이어질 이야기는 티비츠 주인님과 두 번째로 다툼을 하고 광활한 파쿠드리 늪으로 도주하게 되는 더 심각하고 무거운 이야기다.

제10장

티비츠에게 돌아가다-어떻게 해도 만족시킬 수 없는 티비츠-손도끼를 들고 나를 공격하는 티비츠-도끼를 피하려 몸부림치는 나-그를 죽이고 싶은 유혹-농장을 가로질러 탈출을 감행-울타리에서 내려다 본 풍경-티비츠와 하운드 개들의 추격-내 뒤를 밟다-개 떼의 요란한 울음소리-하마터면 잡힐 뻔하다-강가에 도달하다-흔적을 놓친 하운드 개들-뱀 떼와 악어 떼-광활한 파쿠드리 늪에서의 하룻밤-생명의 소리-북서쪽 길-파인우즈-노예와 젊은 주인-포드 댁에 도착-음식과 휴식

한 달이 지나고 태너 씨의 집에서 하던 일이 끝나자 나는 다시 바이유 뵈프의 주인에게로 돌아갔다. 티비츠는 조면 압착 공장을 짓고 있었다. 작업소는 저택에서 좀 떨어진 한적한 곳이었다. 나는 다시 티비츠와 함께 일하기 시작했고, 대부분의 시간에는 우리 단둘뿐이었다. 나는 티비츠가 여느 때고 해하려 할지 모르니 조심하라던 채핀의 경고와 조언을 기억하고 있었다. 그 말이 항상 머릿속에 맴돌아 하루하루가 두렵고 불안했다. 한쪽 눈으로는 내가 하는 작업을 주시하고, 다른 한 눈으로는 내 주인을 주시했다. 나는 티비츠의 손아귀에서 벗어나는 축복받은 날이 올 때까지 그가 화낼 여지를 주지 않기로, 가능하면 전보다 더 열심히 일하기로, 그가 어떤 욕설이나 학대를

해도 묵묵히 참고 견디기로 했다. 그러면 나에 대한 태도가 어느 정도 누그러지지 않을까 기대하면서 말이다.

내가 돌아온 지 사흘째 되던 날 아침, 채핀이 농장을 떠나 체니빌로 갔고 밤이 되어야 돌아올 예정이었다. 그날 아침에 티비츠는 주기적인 울화병과 신경질 병이 도졌는지 평소보다 한층 더 불쾌하고 악독한 표정이었다.

오전 9시쯤 내가 부지런히 대패질을 하고 있을 때였다. 티비츠는 작업대 옆에 서서 나사 줄을 깎던 끝에 손잡이를 끼우고 있었다.

"대패질이 제대로 안 됐잖아."

티비츠가 말했다.

"딱 평평하게 됐는데요."

나는 대답했다.

"이 빌어먹을 새끼가 어디서 거짓말이야!"

그가 버럭 고함을 질렀다.

"아, 예. 주인님."

나는 고분고분하게 대답했다.

"주인님이 그렇게 말씀하신다면 대패질 더 하겠습니다."

그리고 대답하는 것과 동시에 그가 원하는 대로 대패질을 시작했다. 그러나 내가 대패를 한 번 다 밀기도 전에 티비츠가 버럭 소리를 지르며 이제는 대패질을 너무 많이 해서 크기가 너무 작아졌다고, 내가 목재를 다 망쳐 놨다고 했다. 그리고 욕설이 이어졌다. 나는 티비츠가 시키는 대로 하려 노력했지만, 이

비합리적인 남자는 내가 어떻게 해도 만족할 줄을 몰랐다. 나는 아무 말없이 두려움에 떨며 대패를 손에 든 채 목재 옆에 서 있었다. 어떻게 해야 할지 몰랐고, 그렇다고 손 놓고 멀뚱멀뚱 놀 수도 없었다. 티비츠의 분노는 점점 더 거세지더니, 급기야 그만이 입에 올릴 수 있는 끔찍하고 무시무시한 욕설을 내뱉으며 작업대에서 손도끼를 집어 들고 내 목을 잘라 놓겠다며 달려들었다.

절체절명의 순간이었다. 날카로운 도끼날이 햇살을 받아 번쩍 빛났다. 그 도끼날이 내 머리에 박히려는 찰나였다. 그런 찰나에도, 그 무시무시한 상황에도 머릿속에 얼마나 많은 생각이 떠오르던지. 가만히 서 있는다면 내 운명이 어찌 될지는 자명했다. 요행으로 머리에 날아드는 도끼날을 피한다 해도, 그가 던진 도끼날이 내 등에 꽂힐 게 뻔했다. 방법은 하나뿐이었다. 나는 전속력으로 티비츠에게 달려들었다. 티비츠가 도끼날을 내리치기 전에 한 손으로 도끼를 치켜든 팔을 붙잡고 다른 한 손으로 그의 목을 움켜잡았다. 우리는 서로의 눈을 쳐다보며 섰다. 그의 눈은 살기등등했다. 마치 내가 뱀의 목을 잡고 있어, 손아귀 힘을 조금이라도 늦춘다면 그 뱀이 내 몸을 칭칭 감아 뼈를 부수고 독이빨로 물어 죽일 것 같은 기분이었다. 크게 비명을 질러 누군가를 부를까 생각했지만 채핀은 출타 중이었다. 노예들은 들판에 나가 있었다. 근처에 인기척이라곤 없었다.

이제까지 살아오면서 폭력의 손길을 빠져나올 수 있었던 것은 재빠른 두뇌 회전 덕분이었고, 그 순간에도 좋은 방법 하나가 떠올랐다. 나는 느닷없이 발로 티비츠를 냅다 걷어찼다. 티비츠는 신음하며 한쪽 무릎을 털썩 바닥에 꿇었다. 나는 그의 목을 잡았던 손을 놓고 손도끼를 낚아채 멀리 던졌다.

통제할 수 없는 미친듯한 분노에 사로잡힌 티비츠는 바닥에 떨어져 있던 1.5미터 길이인 손아귀에 가득 찰 정도로 두꺼운 하얀 떡갈나무 막대기를 잡았다. 다시 한 번 티비츠가 내게 달려들었고, 다시 한 번 나도 그에게 달려들어 그의 허리를 잡았다. 내가 힘이 더 센 덕분에 그를 바닥에 메다꽂았다. 그 자세로 나는 티비츠의 손에서 막대기를 빼앗은 다음 자리에서 일어나 그 막대기 또한 멀리 집어던졌다.

티비츠 역시 바닥에서 일어나 작업대 위에 놓인 큰 도끼를 잡으러 달려갔다. 다행히 그 큰 도끼 위에는 묵직한 널빤지가 놓여 있었고, 티비츠가 그 밑에서 도끼를 꺼내기 전에 내가 그의 등 뒤로 달려들었다. 티비츠를 널빤지 위로 세게 눌러 도끼 손잡이를 잡은 그의 손을 떼 내려 했지만 헛수고였다. 우리는 그 자세로 몇 분간 서 있었다.

나는 불행한 삶을 사는 동안 이 슬픔을 끝낼 방법으로 죽음을—내 지친 몸을 무덤에 편히 뉘고 싶다는 생각을—수없이 생각해 보았다. 하지만 위험이 닥치면 그러한 생각은 사라진다. '사신(死神)' 앞에서는 누구라도 전력을 다해 저항하기 마련이다. 살아 있는 모든 존재에게 생명은 귀중한 법이다. 땅바닥을 기어 다니는 지렁이도 살려고 발버둥을 칠 것이다. 노예로 비참한 삶을 살았지만, 그 순간에는 내게도 목숨은 귀중했다.

티비츠가 도끼 손잡이에서 손을 떼지 않자, 나는 다시 한 번 그의 목을 잡고 이번에는 있는 힘을 다해 목을 졸랐다. 곧 손잡이를 잡고 있던 티비츠의 손에서 힘이 빠졌다. 티비츠는 더는 저항하지 않고 몸에서 힘을 뺐다. 분노로 하얗게 질렸던 얼굴이 이제는 숨이 막혀 흑색이 되었다. 악의로 가득 차 있던 작은 뱀 눈은 이제 공포로 가득했고, 커다란 하얀 눈알 두 개가 불쑥 튀어나왔다!

내 심장 속에 웅크린 악마는 이 인간 백정을 당장 죽이라고 속삭였다. 생명의 숨결이 빠져나갈 때까지 그자의 목을 조르라고! 나는 감히 그를 죽일 수도 없었고, 감히 그를 살려 둘 수도 없었다. 내가 그를 죽인다면 그 죄를 내 목숨으로 갚아야 했다. 만약 그를 살려 둔다면 그자에게 피의 복수를 당하게 될 것이었다. 내 안의 목소리가 내게 도망치라고 속삭였다. 늪지의 방랑자, 이 땅을 떠도는 탈주자이자 부랑자가 되는 게 지금의 삶을 사는 것보다 낫다고.

곧 결심이 섰다. 나는 작업대에 엎드린 티비츠를 바닥에 패대기친 다음 근처의 울타리를 뛰어넘어 목화밭에서 일하는 노예들 곁을 지나 농장을 내달렸다. 400미터쯤 달리자 삼림 방목장에 도달했고, 그곳까지는 정말이지 순식간에 달려갔다. 높은 울타리를 타고 올라가자 조면 압축 공장과 저택, 그 사이의 공터가 보였다.

농장 전체가 훤히 다 내려다보이는 위치였다. 티비츠가 들판을 가로질러 저택 쪽으로 다가가 안으로 들어가더니, 안장을 들고 나와 말에 오르기 위해 뛰어가는 모습이 보였다.

나는 고독했지만 감사했다. 살아남은 것을 감사했고, 내 앞에 놓인 운명에 고독하고 절망했다. 나는 어떻게 되는 것일까? 누가 나를 도와줄까? 나는 어디로 가야 하나? 아, 하느님! 제게 생명을 주시고 제 가슴에 삶에 대한 애정과 다른 사람들과 같은 감정들을 심어 주셨으니 제발 저를 버리지 마소서. 이 불쌍한 노예를 불쌍히 여겨 굽어살피소서. 저를 버리지 마시옵소서. 당신께서 보호해 주지 않는다면 저는 길을 잃고 말 것입니다! 간절한 애원은 내 가슴속 깊은 곳에서 하늘로 올라갔다. 그러나 대답은 들리지 않았다. "내 여기 있으니, 두려워 말라." 하고 내 영혼에 속삭이는 낮고 달콤한 주님의 목소리는 들리지 않았다.

15분쯤 지났을 때 서너 명의 노예들이 고함을 지르며 내게 도망치라고 손짓했다. 그 소리에 개울 위를 올려다보니 티비츠가 두 명의 일행과 말을 타고 전속력으로 달려오고 있었고, 그 뒤로 개 떼가 쫓아왔다. 개는 여덟에서 열 마리 정도 되었다. 멀리서도 나는 그 개들을 알아보았다. 그 개들은 이웃 농장의 개였다. 바이유 뵈프에서 노예사냥에 사용되는 개들은 블러드하운드 종이지만, 북부의 종보다 훨씬 더 사납다. 이 개들은 주인의 명령을 받는 순간, 불독이 네 발 달린 동물을 물고 늘어지듯 깜둥이에게 달려들어 물고 늘어진다. 늪지 쪽에서 개 짖는 소리가 요란하게 울려 퍼지면, 그 소리로 도망치는 노예가 있는 지점을 추측한다. 마치 뉴욕의 사냥꾼들이 언덕을 따라 올라가는 하운드의 소리를 듣고 멈춰 서서, 여우를 잡을 수 있는 장소를 추측하는 것과 같다. 내가 알기로 바이유 뵈프에서 살아 탈출한 노예는 한 명도 없었다. 한 가지 이유는 노예들이 수영을 배우지 못하도록 소유주들이 금지해, 얕은 개울물조차 건너지 못하기 때문이다. 도망치다 보면 어쩔 수 없이 개울에 도달하게 되어 있고, 결국에는 빠져 죽느냐 개에게 물려 죽느냐 둘 중에 하나를 선택할 수밖에 없다. 나는 어린 시절 고향 동네를 흐르는 맑은 개울물에서 수없이 놀았던 터라, 수영 솜씨가 보통이 아니었으며 물속은 집처럼 편안했다.

나는 개 떼가 조면 압착 공장에 도달할 때까지 울타리 위에 서 있었다. 잠시 후, 그들은 길고 야만적인 울음소리로 내 자취를 찾았음을 알렸다. 나는 울타리에서 훌쩍 뛰어내려 늪지를 향해 달렸다. 두려움은 내게 힘을 주었고, 나는 젖 먹던 힘까지 다해 달렸다. 개 짖는 소리는 멈출 줄을 몰랐다. 점점 내 뒤를 바짝 쫓아왔다. 점점 짖는 소리가 가까워졌다. 매 순간 내 등으로 개 떼가 뛰어들까 봐 조마조마했다. 내 살에 긴 이빨을 박아 넣을까 봐 조마조마했다. 그렇게 숫자가 많으니 나를 갈기갈기 찢어 놓으리라. 단번에 내 목숨을 끊어 놓으리라. 나는 숨을 헐떡이며 달렸다. 그리고 전지전능한 하느님께 나를 구해 달라고, 추적자들을 피할 수 있는 넓고 깊은 개울에 도착할 힘을 달라고 기도를 올렸다. 그러다가 우거진 야자나무 숲 가장자리에 도달했다. 그 사이를 뛰어가자 야자나무들이 요란하게 부스럭 댔지만, 그래도 개 짖는 소리가 묻힐 정도로 요란한 소리는 아니었다.

남쪽이라 생각되는 곳을 향해 계속 달리다가 마침내 발이 잠길 만한 얕은 물가에 도착했다. 당시 개 떼는 25미터 뒤까지 바싹 뒤쫓아 오고 있었다. 개들이 야자나무 사이로 부스럭거리며 뛰어오는 발소리가 들렸고, 미친 듯이 짖는 소리들이 늪지 전체에 쩌렁쩌렁 울려 퍼졌다. 물가에 도착하자 약간의 희망이 되살아났다. 조금만 더 깊이 들어가면 냄새가 흐려져 개 떼가 길을 잃을 테고 개 떼를 따돌릴 기회가 생길지도 몰랐다. 다행히 내가 앞으로 나아갈수록 수심이 더 깊어지면서 발목까지 찼다가, 무릎까지 찼다가, 이제는 허리까지 찼다가, 다시 점점 얕아졌다. 내가 물속으로 들어간 후로 개 떼는 더는 내 뒤를 쫓아오지 않았다. 냄새를 놓친 모양이었다. 이제 개 떼의 야만적인 목소리는 점점 멀어졌고, 나는 개 떼를 따돌린 거라고 확신했다. 마침내 나는 발걸음을 멈추고 귀를 기울였지만, 긴 울음소리가 다시 공중에 울려 퍼졌다. 아직 안심할 때가 아니었다. 물가에서 잠시 머뭇거리던 개 떼는 이내 내가 지나온 습지에서 습지로 계속해서 뒤를 쫓아왔다. 마침내 넓은 개울에 도달하자 얼마나 기뻤던지. 나는 그 안으로 풍덩 뛰어들어 느릿한 물살을 헤엄쳐 맞은편으로 향했다. 그곳에서는 개 떼도 흔적을 놓친 게 분명했다. 도망하는 노예의 뒤를 쫓는 개 떼들이 찾는 흔적과 냄새가 물살에 전부 떠내려간 것이다.

이 개울을 지나자 뛰기 힘들 정도로 깊은 늪이 이어졌다. 나중에야 나는 이곳이 광활한 파쿠드리 늪이라는 사실을 알았다. 이곳은 어마어마한 나무들—단풍나무, 고무나무, 사시나무, 삼나무—이 가득하며 칼카슈 강까지 이어져 있는 늪지라고 한다. 반경 50~65킬로미터 내에 사람은 전혀 살지 않으며, 곰과 살쾡이, 호랑이, 거대하고 끈적끈적한 파충류 등의 야생 짐승만이 사방에 득실댄다. 사실 나는 그 넓은 개울에 도달하기 한참 전부터, 그 늪지에 발을 담근 순간부터 그 늪지에서 빠져나오는 순간까지 파충류들에 둘러싸여 있었다. 늪살무사를 수백 마리는 보았다. 내가 쓰러진 나무 몸통을 밟거나 올라가 볼라 치면 어김없이 이 뱀들이 휘감고 있었다. 내가 다가가면 스르르 도망치긴 했지만, 가끔씩 서두른 나머지 미처 보지 못하고 하마터면 손으로 만지거나 발로 밟을 뻔하기도 했다. 이 늪살무사는 독사로, 방울뱀보다 더 치명적인 독을 품고 있다. 게다가 내가 신은 신발 한쪽은 밑창이 완전히 떨어져 나가 윗부분만 발목에서 덜렁거리고 있었다.

또한 수면 위에 둥둥 떠 있거나 유목 위에 기댄 거대하고 작은 악어들도 수없이 보았다. 대부분은 내가 내는 소리에 놀라 멀리 헤엄쳐 가거나 더 깊은 물속으로 들어갔다. 하지만 가끔씩은 미처 발견하지 못하고 이 괴물과 맞닥뜨리기도 했다. 그럴 때면 나는 뒤돌아서 이리저리 돌며 도망쳐 피했다. 악어는 곧장 직선으로 움직이는 경우에는 어마어마하게 빠르지만, 방향을 바꾸는 능력은 없다. 따라서 이리저리 돌아서 움직이면 쉽게 악어를 피할 수 있다.

오후 2시쯤 되자 개 짖는 소리가 더는 들리지 않았다. 개울을 건너지 않은 모양이었다. 온통 젖고 지쳤지만, 당장 위험을 피했다는 안도감이 들었다. 그러나 뱀과 악어 떼 때문에 전보다 더 조심스럽게 길을 계속 나아갔다. 이제 진흙 웅덩이를 밟기 전에 반드시 나뭇가지로 물을 먼저 쳐 보았다. 만약에 물이 움직이면 그 웅덩이를 돌아서 갔고, 움직이지 않는다면 과감히 건너서 갔다.

마침내 해가 졌고, 서서히 광활한 늪지에 밤의 장막이 드리웠다. 나는 매 순간 늪살무사의 독 이빨에 물릴까, 악어의 거대한 이빨에 뼈가 부러질까 두려워하며 비틀비틀 발걸음을 옮겼다. 이제 악어와 뱀 떼에 대한 두려움은 뒤를 쫓는 개 떼에 대한 두려움에 필적했다. 잠시 후 달이 떴고, 그 부드러운 달빛이 길게 늘어진 이끼가 달린 너른 나뭇가지들을 보듬었다. 나는 좀 더 안전하고 인적이 있는 장소가 나타나길 바라며, 밤이 깊을 때까지 계속 앞으로 나아갔다. 하지만 수심은 점점 더 깊어졌고 걷기는 점점 더 힘들어졌다. 이 이상 가기란 무리였고, 사람이 사는 곳에 도착한다고 해도 대체 누구의 수중에 떨어지게 될지 알 수 없는 노릇이었다. 통행증이 없는 상황이라 백인이라면 누구라도 나를 체포해, 내 주인이 '재산임을 증명하고 벌금을 내고 나를 데려갈' 때까지 감옥에 감금할 수 있었다. 나는 길 잃은 가축이었고, 운이 나빠 철저히 법률을 지키는 루이지애나의 시민이라도 만난다면, 이웃에 대한 도리라며 나를 당장 유치장에 가둘 게 분명했다. 정말이지 내가 가장 두려워해야 하는 게 무엇인지 판단하기 어려웠다. 개 떼인지, 악어 떼인지, 인간인지!

자정이 지난 후 나는 걸음을 멈췄다. 제아무리 상상력을 발휘한다 해도 그 음산한 장면을 그림으로 그릴 수 없으리라. 늪지 안에는 셀 수 없는 오리 떼의 울음소리가 울려 퍼지고 있었다! 지구가 생긴 후로, 그 늪지의 이렇게 깊숙한 곳까지 인간의 발자국이 닿은 적은 한 번도 없었을 것이다. 밤의 늪지는 적막하지 않았다. 태양이 하늘에 떠 있을 때처럼 무섭도록 적막하지 않았다. 한밤중의 침입자 때문에 잠에서 깬 수천 수백 마리가 떼 지어 있는 듯한 날개 달린 종족들이 시끄러운 목구멍에서 요란한 소리를 뿜어냈다. 거기에다 날개를 푸드덕거리는 그 시끄러운 소리며, 내 주변을 둘러싼 늪으로 묵직하게 풍덩 뛰어드는 소리며, 나는 끔찍하고 무서웠다. 공중을 날아다니는 날개 달린 것들과 땅 위로 기어 다니는 것들이 전부 그 특정 장소에 모여 있는 것 같았고, 그 목적은 단 하나, 시끄럽게 아우성을 쳐서 혼란을 야기하는 것뿐인 듯했다. 인간의 거주지, 복잡한 대도시만이 생명의 모습과 생명의 소리로 가득한 것은 아니다. 지구상에서 가장 외딴곳에도 생명이 가득하다. 이 황량한 늪지의 심장부에조차, 하느님께서는 수많은 생명들의 보금자리와 은신처를 마련해 놓으셨다.

이제 달은 나무 위로 높이 떠올랐고, 그때 나는 새로운 계획을 결심했다. 남쪽으로 향하던 발걸음을 돌려 북서쪽으로 향했다. 포드 주인님 댁이 있는 파인 우즈에 가기로 한 것이다. 포드의 손길이 닿는 곳에 들어서서야 나는 조금 마음을 놓았다.

옹이가 박힌 나무통과 덤불과 유목을 기어 오느라 내 옷가지는 넝마 조각이 되었고, 손과 얼굴, 온몸에 긁힌 상처투성이였다. 맨발에는 온통 가시가 박혀 있었다. 낮과 밤 동안 수없이 목까지 잠기는 늪을 헤쳐 온 터라, 죽은 물의 표면에 떠 있던 녹조와 진흙이 온몸에 더덕더덕 붙어 있었다. 나는 점점 늘어지는 몸을 이끌고 힘겹게 북서쪽을 향해 터덜터덜 걸어갔다. 수심이 점점 얕아졌고, 발바닥에 닿는 땅이 점점 단단해졌다. 마침내 나는 전에 건넜던 그 너른 개울에 도달했다. 나는 다시 그 개울을 헤엄쳤고, 잠시 후 수탉이 우는 소리가 들렸던 것 같았다. 하지만 그 소리는 희미했고 어쩌면 잘못 들은 것일지도 모른다. 물살을 헤치고 나아가 이제 늪지를 뒤로하고 평야로 이어지는 마른땅에 올라섰다. 나는 그레이트 파인 우즈의 어디쯤에 있었다.

동이 틀 때 나는 작은 공터—작은 농장—에 도착했지만, 전에 한 번도 와 본 적 없는 곳이었다. 숲 가장자리에서 두 명의 남자와 마주쳤다. 노예와 젊은 주인으로 멧돼지 사냥 중이었다. 그 백인 남자가 내게 통행증을 보여 달라고 할 테고, 보여 주지 못하면 나를 잡아 가둘 게 분명했다. 다시 도망치기에는 너무 지쳐 있었고, 잡히고 싶지도 않았다. 따라서 나는 한 가지 계략을 쓰기로 했고 이는 성공을 거두었다. 나는 험악한 표정을 짓고 곧장 백인 남자에게 다가가 그의 얼굴을 빤히 쳐다보왔다. 내가 다가가자 남자는 놀란 얼굴로 뒷걸음질을 쳤다. 두려워하는 기색이 역력했다. 마치 늪지에서 솟아난 무시무시한 도깨비라도 본 양!

나는 사납게 물었다.

"윌리엄 포드가 사는 곳이 어디요?"

남자가 대답했다.

"여기서 11킬로미터 떨어진 곳에 삽니다만."

나는 전보다 더 사납게 인상을 찌푸리며 다시 물었다.

"그곳으로 가려면 어느 쪽으로 가야 하는 거요?"

"저기 저 소나무 보입니까?"

그가 1.5킬로미터 떨어진 곳에 우뚝 솟아올라 넓은 숲을 내려다보고 있는 한 쌍의 키 큰 보초병 같은 소나무 두 그루를 가리키며 물었다.

"그렇소."

"저 소나무 발치에 텍사스로가 있어요. 그 길에서 왼쪽으로 꺾으면 윌리엄 포드 씨 댁으로 갈 수 있을 겁니다."

나는 더는 아무 말 없이 서둘러 발걸음을 옮겼다. 그 백인 남자는 분명 내가 떠나고 가슴을 쓸어내렸으리라. 텍사스로에 접어든 나는 남자의 말대로 왼쪽으로 방향을 꺾었고, 곧 수많은 통나무를 쌓아 놓은 거대한 모닥불이 나타났다. 옷가지를 말릴 생각에 그 앞으로 다가갔지만 희부연 아침이 빠르게 밝고 있었다. 지나가던 백인이 나를 발견할지도 모를 일이었다. 게다가 따뜻한 열기에 자고 싶다는 욕망이 솟아올랐다. 그래서 나는 더는 머뭇거리지 않고 발걸음을 재촉했고, 마침내 8시쯤 포드 주인님 댁에 도착했다.

노예들은 이미 다들 일하러 나가고 없었다. 나는 현관 앞으로 가 문을 두드렸고, 곧 포드 마님이 나왔다. 내 몰골이 말이 아니었던지―나는 그야말로 비참하고 처참한 상태였다―나를 알아보지 못했다. 나는 포드 주인님이 집에 계시냐고 물었고, 마님이 질문에 대답하기도 전에 이 선량한 분이 모습을 드러냈다. 나는 포드에게 도주하게 된 경위며 사정을 죄다 털어놓았다. 포드는 가만히 내 말을 듣더니 이야기가 끝나자 다정하게 나를 위로해 주며 주방으로 데려갔다. 존을 불러 내게 식사를 차려 주라고 지시했다. 나는 전날 아침 이후로 쫄쫄 굶은 상태였다.

존이 내 앞에 식사를 차려 주자, 마님이 내게 우유 한 잔과 노예의 밥상에서 보기 드문 진미 성찬을 내주었다. 나는 배가 고팠고 지쳐 있었지만, 음식이나 휴식보다는 상냥하고 다정한 목소리를 들은 게 훨씬 더 반갑고 고마웠다. 그 목소리는 그레이트 파인 우즈의 선량한 사마리아인이 헐벗고 다 죽어 가는 채 찾아든 상처 입은 노예의 영혼에 부어 준 기름과 와인이었다.

포드 부부는 이만 쉬라며 나를 오두막으로 데려갔다. 잠은 하늘이 내려 주신 축복이다! 노예와 자유인 모두에게 하늘의 이슬이 공평하게 내리듯, 잠은 모두에게 공평하게 내린다. 곧, 그 잠이 내게도 내려앉아 가슴을 짓누르던 모든 고난을 앗아

가고, 다시 내 아이들의 얼굴을 보고 목소리를 들을 수 있는 어둠 속으로 나를 데려갔다. 그러나 아아, 잠에서 깨면 아이들은 다시 사라지고 말았다.

제11장

여주인의 정원-선홍빛과 황금빛의 과일-오렌지나무와 석류나무-바이유 뵈프로 돌아가다-돌아가는 길에 포드 주인님이하신 말-티비츠와의 만남-추격에 대한 그의 이야기-포드가그의 포악함을 비난하다-농장에 도착-나를 보고 놀라는 노예들-예고된 매질-켄터키 존-농장주 엘드렛 씨-엘드렛의 샘-큰수수덤불숲과 서튼 밭-나무숲-각다귀와 모기떼-큰수수덤불숲에 도착한 흑인 여자들-여자 벌목꾼-갑자기 나타난 티비츠-그의 짜증 나는 태도-바이유 뵈프를 방문하다-노예 통행 허가증-남부의 관습-엘리자의 마지막-에드윈 엡스에게 팔리다

달고 긴 잠을 잔 후 오후쯤 일어났지만, 여전히 온몸이 쑤시고 아팠다. 샐리가 안으로 들어와 나와 이야기를 나누었고, 존은 내게 저녁 식사를 만들어 주었다. 샐리 역시 나와 마찬가지로 커다란 근심을 안고 있었다. 아이 하나가 병에 걸려 죽을지도 모르는 상태였다. 나는 저녁 식사를 마치고 한동안 마당을 거닐다가 샐리의 오두막으로 가 병든 아이를 살펴보고 다시 주인마님의 정원을 산책했다. 새들의 목소리가 들리지 않고 나무들은 쌀쌀해진 공기에 여름의 영광을 모두 벗어 버릴 시기였지만, 정원에는 온갖 장미들이 활짝 피어 있었고 길고 울창한 덩굴이 건물 벽을 휘감고 있었다. 선홍빛과 황금빛의 과일이 피고 지는 복숭아꽃과 오렌지 꽃, 자두 꽃, 석류 꽃 사이로

빼꼼 얼굴을 드러냈다. 일 년 내내 따뜻한 그 지역에서는 일 년 내내 잎이 떨어지고 꽃봉오리가 활짝 피길 반복한다.

나는 포드 주인님과 마님께 한없는 감사의 마음을 품고 있었고, 어떻게든 그들이 베풀어 준 친절에 보답하고 싶어 덩굴을 다듬고, 또 오렌지나무와 석류나무 사이의 잡초를 뽑았다. 석류나무는 2.5~3미터 높이까지 자란다. 석류나무에 열리는 과일은 비록 크기는 더 크지만 생김새는 백합과 비슷하며, 딸기처럼 향이 감미롭다. 비옥하고 따뜻한 어보이엘르의 토양에서는 오렌지와 복숭아, 자두, 그 외 대부분의 과일나무들이 잘 자란다. 하지만 더 서늘한 지역에서 흔한 사과나무는 이곳에서 보기가 쉽지 않다.

포드 마님이 바깥으로 나와 내게 고맙지만 아직 일할 상태가 아니라며, 내일쯤 포드 주인님께서 바이유 뵈프로 내려갈 때까지 숙소에서 쉬라고 만류했다. 나는 마님에게 말했다. 물론 몸이 아프고 쑤시고 가시에 찔려 발바닥이 다 찢어졌지만, 이 정도 일은 거뜬하며 친절한 마님을 위해 일하는 것이 커다란 기쁨이라고. 그러자 마님은 마지못해 집 안으로 들어갔고, 사흘 동안 나는 부지런히 정원을 돌보았다. 산책로를 청소하고, 화단의 잡초를 뽑고, 마음씨 착하고 관대한 마님이 벽을 따라 나도록 둔 재스민 덩굴 아래에서 무성한 풀을 뽑았다.

나흘째 되는 날 아침 마침내 기력을 완전히 회복하자, 포드 주인님이 함께 바이유 뵈프로 갈 준비를 하라고 했다. 마당에 말은 한 마리뿐이었고, 다른 말들은 노새와 함께 농장으로 나간 터였다. 나는 걸어갈 수 있다고 했고, 샐리와 존에게 작별 인사를 한 다음 말 옆에 서서 마당을 나섰다.

그레이트 파인 우즈 안의 이 작은 파라다이스는 사막의 오아시스였다. 그 후로 노예 생활을 하는 오랜 세월 내내 나는 그곳에 대한 애정을 품고 있었다. 이제 나는 안타까움과 슬픔을 안은 채 그곳을 나섰지만, 그때는 다시 돌아오지 못할 곳이라고는 생각하지 않았다.

포드 주인님은 내가 힘들까 봐 가끔씩 대신 말 위에 타라고 하셨지만, 나는 피곤하지 않다고, 주인님보다는 내 걸음이 더 빠르다고 거절했다. 포드 주인님은 내가 따라갈 수 있도록 말을 천천히 몰며, 가는 내내 내게 상냥한 말을 건네면서 기운을 북돋아 주었다. 포드는 내가 그 늪지에서 탈출한 것은 하느님이 행하신 기적이라고 단언했다. 다니엘이 사자 우리에서 무사히 빠져나온 것처럼, 요나가 고래의 배 속에서 살아 나온 것처럼, 나 역시 전지전능한 하느님의 도우심으로 그 사악한 곳에서 무사히 빠져나온 것이라고. 그리고 포드는 내가 낮과 밤 동안 어떤 두려움과 감정을 느꼈는지 꼬치꼬치 묻고, 그동안 기도하고 싶은 욕망이 들었는지 물었다. 나는 온 세상에 버림받은 기분이 들었으며, 내내 마음속으로 기도를 드렸노라 대답했다. 포드는 그런 때에는 누구라도 본능적으로 창조주를 찾게 되어 있다고 했다. 사람이 두려울 것 없이 행복한 때에는 주님을 떠올리지 않고 부정하지만, 위험에 처하고 동료 인간의 도움을 받지 못할 때, 죽음이 아가리를 벌리고 있을 때, 고난에 차 있을 때는 주님을 비웃고 믿지 않던 인간마저 주님에게 의지하고 주님의 자비로운 품속 외에 다른 희망이나 피난처는 없다고 느낀다고 했다.

이 자비로운 남자는 현세의 삶과 사후 세계에 대해 이야기해 주었다. 바이유 뵈프로 이어지는 한적한 길을 따라 여행하는 내내 하느님의 선량함과 힘에 대해, 세속적인 삶의 헛됨에 대하여 이야기해 주었다.

농장에서 8킬로미터쯤 걸어왔을 때 멀리서 우리를 향해 달려오는 말이 한 마리 보였다. 가까이 다가온 모습을 보니 그 말에 탄 자는 티비츠였다! 티비츠는 나를 잠시 쳐다보았지만 내게는 아무 말도 없이, 말을 돌려 포드 옆에 섰다. 나는 조용히 발치에 서서 걸으며 둘이 나누는 이야기에 귀를 기울였다. 포드는 사흘 전에 내가 파인 우즈에 왔으며, 얼마나 몰골이 끔찍했는지, 내가 어떤 어려움과 위험을 겪었는지 티비츠에게 이야기했다.

"그것 참."

티비츠는 포드 앞이라 평소에 했을 법한 욕설은 내뱉지 않았다.

"내 생전 그렇게 발이 빠른 놈은 처음 봤어요. 루이지애나에 있는 그 어떤 깜둥이랑 붙어도 이놈이 이길 거라는 데 100달러라도 걸겠어요. 내가 존 데이비드 체니한테 살리든 죽이든 잡아 오기만 하면 25달러를 준다고 했는데, 이놈이 개 떼도 따돌렸지 뭡니까. 체니네 개도 별것 아닌 거죠. 던우디네 개들이었다면 야자나무 숲에 도달하기 전에 따라잡았을걸요. 어쨌든 그 개들이 흔적을 놓치는 바람에 사냥을 접어야 했다니까요. 그래서 갈 수 있는 데까지 말을 타고 쫓아가다가, 깊이가 1미터나 되는 늪이 나타나는 바람에 내려서 걸어갔죠. 깜둥이들은 죄다 이놈이 분명 빠져 죽었을 거라고 했어요. 이놈을 보기만 하면 당장에 쏴 버리려고, 계속 그 늪지를 오르락내리락했지만 이놈을 잡을 수 있을 거라는 생각은 하지도 않았어요. 분명히 죽었을 줄 알았으니까. 젠장, 빌어먹을 깜둥이 새끼가 발은 얼마나 빠른지!"

이렇게 티비츠는 늪지에서 나를 찾으려고 수색한 일이며, 내가 개 떼를 피해 얼마나 빨리 달아났는지 이야기를 늘어놓았다. 그가 이야기를 마치자 포드 주인님은 내가 자기 밑에 있을 때는 충실하기 그지없는 노예였다고 대꾸하고, 그런 문제가 생긴 것이 유감이며, 플랫의 이야기에 따르면 비인간적인 대우를 받았다는데 그것은 티비츠의 잘못이라고 일렀다. 손도끼와 큰 도끼로 노예를 죽이려 한 것은 부끄러운 짓이며, 그런 짓은 하지 말아야 한다고 지적했다.

"그런 식으로 노예를 다루어서는 절대 안 돼요. 다른 노예들에게도 악영향을 끼쳐 다들 도망가고 말 겁니다. 늪지가 도망가는 노예들로 득시글거릴 거요. 노예를 무시무시한 무기를 휘두르면서 무작정 억누르는 것보다 약간의 친절을 베푸는 게 훨씬 더 효과적이에요. 노예들을 더 고분고분하게 만들 수 있어요. 이 늪지의 모든 농장주가 그런 비인간적인 처사를 못마

땅하게 생각할 겁니다. 우리 모두의 이익을 위해서 하는 말입니다. 티비츠 씨, 아무래도 당신과 플랫은 함께 살 수 없을 것 같군요. 당신이 플랫을 그토록 미워하고 틈만 나면 죽이려 드니, 플랫은 생명의 위협을 느끼고 다시 당신에게서 도망치려고 할 거예요. 그러니 티비츠, 플랫을 팔거나 적어도 다른 데로 고용살이를 보내도록 해요. 내 말대로 하지 않는다면, 내가 어떻게든 조치를 취해 플랫을 다른 데로 보낼 겁니다."

가는 내내 포드는 이런 식으로 티비츠를 설득했다. 나는 입도 벙끗하지 않았다. 농장에 도착하자 둘은 저택 안으로 들어갔고, 나는 엘리자의 오두막으로 물러갔다. 들판에서 돌아온 노예들이 오두막에 있는 나를 보고 화들짝 놀랐다. 내가 늪에 빠져 죽은 줄 안 것이다. 그날 밤, 그들은 오두막 안에 다시 모여 내 모험 이야기에 귀를 기울였다. 그들은 당연히 내가 채찍질을 당할 거라, 그것도 모진 채찍질을 당할 거라고 여기고 있었다. 도망치다가 잡힌 노예는 오백 대의 채찍질을 맞는 게 정해진 규칙이었다.

"불쌍한 사람."

엘리자가 내 손을 잡으며 말했다.

"차라리 늪에 빠져 죽는 게 나았을 텐데. 당신 주인은 잔인한 사람이라 언젠가 당신을 죽이고 말 거예요."

로슨은 채핀 감독관이 처벌을 맡는다면 그리 심한 채찍질을 맞지는 않을 거라고 한마디 했고, 메리와 레이첼, 브리스톨 및 다른 이들은 포드 주인님이 처벌을 맡는다면 채찍질을 아예 맞지 않을 거라며 희망을 품었다. 다들 나를 동정하고 위로해주며 나를 기다리는 채찍질에 슬퍼했지만, 켄터키 존은 예외였다. 그의 웃음에는 한계가 없었다. 오두막 안에는 그의 거리낌 없는 웃음소리가 울려 퍼졌고, 터져 나오는 웃음을 참기 힘든 듯 옆구리를 부여잡고는 내가 개 떼를 따돌렸다며 킬킬거렸다. 켄터키 존에게는 이 일이 재미있는 모양이었다.

"플랫이 농장을 달려가는 모습을 보고, 놈들이 플랫을 못 잡을 줄 알았다니까. 아이고, 하느님 맙소사, 플랫이 뛰어가는 거 못 봤어들? 그 빌어먹을 개 떼가 쫓아갔을 때 플랫은 이미 거기 없었다니까! 하이고, 배야! 아이고, 전지전능한 하느님 아부지!"

그리고 켄터키 존은 다시 요란한 웃음을 터트렸다.

다음 날 아침 일찍 티비츠가 농장을 떠났다. 오전 중에 조면 공장 근처에서 어슬렁거리고 있는데, 키가 크고 잘생긴 남자 한 명이 내게 다가오더니 티비츠네 아이냐고 물었다. 아이라는 말은 나이가 많든 적든 모든 노예들에게 적용되는 호칭이었다. 나는 모자를 벗고 그렇다고 대답했다.

"내 밑에서 일하는 게 어때?"

그가 물었다.

"아, 저야 그렇게만 된다면 감사하죠."

나는 티비츠에게서 벗어날 수 있을지도 모른다는 희망에 사로잡혔다.

"피터 태너네 마이어스 목수 밑에서 일한 적 있지?"

나는 그랬다고 대답하고, 마이어스 씨가 내게 한 칭찬도 덧붙였다.

"좋아. 네 주인에게 말해서 큰수수덤불숲에 너를 데려가기로 했다. 여기서 60킬로미터 떨어진 레드 강 아래쪽이야."

이 남자는 엘드렛 씨로, 포드 씨 댁 아래에 사는 농장주였다. 나는 엘드렛을 따라 그의 농장으로 갔고, 아침에 그의 노예인 샘과 함께 노새 네 마리가 끄는 수레에 식량을 싣고 큰수수덤불숲으로 향했다. 엘드렛과 마이어스는 말을 타고 선두에 섰다. 샘이란 친구는 찰스턴 출신으로, 그곳에 어머니와 형제자매들이 살고 있었다. 샘은 티비츠가 비열한 남자라 생각했으며—흑인과 백인 모두 공통된 생각이었다—자신의 주인이 나를 사 주면 좋겠다고 했다. 이는 나 역시 간절히 바라는 일이었다.

우리는 개울의 남쪽 연안을 계속 따라 내려가다가 개울을 건너 케어리 씨의 농장에 도착했고, 허프파워에 들어서니 레드 강 쪽으로 이어지는 바이유 루지 길이 나왔다. 바이유 루지 늪을 건넌 다음, 해거름이 되어 큰길에서 큰수수덤불숲으로 이어지는 길에 들어섰다. 인적도 없고, 낚싯대로 사용될 정도로 긴 수수가 빽빽하게 둘러싸고 있어 수레가 간신히 지나갈 정도의 좁은 길이었다. 5미터만 덤불 안으로 들어가도 사람이 보이지 않을 정도로 수수가 빽빽했다. 야생 동물들이 지나는 길이 여기저기 나 있었다. 이러한 덤불숲에는 곰과 호랑이가 서식하며, 물이 고인 웅덩이가 있는 곳에는 어김없이 악어 떼가 득실

거린다.

 우리는 큰수수밭 사이의 고요한 길을 5~7킬로미터쯤 계속 걸어, 마침내 '서턴 밭'이라고 알려진 공터에 도착했다. 여러 해 전에 서턴이라는 남자가 사탕수수 밭으로 들어와 이 외진 곳에 밭을 일구었다. 전설에 따르면 그는 노예가 아닌, 법망을 피해 도망친 탈주자였다. 이곳에서 그는 홀로 살았다. 늪지의 은둔자처럼. 그리고 혼자 힘으로 씨를 뿌리고 추수를 했다. 그러던 어느 날 한 인디언 무리가 홀로 있는 그를 찾아왔고, 피 튀기는 전투 끝에 그를 사로잡아 살해했다. 이 근방 수 킬로미터 내의 노예 오두막의 흑인 아이들과 큰 저택의 백인 아이들에게는 큰수수덤불숲의 심장부인 이곳에 귀신이 들었다는 전설이 전해지고 있다. 사 분의 일 세기 이상 인간의 목소리가 이 공터의 적막을 깬 적은 거의 없었다. 한때 경작된 밭이었던 곳에는 잡초가 무성했고, 다 쓰러진 오두막의 문간에는 뱀들이 햇살을 쬐고 있었다. 정말이지 황량하기 이를 데 없는 곳이었다.

 우리는 서턴 밭을 지나 3킬로미터쯤 이어진 새로 난 길을 따라 걸어 마침내 목적지에 도착했다. 그곳은 엘드렛 씨 소유의 황무지로, 그곳을 개간해 농장을 넓힐 계획이었다. 우리는 다음 날 아침 칼을 들고 두 채의 오두막을 세울 만한 공터를 내기 위해 수숫대를 잘라 내기 시작했다. 한 채는 마이어스와 엘드렛이 묵을 숙소고, 다른 하나는 샘과 나를 비롯해 또 합류하게 될 노예들을 위한 숙소였다. 우리가 있는 곳은 어마어마하게 자라나 넓게 뻗은 가지들이 햇빛을 차단해 버리는 나무숲, 나무 사이의 틈마다 빽빽하게 수숫대가 자라나고 이따금씩 야자수가 한두 그루 끼어 있는 울창한 숲 한가운데였다.

월계수나무와 단풍나무, 떡갈나무, 삼나무가 레드 강 연안의 비옥한 저지대에서 하늘 높은 줄 모르고 높이 치솟았다. 나무마다 길고 거대한 이끼가 매달려 있는 것이 이방인의 눈에는 놀랍고 특이한 풍경이다. 이 어마어마한 양의 이끼는 북부로 보내져 제조업에 사용된다.

우리는 떡갈나무를 베어 쪼갠 다음, 이 목재로 임시 오두막을 세웠다. 지붕은 넓은 야자수 잎으로 덮었는데, 찢어지지 않는 한은 판자를 대체할 만한 훌륭한 재료였다.

이곳에서 가장 성가신 골칫거리는 초파리와 각다귀, 모기떼였다. 이들은 무리지어 날아다녔다. 귓구멍, 콧구멍, 눈, 입 할 것 없이 날아들었다. 살갗에 달라붙어 피를 빨아먹었다. 어떻게 해도 그것들을 물리칠 방법이 없었다. 그것들은 작고 날카로운 입으로 우리를 야금야금 먹어 치울 듯이 계속 달려들었다.

큰수수덤불숲의 한가운데보다 더 황량하고 더 고약한 곳은 떠올릴 수 없을 정도였다. 그러나 티비츠 주인님과 함께 있던 때와 비교한다면 그곳은 내게 천국이었다. 나는 열심히 일했고, 지치고 피곤하지만 밤이면 평안하게 몸을 뉘고, 아침이면 두려움에 떨지 않고 일어날 수 있었다.

이 주 후에 엘드렛의 농장에서 네 명의 흑인 여자가 왔다. 샬

럿, 패니, 크리시아, 그리고 넬리였다. 다들 몸집이 크고 퉁퉁했다. 그 여자들은 도끼를 들고 샘과 나와 함께 나무를 팼다. 그 여자들은 나무를 패는 솜씨가 보통이 아니었다. 그 여자들의 묵직하고 예리한 도끼질에 거대한 떡갈나무며 단풍나무들이 금세 픽픽 쓰러졌다. 통나무를 쌓는 솜씨 또한 여느 남자 못지않았다. 남부에서는 남자들뿐만 아니라 여자들도 벌목 일을 한다. 사실상 바이유 뵈프 지역에서 여자들은 농장에서 요구하는 모든 노동을 다 한다. 쟁기질, 써레질, 일꾼들을 이끄는 조장, 황무지 개간, 길 내기 등 모든 일을 다 한다. 거대한 목화 농장과 사탕수수 농장을 소유한 농장주들 중에 일부는 여자 노예만 부리기도 한다. 그중 한 명이 존 포거먼 농장 맞은편의 개울 북쪽 연안에 사는 짐 번스다.

수수 밭에 도착할 당시 엘드렛은 내게 열심히 일한다면 사주 후 포드 씨 댁에 친구들을 만나러 가게 해 주겠다고 약속했다. 오 주째 되던 토요일 밤, 내가 엘드렛에게 그가 한 약속을 넌지시 상기시키자 엘드렛은 내가 그동안 일을 아주 잘 했으니 가도 좋다고 했다. 나는 그 약속을 내내 가슴에 품고 있었고, 엘드렛의 허락이 떨어지자마자 기쁨으로 가슴이 두근거렸다. 나는 화요일 아침에 돌아와 다시 일을 시작하기로 했다.

곧 내 오랜 친구들을 다시 만난다는 기쁨에 빠져 있는데, 느닷없이 뵈기 싫은 얼굴을 한 티비츠가 나타났다. 티비츠는 마이어스와 플랫이 잘 하고 있는지 물었고, 엘드렛은 아주 잘 하고 있으며 플랫은 아침에 포드 농장을 방문하러 갈 거라고 대답했다.

"허, 허!"

티비츠가 코웃음을 쳤다.

"그런 쓸데없는 짓을. 저 깜둥이가 언제 도망칠 줄 알고요. 안 됩니다."

엘드렛은 내가 성심을 다해 일했으며, 이미 약속을 했는데 그 약속을 지키지 않는다면 내가 실망할 거라고 대꾸했다. 그런 다음 해 질 때가 되어 둘은 숙소로 들어갔고, 나는 다른 오두막으로 들어갔다. 나는 포드 씨 댁에 가는 것을 포기할 수 없었다. 그렇게 된다면 너무 크게 실망할 것 같았다. 아침이 오기 전에 나는 결심했다. 엘드렛이 반대만 하지 않는다면 어떤 일이 있어도 가기로. 동이 트자 나는 담요를 만 막대기를 어깨에 걸치고 오두막 문 앞에 서서 통행 허가증을 받으려고 기다렸다. 티비츠가 예의 그 불퉁한 얼굴로 나와 세수를 하고 근처의 그루터기에 앉았다. 무언가 고심하는 듯했다. 한참을 그곳에 서 있던 나는 마침내 참지 못하고 걸음을 옮겼다.

티비츠가 외치듯이 물었다.

"통행증도 없이 가려고?"

"예, 주인님. 그럴 생각입니다."

"통행증도 없이 거기를 갈 수 있을 것 같아?"

"모르죠."

나는 이렇게만 대꾸했다.

"통행증도 없이 길을 나섰다간 반도 채 가기 전에 잡혀서 감옥에 갈걸."

 티비츠가 이렇게 덧붙이며 오두막 안으로 들어갔다. 그리고 이내 손에 통행증을 들고 나와 바닥에 냅다 던지며 '채찍질을 백 대는 맞을 빌어먹을 깜둥이'라고 했다. 나는 그 통행증을 집어 들고 재빨리 발걸음을 옮겼다.

 노예가 통행증 없이 길을 돌아다니면 지나가던 백인에게 잡혀 매질을 당할 수 있다. 그때 받은 통행증에는 날짜와 다음과 같은 글귀가 적혀 있었다.

> 플랫이 바이유 뵈프에 있는 농장에 갔다가
> 화요일 아침에 돌아오는 걸 허가한다.
> -존 M. 티비츠.

 이것이 일반적인 통행 허가증의 형식이다. 가는 길에 수없이 많은 백인이 내게 통행증을 요구하고 읽은 다음 나를 보내 주었다. 부유해 보이는 옷차림에 신사다운 분위기와 외모를 가진 사람들은 나를 거들떠 보지도 않았다. 허나 허름한 차림에 백수건달 같은 자들은 하나같이 나를 불러, 아주 꼼꼼하게 나를 훑어보고 검사했다. 탈주 노예를 잡는 이유는 돈이 되는 사업이기 때문이다. 광고를 낸 후에도 소유주가 나타나지 않으면 경매장에 내놓고 최고 액수를 부른 입찰자에게 팔 수도 있다. 그리고 소유주가 나타난다 해도 탈주 노예를 잡은 자는 얼마간의 보상금을 받게 되어 있다. 따라서 '비열한 백인'—백수건

달 같은 백인들 말이다—에게는 통행증이 없는 깜둥이가 하느님이 내려 주신 선물인 셈이었다.

내가 머물렀던 그 지역에는 큰길에 여인숙이라고는 하나도 없다. 큰수수덤불숲에서 바이유 뵈프로 가는 내게는 돈 한 푼, 식량 한 톨도 없었다. 그럼에도 통행증만 있으면 노예는 굶주림이나 목마름에 시달릴 일이 결코 없다. 아무 농장이고 찾아가 주인이나 감독관에게 통행증을 내밀면, 부엌으로 데려가 음식이나 쉴 곳을 내준다. 여행자들도 아무 집이고 들러 그곳이 선술집인 양 식사를 요구한다. 그것이 그 남부 지방의 관습이다. 남부 사람들이 어떤 잘못을 저지르든 간에, 레드 강 연안의 주민들과 루이지애나 늪지 연안의 주민들이 찾아온 객을 내치지 않고 환대한다는 점만큼은 확실한 사실이다.

오후가 저물 때쯤 나는 포드의 농장에 도착했고, 엘리자의 오두막에서 로슨과 레이첼, 또 다른 친구들과 함께 저녁 시간을 보냈다. 워싱턴을 떠날 때 엘리자는 몸집이 풍만했다. 허리가 꼿꼿하고 실크 드레스에 보석을 주렁주렁 달아, 우아하기 그지없는 귀부인이었다. 하지만 이제는 예전 몸의 가느다란 그림자에 불과했다. 얼굴은 송장처럼 핼쑥하고, 한때 꼿꼿하고 활기가 넘쳤던 몸은 100년의 무게를 짊어진 것처럼 구부정했다. 오두막 바닥에 쭈그리고 앉아 거칠기 짝이 없는 노예의 옷을 걸치고 있는 그녀를 본다면, 엘리샤 베리도 그녀를 알아보지 못하리라. 나는 그 후로 엘리자를 보지 못했다. 목화밭에서 쓸모가 없었던 엘리자는 피터 콤프턴 농장 인근에 거주하는 어떤 남자에게 푼돈에 팔려 갔다. 슬픔이 그녀의 심장을 사정없이 갉아먹어 기력이 쇠해졌다. 그리고 그 때문에 엘리자의 마지막 주인은 그녀를 무자비하게 학대하고 채찍질했다고 한다. 하지만 주인의 채찍질도 아이들이 곁에 있던 시절, 자유의 빛이 앞길을 밝히던 시절의 젊고 활기차던 모습을 되돌려 놓지 못했고, 굽은 허리를 펴게 하지도 못했다.

나는 농번기 동안 젊은 태너 마님 댁 일을 도우러 레드 강에서 바이유 뵈프로 온 콤프턴의 노예들을 통해, 엘리자의 마지막을 들었다. 엘리자는 마침내 거동도 못하는 상태가 되어 몇 주 동안 남루한 오두막 바닥에 누워, 동료 노예들이 이따금씩 주는 물 몇 방울과 음식 한 조각으로 연명했다. 엘리자의 주인은 고통받는 동물의 목숨을 끊어 주듯 그녀의 머리에 총을 날리는 자비를 베풀지 않았고, 그저 고통스럽고 끔찍한 목숨이 저절로 끊어질 때까지 내버려 두었다. 어느 날 밤 들판에서 일을 마친 노예들이 돌아와 보니 엘리자는 죽어 있었다! 낮 동안 세상을 떠난 영혼을 거두러 지상으로 내려온 주님의 천사가 오두막 안으로 들어와 조용히 죽어 가던 엘리자의 영혼을 거두어 간 것이다. 마침내 엘리자는 자유를 얻었다!

다음 날, 나는 담요를 말아 들고 큰수수덤불숲을 향해 출발했다. 8킬로미터쯤 걸어 허프파워라는 곳에 도달하니 티비츠가 어김없이 길 위에서 나를 기다리고 있었다. 티비츠는 내게 왜 이렇게 일찍 돌아오느냐고 물었다. 내가 지시한 시간에 맞추어 돌아가려고 서둘렀다고 대답하자, 나를 에드윈 엡스에게 팔았으니 다음 농장으로 가면 된다고 했다. 나는 티비츠와 함께 다음 농장의 마당 안으로 걸어 들어갔고, 그곳에서 에드윈 엡스라는 신사를 만났다. 그 신사는 나를 꼼꼼히 살펴보며 노예 구매자들이 그렇듯 여러 가지 질문을 던졌다. 그렇게 나는 정식으로 새 주인에게 팔렸다. 새 주인은 내게 노예 숙소로 가라고 지시했고, 동시에 쟁기 자루와 도끼 자루를 만들라고 지시했다.

이제 나는 더는 티비츠의 소유물이 아니었다. 그의 잔혹하고 끔찍한 분노를 밤낮으로 견디지 않아도 되었다. 내 새 주인이 어떤 인간이든 상관없었다. 새 주인에게 팔려 가게 된 나는 안도의 한숨을 내쉬며 새 주거지 안으로 들어가 앉았다.

그로부터 얼마 지나지 않아 티비츠는 그 지역을 떠났다. 그 후로는 딱 한 번 그를 얼핏 보았을 뿐이다. 바이유 뵈프에서 수 킬로미터 떨어진 곳이었다. 싸구려 선술집의 문간에 앉아 있었다. 그때 나는 세인트메리 교구에서 출발한 노예 무리 속에 끼어 바이유 뵈프로 돌아가던 길이었다.

제12장

엡스의 외모-엡스, 술 취했을 때와 제정신일 때-그의 과거사-목화 경작-밭 갈기-심기-괭이질과 맨손으로 목화 따기-목화 따는 사람들의 차이점-놀라운 팻시-능력에 따른 임무-목화밭의 아름다움-노예의 노동-조면 공장에 가는 두려움-무게 달기-허드렛일-오두막 생활-옥수수 제분소-조롱박 사용법-늦잠에 대한 두려움-지속적인 두려움-옥수수 재배법-고구마-비옥한 땅-돼지 살찌우기-베이컨-소 기르기-원예 작물-꽃과 초목

앞으로 계속해서 이야기하게 될 에드윈 엡스는, 커다랗고 통통한 몸집에 머리카락은 금발이고 광대뼈가 높이 솟아 있으며 아주 커다란 매부리코를 한 남자다. 파란 눈에 얼굴은 하얗고, 키가 183센티미터는 된 것 같다. 표정은 기수처럼 예리하고 까다로웠다. 하는 행동은 불쾌하고 상스럽기 이를 데 없으며, 빠르고 웅얼거리는 말투는 교육을 제대로 받지 못한 태가 역력했다. 또한 아주 얄밉게 빈정거리는 습관이 있는데, 그 점에서는 늙은 피터 태너도 능가할 정도다. 내가 에드윈 엡스의 소유가 되었을 때, 그는 술병을 끼고 살았으며 흥청거리는 주연(酒宴)이 이 주 내내 이어지는 경우도 흔했다. 하지만 그 후에는 술버릇을 고쳤고, 내가 떠날 때쯤에는 바이유 뵈프에서 보기

드물게 절제력이 강하고 엄격한 사람이 되어 있었다. '잔이 차 있을 때' 엡스 주인님은 술에 취해 시끄럽게 떠들어 대는 주정꾼이었고, 그의 가장 큰 기쁨은 깜둥이들과 춤을 추거나 긴 채찍으로 마당에서 그들을 채찍질하는 것이었다. 노예들이 비명을 지르는 것을 즐겼으며, 그 탓에 그 집 노예들의 등은 무수한 채찍 자국으로 도배가 되어 있었다. 취하지 않았을 때는 조용하고 내성적이고 음흉했다. 술에 취했을 때만큼 마구잡이로 우리를 때리지는 않았지만, 일손이 느린 노예를 발견하면 교활하게도 생가죽 채찍으로 가장 연한 살가죽을 때리는 괴벽이 있었다.

젊은 시절에는 감독관으로 일했지만, 이때에는 홈스빌에서 4킬로미터 떨어지고, 마크스빌에서 30킬로미터 떨어지고, 체니빌에서 20킬로미터 떨어진 바이유 허프파워에 농장을 소유한 농장주였다. 원래 이 농장은 아내의 삼촌인 조지프 B. 로버츠의 소유였는데 그가 엡스에게 임대를 해 준 것이다. 엡스가 주력하는 작물은 목화로, 이 책을 읽는 독자들 중에 목화밭을 한 번도 보지 못한 독자들을 위해 목화 재배법을 설명해 주겠다.

먼저 쟁기질을 해 모판이나 이랑을 만드는데, 이를 '두둑 형성하기'라 한다. 쟁기는 주로 노새가 끌며, 가끔은 황소가 끌기도 한다. 여자들도 남자들 못지않게 쟁기질과 가축 여물 주기, 말 손질하기, 일꾼들을 이끄는 조장 임무를 수행하며, 북부의 농사꾼들처럼 온갖 종류의 밭일과 마구간 일을 다 한다.

모판이나 이랑은 고랑에서 고랑 사이의 너비가 1.8미터다.

노새 한 마리가 끄는 쟁기가 이랑의 꼭대기나 모판의 중앙을 따라 움직이면서 흙을 파면, 여자 한 명이 따라가며 목에 건 가방에서 씨앗을 꺼내 뿌린다. 그리고 여자 뒤쪽에서 써레를 끄는 노새가 뒤따라오면서 흙으로 씨앗을 덮는다. 그렇게 한 줄의 목화 씨앗을 심는 데 노새 두 마리와 노예 셋, 쟁기 하나와 써레 하나가 사용된다. 이는 3월과 4월 중에 마무리된다. 옥수수는 2월에 심는다. 찬비가 내리지만 않는다면, 씨앗을 뿌린 지 일주일 만에 목화가 발아한다.

그 후로 여드레나 열흘 안에 첫 번째 괭이질이 시작된다. 이때도 쟁기와 노새의 도움을 조금 받아야 한다. 쟁기는 양쪽으로 목화에 가능한 한 가까이 지나가며, 더 깊이 고랑을 판다. 노예들이 괭이를 들고 그 뒤를 따라가며 잡초와 목화를 잘라 내면, 이랑은 80센티미터 너비가 된다. 이를 목화 솎아 내기라 한다. 이 주가 지나면 두 번째 괭이질이 시작된다. 이번에는 목화 쪽으로 고랑을 낸다. 이제 각 이랑에는 가장 큰 줄기 하나만 남는다. 또다시 이 주 후에는 세 번째 괭이질을 하며 전과 같은 방식으로 목화 쪽으로 고랑을 내고 이랑 사이의 잡초는 전부 잘라 낸다. 7월 1일쯤, 목화 줄기가 30센티미터 높이쯤 자라면 네 번째이자 마지막 괭이질을 한다. 이제 이랑 사이의 모든 공간을 다 쟁기로 갈아엎고 중앙에 깊은 물고랑만 남겨 둔다.

이렇게 괭이질을 하는 내내 감독관이 채찍을 들고 말 등에 올라타 노예들을 따라다닌다. 가장 일손이 빠른 자가 열의 선두를 맡는다. 선두에 서는 일꾼은 대개 동료들보다 대략 5미터 정도는 앞선다. 만약 동료들이 선두보다 앞서면 선두는 채찍을 맞는다. 만약 뒤에 선 일꾼 중에 하나가 뒤처지거나 한순간이라도 게으름을 피웠다가는, 채찍을 맞는다. 사실 채찍은 아침부터 밤까지 하루 종일 날아다닌다. 이렇게 괭이질은 4월부터 7월까지 계속되고, 끝나기가 무섭게 다시 시작된다.

8월 중순이 지나면 목화 채집 철이 시작된다. 이 시기가 오면 노예에게 자루를 하나씩 나눠 준다. 자루에 달린 끈을 목에 걸면 입구가 가슴 높이까지 오며 바닥은 거의 땅에 닿을 정도로 커다랗다. 또한 노예에게 각자 300리터 용량 정도 되는 커다란 바구니를 하나씩 준다. 자루가 다 차면 목화를 담을 때 쓰는 것이다. 바구니는 들판으로 가져가 밭 언저리에 놓아둔다.

이 일을 해 보지 않은 초짜가 목화밭에 처음 나오면, 호되게 채찍질을 당하고 그날 하루 동안 최대한 빠른 속도로 목화를 따야 한다. 밤이 되면 하루 종일 딴 목화의 무게를 재어, 어느 정도나 딸 수 있는지 여부를 확인한다. 그 이후로는 매일 밤 같은 무게의 목화를 따 와야 한다. 수치가 떨어지면 게으름을 피운 증거로 간주되고, 그 벌로 어느 정도의 채찍질을 감수한다.

하루 평균 따야 하는 양은 90킬로그램이다. 채집 일을 하는 노예가 평균에 미치지 못하는 양을 가져오면 벌을 받는다. 목화 채집을 할 때, 노예마다 그 능력의 차이가 어마어마하다. 개중에는 타고난 기술이 있거나 손이 잰 사람이 있어 순식간에 양손으로 어마어마한 양의 목화를 따는 반면, 또 어떤 이들은 아무리 노력하거나 부지런히 움직여도 평균에 미치지 못한다.

후자의 경우 목화밭에서 차출해 내어 다른 임무를 맡긴다. 앞으로 그녀에 대해 좀 더 많은 이야기를 하게 되겠지만, 팻시는 바이유 뵈프에서 가장 뛰어난 목화 채집꾼으로 유명했다. 팻시는 놀라울 정도의 속도로 양손을 움직여, 보통 하루에 230킬로그램의 목화를 땄다.

따라서 노예들에게는 목화 채집 능력에 따라 목표량이 주어졌다. 물론 그래도 무조건 평균 90킬로그램은 채워야 했다. 목화 채집에는 영 소질이 없었던 나는 90킬로그램만 따 가도 내 주인이 만족했겠지만, 반면에 팻시는 그 두 배를 따 가지 못하면 분명 매질을 당했을 것이다.

목화는 1.5~2미터 높이까지 자라고, 각 줄기에는 어마어마하게 많은 가지들이 온 사방으로 뻗어 나가 물고랑 위로 서로 겹쳐 있다. 너른 목화밭에 꽃이 필 때보다 더 아름다운 풍경이 또 있을까. 티끌 한 점 없는 순결하고 광활한 빛, 금방 내려앉은 눈처럼 깨끗한 풍경이다.

목화를 채집할 때는 한 이랑의 한쪽 면에서 죽 따 내려간 다음 다시 반대쪽으로 올라오면서 따기도 하지만, 더 일반적인 것은 양쪽 면에 한명씩 서는 것이며, 꽃 핀 것은 전부 다 따고 아직 피지 않은 것은 나중으로 미룬다. 자루가 가득 차면 바구니에 비운 다음 눌러 밟는다. 처음 목화밭에 들어설 때는 줄기에 달린 가지들을 부러뜨리지 않도록 아주 조심해야 한다. 부러진 가지에 달린 목화는 꽃을 피우지 않기 때문이다. 엡스는 부주의했든, 아니면 어쩔 수 없었든지 간에 가지를 꺾은 노예에게는 반드시 가장 심한 처벌을 내렸다.

노예들은 아침 해가 뜨자마자 목화밭으로 나가야 하며, 정오에 10분에서 15분 정도만 쉬면서 차갑게 식은 베이컨 쪼가리를 삼키고, 너무 어두워서 보이지 않을 때까지 한순간도 게으름을 피울 수 없다. 그리고 보름달이 뜨면 한밤중까지 일하기 일쑤다. 아무리 늦은 시간이라 해도 감독관이 중단하라는 명령을 내릴 때까지는 저녁 식사 시간이 되어도 감히 일손을 멈출 수가 없으며, 숙소로 돌아갈 수도 없다.

밭일이 끝나면 바구니들을 '운반', 다른 말로 조면 공장으로 옮겨 목화의 무게를 잰다. 아무리 힘들고 지쳐도—아무리 누워 쉬거나 자고 싶더라도—목화 바구니를 들고 조면 공장으로 향하는 노예의 가슴속에는 항상 두려움이 가득하다. 무게가 모자라면, 임무를 완수하지 못하면 어떤 고통을 겪게 되는지 알기 때문이다. 만약 전날보다 5킬로그램이나 10킬로그램을 더 초과 달성한다면, 그다음 날에도 그만큼의 양을 채워야 한다. 따라서 적게 땄든 더 많이 땄든, 조면 공장으로 가는 발걸음은 항상 두려움으로 떨리기 마련이다. 물론 목표량에 미치지 못하는 경우가 태반이라, 노예들은 목화밭을 떠나길 두려워한다. 무게를 단 후에는 채찍질이 이어진다. 그런 다음 바구니들을 조면 공장으로 옮기고, 그 안의 내용물들을 건초더미처럼 쌓은 다음 발로 밟아 누른다. 목화가 마르지 않은 경우, 즉시 조면 공장으로 옮기는 대신 바닥에 60센티미터 높이와 180센티미터 너비로 펴서 판자나 널빤지로 덮어 놓고, 그 사이사이에는 다닐 수 있는 길을 좁게 만들어 놓는다.

이렇게 목화밭 일이 끝나도 노예의 하루 노동은 아직 끝난 것이 아니다. 노예 각자가 맡은 허드렛일을 또 해야 한다. 노새와 돼지에게 여물을 먹이기도 하고, 장작을 패기도 한다. 게다가 이 모든 일을 촛불에 의지한 채 해야 한다. 마침내 한밤중이 되어서야 고된 하루에 지치고 졸린 몸을 끌고 숙소로 들어간다. 오두막 안에 들어가면 불을 때야 하고, 작은 맷돌에 옥수수를 갈아 저녁 식사를 하고, 또 다음 날 목화밭에서 먹을 저녁 식사를 준비해야 한다.

노예가 먹을 수 있는 음식이라고는 옥수수와 베이컨이 전부이며, 이 음식은 매주 일요일 아침 옥수수 창고와 훈제소에서 받아 와야 한다. 노예 한 명이 배당을 받는 일주일치 식량은 1.6킬로그램의 베이컨과 한 줌의 옥수수 가루가 나올 만큼의 옥수수다. 그게 전부다. 차도, 커피도, 설탕도 없다. 이따금씩 병아리 오줌만큼 뿌려 주는 것을 제외하면 소금도 따로 주지 않는다.

엡스 주인님과 10년을 함께 살았던 나는, 그가 소유한 노예 중에서 통풍에 걸린 노예는 단 한 명도 없었다고 단언할 수 있다. 통풍이란 사치스러운 생활로 인해 생기는 병이니까. 엡스 주인님은 돼지들에게는 사료로 껍질을 벗긴 옥수수를 주었다. 깜둥이들에게는 껍질이 붙은 옥수수를 던져 주면서. 엡스 주인님은 돼지는 껍질을 벗겨 물에 불린 옥수수를 먹여야 빨리 살을 찌울 수 있지만, 깜둥이에게 그런 것을 주었다가는 너무 살이 쪄 일을 제대로 하지 못할 거라고 생각했다. 엡스 주인님은 철저하게 계산적인 사람이었고, 취했든 그렇지 않든 소유하는 가축을 다루는 법은 잘 알고 있었다.

옥수수 제분소는 오두막 뒤쪽 마당에 있다. 그 안에는 평범한 커피 분쇄기처럼 생겼으며 용량이 6리터 정도 되는 제분기가 있다. 엡스 주인님이 모든 노예에게 허락해 준 유일한 특권은 그 제분기를 사용할 권한뿐이었다. 노예들은 밤마다 하루 먹을 분량의 옥수수를 갈기도 하고, 때로는 일요일에 받은 일주일치 분량의 옥수수를 한 번에 갈기도 한다. 엡스 주인님은 참으로 관대하기도 하지!

나는 배급받은 옥수수를 작은 나무 상자에, 옥수수 가루는 조롱박 안에 보관했다. 참, 조롱박이란 농장에서 가장 편리하고 꼭 필요한 도구 중 하나다. 노예 오두막 안에서 모든 종류의 그릇 노릇을 할 뿐만 아니라, 목화밭에 물을 담아 가는 물통으로도 사용된다. 또한 저녁 식사를 담는 도시락으로도 사용할 수 있다. 이것만 있으면 양철이나 나무로 된 도시락 통, 국자, 물통이 굳이 필요하지 않다.

옥수수를 갈고 불을 피우면, 못에 걸어 둔 베이컨을 한 조각 잘라 내어 석탄 위에 굽는다. 대다수의 노예들에게는 포크는커녕 칼도 없다. 장작을 패던 도끼로 베이컨을 자른다. 옥수수 가루는 물을 조금 넣어 섞은 다음 불 위에 올려 굽는다. 빵이 노릇노릇하게 구워지면 까만 재를 긁어낸다. 이것을 탁자로 사용하는 나무토막 위에 올려놓으면, 노예 오두막 주거자들이 저녁 식사를 하기 위해 바닥에 앉는다. 이때쯤은 보통 자정이 다 된 시각이다. 조면 공장으로 가면서 벌을 받을까 봐 두려워 벌벌 떨듯, 바닥에 누워 눈을 붙일 때도 똑같은 두려움에 벌벌 떤다. 아침에 늦잠을 잘까 봐 두려운 것이다. 늦잠을 잘 경우 받는 벌은 적어도 이십 대의 채찍질이니까. 나팔 소리를 듣자마자 잠에서 깨어 벌떡 일어나기를 기도하며, 노예는 잠을 청한다.

노예의 통나무집에는 푹신한 침대 따위는 눈을 씻고 찾아볼 수 없다. 내가 그 오랜 세월 동안 몸을 뉘었던 곳은 너비 30센티미터에 길이 3미터짜리 널빤지였다. 내 베개는 나무토막이었다. 침구는 거칠기 짝이 없는 담요뿐이었다. 여분의 누더기 조각 하나 없었다. 벼룩이 모여들지만 않는다면 이끼라도 덮었을 텐데.

오두막은 통나무로 지은 것이며 바닥이나 창문도 없다. 창문은 굳이 필요하지도 않았다. 통나무 사이의 틈으로 충분한 빛이 새어 들었으니까. 폭풍우가 몰아치는 계절이면 그 틈 사이로 빗물이 쳐들어와 바닥이 질척거리는 통에 편히 쉴 수도 없다.

거대한 나무 경첩에 조악한 문짝 하나가 매달려 있고, 방 한쪽 구석에는 어설픈 난로가 있다.

동이 트기 한 시간 전에 기상나팔 소리가 울려 퍼진다. 그 소리에 노예들은 잠에서 깨어 아침 식사를 준비하고 조롱박에 물을 채우고, 또 다른 조롱박에는 저녁으로 먹을 차가운 베이컨과 옥수수빵을 담고, 서둘러 다시 들판으로 나간다. 동이 튼

후에도 숙소에 남아 있다가는 어김없이 채찍질이 날아든다. 그런 다음 두려움과 고된 노동으로 점철된 하루가 또 시작되고, 하루의 노동이 끝날 때까지 휴식 따위는 없다. 하루 내내 일손이 느리다고 채찍질을 당할까 봐 두려워하고, 밤이면 목화가 담긴 바구니를 들고 조면 공장에 가는 것을 두려워하고, 오두막에 몸을 뉘일 때면 아침에 늦잠을 잘까 봐 두려워한다. 바이유 뵈프 연안의 목화 채집 시기 중에 노예의 하루는 바로 이러하다. 과장하지 않고 있는 그대로 사실대로 묘사한 것이다.

1월이면 대개 네 번째이자 마지막 목화 채집이 끝난다. 그런 다음에는 옥수수 수확이 시작된다. 옥수수는 부차적인 농작물로 목화에 비해 별다른 신경을 쓰지 않는다. 앞서 말한 대로 옥수수는 2월에 심는다. 그 지역에서 옥수수를 재배하는 목적은 돼지를 살찌우고 노예를 먹이기 위해서다. 그리고 혹시 남는 게 있다면 시장에 내다 팔기도 한다. 이곳에서 키우는 옥수수는 하얗고 알이 굵은 품종으로, 2.5미터 때로는 3미터까지 높이 자란다. 8월이 되면 옥수수 이파리를 벗겨 햇볕에 내다 말리고 작은 다발로 묶어 노새와 황소의 여물로 저장해 둔다. 그런 후 노예들은 밭으로 나가 옥수수에 빗물이 들지 않도록 열매를 아래로 꺾어 놓는다. 이 상태로 목화 채집이 끝날 때까지 내버려 둔다. 그런 다음 옥수숫대에서 열매를 따는데, 껍데기를 벗기지 않은 채 옥수수 창고에 저장한다. 껍데기를 벗기면 바구미가 들끓기 때문이다. 옥수숫대는 밭에 그대로 남겨 둔다.

캐롤라이나라고 불리는 고구마 또한 어느 정도 재배한다. 하지만 이 고구마는 돼지나 가축 사료로 사용하지 않으며, 하찮은 작물로 취급한다. 고구마는 땅바닥 위에 흙이나 옥수숫대를 약간 덮어 보존한다. 바이유 뵈프에는 지하실이 없다. 지대가 낮아 습하기 때문이다. 고구마는 한 통당 20~30센트 또는 실링 정도밖에 되지 않는다. 드물게 기근이 일어나지 않는 한 옥수수 또한 그 정도 가격이면 살 수 있다.

목화와 옥수수 수확이 끝나자마자, 그 줄기를 한데 모아 쌓은 뒤 태운다. 같은 시기에 쟁기질을 하고 이랑을 만들며 다시 농사를 지을 준비가 시작된다. 래피즈 교구와 어보이엘르 교구의 토양은, 내가 아는 한 미국 전역에서 가장 비옥하다. 이곳의 토양은 일종의 이회토로 불그스름한 갈색을 띤다. 굳이 토양을 비옥하게 만들 비료를 뿌릴 필요가 없으며, 연달아 몇 년이고 같은 밭에서 같은 작물을 재배할 수 있다.

쟁기질, 씨뿌리기, 목화 채집, 옥수수 수확, 줄기 모아 태우기가 1년 사계절 내내 계속된다. 통나무를 운반하고 장작을 패고, 목화를 압축하고, 돼지를 살찌우고 잡는 일은 부수적인 노동에 불과하다.

9월이나 10월이면, 개 떼로 늪지에 있던 돼지들을 몰아 우리에 가둔다. 보통 새해쯤인 어느 추운 겨울 아침에 이 돼지들을 잡는다. 한 마리를 여섯 토막으로 잘라 소금에 절여 층층이 쌓아 훈연소의 커다란 탁자 위에 올려놓는다. 이렇게 이 주를 절인 다음, 절인 고기를 걸어 불을 피우고, 한 해의 남은 기간 중

반 이상을 이 상태로 둔다. 이렇게 철저하게 훈제를 하는 것은 베이컨에 벌레가 끓는 것을 방지하기 위해서다. 너무나도 따뜻한 남부의 기후에서는 고기를 보존하기가 어려워서 나와 동료들이 역겨운 해충이 들끓는 베이컨 1.6킬로그램을 일주일치 식량으로 받은 적도 부지기수였다.

습지에는 소 떼가 넘쳐 나긴 하지만, 그 소 떼는 별다른 수익원이 되지 못한다. 농장주들은 야생 소를 잡아 귀나 옆구리에 소인을 찍은 다음 늪지로 돌려보내 마음껏 뛰어다닐 수 있게 놓아준다. 이 소는 스페인종으로 체구가 작고 못 같은 뿔이 달려 있다. 바이유 뵈프에서 소 떼를 내다 파는 경우도 보긴 했지만, 그것은 아주 드문 일이다. 최상급 젖소라고 해 봐야 한 마리에 대략 5달러에 팔린다. 1회 착유량이 2리터면 드물게 굉장히 많은 양이다. 우지는 거의 나오지 않으며, 나온다고 해도 무르고 품질이 떨어진다. 습지에 넘쳐 나는 수많은 소 떼들이 있는데도 불구하고, 이곳의 농장주들은 뉴올리언스 시장에 나가 북부에서 생산된 치즈와 버터를 산다. 소금에 절인 쇠고기는 노예의 오두막에서나 저택에서나 모두 맛볼 수 없는 식량이다.

엡스 주인님은 신선한 쇠고기를 얻을 요량으로 사격 대회에 자주 나갔다. 이 대회는 홈스빌의 이웃 마을에서 매주 열렸다. 살찐 소를 그리로 끌고 와 총을 쏘았고, 그 특권을 누리기 위해서는 상당한 참가비를 내야 했다. 운이 좋아 소를 쏘아 맞힌 사람은 동료들과 살코기를 나누었고, 이렇게 사격 대회에 참가한 농장주들은 쇠고기를 얻었다.

바이유 뵈프의 숲과 늪지에 길들인 소와 야생 소가 얼마나 많은지는, 바이유 뵈프(Bayou Bœuf)라는 지명이 야생 황소가 사는 개울 또는 강이라는 뜻의 프랑스어라는 것만 봐도 알 수 있을 것이다.

양배추와 순무 같은 원예 작물은 주인집에서 사용할 요량으로 재배되었다. 주인집은 1년 내내 언제고 푸르른 채소를 먹는다. '풀은 시들고 꽃은 지지만'이라는 성경 구절은 쌀쌀한 가을바람이 부는 북부에나 어울리는 구절로, 1년 내내 푸르고 한겨울에도 꽃이 피는 따뜻한 남부 지방의 바이유 뵈프는 예외다.

풀을 따로 기르는 목초지는 전혀 없다. 옥수수 이파리만 해도 가축으로 키우는 소의 여물로 쓰기에 충분하며, 나머지 야생 소 떼는 1년 내내 푸르른 초목을 뜯어 먹는다.

이 외에도 남부의 기후와 습관, 관습, 삶의 방식과 일에 대해 할 말이 많지만, 이 정도만 해도 루이지애나 목화밭의 일상생활이 어떤지는 독자들이 충분히 이해할 수 있을 것이다. 사탕수수 재배 방법과 제당 과정은 다음에 따로 언급하겠다.

제13장

신기한 도끼자루-다가오는 질병의 징조들-지속적인 쇠락-
헛된 채찍질-오두막에 감금-와인스 박사의 방문-예술-부분
적인 회복-목화 따기 실패-엡스의 농장에서 울려 퍼지는 소리
들-채찍질의 등급-채찍질하는 엡스-춤추는 엡스-춤에 대한
설명-휴식도 없이 강행해야 하는 노동-엡스의 성격-짐 번스-
허프파워에서 바이유 뵈프로 이사-에이브럼 아저씨, 윌리, 피
비 아줌마, 밥, 헨리, 에드워드, 팻시 각각의 족보에 대한 설명-
그들의 과거사, 그리고 특징-질투와 욕망-희생자 팻시

엡스 주인님 댁에 도착한 나는 가장 먼저 도끼자루 만드는 일을 맡았다. 그곳에서 사용하는 도끼자루는 원통형의 곧은 자루다. 나는 북부에서 흔히 사용하던 곡선으로 휜 자루를 하나 만들었다. 다 만들고 나서 엡스에게 보여 주니, 그가 눈이 휘둥그레지며 그게 뭐냐고 물었다. 전에는 한 번도 그런 도끼자루를 본 적이 없는 것이다. 내가 휜 자루가 얼마나 편리한지 설명해 주자 그는 감탄해마지 않았다. 그 후로 오랫동안 엡스는 내가 만든 도끼자루를 집 안에 걸어 두고, 친구들이 오면 진기한 물건이라도 되는 양 그 자루를 자랑했다.

이제 괭이질 철이었다. 나는 처음에는 옥수수 밭으로 나갔고, 후에는 목화 솎는 작업에 착수했다. 그러다가 괭이질 시기

가 거의 끝날 때쯤 나는 질병의 조짐을 느끼기 시작했다. 온몸이 으슬으슬 떨리며 오한이 났고 뒤이어 펄펄 끓도록 열이 났다. 온몸에 기운이 쭉 빠지고 머리가 어지러워서 술 취한 사람처럼 비틀거렸다. 그럼에도 목화밭에서 계속 일해야 했다. 건강할 때는 동료 노예들을 따라가기가 어렵지 않았으나, 이제는 불가능했다. 나는 툭하면 대열에서 뒤처졌고, 감독관의 채찍이 내 등에 쏟아져야 병들고 기운 없는 몸에 일시적으로나마 약간 힘이 솟을 뿐이었다. 내 몸은 점점 더 쇠약해졌고, 결국 채찍질마저 아무 효과가 나지 않았다. 날카로운 생가죽 채찍의 아픔도 나를 일으키지 못했다. 마침내 목화 채집이 바쁜 시기인 9월이 되자 나는 오두막 안에 드러눕고 말았다. 이때까지 나는 아무 약도 받지 못했으며, 내 주인이나 주인마님도 관심을 두지 않았다. 내가 혼자서 거동할 수 없을 정도로 허약해지자 늙은 요리사가 이따금씩 나를 찾아와 옥수수 커피와 베이컨 조각을 끓여 주었다.

내가 죽을 수 있다는 말을 듣자, 엡스 주인님은 그 손실을 감당하기 싫었던 모양이다. 가축 한 마리가 죽어 1,000달러의 손해를 보는 것보다는 낫다고 생각했는지, 홈스빌의 와인스 박사를 불렀다. 와인스 박사는 엡스에게 내가 풍토병에 걸린 모양이며 자칫하면 죽을 수도 있다고 했다. 박사는 내게 고기는 입에도 대지 말고, 생명을 유지할 정도의 음식만 먹으라고 지시했다. 서너 주가 지났고, 그 기간 동안 소량의 음식만 먹은 후 나는 부분적으로 회복했다. 내가 노동을 할 상태를 회복하기도 훨씬 전인 어느 날 아침, 엡스가 오두막 문간에 나타나 내게 자루를 하나 건네며 목화밭에 나가라고 명령했다. 이때 나는 목화 채집을 해 본 적이 한 번도 없었다. 실로 낯선 작업이었다. 나와 달리 다른 일꾼들은 양손을 이용해 목화를 따 자루 입구에 집어넣었는데, 신기할 정도로 정확하고 숙달된 솜씨였다. 나는 그저 한 손으로 둥근 꼬투리를 잡고 다른 한 손으로 하얗고 보송보송한 꽃을 조심스럽게 땄다.

게다가 목화를 자루 안에 넣는 건 양손과 두 눈을 모두 사용해야 하는 어려운 작업이었다. 나는 툭하면 줄기에서 딴 목화를 바닥에 떨어뜨려 다시 주워야 했다. 또한 길고 성가신 자루를 목에 걸고 좁은 목화밭 길을 걷다가 꼬투리들이 수없이 달려 있는 가지들을 부러뜨리고 말았다. 너무나도 힘겨운 하루를 보낸 후 나는 짐을 들고 조면 공장에 도착했다. 내가 따 온 목화의 무게를 잰 결과, 가장 솜씨 없는 채집가라도 달성해야 할 무게의 반도 되지 않는 고작 43킬로그램이 나왔다. 엡스는 내게 사정없이 채찍질을 퍼부어 주겠다고 위협했다. 하지만 내가 초짜라는 점을 고려해서 그날만은 봐주기로 했다. 다음 날에도, 그 후로 매일같이 나는 별 달리 나아진 것 없는 성과를 안고 돌아왔다. 나는 확실히 목화 채집에는 소질이 없는 모양이었다. 나는 팻시처럼 능숙하고 재빠른 손가락을 가지지 못한 것이다. 팻시는 목화밭 이랑의 한쪽을 날아가듯 움직이며 놀라운 속도로 새하얗고 폭신한 목화 꽃을 따냈다. 아무리 시간이 지나고 채찍질을 해도 소용이 없자, 엡스는 마침내 내가 쓸모

없는 놈이라고, 나는 목화 채집 깜둥이가 아니라고, 굳이 무게를 잴 만한 목화를 따지 못한다면 더 이상 목화밭에 나오지 말라고 했다. 그래서 나는 장작을 패어 쌓고, 목화를 밭에서 조면 공장으로 나르는 등 여러 가지 잡일을 도맡게 되었다. 굳이 말할 필요도 없겠지만, 단 한순간도 쉴 틈이라곤 없었다.

단 하루라도 채찍질 한 번 휘두르지 않고 지나가는 날이 없었다. 채찍질은 주로 목화의 무게를 잴 때 이루어졌다. 평균에 미치지 못하는 직무 태만자는 바깥으로 끌고 나가 옷을 벗긴 채 바닥에 엎드려 놓고 처벌한다. 엡스의 농장에서는 목화 채집 기간 내내 매일같이 채찍을 내려치는 소리, 노예들의 비명 소리가 해 질 때부터 잠자리에 들 때까지 울려 퍼졌다. 이것은 있는 그대로의 사실이다.

어떤 죄를 짓느냐에 따라 채찍질의 대수가 정해져 있었다. 스물다섯 대는 가장 경벌로, 목화 속에 마른 이파리나 꼬투리가 들어 있을 경우, 혹은 목화밭에서 가지를 부러뜨렸을 때 받는 처벌이다. 다음은 오십 대로 목표량을 달성하지 못하면 받는 처벌이다. 중벌은 백 대이다. 목화밭에서 게으름을 피우는 중죄를 지었을 때 받는 처벌이다. 백오십 대에서 이백 대는 오두막 동료들과 다툼을 했을 때 받는 처벌이고, 오백 대는 가련한 탈주 노예에게 떨어지는데 이 처벌을 받으면 몇 달간 끔찍한 고통에 시달리게 된다. 물론 채찍질을 맞기 전에 개 떼에게 물어뜯길 수도 있다.

바이유 허프파워의 농장에 머무는 2년 동안, 엡스는 적어도 이 주에 한 번은 홈스빌에서 만취한 채 집으로 돌아왔다. 사격 대회는 어김없이 주색잡기로 끝났다. 그럴 때 엡스는 반미치광이처럼 난폭했다. 툭하면 접시며 의자며 손에 닿는 것은 뭐든 집어던졌다. 집 안에서 이렇게 한바탕 소동을 피우고 나면, 채찍을 들고 마당으로 나왔다. 그러면 노예들은 그의 눈치를 보며 벌벌 떨어야 했다. 가장 먼저 엡스의 눈에 띈 노예는 호된 채찍질을 당했다. 가끔씩은 몇 시간이고 노예들을 사방으로 도망치게 한 후, 오두막을 이리저리 돌며 쫓아다녔다. 그러다가 미처 도망치지 못한 노예를 발견하면, 사정없이 채찍을 내리치면서 좋아라 했다. 대개는 발이 느린 어린아이들이나 나이 든 노예들이 걸려 채찍을 맞았다. 이렇게 마당에서 노예들이 도망치느라 소동이 벌어지면, 엡스는 오두막 한쪽 구석에 교활하게 숨어서 채찍을 들고 기다리다가 모퉁이에서 조심스럽게 흘긋거리는 깜둥이의 얼굴에 내리쳤다.

또 어떤 때는 이보다는 좀 덜 취한 상태로 집에 돌아왔다. 그러면 흥청망청한 연회가 열렸다. 노예들이 전부 나와 음악에 맞추어 움직여야 했다. 엡스 주인님의 귀를 즐겁게 해 줄 바이올린도 연주해야 했다. 그러면 엡스는 잔뜩 흥이 나서는 신나게 스텝을 밟으며 현관이며 마당 안을 돌아다녔다.

내가 판매될 당시 티비츠는 엡스에게 내가 바이올린을 연주할 수 있다고 일러 주었다. 티비츠는 포드에게서 그 사실을 들은 것이다. 엡스 마님이 끈질기게 부탁한 바람에 엡스는 뉴올리언스에서 내게 바이올린을 하나 사다 주었다. 엡스 마님이 열렬한 음악 애호가인지라, 나는 툭하면 집 안으로 불려가 주인집 가족 앞에서 연주를 했다.

엡스가 춤추고 싶은 기분이 들 때면, 우리는 언제고 저택의 큰 방 안에 모였다. 아무리 지치고 피곤하더라도, 단체로 춤을 추어야 했다. 다들 자리를 잡고 서면 나는 바이올린을 연주했다.

엡스가 고함을 질렀다.

"춤춰, 이 빌어먹을 깜둥이들아, 춤춰."

그러면 노예들은 지체 없이, 느릿하거나 비척거리지 말고 쾌활하고 명랑하게 춤을 추어야 한다.

"올라갔다 내려갔다. 발꿈치로 발가락으로, 그렇지 그렇게."

엡스는 내내 이런저런 지시를 내린다. 엡스는 통통한 몸으로 까무잡잡한 노예들 속에 섞여 신나게 춤을 추었다.

이때에도 엡스의 손에는 채찍이 들려 있었으며, 한순간이라도 잠시 발을 멈추거나 혹여 숨이라도 돌리려고 멈춰 서는 주제넘은 노예의 귓전을 후려칠 태세를 하고 있었다. 엡스가 지치면 잠깐 휴식 시간이 있었지만, 그 휴식 시간은 아주 짧았다. 엡스는 이내 채찍을 내리치면서 다시 고함을 질렀다.

"춤춰, 깜둥이들아! 춤춰!"

그러면 또다시 노예들은 자동적으로 몸을 움직였고, 나도 쏟아지는 채찍 소리에 놀라 구석에 세워 둔 바이올린을 얼른 집어 들고 정신없이 빠른 곡을 연주했다. 가끔은 주인마님이 남편에게 신랄하게 잔소리를 퍼부으며, 체니빌에 있는 친정아버지 댁으로 돌아가겠다고 선언하기도 했다. 그래도 주인마님마저 남편의 요란스러운 장난에 참지 못하고 웃음을 터트리기도 했다. 툭하면 우리는 그렇게 거의 해가 뜰 때까지 붙잡혀 있었다. 고된 노동에 허리가 휘고, 제대로 쉬지 못해 땅바닥에 몸을 던지고 흐느껴 울고 싶은 심정이건만, 에드윈 엡스는 밤이 되면 불행한 노예들을 집 안에 모아 놓고 춤추고 웃게 했다.

이 비합리적인 주인의 변덕을 만족시키느라 눈도 제대로 붙이지 못했는데도, 우리는 동이 트자마자 밭에 나가 평소와 다름없이 일해야 했다. 평소와 다름없는 양의 목화를 따고 평소와 다름없는 속도로 옥수수 밭에서 괭이질을 해야 했다. 아침에도 채찍질은 평소처럼 살벌했고, 밤이 되면 더욱더 거세졌다. 실제로 만취해 흥청망청한 다음 날이면 엡스는 평소보다 더 독하고 야만스럽게 굴었으며, 사소한 일로 꼬투리를 잡아 더 지독하게 매질을 해 댔다.

10년 동안 나는 그 남자를 위해 갖은 고생을 다 하고도 아무 보상을 받지 못했다. 10년간 나는 끝없는 노동으로 그의 재산을 불려 주었다. 10년간 나는 그의 앞에서 공손하게 눈을 내리깔고 모자를 벗었다. 그리고 노예의 언어로 공손하게 주인 대접을 했다. 허나 나는 그에게 아무것도 받은 것이 없다. 부당한 학대와 매질만 받았을 뿐이다.

엡스의 냉혹한 채찍이 닿지 않는 곳, 하느님께 감사하게도 내가 태어난 자유주의 땅을 밟고 선 나는 이제 사람들 사이에서 고개를 들 수 있다. 눈을 똑바로 뜨고 부당한 대우와 부당한 대우를 가한 사람들에 대해 말할 수 있다. 하지만 나는 엡스든 다른 누구에 대한 이야기든 사실만을 말하고자 한다. 사실대로 말하자면 에드윈 엡스는 심장에 상냥함이나 정의감이라고는 조금도 없는 남자다. 거칠고 무례하기 짝이 없으며, 머리는 미개하고 영혼은 탐욕스러운 인간이다. 그는 노예들을 고분고분하게 만드는 '깜둥이 조련사'로 유명했다. 그런데도 마치 기수가 고집 센 말을 다루는 재주를 뽐내듯 이러한 평판을 자랑스러워했다. 엡스는 흑인을 인간, 창조주가 자신에게 하사한 작은 선물이라 여기지 않고, 값은 좀 더 비싸지만 노새나 개와 다름없는 단순한 소유물인 '가축'이라고 여겼다. 나중에 엡스의 앞에 내가 자유인이라는, 그만큼이나 자유를 가질 권리가 있는 남자임을 증명하는 확실한 증거를 내놓자—내가 떠나는 날, 그에게 그의 아이들이 그렇듯 내게 사랑스러운 아내와 아이들이 있음을 알리자—엡스는 그저 미친 듯이 화를 내며 나를 앗아간 법을 저주하고, 내가 속박된 장소를 밝힌 편지를 보낸 자를 찾아내어 무슨 수를 써서라도 죽여 버릴 거라고 악을 썼다. 엡스는 그저 소유물을 잃어버린 것을 아까워했으며, 내가 자유인으로 태어난 것을 저주했다. 엡스는 불쌍한 자기 노예들이 혀가 뽑혀도 가만히 서서 지켜보았을 것이며, 그들이 느릿한 불길에 타 재가 되거나, 개 떼에 물어 뜯겨 죽음에 이르는 것도 가만히 지켜보았을 것이다. 그저 자신에게 이익만 된다면 말이다. 정말이지 에드윈 엡스라는 자는 지독하고, 잔인하고 부조리한 인간이 아닌가.

바이유 뵈프에서 엡스보다 더 야만적인 자는 딱 한 명뿐이었다. 앞서 말했듯 짐 번스의 농장에는 여자 노예들만 부렸다. 짐 번스라는 야만인이 이 노예들 등짝에 얼마나 채찍질을 퍼부었는지, 노예들이 하루에 해야 하는 일을 제대로 수행할 수 없을 정도였다. 그런데도 그자는 자신의 잔인함을 자랑스러워했으며, 그 근방의 모든 지역에서는 엡스보다 더 철저하고 정력적인 자로 회자되었다. 짐 번스라는 자는 짐승 같은 작자였고 부리는 노예들에게 한 톨의 자비도 베풀지 않았으며, 멍청하게도 자신에게 이익을 가져다주는 노예들에게 채찍질을 하고 괴롭히기만 했다.

엡스는 2년 동안 허프파워에 머문 뒤, 상당한 재산을 긁어모으자 바이유 뵈프 동쪽 강둑의 농장을 구입했고 아직까지도 그곳에 살고 있다. 엡스는 1845년에 그 농장을 샀고, 그 후로 휴일은 사라졌다. 그는 아홉 명의 노예를 그 농장으로 데려갔다. 나와 죽은 수전을 제외한 나머지는 아직도 그곳에 있다. 엡스는 노예를 더 데려올 생각도 하지 않고 달랑 아홉 명에게 농장 일을 죄다 시켰다. 그 후로 8년간 그곳에는 나와 내 동료들뿐이었다. 그 동료들은 에이브럼, 와일리, 피비, 밥, 헨리, 에드워드, 그리고 팻시다. 그곳에서 태어난 에드워드를 제외하면, 다들 엡스가 알렉산드리아에서 멀지 않은 레드 강 연안의 농장에서 아치 B. 윌리엄스의 감독관으로 일할 때 사 온 노예들이었다.

에이브럼은 보통 남자들보다 머리 하나는 더 컸다. 나이는 예순이고 테네시 출신이었다. 20년 전 노예상에게 팔려 사우스캐롤라이나 주로 왔고, 윌리엄스버그 카운티의 제임스 뷰퍼드에게 팔렸다. 젊은 시절 그는 힘이 장사기로 유명했지만, 나이를 먹은 데다가 끝없는 노동에 시달려 심신이 다소 쇠약했다.

와일리는 마흔여덟이다. 윌리엄 태슬의 영지에서 태어나 오랜 세월 사우스캐롤라이나 주의 빅 블랙 강을 오가는 주인집의 나룻배 사공 노릇을 했다.

피비는 태슬의 이웃인 뷰퍼드의 노예였으며 와일리와 결혼했고, 주인을 꼬드겨 와일리를 사게 했다. 뷰퍼드는 상냥한 주인이었으며 카운티 보안관이었고, 그때는 부유한 남자였다.

밥과 헨리는 피비가 와일리와 결혼하기 전에 전남편에게서 얻은 아이들이다. 매혹적인 젊음으로 와일리가 피비의 애정을 얻어 내자, 이 배은망덕한 여자는 첫째 남편을 오두막에서 쫓아낸 것이다. 에드워드는 바이유 허프파워에서 피비와 와일리 사이에서 태어난 아이였다.

팻시는 스물셋으로, 역시 뷰퍼드의 농장 출신이었다. 가족은 없지만, '기니 깜둥이'의 후손이라는 사실을 자랑스러워했다. 노예선에 실려 쿠바로 와, 얼마 후 노예상을 통해 뷰퍼드에게 팔린 노예가 그녀의 어머니라고 했다.

이것이 내 주인님 소유의 노예들에게 들은 그들의 가족사다. 수년 동안 그들은 함께였다. 가끔씩 그들은 과거를 회상하며, 캐롤라이나의 옛집으로 돌아가고 싶다는 심정을 토로했다. 전

주인인 뷰퍼드 씨에게 고난이 오면서, 그들에게는 훨씬 더 큰 고난이 닥쳤다. 뷰퍼드가 빚을 지게 되었고, 그 빚을 갚을 수 없게 되자 노예들을 팔 수밖에 없었다. 그들은 한 줄의 쇠사슬에 묶여 미시시피 강 너머에서 아치 B. 윌리엄스의 농장으로 끌려왔다. 그때가 마침 오랫동안 윌리엄스 농장의 감독관으로 일하던 에드윈 엡스가 자신의 농장을 일구려 하고 있을 때였고, 그 노예들이 도착하자 자신의 봉급으로 그 노예들을 샀다.

에이브럼 아저씨는 마음씨 착한 노인네였다. 우리 오두막 안에서는 가장 같은 존재였으며, 젊은 형제들을 모아 놓고 진지한 대화를 나누는 것을 좋아했다. 아저씨는 노예의 오두막에서 깊은 철학적 이야기를 늘어놓았다. 하지만 무엇보다도 에이브럼 아저씨가 즐겨 하는 이야기는 테네시에 있던 아저씨의 젊은 주인이 전쟁터에 따라나섰던 잭슨 장군 이야기였다.

아저씨는 상상에 푹 빠져 오두막 안을 이리저리 거닐며 태어난 곳과 나라가 전쟁에 휩싸여 있던 젊은 시절의 이야기들을 늘어놓았다. 젊은 시절에는 운동을 아주 잘했고 평균 흑인 남자보다 훨씬 더 몸이 날래고 힘이 셌지만, 이제 아저씨의 눈은 흐릿했고 타고난 힘도 쇠했다. 툭하면 옥수수빵을 굽는 가장 좋은 방법을 이야기하거나, 잭슨 장군의 영광스러운 업적을 장황하게 설명하다 말고, 모자를 어디 뒀더라, 옥수수를 어디 뒀더라, 바구니를 어디 뒀더라 하며 깜빡깜빡했다. 엡스가 없을 때는 다들 이 노인을 보고 웃음을 터트렸고, 엡스가 있을 때면 노인은 채찍을 맞았다. 그렇게 아저씨는 툭하면 잊었고, 나이가 들어 늙나 보다라며 한숨을 쉬었다. 철학과 잭슨 장군과 건망증이 아저씨의 건강을 해쳤고, 그것들 때문에 에이브럼 아저씨의 머리가 빨리 세어 무덤으로 가게 된 것이 분명하다.

피비 아주머니는 밭일 솜씨가 뛰어났지만, 나중에는 부엌으로 옮겼으며 이따금 유난히 바쁜 때를 제외하고는 계속 부엌일을 보았다. 피비 아주머니는 익살맞은 노인네로, 주인마님이나 주인이 없을 때면 보통 수다를 떠는 것이 아니었다.

반면에 와일리는 말이 없었다. 묵묵히 맡은 일만 했고, 가끔씩 엡스에게서 벗어나 다시 한 번 사우스캐롤라이나로 돌아가고 싶다는 희망을 털어놓는 때를 제외하고는 다른 사람들과 섞여 수다를 떠는 일도 거의 없었다.

밥과 헨리는 각각 스무 살과 스물세 살이 되었으며, 특별하거나 특이한 점은 전혀 없었다. 한편 열세 살짜리 에드워드는 아직 옥수수 밭이나 목화밭에 나가 일을 할 능력이 되지 않아 큰 저택에서 엡스가 자녀들 시중을 들었다.

팻시는 늘씬하고 허리가 꼿꼿했다. 두 발로 설 수 있는 인간 중에서 가장 꼿꼿했다. 그녀의 움직임에는 고고한 분위기가 풍겼으며, 그것은 고된 노동으로도, 피로로도, 처벌로도 사라지지 않았다. 팻시는 그야말로 뛰어난 인물이었으며, 노예 생활이 그녀를 완전하고 끝없는 암흑 속에 가두지만 않았더라면 수천 수만 명의 동료를 거느리는 대단한 인물이 되었으리라. 팻시는 가장 높은 울타리도 훌쩍 뛰어넘고, 제아무리 발 빠른 개보다 빨랐다. 그 어떤 말도 팻시를 등에서 떨어뜨리지 못했다. 일꾼들을 이끄는 조장 노릇도 노련하게 해 냈다. 쟁기질도 최고였고, 장작 패기는 그녀를 따라잡을 사람이 아무도 없을 정도였다. 밤에 작업을 중단하라는 명령이 떨어지면, 에이브럼 아저씨가 모자를 찾기도 전에 노새를 우리로 끌고 가 굴레를 벗기고 여물을 먹이며 빗질까지 했다. 하지만 팻시가 유명한 것은 이런 능력들 때문이 아니었다. 다른 사람은 아무도 가지지 못한 빛과 같은 속도로 움직이는 손가락 덕분이었다. 따라서 목화 채집 시기가 되면 팻시는 목화밭의 여왕이었다.

팻시는 성격이 온화하고 다정했으며, 충실하고 순종적이었다. 늘 쾌활하고 잘 웃었으며 밝은 아가씨로, 그저 살아 있다는 것만으로도 행복한 아가씨였다. 하지만 팻시는 동료들 중에 그 누구보다 더 자주 울고, 더 많은 고통을 받았다. 팻시는 말 그대로 살가죽이 다 벗겨졌다. 팻시의 등에는 수천 개의 채찍 흉터가 남았다. 일을 못해서가 아니었다. 실수를 저지르거나 반항을 해서도 아니었다. 바로 음탕한 주인과 질투심 많은 주인마님의 수중에 떨어진 탓이었다. 팻시는 주인님의 욕정에 가득 찬 눈길 앞에서 떨었고, 주인마님의 손에 목숨을 잃을 위험에 처하기도 했다. 이 부부 사이에 낀 팻시는 실로 저주 받은 운명이었다. 저택 안에서는 아무런 잘못도 없는 팻시를 두고 며칠 동안 높은 고성과 비난과 힐난이 이어졌다. 주인마님에게는 팻시가 고통을 받는 것보다 더 즐거운 일은 없었다. 엡스가 팻시를 팔기를 거부하자 내게 은밀히 돈을 건네며 팻시를 몰래 죽여 늪지의 외딴곳에 묻으라고 꼬드기기도 했다. 팻시는 할 수만 있다면 기꺼이 이 용서라고는 모르는 영혼의 분노를 달래주었을 것이다. 허나 주인의 손에 옷가지만 남겨두고 도망치기도 했던 나와 달리 팻시는 엡스 주인님에게서 감히 탈출할 엄두를 내지 못했다. 팻시는 구름 아래를 걸었다. 팻시가 주인의 의지에 어긋나는 말을 한마디라도 내뱉으면 당장에 채찍질이 쏟아졌다. 또 여차하면 주인마님이 내던진 나무토막이나 깨진 병이 느닷없이 얼굴로 날아들기 일쑤라 팻시는 오두막 안에서나, 마당을 걸을 때나 늘 주의를 기울여야 했다. 욕정과 증오의 희생자인 팻시는 한시도 마음 편할 날이 없었다.

이들이 에드윈 엡스의 오두막에서 10년을 살며 함께 일했던 내 동료들이자 동료 노예들이다. 만약에 살아 있다면, 그들은 아직 바이유 뵈프 강둑에서 고된 노동을 하고 있을 것이다. 나처럼 자유의 축복받은 공기를 들이마시지도 못하고, 그들을 옭아매는 노예라는 멍에를 벗어던지지도 못한 채 평생을 살다가 한 줌의 먼지로 사라지고 말 것이다.

제14장

병충해 피해를 입은 1845년 목화밭-일꾼이 필요한 세인트메리 교구-그리로 보내지다-행진의 순서-그랜드 고토-바이유살르의 터너 판사에게 고용되다-그의 제당공장 몰이꾼으로 임명되다-일요일 수당-노예가 세간을 얻는 방법-센터빌의 야니 저택에서 열린 파티-행운-증기선 선장-나를 숨겨 달라는 부탁을 거절하는 선장-바이유 뵈프로 돌아오다-티비츠의 모습-슬픔에 잠긴 팻시-소란과 다툼-너구리와 주머니쥐 사냥하기-주머니쥐의 교활함-노예의 딱한 상황-어량에 대한 설명-나체즈에서 온 남자 살해당하다-마셜의 도전을 받은 엡스-노예 제도가 미치는 영향-자유에 대한 사랑

엡스 농장에 온 첫해인 1845년에 모충이 돌아 그 지역의 목화밭을 죄다 파괴해 버렸다. 농장주들은 어찌 손쓸 방법이 없어, 노예들을 마냥 놀리는 수밖에 없었다. 그때 바이유 뵈프에 한 가지 소문이 돌았다. 세인트메리 교구의 사탕수수 농장에서 일꾼을 어마어마하게 모집하고 있으며 임금도 높다는 소문이었다. 세인트메리 교구는 멕시코 만 연안에 위치해 있으며, 어보이엘르에서 225킬로미터 거리에 있다. 세인트메리에서 멕시코 만까지는 리오 테크라는 거대한 하천이 흐른다.

이 정보를 접한 농장주들은 노예들을 세인트메리 교구 터커 포의 사탕수수 밭에 보내기로 했다. 따라서 9월에 홈스빌에는 147명의 노예들이 모였고, 에이브럼과 밥, 나도 그 무리에 끼

게 되었다. 그 무리 중에 반은 여자였다. 백인인 엡스와 앨론슨 피어스, 헨리 톨러, 애디슨 로버츠가 노예 무리를 이끄는 감독관으로 선택되었다. 백인들은 말 두 마리가 끄는 마차와 안장을 채운 말 두 마리를 타고 갔다. 로버츠 씨 소유의 노예인 존이 말 네 마리가 끄는 커다란 수레를 몰았고, 그 수레에는 담요와 식량이 실려 있었다.

오후 2시쯤 식사를 한 후 다시 출발할 준비를 했다. 내가 맡은 임무는 담요와 식량 담당으로, 가는 길에 하나도 없어지지 않도록 살피는 것이었다. 마차가 선두에 섰고 그 뒤를 수레가 따라갔으며, 그 뒤로는 노예들이 줄지어 따라갔고, 후미에는 말을 탄 두 명의 백인이 섰다. 이것이 홈스빌을 나서는 행렬의 순서였다.

그날 밤 우리는 16~22킬로미터 떨어진 매크로 씨 농장에 도착했고, 그곳에서 멈추라는 명령을 받았다. 거대한 모닥불을 여러 개 피우고, 각자 바닥에 담요를 펴고 그 위에 누웠다. 백인들은 저택에서 묵었다. 동이 트기 1시간 전에 몰이꾼들이 나와 채찍을 휘두르며 우리를 깨웠다. 다들 담요를 말아 접었고, 나는 그 담요들을 받아 수레에 실은 다음 다시 길을 떠났다.

다음 날 밤에는 무섭게 장대비가 쏟아졌다. 다들 흠뻑 젖었고, 옷은 진흙과 물로 엉망진창이 되었다. 전에 조면 공장이었던 헛간에 도착해 그곳에서 하룻밤을 보냈다. 모두가 몸을 널 공간은 없었다. 그곳에 밤새도록 옹송그리고 앉아 있다가, 아침이 되어서는 평소처럼 길을 떠났다. 여행 중에 식사는 하루에 두 번 했으며, 오두막에서와 마찬가지로 모닥불에 베이컨과 옥수수빵을 구워 먹었다. 라파예트빌, 마운츠빌, 뉴타운을 지나 센터빌에 도착했고, 그곳에서 밥과 에이브럼 아저씨가 고용되었다. 앞으로 나아갈수록 행렬의 수는 점점 줄었다. 들르는 사탕수수 농장마다 거의 모두가 한두 명씩 일꾼을 데려갔다.

가는 도중에 그랜드 고토라 불리는 평야를 지났다. 너르고 평평한 들판에는 드문드문 선 허름한 집 근처에 심은 것들 빼고는 나무 한 그루 없었다. 한때는 사람이 북적거리고 농사를 짓던 땅이었으나, 어떤 이유에서인지 버려져 있었다. 이제 얼마 남지 않은 거주민들은 소를 키워 먹고사는지, 풀을 뜯는 어마어마한 소 떼가 보였다. 그랜드 고토의 한가운데 서면 마치 망망대해에 서 있는 듯한 기분이 든다. 어디를 봐도 온통 황량한 황무지만 끝없이 펼쳐져 있다.

나는 터너 판사에게 고용되었다. 터너 판사는 그 지방 유지이자 대농장주로, 이 사람의 영지 대부분이 만에서 몇 킬로미터 떨어지지 않은 바이유 살르에 위치해 있다. 바이유 살르는 아차팔라야 유역으로 흐르는 작은 하천이다. 며칠간 나는 터너 씨 댁의 제당소를 수리하는 일을 했고, 그 후에는 칼을 받아 서른에서 마흔 명의 일꾼들과 함께 사탕수수 밭으로 나갔다. 사탕수수 베는 기술은 목화 채집 기술만큼 익히기 어렵지 않았다. 나는 자연스럽게 그 기술을 터득했고, 순식간에 제일 빠른 일꾼도 따라잡게 되었다. 허나 사탕수수 자르는 일이 끝나기 전에, 태너 판사는 나를 밭에서 제당공장으로 보내 몰이꾼 일을 맡겼다. 설탕 만드는 일은 시작될 때부터 끝날 때까지, 밤이고 낮이고 사탕수수 즙을 짜고 끓이는 기계가 멈추지 않고 돌아간다. 멍하니 손 놓고 있는 노예를 발견하면 사용하라고 내게 채찍도 하나 쥐여 주었다. 내가 제대로 노예들을 감독하지 않으면, 내 등에 채찍질이 쏟아졌다. 이 외에도 나는 때맞추어 일꾼 무리를 교대하는 일도 맡았다. 따라서 규칙적으로 휴식을 취할 수 없었고, 틈이 날 때마다 잠깐씩 도둑잠을 자야 했다.

아마 다른 노예주도 그럴 테지만, 루이지애나 주에는 노예가 일요일에 일한 대가로 얻은 보상은 노예가 소유할 수 있도록 허락해 주는 관습이 있다. 노예는 이런 식으로만 그 어떤 사치품이나 편의품을 소지할 수 있다. 북부에서 납치되어 왔든 팔려 왔든, 바이유 뵈프의 오두막으로 온 노예는 칼도, 포크도, 접시도, 주전자도, 그 어떤 형태의 다른 그릇이나 그 어떤 가구도 소유할 수 없다. 그곳에 도착하기 전에 받은 담요 하나가 전부로, 그것을 바닥에 깔거나, 혹은 주인이 버린 판자 위에 깔고 잔다. 다만 옥수수 알갱이나 옥수수 가루를 담는 조롱박은 가질 수 있다. 주인님에게 칼이나 냄비, 또는 아주 작은 편의품이라도 요구했다가는 발길질을 당하거나 비웃음을 살 뿐이다. 오두막에서 볼 수 있는 노예의 필수품은 일요일에 번 돈으로 구매한 것들이다. 아무리 도덕적으로는 잘못이라도, 노예가 처한 상황에서는 안식일을 어길 수 있다는 것이 커다란 축복이다. 그렇지 않고서는 직접 요리를 해서 먹고살아야 하는 노예에게 필수적인 세간 도구를 달리 구할 방법이 없다.

사탕수수 농장의 수확기에는 평일이고 주일이고 구분이 없다. 안식일에도 모두가 노동을 해야 한다는 인식이 퍼져 있었고, 또한 내가 터너 판사에게 고용되었듯 추수할 시기에 특별 고용된 일꾼들에게는 그에 따른 보수를 지불해야 한다는 인식 역시 퍼져 있었다. 가장 바쁜 목화 채집 기간에는 추가 노동을 하는 것 또한 예삿일이었다. 노예들에게는 이 추가 노동이, 칼과 주전자, 담배 등을 구매할 돈을 벌 절호의 기회였다. 담배라는 사치품이 필요하지 않은 여자들은 얼마 되지 않는 돈으로, 즐거운 휴가철에 머리를 꾸밀 빨간 리본을 샀다.

나는 1월 1일까지 세인트메리 교구에 머물렀고, 그 기간 동안 모인 일요일 수당이 10달러에 달했다. 다른 운도 따라 주었다. 내 영원한 동반자이자, 수익원이자, 노예 생활 내내 내 슬픔을 달래 준 바이올린 덕분이었다. 터너 씨 농장 인근의 작은 마을인 센터빌에 위치한 야니 씨 댁에서 백인들이 모이는 성대한 파티가 열렸다. 나는 그 파티장에서 고용되어 바이올린 연주를 했고, 다들 내 연주에 너무나도 만족스러워하며 팁을 주었는데 그 합이 무려 17달러나 되었다.

이렇게 돈을 벌자, 내 동료들은 내가 백만장자라도 되는 듯 나를 우러러보았다. 그 돈다발을 보기만 해도 얼마나 행복하던지. 매일같이 그 돈을 세고 또 세어 보았다. 오두막에 놓을 세간을 살까, 물통을 살까, 주머니칼을 살까, 아니면 새 신발과 외투와 모자를 살까. 온갖 상상의 나래를 펼치며 내가 바이유 뵈프 최고의 부자 깜둥이인 양 의기양양했다.

선박들은 리오 테크 강을 따라 센터빌까지 운행했다. 그곳에 있는 동안, 하루는 과감하게 어느 증기선 선장에게 다가가 화물 사이에 나를 좀 숨겨 달라고 부탁했다. 그 선장이 나누는 이야기를 엿듣고 그가 북부 출신이라는 사실을 확신했기 때문에, 이런 과감한 부탁을 할 엄두를 낸 것이다. 내 과거사는 일일이 밝히지 않고, 다만 노예의 속박에서 벗어나 자유주로 가고 싶다는 간절한 소망을 피력했다. 선장은 내 처지를 딱하게 여겼지만, 뉴올리언스의 철저한 세관원들을 피하기는 불가능하며, 발각되었다가는 자신도 벌을 받고 배를 몰수당할 것이라고 고개를 저었다. 내 간절한 애원에 선장의 마음이 움직인 건 분명했으며, 세관에 발각될 위험만 없다면 분명 내 부탁을 들어주었을 것이다. 나는 자유라는 달콤한 희망으로 내 가슴속에 솟아오른 불길을 애써 가라앉히며, 다시 깊어지는 절망의 암흑 속으로 발걸음을 되돌렸다.

이 일이 있은 직후 센터빌에 노예들이 모였고, 서너 명의 소유주가 도착해 우리의 임금을 받아 챙긴 후, 우리 노예들은 다시 바이유 뵈프로 향했다. 바로 바이유 뵈프로 돌아가는 길에 어느 작은 마을을 지나면서 티비츠의 모습을 언뜻 보았다. 티비츠는 다소 초라하고 황폐해 보이는 지저분한 선술집 문간에 앉아 있었다. 분명 그 불같은 성미와 싸구려 위스키 때문에 그 지경이 된 것이리라.

피비 아주머니와 팻시에게 들은 바로, 내가 세인트메리 교구에 머무는 동안 팻시는 더더욱 큰 곤경에 처했다. 이 불쌍한 소녀는 정말이지 애처로운 상태였다. 노예들끼리 '늙은 돼지 새끼'라고 부르는 엡스가 전보다 더 자주, 더 심하게 팻시를 매질했다. 술에 만취해 홈스빌에서 돌아오는 날이면—그때는 그런 날이 꽤 잦았다.—어김없이 팻시를 채찍질했다. 그저 자기 아내의 기분을 풀어 주려고 말이다. 유일한 문제의 원인은 엡스 자신뿐인데도 팻시에게 참기 힘든 정도의 벌을 내렸다. 그래도 술이 취하지 않았을 때면, 만족을 모르는 부인의 복수심을 항상 달래 주지는 않았다.

최근 들어 주인마님은 어떻게든 팻시를 없앨 생각—죽이든, 팔아 버리든, 다른 어떤 수를 써서라도 팻시를 눈에 보이지 않는 곳으로 치워 버릴—에만 골몰해 있는 것 같았다. 팻시는 어릴 적에는 제일 귀여움을 받은 아이였고, 대저택 안에서도 마찬가지였다. 유달리 쾌활하고 밝은 성격 덕분에 귀여움과 칭찬을 받았다. 에이브럼 아저씨의 말에 따르면, 주인마님이 젊은 시절에는 팻시를 테라스로 불러 비스킷과 우유도 수없이 내주고 귀여운 고양이처럼 아꼈다. 하지만 안타깝게도 주인 여자의 영혼에는 어둠이 드리웠다. 이제 그 여자의 심장은 온통 흉악한 분노와 악령이 점령하고 있었고, 팻시를 보는 두 눈에는 이글거리는 악의만 가득했다.

엡스 마님도 원래 그렇게 사악한 여자는 아니었다. 그 안에 악마와 질투심이 도사리고 있는 건 사실이었지만, 그 외에는 존경할 만한 부분도 많았다. 마님의 아버지인 로버츠는 체니빌에 사는데 영향력이 있고 명예로운 남자이며, 교구 안에서 다른 시민들의 존경을 받는 사람이었다. 엡스 마님은 미시시피 이쪽 지역의 어느 학교에서 제대로 된 교육을 받았다. 아름답고 교양이 있었으며 대체로 상냥했다. 팻시를 제외한 우리 모두에게는 친절했다. 남편이 집에 없을 때면 우리에게 맛있는 진수성찬을 차려서 내다 주었다. 다른 상황이었더라면,—바이유 뵈프 연안이 아닌 다른 곳에 살았더라면—우아하고 매력적인 여자로 칭송을 받았을 것이다. 엡스의 품속에 떨어진 것이 그녀에게는 불행이 된 것이다.

엡스는 고약한 성미를 가진 남자치고 아내를 존중하고 사랑했지만, 그 지독한 이기심으로 부부간의 애정을 저버리기 일쑤였다.

"비천한 남자가 할 수 있는 한의 사랑을 했지만
그 남자 안에는 비열한 심장과 영혼이 있었으니."

엡스는 아내의 변덕을 다 받아 주었다. 큰 대가를 치러야 하는 것만 아니면 아내의 요구를 다 들어주었다. 팻시는 목화밭에서 그 어떤 노예 두 명의 몫은 해냈다. 그 어떤 노예보다 많은 돈을 벌어 주는 노예였다. 따라서 팻시를 판다는 것은 엡스에게는 있을 수 없는 일이었다. 물론 주인마님은 그런 점은 전혀 고려하지 않았다. 콧대 높은 주인마님은 자존심이 상해서 어쩔 줄을 몰랐다. 팻시를 보기만 하면 불같은 남부의 피가 거꾸로 솟았고, 이 무력한 노예 여자의 생명을 짓밟아 없애는 것

외에 주인마님을 만족시킬 수 있는 방법은 아무것도 없었다.

가끔씩 주인마님의 분노는 마땅히 증오해야 할 남편에게로 향했다. 성난 말들의 폭풍이 길게 이어지다가 다시 고요하게 가라앉았다. 이러한 폭풍이 밀어닥칠 때면 팻시는 두려움에 떨며 심장이 무너질 듯 울어 댔다. 고통스러운 경험을 통해, 주인마님이 미친 듯한 분노를 토해 낼 테고, 엡스는 마침내 팻시를 매질하겠다고 약속하고 그 약속을 지켜 주인마님을 달랠 것이라는 사실을 알기 때문이다. 그렇게 내 주인의 저택 안에서 탐욕과 짐승 같은 욕정 대 자존심과 질투, 복수의 전쟁이 벌어지면, 며칠이고 소란과 말다툼이 이어졌다. 그리고 이 폭풍은 팻시—주님께서 그 심장에 선량한 마음이라는 씨앗을 뿌려 놓은 소박한 노예—의 머리 위에서 마침내 소멸했다.

세인트메리 교구에서 돌아온 후 여름 중에, 나는 식량을 스스로 구해 보기로 계획을 세웠다. 간단한 계획이지만 예상 외로 큰 성공을 거두었다. 늪지 인근에 사는 나와 같은 처지의 수많은 동료들이 이 계획에 참여했고, 이 계획이 성공을 거두자 다들 내가 대단한 사람이라도 되는 듯 우러러보았다. 그해 여름 베이컨에는 벌레가 들끓었다. 무시무시한 허기만 아니라면 차마 삼킬 수가 없을 정도였다. 일주일치 배급으로 받는 옥수수 가루로는 절대 배를 채울 수 없었다. 그 지역 모두가 그렇지만 당시 노예들은 토요일 밤이 오기 전에 일주일치 식량을 다 먹어 치우거나 구역질이 나서 먹을 수 없을 정도로 상해 버리면 늪지로 나가 너구리와 주머니쥐를 사냥했다. 하지만 이 사냥은 하루 일이 끝난 밤에만 해야 했다. 농장주들 중에는 이런 사냥으로 얻는 것 외에 노예들에게 몇 달 동안 다른 고기는 일절 주지 않는 자들도 있다. 농장주들은 훈연실을 이용하지 않는 한은 사냥을 금지하지 않는다. 너구리를 잡으면 옥수수 작물을 보호할 수 있으니까. 노예들은 총기를 사용할 수 없어 개떼와 곤봉을 이용해 사냥한다.

너구리의 살코기도 맛이 있지만, 세상에 구운 주머니쥐만큼 맛있는 고기는 없다. 주머니쥐는 몸통이 둥글고 긴 작은 동물로, 색은 희끄무레하며 코는 돼지 코같이 생겼고 꼬리는 쥐 같다. 고무나무의 뿌리 사이 바닥에 판 굴이나 고무나무의 속이 빈 몸통에 살며, 움직임이 느리다. 하지만 아주 교활한 동물이다. 막대기가 살짝이라도 부딪히면, 바닥에 벌렁 드러누워 죽은 체한다. 사냥꾼이 확실하게 목을 부러뜨리지 않고 그냥 내버려 둔 채 다른 놈을 쫓아가면, 그 틈을 타 재빨리 도망친다. 이 작은 동물은 꾀를 써서 적을 물리치고—죽은 체해서—도망친다. 하지만 고된 하루의 일이 끝난 후에, 지친 노예는 저녁식사거리를 잡으러 늪지로 나갈 엄두를 내지 못한다. 차라리 그 시간에 오두막 바닥에 드러눕는 것이 낫다. 노예가 굶주려서 병에 걸리는 것은 주인에게 오히려 피해를 입히며, 노예가 지나치게 잘 먹어서 통통하게 살이 찌는 것도 주인에게는 오히려 해가 되는 일이다. 따라서 노예 소유주들은 경주마가 그렇듯 노예 역시 마르고 호리호리한 편이 가장 일하기 적절한 상태라고 여기며, 레드 강 연안의 사탕수수 농장과 목화 농장의 노예들 대부분이 이러한 상태다.

내 오두막은 늪지에서 십수 미터밖에 떨어지지 않은 곳에 있었다. 필요는 발명의 어머니라고, 나는 밤마다 숲에 나가는 수고를 하지 않고도 식량을 얻을 방법을 알아내기로 결심했다. 그래서 어량을 만들었다. 어량을 만들 방법을 머릿속으로 궁리한 다음, 일요일에 실제로 만들기 시작했다. 독자들에게 그 어량을 만드는 법을 완전히 다 알려 주는 것은 불가능할지도 모르겠지만, 다음 설명을 읽어 보면 대강은 알 수 있을 것이다.

먼저 가로 60센티미터 세로 90센티미터의 사각 틀을 만드는데, 이 틀은 수심에 따라 더 크게 만들 수도 있고 더 작게 만들 수도 있다. 이 틀의 세 면 가장자리에 판자나 널을 대고 못을 박는데, 물이 자유롭게 드나들 수 있어야 하므로 너무 꼼꼼하게 박으면 안 된다. 마지막으로 두 기둥의 홈에 끼워 쉽게 위로 밀어 여닫을 수 있도록 문을 만들어 단다. 바닥의 판자는 틀을 따라 움직이도록 만든다. 바닥 판자의 중앙에 송곳으로 구멍을 내어, 손잡이나 막대기 끝을 끼워 쉽게 들어 올릴 수 있게 해 둔다. 이 손잡이를 잡아당기면 바닥 판자를 뚜껑 판자까지 올리거나, 원하는 만큼의 높이로 올릴 수 있다. 이 손잡이의 위쪽과 아래쪽으로 작은 송곳 구멍을 무수히 내어 가느다란 막대기를 꽂는다. 가느다란 막대기들이 사방으로 뻗어 있어, 그 어떤 크기의 물고기라도 이 막대기 중 하나에 찔릴 수밖에 없다. 다 만든 어량은 물속에 가만히 넣어 두면 끝이다.

이 덫을 설치할 때는 문을 열어 다른 막대기로 그 문을 받쳐

두는데, 막대기 한쪽 끝을 문 한쪽과 바닥 판자의 중앙에 꽂힌 손잡이에 걸쳐 두면 설치가 끝난다. 젖은 옥수수 가루와 목화를 한데 둥글게 뭉쳐 만든 미끼를 덫 안쪽에 둔다. 물고기 한 마리가 미끼를 발견하고 열린 문으로 들어오면, 당연히 손잡이에 기대 놓은 작은 막대기 중에 하나를 치게 되고, 막대기가 떨어지면서 문이 닫혀 물고기가 덫 안에 갇힌다. 손잡이 위쪽을 잡아 올리면 바닥 판자가 수면 위까지 올라와 물고기를 꺼낼 수 있다. 내가 이 어량을 만들기 전에도 그 비슷한 덫이 있었는지는 모르겠지만, 설사 있었다고 하더라도 나는 한 번도 본 적이 없었다. 바이유 뵈프에는 커다랗고 통통한 물고기들이 풍부하고, 이 이후로 나나 내 동료들이나 물고기가 부족한 적은 한 번도 없었다. 그렇게 나는 새로운 식량 창고를 찾아냈다. 늪지지만 먹을거리가 풍부한 개울 연안에서, 고된 노동과 굶주림에 시달리는 다른 아프리카 노예 후손들은 생각해 내지 못한 새로운 식량거리를 내가 발견해 낸 것이다.

내가 글을 쓰는 이 시기쯤에 우리 농장 바로 인근에서 사건이 하나 발생했다. 모욕은 복수로 갚는다는 그 지역 사회의 분위기를 드러낸 사건으로, 내게 깊은 인상을 남겼다. 우리 숙소 바로 앞 늪의 맞은편에는 마셜 씨의 농장이 있었다. 마셜 씨는 그 지역에서 가장 부유한 귀족 가문 출신이었다. 나체즈 인근에서 온 한 신사가 영지 구매를 두고 그와 협상을 하던 중이었다. 그러던 어느 날 우리 농장으로 웬 떠돌이 거지 한 명이 헐레벌떡 뛰어와, 마셜 씨 댁에서 유혈이 낭자한 무시무시한 싸움이 벌어졌다고 전했다. 온 사방이 피투성이라고. 그리고 싸우는 사람들을 빨리 뜯어말리지 않으면 끔찍한 결과가 벌어질 것이라고.

마셜 씨 댁에 가 보니, 그 거지가 말한 대로였다. 어느 방의 바닥에는 나체즈에서 온 남자의 창백한 시신이 누워 있었고, 마셜 씨는 온몸이 상처와 피투성이가 되어 이리저리 거닐며 다 죽여 버리겠다고 씩씩거리고 있었다. 협상 중에 의견이 어긋나면서 고성이 오갔고, 둘 다 무기를 꺼내 들고 치명적인 싸움이 시작되어 이런 불행한 결말이 난 것이다. 마셜은 감옥에 갇히지 않았다. 마크스빌에서 일종의 재판이나 조사 같은 것을 받고 무죄 판결이 나와 농장으로 돌아왔다. 오히려 마셜은 그 영혼에 다른 인간의 피를 묻혔다는 사실 때문에 더 큰 존경을 받았다.

엡스가 마셜을 따라 마크스빌에 동행해 요란하게 그를 옹호해 주었다. 하지만 이런 도움을 주었는데도 불구하고 엡스는 후에 이 마셜의 친척에게 목숨을 위협당하는 처지가 되고 말았다. 도박판에서 엡스와 마셜의 친척 사이에서 말다툼에 이어 피 튀는 싸움이 벌어진 것이다. 어느 날 권총과 사냥칼을 찬 마셜이 말을 타고 엡스의 집 앞으로 찾아와, 나와서 싸움을 마무리 짓자고 외쳤다. 나오지 않으면 겁쟁이로 간주할 것이며, 눈에 띄는 즉시 개처럼 쏘아 죽이겠다고. 하지만 엡스가 이 도전을 받아들이지 않은 이유가 있을 터다. 내 생각에는 겁쟁이이기 때문이거나, 양심의 가책 때문이 아니라 아내가 만류했기 때문인 것 같았다. 어쨌든 후에 둘은 화해하고 절친한 사이가 되었다.

북부에서는 감옥에 수감될 만한 일들이 이 늪지에서 수없이 일어났고 아무 일 없었다는 듯 그냥 넘겨졌다. 이곳의 남자들은 전부 사냥칼을 소지하고 다니며, 수틀리면 서로에게 칼을 쑤셔 넣지 못해 안달이다. 문명화되고 교양 있는 사람이라기보다 야만인에 가깝다.

남부의 관습 중에서도 가장 잔혹한 노예 제도의 존재는 이들의 본성 안에 있는 인간적이고 섬세한 감정을 누르고 잔인한 감정을 더욱 불러일으키는 경향이 있다. 매일같이 고통을 당하는 노예를 보고, 고통에 찬 노예의 비명 소리를 듣는다면—잔혹한 채찍질을 당하며 몸부림치는 노예, 개에게 물어뜯기는 노예, 아무 관심도 받지 못한 채 죽어 가고 수의나 관도 없이 묻히는 노예들을 본다면— 인간의 목숨을 하찮게 여기는 짐승이 될 수밖에 없으리라. 사실 어보이엘르 교구에 상냥하고 선한 사람들도 많다. 이를 테면 윌리엄 포드 같은 사람. 고통받는 노예를 가엾게 여기고, 전 세계의 여느 사람들이 그렇듯 전지전능한 주님께 생명을 받은 다른 창조물의 고통을 동정하고 안타깝게 여기는 사람들 말이다. 노예주가 잔혹한 것은 그의 잘못이 아니라, 그가 사는 사회 제도의 탓이 크다. 사람은 주변을 둘러싼 사회의 관습에 저항할 수 없는 법이다. 어릴 때부터 보고 듣고 배운 것이, 채찍은 노예의 등짝을 매질하는 도구라는 것이니, 나이 들어서도 그러한 선입견이 바뀌기는 쉽지 않을 것이다.

  비인간적인 주인이 있는 것만큼, 인간적인 주인들도 있을지 모른다. 헐벗고 굶주리고 비참한 노예들이 존재하는 것처럼, 잘 차려입고 잘 먹고 행복한 노예들도 존재할지 모른다. 그럼에도 내가 목격한 바, 부당하고 비인간적인 처사를 감내해야 하는 노예 제도는 잔인하고 불합리하고 야만적인 것이다. 노예의 실상을 있는 그대로 묘사하는 소설을 쓰는 작가들이 있을지도 모르고, 또 무지라는 축복을 받아 편안한 안락의자에 앉아 노예 생활의 즐거움을 쓰는 작가들도 있을지 모르겠다. 하지만 작가들이여, 직접 들판에 나가 고된 노동을 해 보라. 오두막에서 잠을 자 보라. 옥수수 껍데기를 먹어 보라. 괴롭힘을 당하고, 사냥당하고, 짓밟히는 노예들을 보라. 그런다면 그 작가들의 입에서는 다른 이야기가 쏟아져 나올 것이다. 작가들이여, 가련한 노예의 심장 속을 들여다보라. 그들이 백인 앞에서는 감히 내뱉지 못하는 속내를 들어 보라. 고요한 밤에 노예의 곁에 앉아 그의 은밀한 속내를, '생명과, 자유와, 행복 추구'에 대한 이야기를 들어 보라. 그러면 십중팔구 노예들은 자신의 처지를 이해할 정도로 똑똑하며, 가슴 안에 그들과 마찬가지로 자유에 대한 열렬한 사랑을 품고 있음을 알 수 있을 것이다.

제15장

사탕수수 밭에서의 노동-사탕수수를 심는 방법-사탕수수를 캐는 방법-사탕수수 줄기-사탕수수 자르기-사탕수수 칼에 대한 설명-사탕수수 건초 더미-이듬해 농사 준비-바이유 뵈프에 있는 호킨스 제당공장에 대한 설명-크리스마스 휴일-노예 아이들의 축제 철-크리스마스 저녁 식사-제일 좋아하는 색 빨강-바이올린과 바이올린이 주는 위안-크리스마스 댄스-요부 라이블리-샘 로버츠와 그의 경쟁자들-노예 영가-남부의 삶-1년에 사흘-결혼 제도-결혼 제도를 무시하는 에이브럼 아저씨

내가 목화 채집에 소질이 없는 탓에, 엡스는 사탕수수를 자르고 설탕을 만드는 계절이면 툭하면 나를 사탕수수 농장에 보냈다. 사탕수수 농장주에게 내 임금으로 하루에 1달러와 그의 목화 농장에 묵는 숙소비도 받았다. 사탕수수를 자르는 일은 내게 잘 맞았고, 그 후로 3년간 나는 호킨스 농장에서 선두에 서서 50에서 100명에 이르는 일꾼들을 이끌었다.

이전 장에서는 목화 재배에 대해 설명했다. 이번에는 사탕수수 재배에 대해 설명해 보겠다.

목화 씨앗을 심을 때와 마찬가지로 밭을 갈아 이랑을 만드는데, 다만 사탕수수 농장에서는 쟁기질을 더 깊게 한다. 순서는 같다. 1월에 씨앗 심기가 시작되어 4월까지 계속된다. 사탕수

수 밭에서는 3년에 한 번만 씨를 뿌리면 된다. 씨앗이나 작물이 다 마를 때까지 세 번을 수확한다.

이 작업을 할 때는 세 조로 나뉜다. 한 조는 사탕수수 더미에서 사탕수수를 끌어내 줄기에서 윗대와 꼬리를 자르고, 건강하고 멀쩡한 부분만을 남긴다. 사탕수수의 마디에는 감자의 눈 같은 것이 있는데, 그것을 토양에 심으면 싹이 난다. 또 다른 조는 사탕수수를 두 대씩, 사이가 10~15센티미터 정도 떨어지도록 나란히 심는다. 세 번째 조는 괭이를 들고 뒤따라가며 줄기가 땅속으로 8센티미터 정도 파묻히도록 흙을 덮는다.

최대 사 주 후면 땅 위로 새싹이 돋아나고, 이때부터 사탕수수는 놀라운 속도로 성장한다. 사탕수수 밭은 목화밭과 마찬가지로 세 번 괭이질을 하는데, 상당한 양의 흙을 뿌리 쪽에 덮어 주어야 한다는 점이 다르다. 8월 1일쯤이면 대개 괭이질이 끝난다. 9월 중순쯤 되면, 종자로 사용할 줄기를 잘라 건초 더미처럼 쌓아 놓는다. 10월에는 제분소나 제당공장으로 보내기 위해 사탕수수를 베는 작업이 시작된다. 사탕수수 칼날은 길이가 40센티미터 정도이며 가운데의 너비는 8센티미터쯤으로, 날 끝과 손잡이 쪽으로 점점 가늘어지는 모양이다. 칼날은 얇으며, 사탕수수를 효과적으로 베려면 항상 예리하게 갈아 놓아야 한다. 일꾼들은 세 명이 한 조가 되어 일하며 그중 조장이 가운데에 선다. 조장이 먼저 칼로 줄기에서 털을 잘라 낸다. 윗대가 녹색이면 윗대도 잘라 낸다. 아직 익지 않은 녹색 부분을 전부 잘라 내야지, 그렇지 않으면 당밀이 상해서 팔 수 없게 된다. 그다음 밑동을 잘라 줄기를 뒤쪽에 쌓는다. 오른쪽과 왼쪽에 선 일꾼 역시 같은 방법으로 줄기를 잘라 쌓는다. 이렇게 3인 한 조당 수레 하나가 지급되는데, 어린 노예들은 이 수레를 끌고 다니며 쌓아 놓은 줄기를 담아 제당공장으로 가져간다.

서리가 내릴 것 같으면, 농장주는 사탕수수를 널라고 지시한다. 미리 줄기를 잘라 줄기 윗대가 줄기의 밑동을 가리도록 물고랑에 길게 눕혀 두는 것이다. 이 상태로 삼 주나 한 달 정도 두면 상하지 않고 안전하게 서리로부터 보호할 수 있다. 적절한 때가 되면, 수수 줄기를 꺼내어 다듬은 다음 제당공장으로 옮긴다.

1월이 되면 노예들은 또다시 농사를 준비하기 위해 밭으로 나간다. 이제 밭에는 지난해에 사탕수수 줄기에서 잘라 낸 줄기 윗대와 이파리들이 널려 있다. 건조한 날에 이 밭에 불을 붙이면, 순식간에 들판이 불길에 휩싸이면서 낙엽들을 태워 버리고 괭이질을 할 준비가 된다. 남은 그루터기와 뿌리가 땅속에 박혀 있으며, 그대로 두면 작년에 뿌린 씨앗에서 또 다른 작물이 솟아난다. 이듬해에도 마찬가지다. 하지만 3년째 해가 되면 씨앗이 힘을 다하고, 그러면 다시 밭을 갈고 사탕수수를 심어야 한다. 씨앗을 뿌린 지 2년째 되는 해에는 첫해보다 사탕수수 즙의 당도와 양이 높아지며, 3년 째에는 2년 째보다 더 높아진다.

이렇게 나는 3년 동안 호킨스 농장에서 있으면서, 그중에 상당한 기간을 제당공장에서 일했다. 이곳은 최고급 백설탕을 생산하기로 유명한 곳이었다. 다음은 호킨스 제당공장과 제조 공정에 관한 대략적인 설명이다.

호킨스 제당공장은 개울 연안에 있는 거대한 벽돌 건물이다. 그 건물 앞으로 헛간 하나가 붙어 있는데, 적어도 길이가 30미터에 너비는 10~15미터쯤 된다. 증기로 움직이는 보일러는 주 건물 바깥에 있고, 기계와 엔진은 건물 안의 바닥에서 5미터 위의 벽돌 받침대 위에 올라 있다. 기계가 두 개의 거대한 강철 롤러를 돌리는데, 롤러는 지름이 60~90센티미터에 길이가 2~2.5미터쯤 된다. 벽돌 선반 위로 솟아오른 그 두 개의 롤러는 서로 맞물리며 윙윙 돌아간다. 작은 제분소에서 사용하는 가죽 벨트 같은 사슬과 나무로 만든 운반대가 강철 롤러부터 주 건물에서 나와 헛간까지 죽 이어져 있다.

밭에서 자르자마자 수레로 날라 온 사탕수수들을 이 헛간의 양쪽에 내려놓는다. 이 자동 운반대 옆에는 노예 아이들이 죽 늘어서 있다. 이 아이들이 맡은 임무는 그 운반대 위에 사탕수수를 올려놓는 것이며, 그렇게 운반대에 실려 주 건물 안으로 들어간 사탕수수는 롤러 사이로 떨어져 압착되고, 압착이 다 끝난 수숫대는 맞은편에 위치한 또 다른 운반대에 실려 높은 굴뚝이 달린 소각로로 떨어져 태워진다. 수숫대는 반드시 이런 방식으로 곧장 태워야 하는데, 그렇게 하지 않으면 건물 안이 온통 수숫대로 가득 차게 되며 금방 상해 질병을 퍼트릴 수도 있기 때문이다.

사탕수수 즙은 강철 롤러 아래의 통으로 떨어지고, 그 통은 저장소로 옮겨진다. 저장소에 들어가면 사탕수수 즙은 파이프를 통과해 250리터 정도 크기의 다섯 개의 여과기를 통과한다. 이 여과기 안에는 석탄 가루 비슷한 까만 골탄이 가득 들어 있다. 밀폐된 용기 안에서 뼈를 태워 만든 가루로, 이것은 사탕수수 즙을 끓이기 전에 탈색을 하고 불순물을 여과하는 용도로 사용된다. 사탕수수 즙이 이 다섯 개의 여과기를 차례로 통과하면, 그다음에는 지하의 커다란 저장소로 들어가고, 여기서는 증기 양수기를 이용해 강철판으로 만든 청징기에 넣어 증기로 열을 가해 끓인다. 첫 번째 청징기를 통과한 사탕수수 시럽은 두 번째, 세 번째 청징기를 거친 다음, 증기로 가득한 관들을 통과해 밀폐된 강철 쟁반 속으로 들어간다.

사탕수수 즙은 끓는 상태로 세 개의 쟁반을 연달아 이동한 다음, 다른 관을 따라 1층의 냉각기로 옮겨진다. 나무로 만든 냉각기의 바닥은 가느다란 철망으로 된 고운 체다. 시럽이 이 냉각기 안으로 떨어지는 순간 공기를 만나 결정체가 되고, 이 당밀은 즉시 체 사이로 빠져나가 탱크로 들어간다.

그렇게 최고급 품질의 백설탕, 또는 각설탕이 완성된다. 티끌 하나 없이 깨끗하고 눈처럼 새하얀 백설탕을 차갑게 식혀서 250리터짜리 통에 담으면 시장에 내놓을 준비가 끝난다. 그런 다음 탱크에 든 당밀은 다시 위층으로 옮겨 다른 공정을 통해 흑설탕을 만든다.

내가 대략적으로 설명한 것과 다른 더 큰 제당공장들도 많지만, 바이유 뵈프에서 호킨스 제당공장보다 더 유명한 곳은 없었다. 뉴올리언스의 램버트라는 사람이 호킨스의 동업자였다. 내가 들은 바로 램버트라는 사람은 굉장한 부자이며 루이지애나에만 마흔 군데가 넘는 사탕수수 농장을 보유하고 있는 자였다.

노예들이 1년 내내 끝없는 노동에서 유일하게 휴식을 취할 수 있는 기간은 크리스마스 휴일뿐이다. 엡스는 우리 노예에게 사흘의 휴가를 주었다. 관대함의 정도에 따라 어떤 주인들은 나흘, 닷새, 엿새까지 주기도 한다. 노예들이 흥밋거리나 재밋거리를 기대하는 유일한 때다. 밤이 오면 노예들은 몇 시간 쉴 수 있기 때문만이 아니라, 크리스마스가 하루 더 가까워진다는 사실 때문에 기뻐한다. 늙은이든 젊은이든 할 것 없이 똑같이 기뻐하며 환호한다. 에이브럼 아저씨조차 앤드루 잭슨 장군에 대한 칭송을 멈추고, 팻시는 휴일의 기쁨 속에서 수많은 슬픔을 잊는다. 크리스마스는 축제와 연회와 바이올린 연주의 시기다. 노예 아이들의 축제 철이다. 노예 아이들이 제한된 자유를 허락받고 마음껏 즐길 수 있는 유일한 날이다.

이 동네에서는 농장주들이 이웃의 농장주 가족을 초대해 크리스마스 만찬을 대접하는 것이 관례다. 이를 테면 올해에 엡스가 파티를 열면, 다음 해에는 마셜이, 그다음 해에는 호킨스가 여는 식이다. 대개는 300~500명이 모이는데, 걸어오거나, 수레를 타고 오거나, 말을 타고 오거나, 노새를 타고 오며, 두셋씩 짝지어 오기도 하고, 아가씨와 청년이 함께 오기도 하고, 아가씨 한 명과 청년 둘이 함께 오기도 하고, 청년과 아가씨와 노부인이 함께 오기도 한다. 에이브럼 아저씨가 노새 위에 올라타고 피비 아주머니와 팻시가 그 뒤에 타 함께 크리스마스 만찬장을 향해 가는 모습은 바이유 뵈프에서 보기 드문 광경이 아니었다.

또한 1년 중에 이때는 다들 가지고 있는 옷 중에서 가장 좋은 옷을 차려입는다. 깨끗이 빨아 놓은 면 두루마기에, 수지 양초 토막으로 신발에 광을 내고, 운이 좋아 챙이 없거나 챙만 달린 모자가 있다면 의기양양하게 머리 위에 얹는다. 축제의 장에는 맨머리로 오든 맨발로 오든 다들 동등하게 환영을 받는다. 일반적으로 여자 노예들은 머리에 수건을 두르지만, 길에서 빨간 리본을 줍거나 주인마님의 할머니가 버린 보닛이라도 손에 넣으면 반드시 그날은 그것을 달거나 썼다. 빨간색―핏빛처럼 붉은색―은 내가 아는 동료 노예 아가씨들이 단연 가장 좋아하는 색이다. 빨간 리본을 목에 두르지 않으면, 그 곱슬거리는 머리카락을 빨간 끈으로 묶어야 직성이 풀릴 정도다.

야외에 차려진 식탁에는 온갖 종류의 고기와 채소들이 풍성하다. 그런 날에는 베이컨과 옥수수빵은 취급하지 않는다. 요리사는 농장의 부엌에서 요리를 하기도 하고, 또 넓게 가지를 뻗은 나무 그늘 아래에서 요리를 하기도 한다. 후자일 경우 바닥에 구멍을 파서 그 안에 나무를 넣고 까만 석탄이 될 때까지 태운 다음, 그 위에 닭과 오리, 칠면조, 돼지, 드물게는 야생 황소를 굽는다. 또한 밀가루로 구운 비스킷과 가끔은 복숭아와 다른 과일 조림을 얹은 타르트며 온갖 종류의 파이들이 나왔지만, 아직 그 지방에는 알려지지 않았는지 고기를 다져 넣은 민스파이는 없었다. 평생을 볼품없는 옥수수빵과 베이컨만 먹고살아온 노예만이 그러한 만찬의 참맛을 즐길 수 있으리라. 어마어마하게 모인 백인들은 허겁지겁 먹어 대는 노예들을 구경하며 즐길 뿐이다.

노예들은 허름한 식탁에 앉는데, 한쪽에는 남자들, 맞은편에는 여자들이 앉는다. 서로에게 호의를 품은 남녀는 어떻게 해서든 서로의 맞은편에 자리를 잡고 앉는다. 어디에나 존재하는 큐피드는 노예의 소박한 심장에도 활을 쏘아 준다. 순수하고 기쁨에 찬 행복에 이들 모두의 검은 얼굴이 환해진다. 식사를 하는 내내 검은 얼굴과 대조적인 하얀 이 두 줄이 사라질 줄을 모른다. 풍성한 식탁에 노예들의 눈이 환희로 휘둥그레진다. 키득거리는 웃음소리와 너털웃음소리와 식기가 달그락거리는 소리가 이어진다. 쿠피가 샘솟는 기쁨을 이기지 못하고 팔꿈치로 옆에 앉은 사람의 옆구리를 툭 친다. 넬리는 손가락으로 샘보를 가리키며 이유 없는 웃음을 터트린다. 그렇게 즐거운 시간이 흐른다.

음식이 사라지고 노예 아이들이 주린 배를 채우고 나면, 이번에는 크리스마스 댄스 차례다. 축제가 열릴 때마다 나는 항상 바이올린 연주를 도맡았다. 아프리카인은 음악을 사랑하기로 유명하다. 그리고 내 동료 노예 중에는 리듬 감각을 타고난 자들이 수두룩했고, 능숙하게 밴조를 연주할 줄 아는 자도 많았다. 그러나 좀 잘난 체하는 것으로 보일지 모르나, 나는 바이유 뵈프의 올레 불(노르웨이 출신의 유명한 바이올린 연주자_옮긴이)이었다. 내 주인에게는 16킬로미터 떨어진 먼 곳에서도 백인 무도회나 축제 때 나를 연주자로 보내 달라고 요청하는 편지가 자주 날아들었다. 내 주인은 나를 빌려 준 대가를 받았고, 나 또한 내 연주에 기뻐한 손님들이 던져 준 동전을 받아 챙겼다. 덕분에 나는 이 근방에서 더 유명세를 타게 되었다. 홈스빌의 총각과 처녀들은 바이올린을 들고 마을을 걸어가는 플랫엡스를 보면, 어디서 또 파티가 열리는구나 생각할 정도였다.

"어디 가, 플랫?"

"오늘 밤에는 또 무슨 파티가 열리나, 플랫?"

내가 지나는 문마다 창문마다 사람들이 질문을 던져 댔고, 굳이 서두를 필요가 없을 때에는 끈질긴 요구에 못 이긴 척, 노새에 앉은 채로 바이올린 활을 들고 몰려든 아이들 앞에서 한 곡을 뽑기도 했다.

아아! 사랑스러운 바이올린이 없었다면, 그 기나긴 속박의 세월을 어떻게 견뎠을지 상상할 수조차 없다. 바이올린 덕분에 나는 수많은 저택을 드나들었고, 고된 밭일을 덜었고, 오두막에 놓을 세간을 구했고, 파이프와 담배 그리고 여분의 신발을 구했고, 때로는 냉혹한 주인에게서 벗어나 떠들썩하고 즐거운 연회장 안에 머물 수 있었다. 바이올린은 내가 기쁠 때면 큰 소리로 외치고, 내가 슬플 때면 부드럽고 아름다운 위로의 목소리를 건네준 내 진정한 친구이자 동반자였다. 가끔씩 한밤중에 잠이 오지 않을 때면, 내 영혼이 운명에 대한 고민으로 어지러울 때면, 바이올린은 평화로운 노래를 불러 주었다. 성스러운 안식일에 한두 시간 휴식 시간이 주어지면, 나와 함께 늪지 강둑의 고요한 곳으로 가 목소리를 높여 다정하고 유쾌한 이야기를 건네주었다. 바이올린은 그 지역 방방곡곡에 내 이름을 널리 알려 주었고, 바이올린이 없었더라면 내게 관심도 없었을 친구들을 만들어 주었으며, 매년 축제 때마다 나를 영예로운 자리에 앉혀 주었고, 크리스마스 댄스 때면 모두의 가장 크고 진실한 환영 인사를 받게 해 주었다. 크리스마스 댄스! 아, 쾌락을 추구하는 게으른 젊은이들, 느릿한 코티용 무곡에 맞추어 스텝을 밟으며 달팽이처럼 끝없이 도는 춤을 추고 있는 젊은이들이여. 우아한 춤이 아니라 활기찬 춤, 진정한 행복과 광란과 자유의 춤을 보고 싶다면 루이지애나로 내려와 크리스마스 날 별빛 아래서 춤추는 노예들을 보아야 한다.

크리스마스 중에서도 특히 기억에 남는 크리스마스 날이 있다. 전반적으로는 다른 크리스마스 날과 다를 것 없지만, 그날은 스튜어트 씨 댁의 라이블리와 로버츠 씨 댁의 샘이 함께 춤을 추었다. 샘이 라이블리에게 열렬한 마음을 품고 있다는 것은 다들 알고 있었고, 사실 마셜 씨 댁의 또 다른 노예 청년과 케어리 씨 댁의 노예 청년 한 명도 라이블리를 흠모했다. 라이블리는 이름 그대로 활기차며, 남자의 마음을 뒤흔들어 놓는 천상 요부였다. 식사를 마치고 라이블리의 선택을 받은 건 샘 로버츠였다. 다른 경쟁자들을 제치고 샘이 첫 번째 춤 상대로 선택받은 것이다. 선택받지 못한 청년들은 조금 풀이 죽어 있는가 싶더니, 이내 고개를 흔들며 당장이라도 샘을 쥐어 패겠다고 성을 냈다. 하지만 이들의 분노도 샘의 가슴속에 충만한 행복을 깨뜨리지 못했다. 샘은 매력적인 파트너의 곁에 서서 드럼 스틱을 휘젓듯 양다리를 올렸다 내렸다 바깥으로 뻗으며 신나게 춤을 추었다. 모두가 이 커플에게 요란하게 환호를 보냈고, 환호에 신이 난 커플은 다른 모두가 지쳐 숨을 돌리려고 멈춘 후에도 계속해서 몸을 흔들었다. 하지만 결국에 샘의 초인 같은 노력도 힘을 다했고, 라이블리 혼자만이 팽이처럼 뱅뱅 돌았다. 이 틈을 타 샘의 연적인 피트 마셜이 잽싸게 끼어들어 전력을 다해 뛰고 흔들어 댔다. 라이블리 양과 온 세상에 샘 로버츠는 별것 아니라는 것을 보여 주려고 작심한 듯이.

하지만 피트는 사랑에 눈이 멀어 무리를 하고 말았다. 너무나도 격렬하게 춤을 춘 나머지 숨이 차 그만 빈 자루처럼 풀썩 쓰러졌다. 그러자 이번에는 해리 케어리가 나섰다. 하지만 해리 또한 금세 나가떨어지고 말았다. 사람들의 환호성 속에서 라이블리는 그 늪지에서 '가장 발이 빠른 아가씨'라는 명성을 톡톡히 증명해 보였다.

춤판 한 번이 끝나면 또 다른 춤판이 벌어졌고, 춤판에 가장 오래 남은 사람은 가장 커다란 환호성을 받았다. 그렇게 춤판은 환하게 동이 틀 때까지 계속된다. 바이올린 연주가 멈추어도 춤은 계속된다. 그럴 때에 흑인 노예들이 특유의 음악을 연주하기 시작한다. 이는 '두드리기'라고 하는데, 특정한 곡조나 선율에 맞추어 명확한 주제나 내용이 있다기보다 별다른 의미

없는 노랫말을 흥얼거리는 것이다. 양손으로 무릎을 친 다음, 함께 손뼉을 치고, 또 한 손으로 오른쪽 어깨를 치고 다른 손으로 왼쪽 어깨를 친다. 이러는 내내 발도 구르고 노래를 하는 것이다. 이를 테면 이런 노래다.

하퍼스 크리크와 로링 강에서
내 사랑 그대와 영원히 살겠네.
인디언 나라로 함께 가세.
내가 이 땅에서 원하는 건
예쁜 아내와 커다란 농장뿐이네.

(후렴)
저 떡갈나무 위와 저 강 아래
감독관 두 명과 깜둥이 하나.

이 노래가 곡과 어울리지 않는다면 〈그리운 호그 아이〉라는 노래를 부르기도 한다. 다소 울적한 내용에 운율이 뛰어난 가사지만, 남부에서 들어야만 제격이다. 그 가사는 이렇다.

내가 가면 누가 여기 있나?
면 원피스를 입은 어여쁜 아가씨
호그 아이!
그리운 호그 아이,

그리운 후시!

태어나서 처음 본다네.
면 원피스를 입은 어여쁜 아가씨가 온다네.

호그 아이!
그리운 호그 아이!
그리운 후시!

혹은 아래의 노래를 부르기도 하는데 위의 노래처럼 전혀 말이 되지 않는 내용이지만 깜둥이의 입에서 흘러나오면 이 가사는 멜로디가 가득하다.

에보 딕과 조든 조,
두 깜둥이가 내 암양을 훔쳐 갔다네.

(후렴)
짐과 함께 뛰세.
짐과 함께 걸으세.
짐과 함께 이야기를 나누세.

석탄처럼 까만 댄 아저씨,
그곳에 가지 않은 걸 기뻐했다네.

짐과 함께 뛰세.

크리스마스가 끝난 후 남은 휴일 동안에는 통행 허가증을 받아, 제한된 거리 안에서 원하는 곳 어디든 갈 수 있다. 또 돈을 받고 농장에 남아 일을 할 수도 있다. 하지만 후자를 선택하는 경우는 아주 드물다. 이 시기에는 지구상의 여느 행복한 인간들과 마찬가지로, 노예들은 온 사방으로 바삐 움직인다. 밭일을 할 때와는 전혀 다른 사람이 되어서. 일시적인 긴장 완화, 일시적인 두려움과 채찍질에서의 해방은 이들의 외모와 태도에 엄청난 변화를 일으킨다. 걷거나 말을 타고 옛 친구를 찾아가거나, 혹은 옛사랑을 찾아가거나, 주어진 시간 내에 하고 싶은 일을 마음껏 한다. 1년에 단 사흘뿐인 '진정한 남부의 삶'은 이러하다. 그 외의 362일은 고난과 두려움, 고통, 끝없는 노동의 나날이다.

크리스마스 휴일에는 결혼도 자주 이루어진다. 만약 노예들 사이에도 결혼 제도가 존재한다면 말이다. 양쪽의 소유주들의 동의만 얻으면 '성스러운 결혼'이 이루어진다. 대개 여자 노예 쪽의 주인이 결혼을 장려한다. 주인만 허락한다면 수많은 남편과 아내를 거느릴 수 있으며, 양측 다 원한다면 아무 때고 상대를 버릴 수 있다. 이혼이나 중혼과 관련한 법률은 노예에게는 적용이 되지 않는다. 아내가 남편과 같은 농장주의 소유가 아닐 경우, 남편은 거리가 너무 멀지만 않다면 토요일 밤에 아내를 방문할 수 있다. 에이브럼 아저씨의 아내는 바이유 허프파워에 위치한 엡스의 농장에서 11킬로미터 떨어진 곳에 살았다. 아저씨는 이 주에 한 번은 아내를 방문해도 된다는 허가를 받았지만, 아까도 말했듯 아저씨는 점점 노쇠해졌으며, 솔직히 말해 나중에는 아예 아내를 잊었다. 에이브럼 아저씨는 잭슨 장군을 기리는 것만으로도 시간이 부족하다고 했다. 부부지정은 젊고 생각 없는 이들에게나 어울리는 것이며, 자신처럼 진지하고 고독한 철학자에게는 어울리지 않다고 했다.

제16장

감독관들-그들이 가지고 다니는 무기들-살인-마크스빌에서 벌어진 처형-노예 몰이꾼들-바이유 뵈프로 이사해 몰이꾼으로 임명되다-훈련이 완벽을 만든다-플랫의 목을 따려고 시도하는 엡스-그에게서 도망치다-주인마님의 보호를 받다-금지된 읽기와 쓰기-9년 동안의 노력 끝에 얻은 한 장의 종이-편지-비열한 백인 암스비-그에게 일부의 비밀을 털어놓다-그의 배신-엡스의 의심-의심을 잠재우다-태워 버린 편지-바이유를 떠나는 암스비-실망과 절망

나는 세인트메리 교구로 일하러 갔을 때와 사탕수수 수확 철에 다른 농장으로 일하러 나갈 때를 제외하곤, 내내 엡스의 농장에서 일했다. 엡스가 운영하는 농장은 소규모였는데, 감독관을 둘 만큼 노예 수가 많지 않아 엡스가 직접 감독관 역할을 맡았다. 또한 노예를 더 사들일 여력도 없어, 목화를 수확하는 때에는 항상 일꾼을 따로 고용했다.

50명 혹은 100명 아니면 200명의 일꾼을 둔 큰 농장의 경우에는 감독관이 반드시 필요하다. 이 감독관은 하나같이 말을 타고 밭으로 나가며, 권총과 사냥칼, 채찍으로 무장한다. 더불어 서너 마리의 개들도 데려간다. 이렇게 만반의 준비를 한 뒤 날카로운 눈으로 노예들의 뒤를 따르며 감시한다. 감독관에게

필요한 자질은 무서우리만치 냉혹한 잔인성과 무자비함이다. 감독관에게 무엇보다 중요한 것은 많은 양을 수확하는 것이었기에, 그 목적을 달성하기 위해서라면 노예들이 어떤 고통을 당하든 전혀 개의치 않았다. 개들을 데려가는 이유는 어지럽거나 몸이 아파 도저히 일을 계속할 수 없어서, 혹은 채찍질을 견디지 못해서 도망치는 노예를 뒤쫓기 위해서였다.

 권총은 위급 상황을 위해 준비하지만, 권총이 필요했던 때도 여러 번 있었다. 가끔은 치밀어 오르는 분노를 참지 못한 노예가 억압자에게 대드는 경우도 있다. 1년 전, 그러니까 작년 1월, 마크스빌의 교수대에서 감독관을 죽인 죄로 한 노예가 교수형을 당했다. 사건은 레드 강 유역에 위치한 엡스의 농장에서 몇 킬로미터 떨어지지 않은 곳에서 일어났다. 그 노예는 장작을 패는 작업을 하고 있었다. 사건이 일어난 그날, 감독관은 노예에게 심부름을 보냈고, 노예는 심부름을 하느라 맡은 작업을 처리하지 못했다. 다음 날 노예는 맡은 일을 하지 않은 이유를 묻는 감독관에게 심부름을 다녀오느라 시간이 없었다고 설명했지만, 감독관은 아랑곳하지 않았다. 감독관은 그에게 채찍질을 할 테니 무릎을 꿇은 채 웃옷을 벗으라고 명령했다. 숲 속에는 그 둘뿐이었다. 주위에 인기척이라곤 없었다. 노예는 감독관의 명령에 복종했지만, 너무나도 부당한 처사에 화가 치민 나머지, 자리에서 벌떡 일어나 도끼를 들고는 말 그대로 감독관을 토막 내 버렸다. 노예는 자신이 벌인 짓을 은폐할 생각도 하지 않고, 곧장 주인에게 달려가 자신의 죄를 사실대로 고하며 목숨으로 죗값을 치르겠다고 했다. 결국 그는 교수대로 끌려갔고, 교수형이 진행되는 순간에도 불안해하거나 흔들리지 않는 의연한 모습으로, 자신이 그럴 수밖에 없었던 이유를 마지막 말로 남겼다.

감독관 밑에는 몰이꾼들이 존재하는데, 몰이꾼들의 수는 농장 일꾼의 수와 비례한다. 몰이꾼은 흑인이며, 노예들과 같은 양의 일을 하지만 그 외에도 노예 무리들을 채찍질하며 몰아대는 일을 한다. 몰이꾼은 목에 채찍을 걸고 일을 하는데, 채찍질을 제대로 하지 않을 때에는 자신이 채찍을 맞는다. 하지만 몰이꾼들에게는 그들만이 갖는 특권이 있다. 일례를 들면 사탕수수를 수확할 때 일꾼들은 편히 앉아 식사를 할 수 없다. 정오가 되면 부엌에서 만든 옥수수빵을 가득 실은 수레가 밭으로 도착한다. 몰이꾼들은 이 빵을 일꾼들에게 나눠 주는데 일꾼들은 최대한 빨리 빵을 먹어야 한다.

자주 발생하는 일인데, 노예들의 체력이 한계에 달하면 탈진해 바닥에 쓰러지고 땀도 흘리지 않는다. 그러면 노예를 끌고 목화나 사탕수수 그늘 혹은 근처 나무 그늘로 끌고 가 몇 동이씩이나 물을 퍼붓는 것이나, 그 밖에도 여러 가지 방법을 동원해 땀이 나게 하고, 기력을 어느 정도 회복하면 제자리로 돌아가 다시 일을 시작하도록 지시하는 것 또한 몰이꾼이 해야 하는 일이다.

내가 처음 바이유 허프파워에 있는 엡스 농장에 갔을 때, 몰이꾼은 로버츠의 노예 중 한 명인 톰이었다. 몸이 건장한 친구였는데 무척 거칠었다. 엡스가 바이유 뵈프로 옮겨 간 뒤, 그 영예로운 자리는 내게 주어졌다. 나는 그곳을 떠나는 순간까지 밭에서 채찍을 목에 걸고 다녀야 했다. 엡스가 밭에 나와 있을 때면, 나는 노예들에게 자비를 베풀 엄두를 내지 못했다. 내게는 그 유명한 톰 아저씨처럼 주인의 분노에 맞서는 기독교인다운 용기가 없었다. 또 그렇게 해야만 내가 톰 아저씨가 겪어야 했던 수난을 조금이나마 모면할 수 있었고, 더불어 결과적으로 동료들이 겪었을 고통을 많이 덜어 줄 수 있었다.

엡스는 실제로 밭에 나오지 않아도 어떻게든 우리를 감시했다. 현관 혹은 근처 나무 뒤에서 아니면 은밀한 그 어떤 곳에서든 감시는 계속되었다. 일꾼 중 한 명이라도 뒤처지거나 게으름을 피우는 날이면, 숙소에 들어간 우리를 불러 놓고 잔소리를 퍼부었다. 자신에게 발각된 죄는 무조건 처벌한다는 것이 엡스의 신조였다. 따라서 엡스는 게으름을 피운 일꾼은 어김없이 처벌했고, 나는 그것을 방치했다는 죄목으로 처벌했다.

반면, 무섭게 채찍을 휘두르는 내 모습을 볼 때면, 엡스는 만족스러운 표정을 지었다. '훈련이 완벽을 만든다'는 것은 틀린 말이 아니었다. 몰이꾼으로 지낸 8년 동안, 나는 아주 능숙하게 채찍을 다루게 되었다. 등이든 귀든, 코든 간에 한 치의 오차도 없이 정확하게 내려칠 수 있게 되었다. 엡스가 멀리서 쳐다보고 있거나 근처 어디서 몰래 감시하고 있다는 느낌이 들면 나는 사정없이 채찍을 날렸고, 일꾼들은 서로 함께 합의한 대로 고통스러운 듯 몸을 비틀며 비명을 질렀다. 아무에게도 채찍이 스치지 않았는데도 말이다.

팻시는 엡스가 보일 때마다 그가 들으라는 듯 플랫이 너무 자주 채찍을 휘두른다며 투덜거렸고, 에이브럼 아저씨도 그 순진한 표정으로, 잭슨 장군도 뉴올리언스의 적들에게 플랫보다 지독한 채찍질을 하지는 않았다며 엄살을 부렸다. 엡스가 술에 취하지 않았을 때는 이런 불평을 듣고 만족스러워했다. 하지만 술에 취해 있을 때는 어김없이 한 명 혹은 여러 명이 시달림을 당해야 했다. 때때로 도를 넘어 자신이 소유한 인간 가축들의 생명을 위협할 만큼 폭력을 휘두르기도 했다. 한 번은 고주망태가 되어 재미 삼아 내 목을 베려고 한 적도 있었다.

엡스가 사격 대회에 참가하기 위해 홈스빌에 나갔던 터라, 우리 중 그 누구도 그가 돌아온 것을 알아채지 못했다. 팻시 옆에서 괭이질을 하고 있는데 갑자기 그녀가 작은 목소리로 말했다.

"플랫, 저 늙은 돼지 새끼가 나한테 손짓하는 거 보여요?"

얼른 돌아보니, 밭 끄트머리에 선 엡스가 반쯤 취했을 때면 늘 그렇듯 잔뜩 찌푸린 얼굴로 손을 흔들고 있었다. 그자의 시커먼 속을 눈치챈 팻시는 울기 시작했다. 나는 팻시에게 고개를 숙이고, 그를 보지 못한 것처럼 하던 일을 계속하라고 속삭였다. 하지만 엡스는 곧 나를 의심하고는 잔뜩 화가 치민 얼굴로 비틀비틀 다가왔다.

"팻시한테 뭐라고 했어?"

엡스는 욕설을 섞어 가며 따져 물었다. 나는 대충 거짓말을 둘러댔지만, 내 변명은 그의 화만 더 돋울 뿐이었다.

"이 농장이 언제부터 네 것이었냐! 어서 말해 봐, 이 깜둥이 새끼야!"

그는 심술궂게 코웃음을 치며 묻더니 이내 한 손으로는 내 멱살을 잡고 다른 한 손은 자기 옷 주머니에 찔러 넣었다.

"내가 네 시커먼 모가지를 따 주마. 그렇게 해 주마."

엡스는 그렇게 말한 뒤 주머니에서 칼을 꺼냈다. 그런데 한 손으로 칼을 빼기가 힘든지 결국은 입에 물고 빼려 했는데, 그 순간 나는 도망가야겠다는 생각이 들었다. 정신 나간 상태로 보아 결코 농담이 아니란 것을 알았기 때문이다. 때마침 셔츠 앞이 열려 있었다. 나는 재빨리 뒤로 돌아 엡스의 손에 잡힌 셔츠만 벗어 두고 도망쳤다. 엡스를 피해 달아나는 건 일도 아니었다. 엡스는 욕을 하며 쫓아오다 숨이 차는지 잠시 쉬고는 다시 쫓아오며 욕을 퍼부었다. 그러다 영 안 되겠는지, 이리 와 보라며 회유하기 시작했다. 하지만 나는 조심스럽게 일정 거리를 유지했다. 이런 식으로 밭을 서너 번 도는 동안, 엡스가 기를 쓰며 몸을 던지면 나는 옆으로 슬쩍 피했다. 두렵기보다는 재미있었다. 술이 깨면 엡스는 분명 이 일을 웃으며 넘길 테니까. 조금 더 시간이 흐른 뒤에야 울타리 옆에 서서 장난 같은 이 추격전을 구경하는 주인마님이 보였다. 나는 엡스 곁을 재빨리 지나쳐 주인마님에게 곧장 달려갔다. 아내를 본 엡스는 더는 쫓아오지 않은 채 한 시간을 넘게 밭 주변을 어슬렁거렸다. 나는 그동안 주인마님에게 무슨 일이 있었는지 자세히 이야기했다. 화가 난 주인마님은 남편과 팻시를 싸잡아 욕을 해 댔다. 엡스는 술이 깬 모양인지 천진한 표정을 지으며 뒷짐을 진 채 얌전히 집을 향해 걸어왔다.

하지만 엡스가 다가오자 주인마님은 듣기 민망한 욕설을 퍼부으며 남편을 비난하기 시작했다. 그러면서 무슨 이유로 팻시의 목을 베려 했는지 따져 물었다. 엡스는 영문을 모르겠다는 표정을 지으며, 달력에 있는 모든 성자들에게 맹세하건대 오늘 내게 말을 건 적이 없다고 발뺌했다.

"이 거짓말쟁이 깜둥이 새끼야, 내가 언제 그런 말을 했어?"

뻔뻔하게도 되려 내게 큰 소리를 치는 게 아닌가.

아무리 사실이라고 해도 주인의 심기를 건드려 봐야 좋을 건 없었다. 나는 그냥 입을 다물었다. 엡스는 집으로 들어가고 나는 다시 밭으로 돌아왔다. 이후로 이 사건은 다시 언급되지 않았다.

그로부터 얼마 뒤, 탈출을 위해 오랫동안 철저하게 숨겨 왔던 내 진짜 이름과 사연이 발각될 뻔한 상황이 닥쳤다. 엡스는 나를 사자마자 글을 읽고 쓸 줄 아는지 물었고, 나는 이것저것 어깨너머로 배운 게 다라고 대답했다. 그러자 엡스는 책이나 펜과 잉크를 들고 있다가 발각되면 채찍 백 대를 맞을 거라고 무섭게 말했다. 자기에게 필요한 건 일하는 깜둥이지 공부하는 깜둥이가 아니라고 강조했다. 엡스는 한 번도 내 고향과 과거에 대해 묻지 않았다. 하지만 주인마님은 여러 번 워싱턴에 대해 물으면서 진짜 워싱턴 출신인지 확인하려 했다. 내가 말하는 것이나 행동하는 게 다른 깜둥이들과 다르다는 말도 여러 번 했고, 내가 무언가를 숨기고 있다고 확신하고 있었다.

내가 세운 가장 큰 목표는 편지를 써서 북부에 사는 친구나 가족에게 몰래 부칠 방법을 찾는 일이었다. 다른 사람이 보았을 때는 대수롭게 않게 여길 수 있으나, 노예처럼 극심한 억압을 당하는 사람에게는 무척 어려운 일이었다. 애초에 나는 펜과 잉크, 종이를 손에 넣을 수도 없었다. 더구나 노예는 통행허가증 없이는 농장 밖을 나갈 수 없다. 우체국에서도 주인의 지시 사항이 적힌 쪽지가 없으면 편지를 부쳐 주지 않는다. 나는 9년 동안 노예 생활을 하며 호시탐탐 기회를 노리다가 겨우 종이 한 장을 손에 넣을 수 있었다.

어느 겨울날이었다. 엡스가 목화를 팔러 뉴올리언스에 가 있는 동안, 주인마님이 나에게 홈스빌에 가서 장을 봐 오라고 심부름을 시켰다. 그 품목 중에 종이 한 묶음도 있었다. 나는 그중에 한 장을 몰래 훔쳐, 숙소의 잠자리 판자 아래에 숨겼다.

수많은 실험 끝에 흰 단풍나무 껍질을 끓여서 잉크를 만들었고, 오리 깃털을 뽑아 펜을 만들었다. 모두가 잠든 깊은 밤, 잠자리 판자 위에 엎드린 채 석탄 불빛을 의지해 간신히 편지를 썼다. 샌디힐에 사는 지인에게 내 처지를 알린 뒤, 자유를 되찾을 수 있게 도와 달라고 부탁하는 내용이었다. 나는 오랫동안 편지를 가슴에 품고 다니며, 안전하게 우체국까지 갈 수 있는 방법을 고민했다.

그 와중에 암스비라는 떠돌이 백인이 감독관 자리를 구하러 그 동네에 나타났다. 암스비는 엡스에게 부탁해 며칠간 농장에서 일했다. 그다음에는 이웃인 쇼의 농장으로 옮겨 몇 주를 머물렀다. 도박꾼이자 방종하기로 유명한 쇼의 주변에는 암스비 같은 별 볼 일 없는 사람들이 들끓었다. 쇼는 노예였던 해리엇을 아내로 맞아 혼혈 자식을 낳아 키우고 있었다. 곤궁한 처지에 몰린 암스비는 밭에서 노예들처럼 일할 수밖에 없는 처지가 되고 말았다. 바이유 뵈프에서 밭일을 하는 백인 남자는 보기 드물다. 나는 틈만 나면 암스비에게 말을 걸어서 친해지려고 했다. 암스비의 신뢰를 얻어, 편지를 부쳐 달라고 부탁할 생각이었다. 암스비는 자주 마크스빌을 다녔다. 그의 말에 따르면 30킬로미터쯤 떨어진 마을이었고, 나는 그곳에서라면 편지를 부칠 수 있겠다고 생각했다.

어떤 방법으로 자연스럽게 편지 이야기를 꺼낼 수 있을까 고민하던 중, 그냥 아무렇지도 않게 다음번에 마크스빌에 갈 때 우체국에 들러 편지를 부쳐 줄 수 있냐고 묻기로 결심했다. 편지 내용은 말하지 않을 생각이었다. 암스비가 나를 배신할까 봐 두려웠고, 돈이 필요한 사람이니 돈을 조금 쥐여 주면 군말 없이 편지를 부쳐 줄지도 모르기 때문이다.

마침내 어느 날 밤, 나는 새벽 1시에 조용히 숙소를 빠져나와 쇼의 밭을 가로질러 뛰어가서는 테라스에서 자고 있는 암스비를 깨웠다. 그에게 푼돈 몇 푼을 내밀었다. 바이올린 연주로 번 돈이었다. 허나 부탁만 들어준다면 내 전 재산도 기꺼이 주겠다고 했다. 그리고 내가 부탁한 사실은 비밀로 해 달라고 신신당부했다. 암스비는 자신의 명예를 걸고 반드시 마크스빌 우체국에 가서 편지를 부칠 것이며 비밀은 당연히 지킬 것이라고 말했다. 그때 내 주머니에는 편지가 들어 있었지만 당장 건네주는 것이 꺼림칙했다. 그래서 하루나 이틀 뒤 편지를 써 주겠다고 말한 뒤 숙소로 돌아왔다. 여전히 꺼림칙한 마음이 사라지지 않아, 나는 밤새도록 가장 안전한 방법이 무엇일지 궁리를 거듭했다. 목표를 위해서라면 어떤 위험도 감당할 자신이 있었지만, 만약 엡스의 손에 편지가 들어간다면 모든 일은 물거품이 될 터였다. 나는 그야말로 진퇴양난의 처지였다.

불행하게도 내 예감은 빗나가지 않았다. 다음 날, 나는 한창 밭에서 목화 솎아 내기를 하고 있었고, 엡스는 쇼의 농장과 자기 농장 사이의 울타리에 앉아 우리를 감시하고 있었다. 그런데 암스비가 울타리를 타고 올라가더니 엡스 옆에 앉는 게 아닌가. 둘은 두세 시간 동안 이야기를 나누었다. 그동안 나는 두려움에 떨었다.

그날 밤, 베이컨을 굽고 있는데 생가죽 채찍을 움켜쥔 엡스가 오두막 안으로 들어왔다.

"어이. 편지를 써서 백인 친구에게 부쳐 달라고 부탁한 멍청한 깜둥이가 있다며? 혹시 그게 누군지 알아?"

내가 가장 두려워하던 일이 벌어지고 말았다. 어떻게든 거짓말로 이 상황을 모면할 수 있기를 바라는 수밖에 없었다.

"저는 아무것도 모릅니다, 주인님."

마치 처음 들은 이야기처럼 놀란 얼굴로 대답했다.

"그런 이야기는 처음 듣습니다, 주인님."

"어젯밤에 쇼의 농장에 가지 않았단 말이야?"

"네, 주인님."

"암스비란 놈한테 마크스빌에 갈 때 편지를 부쳐 달라고 부탁하지 않았다고?"

"세상에나, 주인님. 전 평생 그 남자와 세 마디 이상 말을 섞어 본 적이 없습니다. 그런데 부탁이라니요?"

"암스비란 놈이 나한테 말하길, 내 깜둥이들 중에 악마가 있다고 했단 말이지. 철저하게 감시하지 않으면 도망칠 거라면서 말이야. 그래서 내가 무슨 속셈으로 그런 말을 하느냐 물으니, 글쎄 네가 한밤중에 쇼의 집으로 찾아와서는 자길 깨우더니 마크스빌에 가서는 편지를 부쳐 달라고 했다는군. 자, 이제 더 할 말이 있어?"

"주인님, 이건 말도 안 되는 완전한 헛소리입니다. 잉크와 종이가 없는데 어떻게 편지를 쓰겠어요? 게다가 저는 편지를 쓸 친구도 한 명 없습니다. 다들 그 암스비라는 자가 주정꾼에다가 거짓말쟁이라고 합니다. 아무도 그자를 믿지 않아요. 주인님은 아시잖아요, 제가 거짓말을 안 한다는 것을요. 통행 허가증 없이 농장을 떠나 본 적도 없잖아요. 아, 이제야 암스비의 속셈을 알겠어요. 혹시 그런 말을 하지 않던가요? 자신을 감독관으로 써 달라고요?"

"그래, 감독관으로 써 달라고 말하더군."

"바로 그겁니다. 그자는 우리가 다 도망칠 거라고 주인님께

겁을 주고 싶었던 거예요. 그러면 주인님도 감독관이 필요하다는 생각을 하게 될 거라고 여긴 거죠. 전부 다 새빨간 거짓말입니다. 주인님, 그자의 말을 믿지 마세요."

엡스는 그럴듯한 내 이야기를 듣고는 잠시 생각에 잠기더니 이내 탄성을 질렀다.

"플랫, 내가 그놈의 말에 속아 넘어갈 뻔했어! 그놈이 나를 물로 본 거야. 감히 나를 찾아와 그런 말로 날 속이려 했단 말이지? 날 속일 수 있다고 생각한 거야. 내가 아무것도 모를 것이라고 생각한 거야. 내가 깜둥이들을 제대로 관리하지 못한다고 헛소리를 늘어놓으면서. 나도 한물갔군. 물러 터졌어! 하하, 이 죽일 놈 같으니라고! 지금 당장 개 떼라도 풀어서 그놈을 잡아들여, 플랫."

엡스는 큰 소리로 암스비를 욕하면서 자신이 얼마나 깜둥이를 잘 다루고 관리할 수 있는지 쉬지 않고 말했다. 엡스가 오두막을 나가자마자 나는 편지를 화로 속에 집어던졌다. 낙담한 마음을 안고 숱한 고민과 생각이 담긴 편지가 타올라 연기와 재가 되어 사라지는 것을 지켜보았다. 어쩌면 자유의 땅을 찾아 떠난 내 조상들도 나와 같은 마음이었을 것이다. 그로부터 얼마 지나지 않아 비열한 악당 암스비는 쇼의 농장에서 쫓겨났다. 암스비가 엡스를 만나 다시 이야기를 할 일이 없어져 내가 얼마나 가슴을 쓸어내렸는지 모른다.

이제 구원의 손길을 어디서 찾아야 할지 막막했다. 가슴속에 피어올랐던 희망의 싹이 엉망으로 짓밟히고 말았다. 내 인생의 여름이 지나가고, 너무 일찍 늙어 버린 기분이었다. 몇 년만 더 늪지에서 뿜어 나오는 독기를 맡으며 지독한 노동과 슬픔에 휘둘려 지낸다면, 결국 무덤 속으로 들어가 썩어서 모두에게 영원히 잊힐 것 같았다. 배신을 당하고, 희망마저 빼앗겨 버린 나는 그저 땅바닥에 엎드린 채 입 밖에 낼 수 없는 분노로 신음했다. 이제껏 구출만이 마음에 평안을 주는 한 줄기 불빛이었는데. 그 불빛은 이제 펄럭거리며 희미해졌다. 한 번만 더 실망의 숨결을 내뱉는다면 그 불빛마저 완전히 꺼져서, 나라는 인간은 평생 어둠 속을 헤매며 살아가게 될 것 같았다.

제17장

피비 아주머니와 에이브럼 아저씨의 조언을 무시하고 순찰대에 잡힌 와일리-순찰대 조직과 임무-도망치는 와일리-그를 찾기 위한 수색-예기치 못하게 돌아온 와일리-레드 강에서 붙잡혀 알렉산드리아 감옥에 수감되는 와일리-조지프 B. 로버츠가 구해 주다-탈출을 위해 개들을 길들이다-그레이트 파인 우즈의 탈주자들-애덤 테이덤과 인디언들에게 사로잡히다-개 떼에게 살해당한 오거스터스-엘드렛의 노예 여인 넬리-셀레스트의 이야기-구체적인 움직임-배신자 루 체니-폭동을 일으키자는 생각

    독자들의 흥미를 끌지 못할 여러 가지 이야기들을 생략하고 이제 1850년에 도달했다. 1850년은 동료 와일리에게는 불행한 해였다. 피비의 남편인 와일리는 워낙 말이 없고 내성적인 성격이라 눈에 띄지 않는 친구였다. 허나 와일리라는 눈에 띄지 않는 얌전한 행성이 소리 한 번 내지 않고 조용히 궤도를 돌았던 것은 아니며, 이 조용한 깜둥이의 가슴에도 사람들과 어울려 놀기 좋아하는 따뜻한 정이 있었다. 에이브럼 아저씨의 말과 아내 피비의 만류도 뿌리친 채, 무모한 자신감에 가득 찬 와일리는 밤에 고집을 부리며 통행 허가증도 없이 이웃의 노예 숙소를 찾아갔다.

    와일리는 사람들과 흥겹게 노느라 시간이 가는 줄도 몰랐다.

어느 순간 정신을 차렸을 때에는 이미 해가 뜨고 있었다. 부디 기상나팔 소리가 울리기 전에 숙소에 도착할 수 있기를 빌고 또 빌면서 정신없이 숙소를 향해 달렸지만, 불행히도 그 모습을 순찰대에게 들키고 말았다.

노예를 부리는 다른 지역은 어떤지 모르겠지만, 바이유 뵈프에는 순찰대가 조직되어 있다. 농장을 벗어난 노예를 보면 무조건 잡아들이고 채찍질을 하는 것이 순찰대의 임무였다. 모두가 말을 탄 순찰대원은 대장을 선두로 무장을 하고 개 떼를 끌고 다닌다. 법률로나 암묵적인 합의로나, 순찰대는 통행 허가증 없이 주인의 영지를 벗어난 흑인을 잡으면 재량껏 채찍질을 할 수 있는 권리가 있다. 심지어는 노예가 도망치려고 하면 총을 쏘아도 상관없다. 여러 조로 나뉘어 각자 일정한 구역을 맡아 순찰을 돈다. 순찰대의 자금은 농장주들이 지원하는데, 보유한 노예의 수가 많은 농장주일수록 많은 자금을 지원한다. 밤새도록 순찰대의 말발굽 소리와 썩썩거리며 달리는 말의 숨소리가 들리고, 이따금씩 방금 잡은 노예를 앞장세우거나 목에 올가미를 채운 채 질질 끌면서 노예 주인의 농장으로 데려가는 모습도 볼 수 있다.

와일리는 순찰대를 보자마자 재빨리 도망쳤다. 순찰대에 잡히기 전에 숙소에 도착할 수 있다고 생각한 것이다. 하지만 난폭한 사냥개 한 마리가 다리를 물고 늘어지는 바람에 결국은 순찰대에 잡히고 말았다. 순찰대원들은 와일리를 혹독하게 채찍질한 후, 엡스에게 넘겨주었다. 와일리는 엡스에게 훨씬 더 끔찍한 꼴을 당했다. 온몸이 채찍에 맞은 상처와 개들에게 물어뜯긴 상처로 뒤덮인 와일리는 더는 움직일 수 없을 정도로 비참한 꼴이 되었다. 이런 몸으로는 밭일을 하면서 동료들을 따라잡을 수가 없었고, 결국은 날마다 와일리의 다 터진 등짝으로 주인님의 가죽 채찍질이 쏟아졌다. 결국 고통을 참지 못한 와일리는 도망을 치기로 결심했다. 아내에게조차 말하지 않은 채, 계획을 실행에 옮길 준비를 차근차근 해 나갔다.

어느 일요일 밤, 일주일치 식량을 전부 먹어 치운 와일리는 동료들이 모두 잠든 사이 조용히 숙소를 빠져나왔다. 평소처럼 아침이 되자 기상나팔이 울렸지만 와일리의 모습은 어디에도 보이지 않았다. 오두막과 옥수수 창고, 목화 창고 안을 다 뒤져 보고 영지 내 구석구석을 다 살폈다. 우리는 한 사람씩 불려 갔다. 엡스는 와일리가 갑자기 사라진 것에 대해 아는 것이 있는지, 또 와일리가 어디 있을지 짐작이 가는지 꼬치꼬치 캐물었다. 분노에 휩싸인 엡스는 말을 타고 이웃 농장을 여기저기 쑤시며 돌아다녔다. 하지만 아무 성과가 없었다. 사라진 와일리에 대한 단서를 찾지 못했다. 개 떼를 끌고 늪지에 가 보았지만 와일리의 흔적은 찾지 못했다. 개들은 땅에 코를 처박고는 숲속 곳곳을 샅샅이 돌았지만 결국 아무 흔적도 찾지 못한 채 다시 출발점으로 돌아왔다.

와일리는 모두의 추적을 따돌릴 정도로 은밀하고 신중하게 도주한 것이다. 하루 이틀이 지나고 몇 주가 흘러도 와일리의 소식은 들리지 않았다. 엡스도 욕지거리와 저주만을 퍼부을 뿐이었다. 우리들은 모였다 하면 와일리 이야기를 했다. 다들 이런저런 추측을 내놓았다. 어떤 이는 와일리가 수영을 못해 바이유에 빠져 죽었을 거라 추측했고, 또 어떤 이는 악어 떼에게 잡혀 먹혔거나 한 번 물리면 즉사하는 늪살무사에게 당했을 거라고 추측했다. 하지만 우리 모두는 가엾고 불쌍한 와일리가 어떻게든 살아 있기를 기도했다. 에이브럼 아저씨는 쉬는 시간마다 정처 없이 헤매고 있을 와일리를 위해 열심히 기도를 올렸다.

삼 주가 흘렀다. 이제는 정말 와일리를 다시 볼 수 없으리라고 생각하던 참에, 느닷없이 와일리가 나타났다. 와일리의 말을 들어 보니, 애초에는 농장을 탈출해 옛 주인인 뷰퍼드를 찾아 사우스캐롤라이나로 돌아갈 계획이었다. 낮에는 덤불 속에 몸을 숨겼고 밤이 되면 늪지를 계속 걸어갔다. 드디어 어느 새벽, 동이 틀 무렵에 레드 강변에 도착했다. 강을 건널 방법을 고심하며 강둑에 서 있는데, 한 백인이 다가와 허가증을 보여 달라고 했다. 당연히 와일리는 허가증이 없었다. 백인은 와일리가 도주 노예임을 알아차리고는 와일리를 잡아 래피즈 교구의 주도인 알렉산드리아로 호송해 감옥에 가두었다.

며칠이 지난 뒤, 때마침 알렉산드리아에 머물고 있던 엡스 마님의 삼촌인 조지프 B. 로버츠가 감옥에 갔다가 와일리를 알아보았다. 엡스가 허프파워에 있을 때, 와일리가 로버츠의 농장에서 일한 적이 있기 때문이다. 로버츠는 보석금을 내 와일리를 꺼내 주고, 통행 허가증을 써 주었다. 허가증에는 와일리가 바이유 뵈프에 도착하면 절대 벌을 주지 말아 달라는 당부도 함께 적혀 있었다. 엡스가 자신의 부탁을 들어줄 게 틀림없다고 로버츠가 너무나 확고하게 장담해서, 와일리는 이 당부의 글에 한 가닥 희망을 품은 채 농장으로 돌아온 것이다. 하지만 예상대로 엡스는 처숙부의 부탁을 완전히 무시했다. 사흘간을 아무 조치 없이 내버려 둔 채 초조하고 불안하게 만들더니, 결국에는 늘 그렇듯 잔인하게 채찍질을 했다. 이것이 와일리의 처음이자 마지막 탈출 시도였다. 무덤까지 가져가게 될 등의 기다란 채찍 흉터를 볼 때마다, 탈출이 얼마나 위험한지를 끝없이 되새기게 될 테니까.

나는 엡스 밑에서 지낸 10년 동안, 단 하루도 탈출할 궁리를 해 보지 않은 적이 없다. 수없이 계획을 세웠고, 개중에는 괜찮다고 생각되는 것들도 있었지만 차차 하나씩 포기할 수밖에 없었다. 우리와 같은 상황에 처해 보지 못한 이들은, 노예가 탈출하기 위해 넘어야 할 장애물이 얼마나 숱한지 모를 것이다. 일단 모든 백인이 다 적이며, 감시하는 순찰대가 돌아다니고, 언제라도 흔적을 뒤쫓아 올 사냥개들도 있다. 지형 특성 때문이라도 노예가 바이유 뵈프 지역을 빠져나가기란 쉽지 않다. 하지만 나는 언젠가는 다시 늪지를 지나 도주할 수 있는 기회가 오리라 생각했다. 우선 그때를 대비해 엡스의 개들을 길들이기로 결심했다. 엡스는 사냥개 여러 마리를 키우고 있었는데, 그중 한 마리는 특히나 사납고 흉포한 노예 사냥개로 유명했다. 그래서 나는 너구리나 주머니쥐를 사냥할 개 떼와 따로 남게 되면 온힘을 다해 채찍질을 했다. 이렇게 한참을 반복하자 개 떼를 완전히 제압할 수 있게 되었다. 개들은 나를 두려워했고, 남들이 쉽게 다루지 못할 때에도 내 목소리를 들으면 그 즉시 꼬리를 내리며 얌전해졌다. 이렇게 길을 들여 놓았으니, 나를 쫓으라는 명령을 받게 되어도 감히 나를 공격하지 못할 것이라는 확신이 들었다.

결국에는 붙잡히고 말 처지가 분명한데도, 숲 속이나 늪지는 늘 도망치는 노예들로 가득했다. 그중 대다수는 병들거나 기력이 다해 할당된 노동을 할 수 없는 처지의 노예들이었다. 나중에 잡혀서 모진 채찍질을 당하더라도 하루나 이틀 정도는 마음 놓고 쉬기 위해 늪지로 도망친 것이다.

포드 밑에 있던 시절, 나는 생각지도 않게 그레이트 파인 우즈에 숨어 지내던 예닐곱 명쯤 되는 도망자들의 은신처를 폭로한 적이 있다. 애덤 테이덤은 자주 나에게 식량을 가져오라며 제재소에서 주인집까지 심부름을 시켰다. 당시 제재소에서 주인집까지 가는 길은 울창한 소나무 숲으로 둘러싸여 있었다. 아름다운 달빛이 쏟아지던 밤 10시쯤에 돼지고기 자루를 어깨에 둘러메고 텍사스로를 따라 제재소로 돌아오던 길이었다. 뒤에서 발소리가 나 돌아보니, 노예 복장을 한 흑인 두 명이 빠른 걸음으로 쫓아오고 있었다. 간격이 좁혀지자 한 명이 나를 치려는 듯 몽둥이를 들어 올렸고, 다른 한 명은 내 자루를 빼앗으려 했다. 어렵게 두 사람의 공격을 피한 나는 옹이 진 소나무 토막을 들어 한 명의 머리를 향해 있는 힘껏 던졌다. 순간 머리를 맞은 사람은 정신을 잃고 바닥에 바로 엎어졌다. 그때였다. 길가에 다른 흑인 두 명이 나타났다. 겁에 질린 나는 그들에게 잡히기 전에 제재소를 향해 내달렸다.

내 이야기를 들은 애덤은 서둘러 인디언 마을로 가서 카스칼라 추장을 비롯해 여러 명의 인디언을 깨워 강도를 잡기 위해 길을 나섰다. 나는 그들과 함께 습격받은 장소로 갔다. 소나무 토막에 맞아 남자가 쓰러졌던 자리에는 핏물이 흥건했다. 오랫동안 숲 속을 꼼꼼히 뒤지자, 카스칼라의 부하 하나가 땅에 쓰러진 소나무 가지 덤불 사이로 연기가 피어오르는 것을 발견했다. 우리는 그들을 조용히 포위한 뒤 모두 잡아들였다. 그들은 라무리 근처 농장에서 달아난 노예들인데, 거의 삼 주를 이곳에서 숨어 지낸 모양이었다. 그들은 나를 해칠 생각은 없었고, 그저 겁만 줘서 돼지고기를 빼앗을 생각이었다고 말했다. 그들은 해가 질 무렵 포드의 집으로 향하는 나를 보고, 내가 식량을 구하러 가는 길이라고 생각하며 뒤따라왔고, 내가 돼지를 잡아 손질하는 과정까지 지켜봤다고 했다. 먹을 것이 떨어져 할 수 없이 강도 짓까지 하게 된 것이다. 애덤은 그들을 주교도소에 넘겨 많은 보상금을 받았다.

도망을 치다 목숨을 잃는 노예들은 흔하다. 엡스의 영지 한쪽은 케어리의 거대한 사탕수수 농장과 붙어 있었다. 케어리는 해마다 600만 제곱미터의 땅에 사탕수수를 재배했고 2,200~2,300통의 설탕을 만들었다. 말하자면, 4,000제곱미터당 들통 한 개 반의 설탕을 생산한 셈이다. 거기다가 230만 제곱미터의 땅에 옥수수와 목화까지 재배했다. 지난해까지만 해도 밭에서 일하는 노예는 153명에 달했고, 노예의 아이들도 그와 비슷하게 많았다. 그리고 일손이 부족한 시기에는 미시시피 강 이쪽 편에 있는 일꾼들을 데려오기도 했다.

케어리의 흑인 몰이꾼 중에 명랑하고 똑똑한 소년이 하나 있었다. 이름은 오거스터스였다. 나는 휴일 또는 근처 밭에서 일하면서 그 소년과 얼굴을 몇 번 마주치며 이야기를 나누다가 나중에는 친해졌다. 두 해 전 여름, 소년은 운이 없게도 잔인한 감독관의 분노를 사 지독한 채찍질을 당했다. 결국 참지 못한 소년은 도망치고 말았다. 호킨스 농장에 있는 사탕수수 더미 위로 올라가 숨었다. 열다섯 마리 정도가 되는 개들이 소년의 냄새를 쫓아 사탕수수 더미까지 달려왔다. 개들은 더미를 에워싸고는 시끄럽게 짖어 댔지만 더미 위로는 올라가지 못했다. 개들이 짖는 소리에 말을 탄 추적자들이 달려왔다. 감독관은 더미 위로 가볍게 올라가서는 오거스터스를 끌어낸 뒤 아래로 내동댕이쳤다. 오거스터스가 바닥으로 떨어지자 개들은 떼로 달려들었다. 사냥꾼들의 채찍질이 쏟아지기도 전에, 개떼가 달려들어 마구 물어뜯었고 소년의 몸에는 뼈까지 드러날 정도로 뚫린 이빨 자국이 수백 군데는 되었다. 오거스터스는 노새에 묶여 집으로 옮겨졌다. 하지만 오거스터스가 고통을 겪은 적은 이때가 마지막이었다. 다음 날까지 힘겹게 버티던 이 불행한 소년에게 죽음이 찾아와, 친절하게도 그 아이의 고통을 덜어 주었다.

탈출 기회를 호시탐탐 엿보는 것은 남자 노예나 여자 노예나 똑같았다. 엘드렛의 노예로, 큰수수덤불숲에서 잠시 벌목을 함께 했던 넬리도 사흘이나 엡스의 옥수수 창고에 숨어 있었다. 밤이 되어 엡스의 가족이 잠들면 몰래 나와 음식을 훔쳐 다시 창고로 돌아갔다. 우리는 넬리가 이렇게 지내는 것을 모두가 모른 척한다면 우리들까지도 사달이 날 것이라 생각했다. 어쩔 수 없이 넬리는 자신의 숙소로 돌아가야 했다.

　하지만 추적자와 개 떼를 모두 따돌리고 도주에 성공한 노예도 있었다. 케어리의 노예인 셀레스트라는 소녀였다. 열아홉에서 스무 살로 보이는 아가씨인데, 주인 케어리나 케어리의 자식들보다 피부색이 더 희었다. 자세히 살펴봐야 아주 조금 흑인의 피가 섞였음을 알 수 있었다. 처음 보는 사람들 누구나 셀레스트가 노예의 후예라고는 상상조차 하지 못했다. 어느 늦은 밤, 내가 오두막 안에 앉아 조용히 바이올린을 켜고 있는데 조용히 문이 열리더니 웬 여자가 내 앞에 나타났다. 창백하고 수척한 여자였다. 땅속에서 유령이 나왔다고 해도 그보다 놀라진 않았을 것이다.

"누구세요?"

나는 멍하니 쳐다보다가 물었다.

"배가 고파서요. 베이컨 좀 주세요."

　처음에는 정신이 나간 백인 여자가 집을 나와 갈 곳을 잃고 떠돌아다니다가 바이올린 소리를 듣고 이곳으로 온 줄 알았다. 하지만 노예들이 입는 거친 면 원피스 차림인 것을 보고 백인이 아니라는 사실을 깨달았다.

  나는 다시 물었다.

  "이름이 뭐예요?"

  "셀레스트예요. 케어리네 노예인데, 야자나무 숲에서 이틀을 숨어 지냈어요. 병이 나서 일을 못해요. 감독관에게 맞아 죽느니 차라리 늪에 빠져 죽는 것이 나을 것 같아서요. 케어리네 개들은 나를 쫓아오지 않을 거예요. 그 개들과 저 사이에 비밀이 있거든요. 그 괴물 같은 감독관이 나를 쫓으라고 명령해도 절대 말을 듣지 않을걸요. 고기 좀 주세요. 배고파 죽겠어요."

  나는 혼자 먹기에도 모자란 음식을 덜어 주었다. 셀레스트는 음식을 먹으며 어떻게 탈출했는지, 지금 숨어 있는 곳이 어디인지 자세히 털어놓았다. 엡스의 농장에서 거리가 채 1킬로미터도 안 되는 늪지 가장자리에 야자나무로 온통 뒤덮인 수십만 제곱미터는 될 법한 널찍한 숲이 있다고 했다. 커다란 나무에서 뻗은 기다란 가지들이 서로 엉켜 있어서 마치 하늘에 장막을 쳐 놓은 것 같고, 그래서인지 햇살 한 줌도 들어오지 않는다고 했다. 해가 훤히 뜬 대낮에도 해 질 무렵처럼 늘 어두워서 숲 한가운데는 뱀들만이 지나다닐 뿐, 인기척이라곤 없는 적막한 곳이라고 했다. 셀레스트는 바닥에 떨어진 나뭇가지들을 모아 간단한 오두막을 세우고 야자수 잎으로는 지붕을 덮은 뒤, 그곳에서 기거했다. 셀레스트는 케어리의 개들을 전혀 두려워하지 않았다. 내가 엡스의 개들을 두려워하지 않는 것처럼. 그렇다. 사냥개들이 절대 쫓지 못하는 노예가 실제로 있었던 것이다. 셀레스트가 그중 한 명이었다.

그 후로 며칠 동안 셀레스트는 먹을 것을 얻기 위해 밤마다 내 오두막을 찾았다. 한번은 셀레스트를 본 개들이 갑자기 짖는 바람에 엡스가 잠자리에서 일어나 농장을 살펴본 적이 있었다. 다행히도 셀레스트가 발각되진 않았지만 앞으로는 찾아오게 해서는 안 되겠다는 생각이 들었다. 그래서 생각한 것이, 주위가 조용해졌을 때 셀레스트가 따로 가져갈 수 있게 식량을 약속된 장소에 가져다 놓기로 했다.

이런 방법으로 셀레스트는 여름 한철을 지냈다. 다시 건강을 찾은 셀레스트는 밝고 힘이 넘쳤다. 계절과는 관계없이 1년 내내 밤이 되면 늪지 주변에는 야생 동물들이 우는 소리가 끊이지 않는다. 셀레스트는 이 울음소리 때문에 자주 한밤중에 깼고, 결국 혼자 지내는 것이 두려워서 이 오두막을 떠나기로 했다. 어쩔 수 없이 주인집으로 되돌아간 셀레스트는 다른 노예들처럼 큰 벌을 받았다. 목에 차꼬 형틀을 찬 채 다시 밭일을 나가게 된 것이다.

내가 바이유 뵈프로 오기 1년 전에는 수많은 노예들이 함께 도주를 시도한 적이 있는데 결말은 비참했다. 당시 신문에 날 정도로 큰 사건이었던 모양인데, 내가 알고 있는 이야기 대부분은 사건 당시 근처에 살고 있던 사람들에게 들은 말이 전부다. 그 이야기는 이곳 바이유 뵈프에 있는 많은 노예 오두막에서 끊임없이 회자되었으며, 분명 노예들 모두에게 대대손손 이어질 것이다. 이 사건의 중심인물은, 동료들보다 머리가 뛰어나게 좋은 깜둥이지만 비열하고 양심이라고는 털끝만큼도 없는 배신자 루 체니였다. 이자가 멕시코 국경까지 도주할 노예들을 모집하고 조직한 주동자였다.

호킨스 농장 뒤편으로 펼쳐진 늪지 깊숙한 외딴곳이 회합 장소로 정해졌다. 루 체니는 어두운 밤을 틈타 이 농장 저 농장을 돌아다니며 '은둔자 베드로'처럼 뜨거운 설교로 "멕시코로 가자"며 노예들을 선동했다. 얼마 지나지 않아 수많은 도망 노예들이 모였다. 훔친 노새와 들판에서 따 온 옥수수, 훈연소에서 훔친 베이컨을 숲 속으로 가져왔다. 그런데 멕시코로 떠나려던 순간, 회합 장소가 발각되고 말았다. 계획이 실패로 돌아갔다는 사실을 확신한 루 체니가 제 주인의 환심을 사고 자신에게 떨어질 화를 피하기 위해 동료들을 죄다 팔아넘겼다. 회합 장소에서 살그머니 빠져나온 루 체니는 몇 명의 농장주들을 찾아가 늪지에 모인 노예들이 바이유의 백인들을 죄다 죽일 계획이라고 거짓말을 했다.

이 거짓말은 입에서 입으로 전해지면서 더 크게 확대되어서 지역 전체가 두려움에 휩싸였다. 도망자들은 모두가 포위되어 잡혔고, 사슬에 줄줄이 묶여서 알렉산드리아로 호송된 후 교수형을 당했다. 회합 장소에 모여 있던 노예들 말고도 더 많은 노예가 의심을 받았다. 아무 죄도 없는 노예들이 밭이나 오두막에서 급작스럽게 끌려가 재판 같은 공정한 절차도 거치지 못한 채 교수형을 당했다. 결국은 바이유 뵈프의 농장주들이 반발했다. 마구잡이로 개인 재산을 빼앗아 가는 행정당국의 처사에 불만을 드러낸 것이다. 하지만 텍사스 국경 요새에서 연대가 파견되어 교수대를 없애고 알렉산드리아 감옥의 문을 열어 노예들을 자유롭게 풀어 준 뒤에야 무차별적인 학살이 멈추었다. 그런 와중에 동료들을 배신한 대가로 보상금까지 받아 챙긴 루 체니는 도망쳤다. 루 체니는 아직 살아 있지만, 그 이름은 래피즈와 어보이엘르 교구 전 지역에서 흑인과 백인 모두에게 경멸과 저주의 대상이 되었다.

하지만 폭동을 일으키자는 생각은 바이유 뵈프의 노예들 사이에서는 전혀 새로운 것이 아니다. 나도 한번은 주제가 그쪽으로 쏠려 진지한 대화를 나누긴 했지만, 내가 의견을 피력할 때마다 동료들은 못마땅해했다. 나는 우리에게 무기도 없을 뿐만 아니라, 무기를 구한다 해도 이러한 계획은 대부분 실패로 돌아가 죽을 가능성이 크다고 생각했고, 언제나 폭동을 반대했다.

멕시코 전쟁(1846년부터 1848년까지 이어진 미국과 멕시코 간의 전쟁_옮긴이)이 일어났을 때, 수많은 노예들이 커다란 기대감에 흥분했던 게 기억난다. 미국의 승전보에 저택 안에서는 기쁨의 환호성이 터져 나온 반면, 노예들의 오두막에는 슬픔과 실망에 찬 탄식이 흘러나왔다. 내가 겪어 아는 바로, 멕시코 군이 바이유 뵈프로 진군해 왔더라면 미친 듯이 기뻐하며 환호했을 노예들이 최소 50명 이상은 되었을 것이다.

노예들은 무식하고 천해 자신이 어떤 부당한 대우를 당하는지 모른다고 생각한다면, 그건 오해다. 노예들이 설사 등이 찢겨 피가 흐르더라도 무릎을 꿇은 채 고분고분하게 복종한다고 생각한다면, 그건 오해다. 노예들은 언젠가 무시무시한 복수의 날, 자비를 내려 달라고 울부짖는 주인에게 칼날을 내리칠 날이 올 것이라고, 하느님께서 기도를 들어주신다면 반드시 그런 날이 올 것이라고 여기고 참고 견디는 것뿐이다.

제18장

무두장이 오닐-피비 아줌마가 엿들은 대화-무두질하는 엡스-칼에 찔린 에이브럼 아저씨-흉측한 상처-질투하는 엡스-사라진 팻시-쇼 씨 댁에서 돌아온 팻시-쇼 씨의 흑인 아내 해리엇-분노하는 엡스-엡스의 비난을 부인하는 팻시-발가벗긴 채 네 개의 말뚝에 묶이는 팻시-비인간적인 매질-매질을 당하는 팻시-한낮의 아름다움-소금물 양동이-핏덩이가 엉겨 뻣뻣해진 원피스-우울에 빠진 팻시-하느님과 영원에 대한 그녀의 생각-천국과 자유에 대한 생각-노예 제도의 결과-채찍질-엡스의 큰아들-"아이는 어른의 아버지다."

지난 장에서 말한 것처럼 와일리가 엡스에게 혹독한 매질을 당한 것은 사실이지만, 그의 불행한 동료들 역시 혹독한 채찍질을 당하기는 매한가지였다. 매를 아끼라는 말을 우리 주인이 듣는다면 분명 콧방귀를 뀔 것이다. 엡스는 툭하면 기분이 언짢았고, 그럴 때 조금이라도 그의 심기를 건드렸다가는 어김없이 매질이 쏟아졌다. 지난번에 내가 당한 매질도 아주 사소한 일에서 비롯되었다.

빅 파인 우즈 근처에 사는 오닐이라는 남자가 나를 사기 위해 엡스를 찾아왔다. 직업은 무두장이로, 가죽 제품을 만들어 파는 사업을 크게 하고 있었다. 그곳에서 일할 일꾼을 고르던 중에 나를 지목한 것이다. 피비 아주머니가 저택에서 저녁 식사를 준비하다가 둘의 대화를 엿들은 모양이었다. 밤이 되어 마당으로 나온 피비 아주머니는 이 소식을 전해 주려고 내게 달려왔다. 그녀는 들은 이야기를 자세하게 되풀이했다. 아주머니의 귀는 한마디도 빼먹지 않고 들을 수 있을 정도로 밝았다. "엡스 주인님이 너를 파인 우즈의 무두장이한테 팔아넘길 거래" 하며 장황하고 큰 목소리로 늘어놓은 나머지, 때마침 테라스를 서성이던 주인마님의 귀에까지 우리의 대화가 들리고 말았다.

"그래요? 잘 됐네요. 목화 솎아 내는 일도 지겨웠는데, 차라리 무두질이 낫겠어요. 꼭 나를 사 갔으면 좋겠네."

하지만 오닐은 가격 흥정에 실패하고 다음 날 집으로 돌아갔다. 오닐이 떠난 지 얼마 지나지 않아, 엡스가 밭으로 나왔다. 노예 주인에게는, 특히 엡스에게는 노예가 떠나고 싶어 한다는 것만큼 분통 터지는 일은 없을 것이다. 주인마님이 전날 밤에 엿들은 말을 남편에게 그대로 고자질한 것이다. 나중에 들었는데, 마님이 피비 아주머니에게 사실대로 털어놓았다고 한다. 엡스는 밭으로 오자마자 곧장 내게로 다가왔다.

"플랫, 목화 솎아 내기가 지겨워졌다고, 응? 그래서 주인을 바꾸고 싶다고, 응? 그래, 여기저기 돌아다니고 싶지, 여행자처럼? 안 그래? 아, 그래. 건강 때문에 여행을 하고 싶은 건가? 목화 솎느라 매일 허리를 구부리고 있는 게 힘이 드는 모양이군. 그래서 이참에 무두질을 해 보시겠다고? 좋은 일이지. 끝내주게 좋은 일이지. 깜둥이 주제에 모험심이 있어! 좋아, 내가 무두질을 보여 주지! 지금 당장 무릎을 꿇고 그 걸레 같은 옷을 벗어! 내가 직접 등에 무두질을 해 줄 테니까!"

나는 화가 난 엡스를 진정시키기 위해 갖은 말로 애를 쓰며 용서를 빌었지만 아무 소용이 없었다. 결국 나는 무릎을 꿇고 옷을 벗었다. 드러난 등에 채찍이 날아왔다.

"어때, 내 무두질 맛이 어떠냐고?"

엡스는 생가죽 채찍으로 내 몸을 후려칠 때마다 이 말을 반복했다. 그런데 거기서 그치지 않고 서른 대쯤 채찍을 휘두르면서 무두질이라는 단어를 넣어 끊임없이 이죽거렸다. 성에 찰 만큼 무두질을 한 모양인지, 엡스가 매질을 멈추고는 나에게 일어나라고 했다. 엡스는 사악하게 웃으며 이 상황에서도 내가 무두질을 하고 싶다면 얼마든지 더 본때를 보여 주겠다고 했다. 지금은 무두질의 기본만 보여 줬지만 다음에는 "아주 제대로 무두질을 해 주겠다"고 했다.

에이브럼 아저씨도 매번 주인에게 혹독한 매질을 당했다. 세상에서 가장 착하고 충직한 사람인데도 말이다. 아저씨와 나는 수년째 같은 숙소에서 지냈다. 언제나 선한 인상이라 보는 사람이 다 기분이 좋아졌다. 아저씨는 인자한 아버지처럼 우리들의 고민을 진지하게 들어 주었다.

어느 날 오후였다. 주인마님의 심부름으로 마셜의 농장을 다녀와 보니, 에이브럼 아저씨가 피투성이가 되어 오두막 바닥에 쓰러져 있었다. 아저씨 말이 칼에 찔렸다는 것이다! 에이브럼이 목화를 말리고 있는데, 엡스가 홈스빌에서 술에 취해 돌아왔다. 그러고는 갖은 트집을 잡으며 도저히 말도 안 되는 명령을 하기 시작했다. 심신이 쇠약한 아저씨는 큰 실수를 저지르고 말았다. 벌컥 화를 내며 욕설을 하던 엡스가 술김에 에이브럼 아저씨의 등에 칼을 꽂아 버린 것이다. 칼날은 아저씨 등에 기다랗고 흉측한 상처를 남겼지만 다행히도 깊지 않아 생명에는 지장이 없었다. 화가 난 주인마님이 남편을 심하게 나무라며 아저씨의 상처를 꿰매 주었다. 비인간적인 남편의 행동을 비난하고, 지금처럼 술김에 농장의 노예란 노예는 다 죽여 없애면 가족들이 길바닥에 나앉게 될 것이라고 퍼부어 댔다.

엡스가 피비 아주머니에게 의자나 나무토막을 던져 상처를 입히는 일도 예사로 벌어졌다. 하지만 내가 목격한 것 중 가장 끔찍한 채찍질은 가여운 팻시가 당한 것이었다. 그 장면을 떠올릴 때마다 공포가 샘솟는다.

증오와 질투로 똘똘 뭉친 주인마님 때문에 젊고 아름다운 노예 아가씨의 일상은 비참함 그 자체였다. 나는 이 불쌍한 아가씨가 매를 피할 수 있게 여러모로 도움을 주었다. 엡스가 집을 비울 때면 주인마님은 아주 사소한 트집을 잡아 팻시를 때리라고 말했지만, 나는 주인님이 나중에 이 사실을 아시면 언짢아하실 거라며 거절하기도 하고, 또 여러 번은 과감하게도 팻시가 받는 부당한 대우에 대해 항의하기도 했다. 마님의 심기를 불편하게 만든 책임은 주인님에게 있으며, 노예인 팻시가 어떻게 감히 주인의 명령을 거부할 수 있겠냐고 간곡히 애원했다.

결국 아내의 질투에 말려든 엡스는 분노에 찬 아내와 함께 팻시의 일상을 지옥으로 만들어 놓았다.

괭이질이 바빴던 시기인 안식일에 우리는 늘 그렇듯 강둑에서 빨래를 하고 있었다. 그런데 팻시가 갑자기 사라져 버렸다. 엡스가 큰 소리로 불렀지만 아무 대답이 없었다. 어느 누구도 팻시가 마당을 나서는 모습을 보지 못해 우리도 어리둥절해 있었다. 두어 시간 후 쇼 씨 댁 쪽으로 가는 팻시의 모습이 발견되었다. 앞에서도 말했지만 쇼는 방탕한 난봉꾼으로 소문난 인물이다. 게다가 엡스와도 그리 가깝게 지내지 않았다. 쇼의 흑인 아내인 해리엇은 팻시의 어려운 사정을 알고 팻시를 언제나 다정하게 대했다. 상황이 그렇다 보니, 틈만 나면 팻시가 쇼의 집을 자주 왕래하게 되었다. 다른 이유에서가 아니라 순전히 해리엇을 보기 위해 찾아간 것인데 엡스의 머릿속은 천박한 상상으로 가득 차 있었다. 팻시가 만나려는 사람이 아내인 해리엇이 아니라 끔찍한 난봉꾼이 아닌가 하고 말이다. 돌아온 팻시를 기다리는 것은 무시무시하게 화가난 엡스였다. 팻시는 흥분한 주인을 보고 겁에 질려, 주인이 물은 질문에 처음부터 제대로 대답하지 못한 채 우물댔고, 이는 주인의 의심을 더 키워 버리고 말았다. 하지만 팻시는 이내 허리를 꼿꼿하게 펴고 주인의 비난이 사실이 아니라고 과감하게 부인했다.

"마님께서는 저에게만 비누를 안 주셨답니다. 그 이유는 주인님이 더 잘 아시겠지요? 그래서 해리엇 마님께 가서 비누를 받아 왔어요."

팻시는 드레스 주머니에서 비누를 꺼내 보였다.

"비누 때문에 쇼 씨 댁 농장에 다녀온 거예요, 주인님. 하느님은 이게 사실이란 걸 알고 계실 거예요."

"거짓말 하지 마! 이 더러운 깜둥이 년!"

"거짓말이 아니에요, 주인님. 설사 절 죽이신다 해도 그게 사실이에요."

"하, 그래? 그럼 본때를 보여 주지. 다시는 쇼한테 가지 못하게 말이야! 꼼짝도 못하게 해 주겠어!"

엡스는 이를 앙다문 채 사납게 말했다. 그러고는 나에게 말뚝 네 개를 가져오라고 시켰다. 그는 부츠 끝으로 말뚝을 박을 지점을 여기저기 가리켰다. 말뚝을 세우자 엡스는 팻시에게 입은 옷을 몽땅 벗으라고 명령했다. 결국 실오라기 하나 걸치지 않은 팻시가 땅에 엎드리자, 팻시의 손목과 발목에 밧줄을 감아 각각의 말뚝에 묶었다. 엡스는 테라스로 가서 묵직한 채찍을 하나 가져오더니, 내 손에 쥐여 주며 팻시를 내리치라고 명령했다. 하기 싫었지만 명령을 거부할 수는 없었다. 감히 말하건대, 지구상에서 그날만큼 흉악한 광경이 벌어진 날은 없었을 것이다.

엡스 마님은 아이들과 함께 테라스에 서서 그 지옥 같은 광경을 만족스럽게 바라보았다. 노예들은 조금 떨어진 곳에서 서로를 부둥켜안고 있었다. 모두가 고통스럽고 슬픈 얼굴이었다. 불쌍한 팻시는 쉬지 않고 기도를 중얼거렸지만 아무 소용이 없었다. 엡스는 이를 갈고 발을 구르면서 '더 세게'라는 말을

THE STAKING OUT AND FLOGGING OF THE GIRL PATSEY.

말뚝에 묶여 매질을 당하는 노예 소녀 팻시

미친 듯이 외쳐 댔다.

"더 세게, 더 세게 내리치란 말이야. 제대로 하지 않으면 다음은 플랫, 네놈 차례가 될 거야!"

"주인님, 제발 살려 주세요! 제발 절 좀 살려 주세요! 아, 하느님! 절 불쌍히 여기소서."

팻시는 끊임없이 애원했지만 엡스는 들은 척도 하지 않았다. 살갗은 채찍이 한 번씩 스칠 때마다 요동을 쳤다.

나는 서른 번 정도 채찍질을 한 뒤, 이 정도면 화가 풀리지 않았을까 싶은 생각에 엡스 쪽을 돌아보았다. 하지만 엡스는 더 심한 욕지거리를 퍼부어 대며 멈추지 말라고 소리쳤다. 나는 열다섯 대 정도를 더 때렸다. 이때쯤 팻시의 등은 온통 그물처럼 얼기설기 뒤섞인 기다란 상처투성이였다. 엡스는 여전히 분노에 차서는, 또다시 쇼의 농장에 갔다가 발각되면 차라리 지옥에 떨어지길 바랄 정도로 채찍질을 해 주겠다고 고함을 질렀다. 결국 나는 채찍을 던지며 더는 못하겠다고 말했다. 엡스는 계속하라고 명령했다. 거부하면 팻시보다 더 심한 채찍질을 각오하라고 위협했다. 그렇게 잔인하고 비인간적인 광경을 더는 참을 수 없어서, 마음을 단단히 먹고 단호하게 채찍질을 거부했다. 그러자 엡스가 손수 채찍을 집어 들고는 나보다 열 배는 더 세게 내리치기 시작했다. 팻시의 고통스러운 절규가 엡스의 요란하고 화난 욕설과 섞여 울려 퍼졌다. 과장하지 않고 있는 그대로 말하는 것인데, 팻시는 살가죽이 다 벗겨졌다. 채찍이 피에 절었다. 핏방울이 팻시의 옆구리를 타고 땅으로 떨어졌다. 마침내 팻시는 더는 몸부림을 치지도 않았다. 정신을 잃은 듯 머리가 땅으로 뚝 떨어졌다. 비명 소리도 잦아들더니 작은 신음 소리만 겨우 토해 냈다. 이제 팻시는 채찍이 살갗을 파고들어도 아무런 반응을 보이지 않았다. 그렇게 팻시는 죽어 가고 있었다!

그날은 신이 허락하신 안식일이었다. 따스한 햇살에 휩싸인 밭은 환하게 빛나고 있었고 나무 위에 앉은 새들은 즐겁게 지저귀고 있었다. 그렇게 주변은 평화와 행복으로 가득하지만, 엡스와 고통에 비명을 지르는 팻시, 그리고 그들을 숨죽이며 바라보는 우리의 마음은 지옥 그 자체였다. 엡스의 마당 안을 휘몰아치는 광포한 감정들은 고요하면서도 아름다운 풍경의 안식일과는 전혀 어울리지 않았다. 나는 엡스의 얼굴을 볼 때마다 견딜 수 없는 증오심과 더불어 혐오감에 몸을 떨면서 속으로 생각했다.

'이 악마 같은 놈. 분명 언젠가 심판의 날이 오면, 네놈이 저지른 죄에 합당한 죗값을 치르게 될 것이다!'

드디어 엡스도 힘이 빠졌는지 채찍질을 멈추고는 피비에게 소금물을 가져오라고 시켰다. 팻시의 등에 소금물 한 통을 쏟아 부은 후, 내게 팻시를 오두막으로 데려가라고 명령했다. 나는 밧줄을 풀고 팻시를 부축해 일으켜 세웠다. 팻시는 제대로 서지도 못한 채 내 어깨에 기대서는 조그만 목소리로 수없이 내 이름만 불렀다.

"아, 플랫…… 아, 플랫."

옷을 입혔지만 피 때문에 천이 등에 찰싹 달라붙어 금세 빳빳하게 굳어 버렸다. 우리는 오두막 바닥에 판자를 여러 장 깐 뒤 팻시를 눕혔다. 팻시는 오랫동안 그 위에 누운 채 눈을 감고 고통의 신음을 내뱉었다. 밤에는 피비 아주머니가 팻시의 상처에 우지를 발라 주었고, 다들 최선을 다해 팻시를 돕고 위로해 주었다. 팻시는 등에 생긴 상처 때문에 움직일 수가 없어서 며칠 동안 엎드린 채 지냈다.

차라리 팻시가 그 상태에서 일어나지 못한 채 죽어 버리는 것이 더 나았을지도 모른다. 그랬더라면 앞으로 겪어야 할 비참한 나날들을 피할 수 있었을 텐데. 실제로 앓고 난 뒤 팻시는 딴사람이 되었다. 깊은 슬픔이 팻시의 영혼을 잠식했다. 팻시는 옛날처럼 명랑하게 걷지도 않았고 눈에서 빛나던 총기도 사라졌다. 유쾌하면서도 명랑하게 잘 웃던 아가씨는 온데간데없이 사라졌다. 팻시는 절망의 구렁텅이에 빠져 있었다. 잠을 자다가도 자주 벌떡 일어나서는 양손을 하늘로 뻗으며 자비를 내려 달라고 애원했다. 특히 예전보다 말수가 급격히 줄어들어 하루 종일 일하면서 아무 말도 하지 않을 때가 많았다. 팻시의 얼굴에는 언제나 걱정과 근심이 짙게 드리워져 있었고, 이제는 웃음보다 눈물이 더 많아졌다. 만약 이 세상에 불행의 늪에 빠져 온갖 고통을 겪은 뒤, 마음이 완전히 죽어 버린 사람이 있다면 바로 팻시가 그 주인공일 것이다.

팻시는 주인이 기르는 가축과 다를 것이 하나도 없었다. 조금 다른 것이 있다면 값이 조금 더 나가고 예쁘다는 것뿐. 그렇기에 팻시는 아는 게 많지 않았다. 하지만 팻시도 인간이기에 완전히 무지하지는 않았다. 자기 나름대로 조금이나마 신과 영원, 그리고 그녀 같은 자들을 위해서 돌아가신 구세주에 대해서도 알고 있었다. 영혼과 육신의 구별은 확실하게 이해하지 못했지만 사후 세계에 대해서는 늘 궁금해했다. 팻시에게 행복이란 무서운 매질과 힘든 노동, 그리고 난폭한 주인이 부재한 상태였다. 그녀가 천국에 가고 싶은 이유는 단순히 '쉬고 싶어서'였다. 노예들이 원하는 천국의 기쁨은 다음의 노래 가사가 잘 보여 준다.

> 저 높은 곳의 낙원은 바라지 않네.
> 이 땅에서 억압받는 내가
> 천국에 바라는 건 딱 하나,
> 휴식, 영원한 휴식뿐이네.

노예들이 '자유'라는 말을 알지 못하고 또 그 말뜻을 완전히 이해하지 못한다는 것은 오해다. 내가 아는 한, 북부 사람들은 상상도 하지 못할 만큼 비참하고 끔찍한 형태의 노예 제도가 존재하는 바이유 뵈프의 가장 무식한 노예들조차 자유의 뜻을 아주 잘 알고 있다. 자유에 따르는 특권과 특혜도 알고 있다, 자유만 주어진다면 그들도 노동의 대가를 차지할 수 있을 뿐만 아니라 자신이 주체가 된 가정을 만들어 행복을 누릴 수 있다는 것도 알고 있다. 더불어 아무리 보잘것없는 백인일지라도 노예들보다는 나은 상황이라는 사실도 잘 알고 있다. 한 가지 더 말하자면, 노예들은 백인에게만 자유를 허용하는 법이 부당하다는 사실도 알고 있다. 백인들이 노예를 착취하는 것도 모자라 마구잡이로 폭력을 행사해도 노예들은 저항하거나 반항할 권리조차 없지 않은가.

팻시는 채찍질을 당한 후 자유만을 꿈꿨다. 그리고 저 멀리, 상상도 할 수 없는 머나먼 어딘가에 자유의 땅이 존재한다는 것도 알고 있었다. 북부 어느 곳에는 노예도 주인도 없다는 이야기를 수천 번도 넘게 들었다. 팻시의 상상 속에서 그곳은 마법의 땅이자 천국이었다. 흑인들이 스스로를 위해 일을 하고 밭을 갈고 가정을 만들어 자신만의 집에서 사는 것, 그것이 팻시의 꿈이었다. 꿈…… 아아, 그것은 팻시가 이루지 못할 영원한 '꿈'일 수밖에 없었다.

노예 주인이 집에서 노예를 잔인하게 다루는 모습을 자식들에게 보여 주면 그 뒤에 일어나는 일은 불을 보듯 뻔했다. 엡스의 큰아들은 열 살 혹은 열두 살 정도 된 똑똑한 아이였다. 가끔씩 그 아이가 나이 많은 에이브럼 아저씨를 혼내는 모습을 보고 있자면 서글픈 생각이 들었다. 자신보다 나이가 훨씬 많은 어른을 불러내어 어설픈 판단으로 그 어른에게 벌을 내리고, 아주 진지하게 채찍을 휘두르다니, 이 얼마나 기막힌 일인가. 그 어린아이가 조랑말을 타고 밭에 나가 채찍을 휘두르며 감독관 흉내를 내면 엡스는 무척 기뻐했다. 그럴 때면 아들은 더욱 신이 나, 더 혹독하게 채찍을 휘두르며 노예들을 괴롭혔다. 가끔 욕이라도 지껄이면 엡스는 만족한 듯 껄껄 웃으며 철두철미한 녀석이라고 칭찬했다.

'아이는 어른의 아버지'라는 말이 있듯, 계속 이런 식의 가르침을 받는다면 원래 본성이 어떻든간에 아버지를 닮은 어른으로 자랄 수밖에 없다. 노예들의 고통과 비참한 생활을 봐도 조금도 동요하지 않는 비정한 사내가 될 것이 분명하다. 노예 제도와 같은 끔찍한 제도는 인간적이고 관대한 사람의 가슴속에서도 냉정하고 잔인한 감정을 불러일으킬 수밖에 없다.

어린 엡스 주인님은 훌륭한 성품을 지녔지만, 전지전능하신 하느님의 눈에는 피부색의 구분이 없다는 사실을 절대 이해하지 못했다. 그저 흑인은 여느 동물과 다를 것이 없는 존재라고 생각할 뿐이었다. 단지 말을 하고 지능이 조금 더 높아 값이 더 비쌀 뿐, 다른 동물과 특별히 다른 것이 없었다. 아버지의 노새를 다루듯이 채찍을 휘두르고 발로 차며 마음대로 부려 먹었다. 그리고 백인을 보면 모자를 벗으며 공손히 눈을 내리깔고 경의를 표하는 것이 흑인의 숙명이자 의무라고 여겼다. 이렇게 흑인은 인간이 아니라는 생각을 주입받으며 자라니, 백인들이 무정하고 잔인한 족속이 되어 버린 것도 어찌 보면 당연한 일이다.

제19장

바이유 루지의 에이버리-특이한 주거지-새 집을 짓는 엡스-목수 배스-그의 숭고한 기질들-그의 외모와 괴벽-노예 제도에 대해 토론하는 배스와 엡스-엡스가 생각하는 배스-배스에게 말을 거는 나-우리의 대화-놀라는 배스-바이유 강둑에서 한밤중에 만나다-배스의 확답-노예 제도에 대한 전쟁을 선언하다-내 과거사를 밝히지 않은 이유-편지를 쓰는 배스-그가 파커 씨와 페리 씨에게 쓴 편지의 사본-불안과 긴장-실망-나를 위로하려 애쓰는 배스-그를 신뢰하는 나

1852년 6월, 바이유 루지에서 온 목수 에이버리 씨가 일전의 계약에 따라 엡스 가족이 살 집을 짓기 시작했다. 앞에서도 말했지만, 바이유 뵈프에는 지하실이 없다. 지대가 낮고 습기가 많아 저택을 지을 때면 먼저 토대로 말뚝 못을 박고 그 위에 집을 지었다. 이 지역 주택의 또 다른 특징은 미장을 생략한 채 천장과 벽면을 사이프러스 나무판자로 덮은 후 자신의 취향에 따라 색을 칠한다는 점이다. 근처 수 킬로미터 내에 수력 발전 제재소가 없기 때문에, 일반적으로 판자와 널빤지는 노예들이 가늘고 긴 톱으로 자른다. 결국 농장주는 자신이 살 집을 지을 경우 또 다른 노예를 데려와야 했다. 나는 티비츠 밑에서 목수로 일한 경력이 있기에 밭일에서 제외되어 에이버리를 포함한

목수 일꾼들을 돕게 되었다.

이 목수들 중에는 내가 죽을 때까지 갚지 못할 빚을 진 사람이 한 분 있다. 그분 덕분에 나는 노예 생활에서 벗어날 수 있었다. 그분이야말로 내 구세주였다. 고귀하고 관대한 마음이 흘러넘치는 따뜻한 마음을 지닌 분이었다. 나는 죽을 때까지 그분에 대한 감사의 마음을 간직하리라.

그분의 이름은 배스로, 당시 마크스빌에 살았다. 배스의 외모와 성격을 한마디로 말하기는 어렵다. 나이는 대략 마흔 살에서 쉰 살 사이로 보였고 금발에 피부는 하얗고 덩치가 컸다. 아주 침착하고 냉정하며, 논쟁을 좋아하지만 함부로 말하지는 않았다. 워낙 점잖고 신중해서 그가 무슨 말을 내뱉든 상대방은 전혀 기분 나빠하지 않았다. 다른 사람이 말하면 기분이 상할 말도 배스가 말하면 아무렇지도 않았다. 아마 레드 강 주변에서 배스와 정치 혹은 종교적 견해가 같은 사람은 한 명도 없을 것이다. 그리고 감히 말하건대, 그 두 문제에 대해 배스의 반만큼이라도 논쟁할 수 있는 사람도 없을 것이다. 다들 배스가 민감한 지역 문제에서 소수 편을 옹호하는 것을 당연하게 생각했으며, 게다가 워낙 재치 있게 주장을 펼치는 바람에 기분 나빠하기는커녕 오히려 재미있어했다.

배스는 일가친척 하나 없는 노총각이었다. 그리고 집 없이 자유롭게 여러 주를 마음대로 돌아다니는 방랑자였다. 목수 일을 하느라 마크스빌에서 생활한 지는 3~4년이 되어 갔다. 어보이엘르에서는 무척 특이하다고 소문난 유명 인사였다. 배스는 남의 잘못도 너그럽게 넘어갔고, 착한 행실과 선량한 마음씨로 인기가 좋았지만 정작 자신은 그런 인기를 부담스러워했다.

배스는 캐나다 출신인데, 어린 시절 고향을 떠나 오랫동안 북부와 서부의 주요 도시를 마음 내키는 대로 돌아다니다가 결국에는 이 끔찍한 레드 강 지역까지 오게 되었다. 이곳에 정착하기 전에는 일리노이에 살았다. 안타깝게도 지금 어디에서 살고 있는지는 나도 모른다. 내가 이곳을 떠나기 전날, 배스도 배낭을 꾸려 마크스빌을 조용히 떠났다. 내가 자유를 되찾는 데 도움을 주었다는 의심을 받아 그렇게 몰래 떠나는 수밖에 없었을 것이다. 만일 배스가 아직도 노예를 채찍질하는 바이유 뵈프에 있었다면 정당하고 정의로운 행동을 했다는 이유로 목숨을 잃었을 것이다.

어느 날이었다. 새 집을 짓고 있는데 배스와 엡스 사이에 논쟁이 벌어졌고, 옆에 있던 나는 어느새 흥미진진하게 둘의 이야기에 귀를 기울였다. 그 논쟁의 주제는 노예 제도였다.

"제가 확실히 말하죠, 엡스. 전부, 모두, 잘못된 겁니다. 노예 제도에는 정당하거나 정의로운 요소는 단 하나도 없습니다. 설사 크로이소스 왕처럼 부자라고 해도 저는 노예를 부리지 않을 겁니다. 물론 전 부자는 아니고, 그 사실은 제 빚쟁이들이 가장 잘 알고 있지요. 참, 그러고 보니 사기꾼 같은 제도가 또 하나 있군요. 신용 제도요. 돈을 빌려 주지 않으면 빚도 생기지 않겠지요. 신용 제도는 인간을 유혹에 빠뜨리죠. 모든 것을 현금으로만 산다면 빚더미에 앉는 일은 완전 차단될 텐데요. 이 노예 제도가 말입니다. 도대체 당신에게 무슨 권리가 있다는 겁니까?"

"무슨 권리라니! 몰라서 묻소? 내가 돈을 내고 샀잖소."

엡스는 웃음을 터트렸다.

"물론 그러시겠지요. 법률상 깜둥이를 살 수 있으니까요. 그런데 법률에게는 미안한 소리지만, 이게 다 헛소리입니다. 네, 그 법은 모두가 엉터리고 진실이라고는 털끝만치도 찾아볼 수 없어요. 법률이 인정하는 건 다 옳답니까? 그렇다면 당신의 자유를 빼앗은 뒤 노예로 만들어 버리는 법이 통과된다면요?"

"아, 그건 말도 안 되는 소리지. 부탁인데 나를 깜둥이와 비교하지 마시오, 배스."

엡스는 여전히 웃으며 대꾸했다.

"하긴 그렇긴 하네요. 하지만 저는 여태껏 괜찮은 깜둥이들은 많이 봤어도, 이 근방에서는 저보다 털끝만치도 나은 백인을 만난 적이 없습니다. 어떻습니까, 하느님의 눈으로 보면 백인과 흑인 사이에는 어떤 차이가 있을까요?"

"그야 하늘과 땅만큼의 차이가 있지. 그건 백인과 원숭이의 차이를 묻는 것이나 마찬가지요. 전에 말이지, 뉴올리언스에서 원숭이 한 마리를 봤는데, 딱 수준이 내 깜둥이들 수준이더구먼. 그럼 맥은 원숭이도 동료 시민이라고 부르겠군, 안 그렇소?"

엡스는 자신이 마치 재치 있는 말이라도 한 듯 요란하게 웃음을 터트렸다.

"엡스 씨, 그렇게 비웃을 일이 아닙니다. 세상에는 머리가 좋은 사람도 있고, 또 머리가 좋지 않은 사람들도 있지요. 하나만 묻죠. 독립 선언서에 적힌 대로, 모든 인간은 자유롭고 평등하게 태어난다고 생각하십니까?"

"그야, 당연한 말 아니오. 하지만 깜둥이와 원숭이를 뺀 모든 인간이 그렇단 뜻이오."

여기까지 말한 엡스는 이제 몸까지 흔들어 대면서 더 요란한 웃음을 터트렸다.

"그렇게 말씀하신다면야 깜둥이는 물론이고 백인들 중에도 원숭이 같은 자가 있지요."

배스는 차분하게 말을 이어 나갔다.

"원숭이처럼 말도 안 되는 주장을 펼치는 백인들도 여럿 압니다. 뭐, 그건 넘어가죠. 깜둥이들은 인간입니다. 그들이 주인만큼 많이 알지 못한다면 그건 누구의 책임일까요? 그들은 무엇이든 알 길이 없습니다. 백인들이야 책이나 신문을 사 읽을 수 있고, 자유롭게 돌아다닐 수 있습니다. 정보를 얻을 방법이 수천 가지는 되지요. 하지만 노예들은 아무런 방법이 없습니다. 만약 당신의 노예가 책을 읽다가 걸리면 당신에게 채찍질을 당하겠지요. 대대로 속박된 채 교육받을 기회를 누리지 못했으니, 지식을 갖추지 못하는 것도 당연하지 않겠어요? 노예들이 동물과 다름없는 수준으로 전락했다면, 그건 당신들, 노예를 부린 주인들의 잘못입니다. 노예가 원숭이와 다름없는 지능을 가졌다면, 그건 당신을 비롯한 노예 소유주들이 책임을 져야 할 문제예요. 지금 이 나라 전체가 끔찍한 죄를, 무시무시한 죄를 짓고 있는 거예요. 이 상황이 오래가지는 않을 겁니다. 반드시 심판의 날이 올 것입니다. 그럼요, 불길이 모든 것을 다 불살라 버리는 날이 올 것입니다. 그 시기가 빨리 오든 늦게 오든, 모든 것은 시간문제일 뿐이죠. 주님께서 공정하신 만큼 그 날이 오는 건 확실해요."

"하, 당신 뉴잉글랜드 양키들과 살았더라면 볼만했겠군요. 헌법깨나 잘 아는 미치광이들처럼 시계 행상을 다니면서 깜둥이들한테 도망치라고 꾀고 다녔을 것 아니오."

"전 뉴잉글랜드에 살았더라도 지금과 다르지 않았을 겁니다. 노예 제도는 부당한 것이며 폐지되어야 한다고 말했을 겁니다. 그 법에는 아무런 이유도, 정당성도 찾을 수 없습니다. 헌법에도 한 인간이 다른 인간을 구속할 수 없다고 명시되어 있고요. 물론 당신은 재산을 잃는 것이 겁나겠지만, 자유를 잃는 것은 그에 비할 바가 아니지요. 정의의 관점으로 보면 당신이나 저기 있는 에이브럼 아저씨나 똑같이 자유로울 권리가 있습니다. 그런데 어째서 검은 피부와 검은 혈통은 노예가 되어야 할까요? 이 바이유 지역에서 우리처럼 백인인 자가 노예인 것을 본 적이 있습니까? 도대체 영혼에 피부색이 무슨 소용이랍니까? 그리고! 노예 제도는 잔인할 뿐 아니라 말도 안 되는 제도입니다. 당신은 깜둥이들을 소유하고 또 마음대로 그들을 죽이기도 하지만 난 루이지애나에서 최고 좋은 농장을 준다고 해도 노예를 소유할 생각은 조금도 없습니다."

"내 생전 배스 당신처럼 말하기 좋아하는 사람은 처음 보았소. 논쟁을 위해서라면 검은 것도 흰 것이라 말하고 흰 것도 검은 것이라 말할 사람이군. 대체 이 세상에 마음에 드는 것이 있긴 하오? 이런 식이라면 당신 마음에 드는 건 이 세상에 하나도 없겠군."

둘은 툭하면 이렇게 끝없는 대화를 나누었다. 엡스는 실제로 노예 제도에 대해 진지한 논쟁을 벌이고 싶은 것이 아니라, 그저 배스의 말을 비웃고 싶은 것이었다. 엡스가 생각하기에 배스는, 논쟁과 반박을 위해서라면 무슨 말이라도 할 사람이었다. 논쟁에서 언변을 보여 주기 위해서라면 자신의 진짜 신념이나 판단에 어긋나는, 자기기만적인 말도 서슴없이 내뱉는 사람이라고 생각했다.

여름 내내 배스는 이 주에 한 번씩 마크스빌을 오가며 엡스의 농장에서 지냈다. 그를 보면 볼수록 내가 믿을 수 있는 사람이라는 확신이 들었다. 하지만 그전에 배신당한 경험이 떠올라 섣불리 접근할 수가 없었다. 백인이 먼저 말을 걸지 않는 한 내가 먼저 말을 걸면 안 되는 것도 있지만, 나는 기회가 있을 때마다 배스 앞을 어슬렁거리며 그의 주의를 끌려 노력했다.

8월 초, 배스와 단둘이 일하게 되었다. 다른 목수들은 떠나고, 엡스는 밭에 나가고 없었다. 기회가 왔다는 생각에 결과가 어찌되든 털어놓기로 결심했다. 오후에 한창 바쁘게 일을 하던 중 나는 느닷없이 일손을 멈추고 말을 꺼냈다.

"그런데 배스 나리는 고향이 어디신가요?"

"플랫, 그건 왜 묻지요? 말해도 잘 모를 텐데……."

배스는 잠시 생각하는가 싶더니 대답했다.

"캐나다에서 태어났어요. 이제 거기가 어딘지 맞혀 봐요."

"아, 캐나다라면 어딘지 잘 압니다. 가 본 적도 있는걸요."

"그래요, 그렇겠지요. 플랫은 그 나라를 아주 잘 알 거라고 생각했어요."

배스는 못 믿겠다는 듯 소리 내어 웃었다.

"거짓말이 아닙니다, 배스 나리. 정말 가 봤다니까요. 몬트리올과 킹스턴 그리고 퀸스턴뿐만 아니라 캐나다 곳곳을 가 봤고, 요크 주에도 가 봤습니다. 버팔로와 로체스터, 올버니 등 이리 운하와 샘플레인 운하를 따라 이어진 마을 전부요."

배스는 나를 돌아보더니 한참 동안 아무 말 없이 쳐다보기만 했다.

"그런데 어쩌다 이곳에 왔지요?"

한참 뜸을 들이던 배스가 입을 열었다.

"배스 나리, 정의가 이루어졌더라면 저는 여기에 있지도 않았을 겁니다."

"그게 무슨 소리죠? 당신, 뭐하던 사람이지요? 캐나다를 정말 가 본 것 같은데, 당신이 말한 그 지역들을 나도 아주 잘 알고 있어요. 어쩌다 이곳에 오게 된 거예요? 자, 말해 봐요."

"지금껏 살아온 제 이야기를 털어놓을 만한 친구를 만나지 못했습니다. 솔직히 이 말 또한 나리께서 엡스 주인님께 전할까 봐 말씀드리기가 두렵습니다."

배스는 내 이야기 전부를 비밀로 하겠다며 나를 설득했다. 강한 호기심이 고개를 든 모양이었다. 나는 아주 긴 이야기라 모두 이야기하자면 시간이 걸릴 거라고 했다. 곧 엡스 주인님도 돌아올 테고 말이다. 그래서 오늘 밤 모두가 잠든 뒤에 다시 만나 이야기하자고 말했다. 배스는 바로 동의하며 우리가 당시 짓고 있던 건물에서 보자고 했다. 자정 무렵, 모두가 잠들었을 때, 나는 슬그머니 오두막에서 빠져나와 아직 공사가 채 마무리되지 않은 건물로 들어갔다. 정말로 배스는 나를 기다리고 있었다.

다시 한 번 엡스에게 이야기하지 않겠다는 약속을 받아 낸 뒤, 나는 내가 겪은 사연을 빠짐없이 말했다. 배스는 많은 질문을 하면서 진지하게 내 이야기에 귀를 기울였다. 나는 이야기를 끝낸 뒤 배스에게 북부에 있는 내 친구들에게 편지를 써 달라고 간곡히 부탁했다. 그들에게 지금 내가 처한 상황을 알려, 자유인 증명 서류를 보내 주거나 내가 풀려날 수 있도록 적절한 조치를 취해 달라는 부탁을 해 달라고 말이다. 배스는 그러겠다고 약속했다. 하지만 지금 이 일이 세간에 알려진다면 무척 위험할 수 있다면서 최대한 조심스럽게 진행해야 한다고 신신당부했다. 우리는 계획을 세운 뒤 헤어졌다.

우리는 이튿날 밤, 주인집에서 조금 멀리 떨어진 강둑에서 만나기로 약속했다. 그곳에서 내가 북부에 있는 친구들 몇몇의 이름과 주소를 알려 주면 배스가 그 정보를 가지고 있다가 다음번에 마크스빌에 갈 때 편지를 써서 부치기로 했다. 공사가 진행 중인 집에서 불빛이 흘러나오면 들킬 염려가 있어 약속 장소를 바꾼 것이다. 나는 낮에 피비 아주머니가 부엌을 잠시 비운 사이 성냥과 양초를 몰래 가져왔다. 종이와 연필은 배스의 도구 상자에 준비되어 있었다.

약속 시간에 우리는 강둑에서 만나 풀이 무성한 덤불 속으로 기어 들어갔다. 내가 초에 불을 붙이는 동안, 배스는 종이와 연필을 들고는 받아 적을 준비를 했다. 나는 윌리엄 페리와 세파스 파커, 저지 마빈이라는 이름을 말했다. 하지만 주소는 뉴욕주 사라토가 카운티의 사라토가 스프링스, 단 하나밖에 없었다. 저지 마빈 씨는 내가 유나이티드 스테이츠 호텔에서 일할 수 있게 도와준 분이었다. 그리고 윌리엄 페리 씨와 세파스 파커 씨는 내가 자주 가던 상점의 주인들인데, 한 사람 정도는 여전히 그곳에서 일하고 있을 것이라 생각했다. 배스는 차분하게 이름들을 받아 적다가 입을 열었다.

"당신은 사라토가를 떠난 지 오래되었죠. 그래서 말인데, 이 사람들은 모두 죽었거나 이사를 했을지도 몰라요. 뉴욕 세관에서 자유인 증명 서류를 받았다고 했지요? 그쪽도 알아보는 것이 좋겠네요."

나는 배스의 말에 동의하며 브라운과 해밀턴, 두 사람과 함께 세관을 찾아가 자유인 증명 서류를 발부받던 정황을 다시금 꼼꼼히 설명했다. 우리는 한 시간 가까이 강가에 머무르면서 이야기를 나눴다. 나는 배스를 더는 의심하지 않았고 그동안 힘들게 견뎌야 했던 참혹했던 생활과 슬픔을 모조리 털어놓았다. 또 아내와 아이들의 이름을 한 명씩 부르면서 죽기 전에 그들을 본다면 지금 당장 죽어도 여한이 없겠다고 말했다. 나는 배스의 손을 꽉 잡으며 눈물로 호소했다. 제발 내 친구가 되어 달라고, 제발 내 가족과 자유를 되찾을 수 있게 도와 달라고, 그러면 내 평생을 바쳐서라도 배스 당신을 위해 축복의 기도를 올리겠다고. 가족과 친구들에게 둘러싸여 자유를 누리고 있는 지금도 나는 그 약속을 똑똑히 기억하고 있다. 내가 두 눈으로 하늘을 올려다볼 수 있는 힘이 있는 한 나의 기도는 멈추지 않을 것이다.

오, 그분의 다정한 목소리와 은빛 머리에
축복을 내려 주소서.
천국에서 그분을 다시 만나는 그날까지 그분의 앞날에
영원한 축복을 내려 주소서.

배스도 내 간절한 호소에 감동을 받았는지, 지금껏 누군가의 인생에 이렇게 깊은 관심을 가진 적은 처음이라며 우정을 다짐했다. 또 자신도 세상 이곳저곳을 돌아다니는 외로운 사람인데, 이제 이렇게 늙어 자신을 기억해 줄 사람 하나 없이 혈혈단신 혼자 생의 끝을 맞이해야 할 처지니, 참으로 보잘것없는 인생을 살았다며 우울한 어조로 말했다. 그래서 자신은 내가 자유를 되찾는 일을 적극적으로 도울 생각이고, 국가의 수치라

할 수 있는 노예 제도에 맞서 끝까지 싸우고 싶다고 했다.

  그 후, 우리는 거의 대화를 나누지 않았고 또 마주쳐도 서로 모른 척하며 지냈다. 게다가 배스는 엡스와 노예 제도에 관한 논쟁을 벌일 때 조금은 말을 아꼈다. 엡스는 우리가 친하게 지낸다는 것도, 또 우리 둘 사이에 비밀스러운 대화가 오갔다는 것도 전혀 눈치채지 못했다. 그 외의 농장에 있는 모든 백인과 흑인도 우리 사이를 전혀 눈치채지 못했다.

  가끔 나를 의심의 눈초리로 보며 의아한 듯 묻는 사람들이 있다. 어떻게 그 오랜 시간 동안 동료들에게까지도 내 진짜 이름과 사연을 철저하게 숨기는 게 가능했냐고. 버치에게 당한 끔찍했던 경험 때문인지, 아무리 자유인이라고 말해 봤자 위험해지기만 할 뿐 아무 소용이 없다는 사실이 내 뇌리에 깊숙이 박혀 있었다. 노예들은 나를 도와줄 힘도 없을뿐더러, 여차하면 내 비밀을 폭로할 가능성도 컸다. 또한 탈출만을 생각하며 지냈던 12년간의 세월을 떠올려 보면, 그토록 몸을 사리며 조심했던 것은 조금도 이상한 일이 아니었다. 만약 생각 없이 자유를 부르짖었다면 더욱 철저한 감시를 받았을 것이고, 가족들이 절대 찾을 수 없도록 바이유 뵈프보다 훨씬 더 먼 곳으로 보내졌을 것이다. 에드윈 엡스는 흑인의 권리나 부당한 처지 같은 것에는 관심도 없는 사람이었다. 태어날 때부터 정의감이라는 것이 없는 사람이었다. 그래서 엡스에게는 내 사연을 모두 숨겨야만, 또 그래야만 구출될 것이라는 희망을 품을 수 있을 뿐만 아니라 적으나마 몇 가지 특권을 누리며 지낼 수 있었다.

우리가 강가에서 만난 이후 토요일 밤에, 배스가 마크스빌의 집으로 갔다. 다음 날인 일요일에 배스는 자신의 방에서 편지를 썼다. 뉴욕 세관의 서기관에게 한 통, 마빈에게 한 통 그리고 파커와 페리에게도 한 통씩 썼다. 파커와 페리에게 쓴 편지가 나를 구출하는 데 큰 도움을 주었다. 배스는 내 실명으로 편지를 보내고, 추신에 대필 편지임을 밝혔다. 편지 자체가 배스에게는 위험한 증거물이었고 그래서 그의 말대로라면, '들키면 목숨을 잃을 수 있는 위험한' 편지였다. 나는 그때는 이 편지를 보지 못했지만 시간이 흐른 뒤 사본을 구할 수 있었다.

1852년 8월 15일, 바이유 뵈프에서
윌리엄 페리 씨 혹은 세파스 파커 씨에게

오랫동안 연락이 없다가, 아직 살아 계시는지도 모르는 상황에서 불쑥 편지를 드리게 되어 죄송합니다만, 사정이 다급해 어쩔 수 없다는 점 이해해 주시기 바랍니다.

강 건너편에 살던 저를 기억하시지요? 자유인으로 태어난 제가 지금은 이곳에서 노예로 살고 있습니다. 제발 바라고 부탁하건대, 자유인 증명 서류를 구해 루이지애나 주의 어보이엘르 교구 마크스빌로 보내 주시면 정말 고맙겠습니다.

솔로몬 노섭.

추신.

노예로 살게 된 사연을 이야기하자면, 워싱턴에서 병이 나 정신을 잃었습니다. 그리고 깨어나 보니, 이미 자유인 증명 서류는 사라졌고 사슬에 묶인 채 이곳까지 끌려왔습니다. 이제야 저를 위해 편지를 써 줄 사람을 만났습니다. 이분은 목숨을 걸고 이 편지를 써 주신 것입니다.

최근에 나온 책《톰 아저씨의 오두막을 여는 열쇠》에는 나를 암시하는 사례가 나오는데, 이 편지의 앞부분이 실려 있다. 대신 추신은 없고 두 신사의 이름도 조금 다르게 실렸다. 앞으로 알게 되겠지만 구출에 큰 역할을 한 것은 편지의 본문보다 추신 부분의 역할이 더 컸다.

배스가 마크스빌에서 돌아와서는 일이 계획대로 잘 마무리되었다고 알려 주었다. 우리는 계속해서 자정에 만났고, 낮에는 일에 관련된 용건 말고는 아무 말도 나누지 않았다. 배스가 기간을 따져 보더니, 편지가 사라토가까지 도착하는 데 이 주가 걸리고 다시 답장이 오는 데 이 주가 걸릴 것이라며, 늦어도 육 주 안에는 답장을 받을 수 있을 거라고 결론지었다. 만약 답장이 온다면 말이다. 우리는 이제 어떤 방법을 써야만 가장 안전하게 자유인 증명 서류를 받을 수 있는가를 놓고 고민하기 시작했다. 자유인 증명 서류만 손에 쥐면 우리가 함께 이 지역을 떠날 때 발각되거나 잡히더라도 배스는 안전할 수 있었다. 자유인이 자유를 되찾도록 돕는 일은 개인적으로 원한을 살

수 있을지 몰라도 법적으로는 아무 문제가 없기 때문이다.

 사 주째가 끝나 갈 무렵이었다. 배스는 다시 마크스빌을 찾았지만 답장은 오지 않았다. 나는 속이 아플 정도로 절망하고 있었지만 아직 시간은 남았다고 스스로를 위로했다. 다시 생각해 보니, 편지가 지체되었을 수도 있었고, 답장이 빨리 온다는 것도 이상했다. 그런데 육 주, 칠 주, 팔 주, 십 주가 지나도 답장은 오지 않았다. 나는 배스가 마크스빌에 갈 때마다 불안감과 긴장감에 벌벌 떨었다. 배스가 돌아올 때까지 잠도 못 잔 채 거의 뜬눈으로 밤을 지새웠다. 결국은 주인집 공사가 마무리되고, 배스도 이제는 떠나야 할 때가 오고 말았다. 배스가 떠나기 전날 밤, 나는 너무나 절박한 나머지 물에 빠진 사람이 지푸라기라도 잡는 심정으로 배스를 붙잡고 매달렸다. 배스를 이대로 보내 버리면 파도에 떠밀려 가라앉아 버릴 것만 같았다. 내가 그토록 열망하고 바라던 모든 기대와 희망이 손 안에서 재가 되어 사라지는 순간이었다. 나는 절대 다시 빠져나올 수 없는, 노예라는 검은 바다 깊숙한 곳으로 가라앉는 기분이었다.

 정이 많은 친구 배스는 절망에 빠진 나를 차마 두고 갈 수 없었던지, 크리스마스 전날에 다시 오겠다는 말로 나를 위로했다. 또 답장이 오지 않을 경우를 대비해서 더 좋은 방법을 생각해 보겠다는 말로 희망을 주었다. 그러면서 기운 잃지 말라고 나를 달래고, 무엇보다 내 자유를 되찾는 일을 최우선으로 놓고 최대한 방법을 궁리해 보겠다고 장담했다.

 배스가 떠난 뒤 시간은 얼마나 더디게 흐르던지. 나는 초초

한 심정으로 크리스마스만을 기다렸다. 답장이 오리라는 기대는 이미 버린 지 오래였다. 잘못 배달되었거나 중간에 분실되었을 수도 있었다. 그것도 아니면 수신인 모두가 죽어 이 세상 사람이 아닌지도 모른다. 그것도 아니면 모두가 사느라 바빠서 잘 알지도 못하는 불행한 흑인의 운명을 생각할 여유가 없는 것인지도 모른다. 내가 믿고 기댈 수 있는 사람은 배스뿐이었다. 배스에 대한 믿음이 나를 달래 주었고, 그 덕분에 나는 절망의 파도가 덮쳐도 쓰러지지 않고 버틸 수 있었다.

그렇게 나는 내가 처한 상황과 앞날에 대한 고민에 빠져 있었고, 그런 나를 밭에서 일하는 동료 노예들은 종종 의아하게 쳐다보았다. 팻시는 어디가 아프냐고 물었고, 에이브럼 아저씨와 밥, 와일리는 무얼 그렇게 깊이 생각하느냐며 궁금해했다. 하지만 나는 그저 가벼운 대답으로 둘러대며 마음속 깊이 있는 생각을 감춰야만 했다.

제20장

약속을 충실히 지키는 배스-크리스마스이브에 도착한 배스-이 야기를 나누기 어려움-오두막에서의 만남-도착하지 않은 편지-직접 북부로 가겠다고 선언하는 배스-크리스마스-엡스와 배스가 나눈 대화-바이유 뵈프의 미인, 젊은 여주인 맥코이-완벽한 정찬-음악과 춤-여주인의 참석-여주인의 뛰어난 미모-마지막 노예 춤-윌리엄 피어스-늦잠을 잔 나-마지막 채찍질-낙담-추운 아침-엡스의 위협-지나가는 마차-목화밭으로 다가오는 이방인들-바이유 뵈프에서의 마지막 시간

배스는 약속한 대로 크리스마스 전날 어둑어둑해질 무렵 말을 타고 마당에 나타났다.

"어서 오시오. 반갑소. 그래, 잘 지내셨소?"

엡스가 악수를 청했다. 배스가 온 이유를 알았다면 저렇게 반가워할 수 없었으리라.

"아주 잘 지냈습니다. 이 근처에 볼일이 있어서 왔다가 하룻밤 묵고 가려고요."

엡스가 노예한테 배스의 말을 끌고 가라 명령을 내리고는 배스와 함께 웃고 떠들며 집 안으로 들어갔다. 배스는 "어두워지면 얘기합시다"라고 얘기하듯 내게 의미심장한 시선을 던졌다. 나는 하루 일과가 채 끝나기 전인 밤 10시에 오두막으로

갔다. 당시 에이브럼 아저씨와 밥이 숙소를 같이 사용했다. 나는 일찍 잠자리에 누워 잠이 든 척했다. 두 사람이 깊은 잠에 빠졌을 때, 나는 살며시 바깥으로 나가 배스가 찾아올 낌새를 조심스레 살펴보았다. 자정이 훨씬 지나서까지 밖에 서 있었지만 배스의 기척은 전혀 없었다. 아무래도 엡스 가족들에게 의심을 살까 봐 걱정스러워 밖으로 나오지 못하는 것 같았다. 그렇다면 다른 때보다 일찍 일어나 엡스가 일어나기 전에 만나러 올 가능성이 컸다. 그래서 나는 에이브럼 아저씨를 한 시간 일찍 깨워 주인집에 불을 피우라고 보냈는데 그것은 해마다 이맘때면 아저씨가 해야 할 일이었다. 그런 뒤 밥도 세게 흔들어 깨우며 해가 중천에 뜰 때까지 잘 거냐, 주인님 일어나기 전에 얼른 노새한테 여물을 먹이라고 채근했다. 밥도 엡스가 어떤 인물인지 아는 터라 자리에서 벌떡 일어나 허둥지둥 마구간으로 달려갔다.

두 사람이 나간 뒤 기다렸다는 듯 배스가 오두막으로 슬며시 들어왔다.

"플랫, 답장은 아직 안 왔어요."

배스의 말이 납덩어리처럼 내 가슴을 짓눌렀다.

"아, 다시 한 번만 편지를 써 주세요, 배스 나리. 제가 아는 사람 이름을 더 많이 알려 드리죠. 분명 살아 있는 사람이 있을 겁니다. 저를 불쌍히 여길 만한 사람이 꼭 한 명은 있을 겁니다."

나는 눈물을 흘리며 애원했다.

"소용없을 겁니다. 소용없어요. 난 이미 결정했어요. 마크스빌 우체국 직원이 뭔가 수상쩍게 생각할까 봐 걱정입니다. 내가 너무 자주 우체국을 드나들었어요. 편지는 너무 불확실한데다 위험합니다."

"그럼, 이제 모두 끝이로군요. 아, 하느님, 여기서 생을 마감하다니!"

"그런 일은 없을 거예요. 살아 있으면 방법은 반드시 있어요. 줄곧 고민을 했는데 편지보다 훨씬 더 좋고 확실한 방법이 있습니다. 지금 3월이나 4월까지 끝낼 수 있는 일이 몇 개 있는데 그때까지는 돈이 꽤 모일 거예요. 그럼, 그때 내가 직접 사라토가로 찾아가 보겠습니다."

나는 배스의 입에서 나온 말을 믿을 수가 없었다. 허나 배스는 봄까지 목숨이 붙어 있는 한은 꼭 실행에 옮기겠노라며 분명하게 말했다.

"이 지역에서는 살 만큼 살았습니다. 어디에서 살든 마찬가지예요. 그리고 오랫동안 내가 태어난 곳으로 되돌아갈까 생각했어요. 노예 제도라면 나도 당신만큼이나 지긋지긋해요. 당신을 여기에서 탈출시킬 수 있다면 내 평생 잘한 일이라고 뿌듯할 겁니다. 그리고 난 반드시 성공해 낼 겁니다. 반드시 해낼 거예요. 자, 이렇게 합시다. 엡스가 곧 일어날 텐데 여기서 잡히면 안 되죠. 사라토가와 샌디힐에서 당신을 알 만한 사람들을 죄다 생각해 봐요. 겨울이 가기 전에 무슨 핑계를 대서든 다시 올 테니까, 그때 그 이름들을 알려 주세요. 그럼 내가 북부로 가서 그들을 찾아볼게요. 몽땅 다 기억해 내야 해요. 힘내요! 실망하지 말고요. 죽든지 살든지 내가 끝까지 함께할 거예요. 그럼, 잘 지내요."

배스는 이 말을 끝으로 빠르게 오두막을 빠져나가 저택으로 돌아갔다.

크리스마스 아침이었다. 노예들에게는 1년 중에 가장 행복한 날이었다. 크리스마스 아침에는 조롱박, 목화 자루 같은 걸 챙겨서 급하게 밭에 나갈 필요가 없다. 모두들 눈이, 아니 얼굴 전체가 행복으로 반짝거렸다. 축제와 무도회의 시기가 온 것이다. 사탕수수밭과 목화밭은 텅 비었다. 이날만큼은 깨끗한 옷으로 골라 입고 붉은 리본을 둘렀다. 이제 다 함께 모여 왁자지껄 즐기기만 하면 되었다. 노예 아이들이 자유를 제대로 즐길 수 있는 유일한 날이었는데 나만 빼고는 모두들 즐겁고 행복했다.

아침을 먹고 나서 엡스와 배스는 마당을 거닐면서 목화 가격이나 다양한 주제로 이야기를 나누었다.

"이 댁 깜둥이들은 어디서 크리스마스를 보내나요?"

"플랫은 오늘 태너 씨 댁에 갑니다. 바이올린 솜씨가 무척 유명하거든요. 월요일엔 마셜 씨 댁에서도 왔으면 하더군요. 저 유서 깊은 노우드 농장 메리 맥코이 양도 화요일에 깜둥이들에게 연주를 들려주고 싶다면서 플랫을 보내 달라고 편지를 보내왔어요."

"정말 똑똑한 노예 아닌가요? 플랫, 이쪽으로 좀 와 보지."

배스는 내가 그쪽으로 걸어가는 걸 보고 그제야 알아본 것처럼 나를 불렀다.

"그럼요."

엡스가 내 팔을 잡고 만지며 말했다.

"어느 곳 하나 상한 곳이 없어요. 이 근방에서 이 녀석만큼 값비싼 노예도 없고. 아주 건강하고 나쁜 버릇 같은 것도 없지. 다른 깜둥이들과는 달라요. 생긴 것도 다르고 행동거지도 달라. 지난번에는 1,700달러를 낸다는 사람도 있었지요."

"그런데 안 파셨군요?"

배스가 놀라서 물었다.

"팔아요? 어림도 없소. 재주가 많아 쟁기도 척척 만들고 마차 덮개도 거뜬히 만들어 내는걸. 마셜이 자기 깜둥이 하나랑 대결을 시켜서 내기를 걸자 했지만 나는 무조건 플랫이 이길 거라고 장담을 했다니까."

"제 눈에는 그리 특별해 보이지는 않는데요?"

"자, 직접 한 번 만져 봐요. 이렇게 가까이에서 본 적은 없지 않소? 이놈이 피부가 얇아 채찍질에는 약하지만 근육은 아주 탄탄해요."

엡스가 내 장점들을 떠벌리는 동안 배스는 나를 만지며 꼼꼼하게 이리저리 둘러보았지만, 배스가 이 주제에 별 관심을 보이지 않자 결국 둘의 대화는 거기서 끝났다. 그 후 배스는 집을 나서면서 나에게 의미심장한 눈길을 슬며시 보냈다.

배스가 떠난 뒤 나는 통행 허가증을 받아 태너 댁으로 출발했는데, 앞에서 말했던 피터 태너가 아닌 그의 친척집으로 가야 했다. 나는 밤늦게까지 하루 종일 연주를 했고 다음 날인 일요일에는 숙소에서 그냥 쉬었다. 월요일에는 엡스의 노예들 모두 개울을 건너 더글러스 마셜 집으로 갔다. 화요일에는 나 혼자 노우드 농장으로 갔는데 이 농장은 마셜 농장과 같은 강변 위쪽에 자리 잡은 세 번째 농장이었다.

당시 이 농장 주인은 스무 살가량 된 메리 맥코이라는 아름다운 아가씨였다. 그녀는 바이유 뵈프의 최고 미녀이자 자랑이었다. 맥코이 아가씨 수하에는 백여 명의 밭 일꾼뿐만 아니라 수많은 하인과 잔심부름꾼, 어린아이들이 있었다. 근처 농장에 사는 형부가 맥코이 양의 법적 대리인이었다. 노우드 농장 모든 노예들이 다정한 이 여주인을 좋아했고, 이렇게 너그러운 주인 밑에서 일할 수 있다는 것을 감사하게 생각했다. 바이유 뵈프 지역에서 맥코이 아가씨 댁처럼 성대한 축제가 벌어지는 즐거운 농장은 없었다. 거기다 크리스마스 휴일 동안 이 농장처럼 남녀노소를 불문하고 근방 노예들한테 인기가 좋은 곳도 없었다. 이 농장처럼 맛있는 음식도 풍부하고, 여주인이 아주 상냥한 목소리로 말을 걸어 주는 곳은 없었다. 이 유서 깊은 노우드 농장의 고아 상속녀인 맥코이 아가씨만큼 노예들에게 사랑받는 주인도 없었고, 수많은 노예들의 가슴속에 크게 자리 잡은 주인도 없었다.

내가 노우드 농장에 도착했을 때는 이미 이삼백 명이나 되는 노예들이 모여 있었다. 여주인이 노예들의 무도회를 위해 특별히 지어 준 기다란 건물 안에 식탁이 마련되어 있었다. 식탁 위에는 맛있는 음식들이 다양하게 차려져 있고, 여기저기서 감탄하는 소리가 들렸다. 구운 칠면조를 비롯해서 굽고 튀기고 끓인 온갖 돼지고기에 닭고기, 오리고기들이 줄줄이 식탁 위를 장식했고, 다른 쪽에는 타르트, 젤리, 케이크, 과자 같은 후식이 푸짐했다. 젊은 여주인은 아주 즐거운 표정으로 식탁을 둘러보며 한 명, 한 명에게 상냥하게 말을 걸었다.

식사가 끝나고 식탁이 치워진 뒤 무도회가 시작되었다. 나는 바이올린을 조율하고 경쾌하게 현을 켜기 시작했다. 그 소리에 맞추어 춤을 날렵하게 추는 사람도 있었고, 몸을 두드리며 노예 특유의 소박하면서도 가락이 넘치는 노래를 부르는 사람도 있었다. 바이올린 소리에 인간의 목소리와 발소리가 섞여 큰 방 안 가득 울렸다.

저녁 무렵, 다시 돌아온 여주인은 문가에 서서 오래도록 우리를 지켜보았는데 근사한 옷차림을 하고 있었다. 검은 머리와 눈동자가 섬세하고 깨끗한 피부와 강렬한 대조를 이뤘으며, 호리호리하지만 강단 있어 보이는 몸매에 위엄과 우아함이 흘러넘쳤다. 아름답게 차려입고 즐겁게 웃는 여주인을 보며 나는 이렇게 아름다운 사람은 처음이라고 생각했다. 내가 계속 이 아름답고 상냥한 여주인에 대해 말하는 것은 그녀에게 감사와 존경의 마음도 있었지만 무엇보다 독자들에게 바이유 뵈프 지역 노예 주인들이 다 엡스나 티비츠, 짐 번스 같은 인물은 아니라는 것을 알리고 싶기 때문이다. 아주 드문 일이지만 가끔은 윌리엄 포드처럼 좋은 남자, 맥코이 양처럼 상냥한 천사도 만날 수 있었다.

화요일은 엡스가 우리에게 허락해 준 사흘간의 휴가 중에 마지막 날이었다. 수요일 아침에 집으로 돌아가다가 윌리엄 피어스 농장을 지나가는데, 바로 그 농장주가 나를 손짓으로 불렀다. 엡스에게 허락을 받았다며 윌리엄 바넬을 따라가서 기다리고 있다가 오늘 밤 노예들을 위해 연주를 해 달라고 했다. 내가 바이유 뵈프에서 노예들의 무도회를 본 것은 이것이 마지막이었다. 피어스 댁 무도회는 동틀 때까지 계속 되었고 그때까지 제대로 쉬지 못한 나는 집으로 돌아오자 약간 피로했지만 내 연주에 신이 난 백인들이 던져 준 동전 덕분에 기분은 좋았다.

토요일 아침, 나는 몇 년 만에 처음으로 늦잠을 잤다. 동료들이 이미 밭에 나간 것을 알고는 두려운 마음에 얼른 오두막을 나섰다. 15분이나 앞선 동료들 생각에 나는 음식도 물통도 못 챙기고 서둘러 따라갔다. 아직 동트기 전이었지만 엡스는 이미 테라스에 나와 있었고, 허둥지둥 서둘러 나가는 나에게 어디서 늦잠이냐고 소리를 질러 댔다. 나는 있는 힘, 없는 힘을 다 짜내어 엡스가 아침 식사를 마치고 나올 무렵에는 제일 앞줄에서 일하고 있었다. 허나 이것만으로 늦잠 잔 것에 대한 체벌을 면하기는 어려웠다. 엡스는 내게 옷을 벗고 엎드리라고 하더니 채찍으로 열 대에서 열다섯 대 정도를 내리쳤다. 그러고는 내일부터는 아침에 일어날 수 있느냐고 사납게 물었고 나는 그러겠다고 크게 대답했다. 나는 따끔따끔 쑤시는 등을 추스르지도 못하고 밭일을 다시 시작해야 했다.

다음 날인 일요일이 되자 내 머릿속은 배스 생각으로 가득 찼다. 오직 배스의 행동과 의지에 내 모든 희망과 가능성이 걸려 있었다. 허나 사람 일이란 알 수 없는 법이었다. 신께서 배스의 목숨을 거두어 가기라도 한다면, 여기서 구출되어 행복하게 살 수 있을 거라는 내 모든 꿈과 기대는 모두 부서져 사라지고 말 것이었다. 등이 욱신거린 탓인지 우울한 생각만 가득했다. 하루 종일 기운이 없고 마음도 가라앉아 있다가, 밤에 딱딱한 판자 위에 눕자 가슴이 온통 슬픔으로 가득해서 찢어질 것만 같았다.

1853년 1월 3일 월요일 아침, 우리는 일찍 서둘러서 밭일을 나갔다. 이 지역에서 드물게 뼈가 시리도록 추운 날이었다. 내가 제일 먼저 앞장을 서고 에이브럼 아저씨가 뒤를 이었고, 그 다음은 밥과 팻시, 와일리가 따라왔다. 모두 목에는 목화자루 하나씩을 둘러메고 있었다. 엡스는 정말 보기 드물게 채찍도 없이 밭으로 나왔다. 해적도 울고 갈 욕설은 여느 때와 다름없어, 아무짝에도 쓸모없는 것들이라면서 욕을 해 댔다. 밥이 용기를 내어 추위 때문에 손가락이 곱아서 빨리 딸 수가 없다고 말했다. 그러자 엡스는 하필 이런 날 채찍을 안 갖고 왔다면서 가져올 때까지 기다리라고 했다. 금세 뜨끈하게 만들어 주겠다면서. 그랬다. 불타는 지옥보다 더 뜨거운 지옥을 만들 수 있는 사람이 바로 엡스였다. 나는 가끔씩 엡스야말로 불타는 지옥에서 영원히 살게 될 거라고 생각했다.

엡스는 이렇게 사나운 엄포를 늘어놓고 밭을 떠났다. 엡스가 사라지자 우리는 곱은 손가락으로 일을 하는 것이 너무 힘들다, 주인님이 너무 비합리적이다 하소연하고 구시렁댔다. 노예들의 말소리는 저택을 향해 빠르게 달려오는 마차 소리에 끊어졌다. 고개를 들어보니, 우리가 일하는 목화밭 쪽으로 걸어오는 남자 두 명이 보였다.

이제 이 글은 내가 바이유 뵈프에서 보낸 마지막 시간을 향해 치닫고 있다. 내가 마지막으로 목화 채집을 하고 엡스 주인님에게 작별을 고할 기쁨의 순간이 다가오고 있지만 아쉽게도 이야기를 8월로 되돌려서 배스의 편지가 사라토가에 도착해 어떤 일이 벌어졌는지 먼저 알려 주려 한다. 내가 에드윈 엡스의 노예 숙소에서 절망에 빠져 한숨만 쉬고 있을 때에도, 배스의 우정과 하늘의 섭리 덕택에 나를 구출하는 일은 차근차근 진행되고 있었다.

제21장

사라토가에 도착한 편지-앤에게 보내진 편지-헨리 B. 노섭에게 그 편지를 보여 주다-1840년 5월 14일에 통과된 법령-그 조항들-주지사에게 보낸 앤의 탄원서-탄원서에 첨부한 진술서들-술레 상원 의원의 편지-주지사가 임명한 대리인 출발-마크스빌 도착-존 P. 와딜 판사-뉴욕 정치계에 대한 대화-그 대화가 행운으로 이어지다-배스와의 만남-밝혀진 비밀-법적 절차-마크스빌에서 바이유 뵈프로 출발하는 노섭과 보안관-오는 길에 준비한 증거물-엡스의 농장에 도착-면화 밭에서 일하는 노예들 발견-만남-작별

내가 구출된 것은 헨리 B. 노섭 변호사님을 비롯한 수많은 은인들의 덕분이다.

배스가 파커 씨와 페리 씨에게 쓴 편지는 1852년 8월 15일, 마크스빌 우체국에서 부쳐진 뒤 9월 초에 사라토가에 도착했다. 당시 내 아내 앤은 워런 카운티의 글랜즈 폴스에 있는 카펜터스 호텔 주방에서 일하고 있었다. 아이들이 지낼 수 있게 원래 집은 안 팔고 호텔 일을 맡을 때만 집을 비웠다.

파커 씨와 페리 씨는 편지를 받자마자 곧장 앤에게 전했다. 편지를 읽고 아이들은 모두 환호성을 질렀으며 곧바로 샌디힐의 헨리 B. 노섭 변호사를 찾아가 조언과 도움을 요청했다.

노섭 변호사는 꼼꼼하게 조사하여 뉴욕 주 법령 중에 노예

상태로 전락한 자유 시민을 구조하기 위해 만든 법령이 있다는 사실을 발견했다. 1840년 5월 14일에 통과된 법령인데 제목은 '뉴욕 주의 자유 시민이 납치되어 노예로 전락하는 것을 방지하기 위한 법령'으로, 이 법령에 따르면 뉴욕 주 자유 시민이 부당하게 미국의 다른 주에 잡혀 있다는 충분한 정보를 입수하거나, 피부색이 원인이든, 해당 지역의 법률에 의한 것이든 그 시민이 노예 상태로 산다는 탄원이 들어오면, 뉴욕 주 주지사는 그 시민을 구조하기 위해 필요한 조치를 다 취해야 할 의무가 있다. 이를 위해 주지사는 대리인을 지정하고 임명할 권리가 있고, 그 대리인이 목적을 달성할 수 있도록 전권을 위임해야 하며 대리인은 해당 시민의 자유권을 입증할 만한 증거를 모으고, 해당 시민을 뉴욕 주로 귀환시키기 위해 필요한 출장이나 조치, 법적 절차를 행할 의무가 있다. 법령 이행으로 발생하는 모든 비용은 주 재무국에서 책임진다는 것이다.*(부록 A 참조)

이 법령에 의하면, 뉴욕 주지사를 설득하기 위해서는 두 가지 사실을 입증해야 했다. 첫 번째는 내가 뉴욕의 자유 시민이었다는 사실, 두 번째는 부당하게 잡혀 있다는 사실이었다. 첫 번째는 증언해 줄 오랜 이웃들이 많았기에 입증하는 것이 어렵지 않았다. 두 번째는 파커 씨와 페리 씨에게 보낸 편지에 그대로 드러났으며, 또한 올리언스 호에서 보낸 편지도 증거물이 될 수 있었는데 그 편지는 잃어버린 지 오래였다.

헌트 주지사에게 보낼 탄원서도 썼다. 앤은 결혼에서부터 남편이 워싱턴을 떠난 후 편지를 받게 되기까지의 일들을 적은 다음, 남편이 자유 시민이었다는 사실과 그 밖에 중요하다고 생각하는 사항들을 덧붙이고 서명을 했다. 이 탄원서와 함께 샌디힐과 포트 에드워드의 저명한 시민들이 쓴 진술서도 여러 장 첨부되었다. 진술서에는 탄원서 내용을 입증하는 글들이 적혔고, 유명 인사 몇 명은 주지사에게 법령을 이행할 대리인으로 헨리 B. 노섭 변호사를 강력 추천하기도 했다.

주지사는 탄원서와 진술서를 읽은 뒤 내 문제에 상당히 큰 관심을 보였으며 1852년 11월 23일에 헨리 B. 노섭을 '법률이 정한 전권대리인'으로 임명한 뒤 신속하게 루이지애나로 가서 내가 복귀할 수 있도록 모든 조치를 취하라고 지시했다.*(부록 B 참조)

노섭 변호사는 맡은 업무가 많다 보니 12월이 되어서야 루이지애나로 출발할 수 있었다. 노섭 변호사는 12월 14일에 샌디힐을 떠나 워싱턴으로 출발했다. 대리인인 노섭 변호사의 이야기를 들은 피에르 술르 루이지애나 상원 의원과 콘래드 국방부 장관, 넬슨 연방대법원 법관이 탄원서와 진술서 사본에 공증을 해 주었으며 루이지애나 당국의 협조를 강하게 바란다는 공개편지도 써 주었다.

특히나 술르 상원 의원은 내 문제에 관심을 보여 강한 어조로 루이지애나 주의 모든 농장주들이 앞장서서 내가 집으로 돌아갈 수 있도록 도와야 한다며 목소리를 높였고, 루이지애나의 명예롭고 정의감 가득한 주민들이 최대한 협조해 줄 것이라 믿는다고 했다. 노섭 변호사는 이런 소중한 편지들을 가지고 볼티모어로 돌아와 피츠버그로 향했다. 원래는 워싱턴 지인들이 충고한 대로 바로 뉴올리언스로 간 다음 시 당국과 협상을 할 예정이었다. 허나 천만다행으로 레드 강 부근에 도착했을 때 노섭 변호사는 마음을 바꿨다. 만약 원래 계획대로 밀고 나갔더라면 노섭 변호사는 배스를 만나지 못했을 테고, 따라서 나를 찾지 못한 채 발걸음을 되돌렸을지도 모른다.

노섭은 첫 증기선을 타고 느리게 구불구불 흐르는 레드 강을 따라 거대한 원시림과 인적이 없는 늪지를 지났다. 1853년 1월 1일, 오전 9시쯤에 드디어 마크스빌에 도착했다. 노섭은 증기선에서 내리자마자 곧바로 마크스빌 법원으로 갔다. 파커 씨와 페리 씨가 받은 편지 발신지가 마크스빌이어서 내가 마크스빌이나 그 근처에 있을 거라고 추측한 것이다. 노섭 변호사는 박식하며 고상하기로 이름난 존 P. 와딜 판사를 찾아갔다. 판사는 노섭 변호사가 건넨 편지와 서류를 다 읽고 내가 납치된 그간의 사정을 듣고 난 후 바로 행동에 나서서 열정적으로 조사에 착수했다. 와딜 판사는 고상하고 품위 있는 사람이 그렇듯 인신매매범을 상당히 혐오스럽게 생각했다. 교구 주민 재산 중에 가장 큰 부분을 차지하는 노예를 거래하는 데 신용이 최우선이었고, 게다가 와딜 판사는 부당한 사례에 분노하는 명예로운 심장을 가진 남자였다.

마크스빌은 루이지애나 주에서 중요한 위치를 차지한 지역이고 루이지애나 지도에 이탤릭체로 표기된 지역이나, 사실은 규모가 작은 외곽 마을이다. 유쾌하고 마음씨 좋은 주인이 운영하는 선술집을 빼고는 휴정기 동안 법원은 젖소와 돼지 차지가 되며 높은 교수대에는 잘린 밧줄만 덩그러니 매달려 있을 뿐, 이방인들의 관심을 끌 만한 것이 거의 없다.

와딜 판사는 솔로몬 노섭이라는 이름은 들어 본 적이 없지만, 마크스빌이나 이 근방 노예가 확실하다면 자기 노예인 톰이 잘 알 거라고 했다. 톰을 불러 물어봤지만 아는 이들 중에 그런 이름을 가진 사람은 없다고 했다.

파커 씨와 페리 씨가 받은 편지에 바이유 뵈프라는 지명이 적혀 있어 이 지역을 찾아보려고 했으나 방대하다는 문제점이 있었다. 바이유 뵈프는 가장 좁게 따지면 37킬로미터 정도였지만, 그 이름으로 불리는 지역을 모두 합하면 강 양쪽으로 80~160킬로미터까지 상당히 넓어졌다. 비옥한 땅 덕분에 강을 따라 수많은 농장이 존재했고 거기 사는 노예들만도 수만이 넘었다. 편지 속 정보는 너무 애매하고 불확실했기 때문에 어디서부터 찾아봐야 할지 결정하기가 어려웠다. 결국 노섭은 법원에서 견습 직원으로 일하는 와딜 판사의 동생과 함께 바이유 뵈프 전체를 뒤져 보기로 했다. 강을 따라 한쪽으로 올라가서 건너편 쪽으로 내려오며 보이는 농장마다 들러 내가 있는지를 샅샅이 훑어볼 요량이었다. 와딜 판사는 직접 마차까지 내주었고 월요일 아침에는 일찍 길을 나선다는 계획을 세웠다.

이렇게 바이유 뵈프 전체를 다 돌아보겠다는 계획은 실패할 가능성이 상당히 컸다. 두 사람이 어떻게 그 많은 농장과 노예들을 다 살펴볼 수 있다는 말인가? 거기다 그들은 내가 플랫으로 불린다는 사실도 몰랐다. 엡스에게 물어본다고 해도, 엡스가 솔로몬 노섭이라는 자를 모르는데 무슨 소용이 있을까?

아무튼 그런 계획을 세우고 나니 토요일이 다 저물었다. 노섭 변호사와 와딜 판사의 대화 주제는 뉴욕 정치 쪽으로 돌아갔다.

"나는 당신네 주의 정당들 사이에 어떤 차이가 있는지 정확히 모르겠어요. 온건파, 강경파, 보수파, 과격파, 중도파, 회색분파가 있다는데 도대체 무슨 차이점이 있는지 이해가 안 된단 말이에요."

노섭은 파이프를 다시 채우면서 정당들의 여러 분파가 생기게 된 기원에 대해 자세히 얘기해 주다가 뉴욕에는 자유 토지론 혹은 노예 해방론을 주장하는 당파도 있노라고 말해 주었다.

"여기에는 그런 사람들은 없을 테죠?"

"그렇긴 하지만, 딱 한 명이 있어요."

와딜이 웃으며 말했다.

"여기 마크스빌에 딱 한 명 있지요. 괴짜지. 북부 광신도들에 뒤지지 않을 정도로 열렬하게 노예 폐지를 주장하죠. 마음씨 착하고 좋은 사람이지만, 논쟁에선 늘 엉뚱한 편에 서는 버릇이 있죠. 그게 상당히 재미있어요. 훌륭한 기술자라 이 지역에 꼭 필요한 사람이지요. 직업은 목수예요. 이름은 배스고."

와딜은 배스의 특이한 성격에 대해 신나게 떠들다가 갑자기 입을 다물고 무언가 곰곰이 생각하는가 싶더니 편지를 다시 보여 달라고 했다.

"어디 좀 봅시다!"

와딜은 편지를 다시 한 번 천천히 훑어보았다.

"어디 보자, 어어디 보오자…… '8월 15일 바이유 뵈프에서' 여기에서 부쳤고, '저를 위해 편지를 써 줄 사람을' 음, 지난여름에는 배스가 어디서 일을 했더라?"

와딜이 갑자기 고개를 들어 동생에게 물었다. 동생은 바로 대답을 못하고 머뭇대다가 벌떡 일어나 나갔다 오더니 '바이유 뵈프에서' 일을 했다고 대답해 주었다.

"이 사람이구먼."

와딜은 손으로 탁자를 탁 내리치면서 외쳤다.

"솔로몬 노섭에 대해 말해 줄 수 있는 사람을 찾았습니다."

그 즉시 배스를 찾아 나섰지만 어디에서도 찾을 수가 없었다. 사람들에게 물어보고 다닌 결과 배스가 레드 강 선착장에서 일하고 있다는 걸 알아냈다. 와딜의 동생과 노섭은 얼른 마차를 구해 수 킬로미터를 달려 레드 강 선착장에 도착했다. 배스가 막 선착장을 떠나려던 참에 두 사람이 도착했다. 노섭 변호사가 배스에게 이름을 밝히고 따로 이야기 좀 할 수 있느냐고 부탁했고 두 사람은 강변을 거닐며 대화를 나눴다.

"배스 씨, 혹시 지난 8월에 바이유 뵈프에 계셨는지 물어봐도 되겠습니까?"

"네, 8월에 거기 있었죠."

"그럼, 그곳에서 흑인 한 명을 대신해 사라토가 스프링스로 편지를 써 보내 주신 적이 있습니까?"

"미안하지만, 그건 당신이 상관할 일이 아니잖아요?"

배스가 걸음을 멈추고 노섭을 탐색하듯 쳐다보았다.

"내가 좀 성급했군요, 배스 씨. 미안합니다. 하지만 난 8월 15일에 마크스빌에서 편지를 부친 사람과 같은 목적으로 뉴욕주에서 여기까지 온 겁니다. 정황상으로 당신이 편지를 쓴 것 같아 찾아온 겁니다. 난 솔로몬 노섭을 찾고 있답니다. 그를 안다면 제발 솔직하게 어디 있는지 알려 주십시오. 원한다면 당신한테 들었다는 말은 절대로 입 밖에 내지 않겠습니다."

배스는 아무 말 없이 한참 동안 노섭 변호사의 얼굴만 뚫어져라 바라보았다. 자신을 속이려는 게 아닌가 하는 의구심이 든 모양이었다. 그러다가 마침내 배스가 입을 열었다.

"난 부끄러울 게 없습니다. 내가 그 편지를 쓴 사람이 맞습니다. 정말 솔로몬 노섭을 구하러 오신 거라면 반갑습니다."

"솔로몬을 마지막으로 보신 게 언제입니까? 지금 어디에 있습니까?"

"크리스마스에 봤으니 딱 일주일 됐네요. 솔로몬은 에드윈 엡스의 노예로 살고 있지요. 홈스빌 근처 바이유 뵈프에 엡스 농장이 있습니다. 지금은 솔로몬이 아닌 플랫으로 불립니다."

비밀이 밝혀지고, 의문이 풀렸다. 12년간 나를 따라다니면서 비참하고 어두운 그림자를 드리우던 두꺼운 먹구름 사이로 내게 자유를 되찾아 줄 한 줄기 빛이 들었다. 이제 모든 불신과 망설임은 던져 버리고 배스와 노섭은 솔직하게 대화를 나누었다. 배스는 봄에 나를 위해 북부까지 직접 찾아갈 생각이었다며 최선을 다해서 솔로몬을 노예 상태에서 벗어나게 해 줄 작정이었노라고 했다. 거기다 나와 처음에 어떻게 만나서 지금까지 왔는지 설명해 주었고, 노섭 변호사가 말해 준 내 가족과 과거 이야기를 흥미롭게 들었다. 헤어지기 전에 종잇조각에 빨간 분필로 바이유 지도를 그린 다음에 엡스 농장을 표시해 주고 가장 빠른 지름길까지 알려 주었다.

노섭은 와딜의 동생과 마크스빌로 되돌아와 내 자유를 되찾기 위한 법적 절차를 밟기 시작했다. 나는 원고, 노섭 변호사는 내 법정대리인, 에드윈 엡스는 피고였다. 이는 물권 회복 절차와 똑같아, 교구 보안관이 내 신병을 확보한 후 법원 판결이 날 때까지 데리고 있어야 했다. 영장은 밤 12시가 되어서야 마무리되었는데 마을에서 멀리 떨어진 곳에 사는 담당 판사 서명을 받기에는 너무 늦은 시각이라 남은 일들은 월요일 아침까지 미뤄졌다.

일요일 오후까지만 해도 모든 게 잘 풀리는 듯 보였다. 그런데 와딜 판사가 노섭을 찾아와 뜻밖의 걱정을 털어놓았다. 배스가 불안했는지 동료에게 일을 맡기며 이곳을 떠나는 이유를 털어놓았다. 그런데 이 동료가 참지 못하고 말을 조금 흘렸는지 마을에 소문이 돌았다. 호텔에 묵고 있는 이방인이 와딜 판사와 함께 엡스의 노예 한 명을 찾으러 다닌다는 소문이었다. 엡스는 법원 개정기 때마다 마크스빌에 자주 드나들어 이곳에서도 유명 인사였다. 와딜 판사는 밤새 이 소문이 엡스에게까지 전달되어 보안관이 농장에 도착하기 전에 솔로몬을 숨겨 버리지는 않을까 걱정했다.

그래서 일은 상당히 빠르게 진행되었다. 마을 쪽에 살고 있는 보안관에게 자정이 넘으면 바로 출발할 수 있게 준비하라고 전했으며, 담당 판사한테도 빨리 와 달라고 연락을 보냈다. 마크스빌 관계자들 모두가 최대한 협조를 해 주었다.

자정 너머 담당 판사 서명까지 받은 영장이 완성되자 노섭과 보안관은 호텔 주인 아들이 모는 마차를 타고 급히 마크스빌을 벗어나 바이유 뵈프로 향했다. 엡스가 내 자유권이 적힌 영장을 거부할 가능성이 컸던지라, 노섭 변호사는 보안관의 증언이 재판에서 중요한 물적인 증거가 될 거라고 생각하고 마차를 타고 가는 동안 내게 물을 질문과 대답을 만들었다. 보안관이 먼저 내게 내 아이들 이름이나 아내의 결혼 전 이름, 북부 지역 지명 등을 물어보고 노섭이 미리 작성한 답안에 맞게 내가 대답을 하면 결정적인 증거가 될 것이라고 생각한 것이다.

지난 장 마지막 부분에서 말했듯이, 엡스가 우리를 '뜨끈하게' 만들어 준다며 밭을 떠난 지 얼마 안 되어 두 남자가 밭에서 일하고 있던 우리를 발견했다. 노섭과 보안관은 마차에서 내려 마부에게는 그대로 주인집으로 가라고 지시를 내리고는 주인집에서 누구를 보더라도 무슨 용무로 왔는지는 발설하지 말라고 당부했다. 그런 다음 목화밭을 가로질러 우리 쪽으로 다가왔다. 우리는 마차에서 내린 두 남자가 조금 떨어져서 걸어오는 모습을 보았다. 아침 일찍부터 백인 남자들이 우리를 보며 그렇게 다가오는 건 드물고 신기한 일이었다. 에이브럼 아저씨와 팻시는 놀라 중얼거렸다. 보안관이 밥에게 물었다.

"여기에 플랫이라는 자가 누구요?"

"저기 저 사람입니다."

밥이 나를 가리키며 급하게 모자를 벗었다.

나는 대체 백인이 내게 무슨 볼일이 있을까 생각하며 가까이 다가올 때까지 계속 그 백인의 얼굴을 바라보았다. 그 지역에서 오래 살았던지라 근방 농장주들 얼굴은 웬만큼 다 알았는데 이 사람은 생전 처음 보는 얼굴이었다. 분명히 이전에는 한 번도 본 적이 없는 얼굴이었다.

"이름이 플랫 맞나?"

"네, 그렇습니다."

보안관은 조금 멀리 떨어져 있는 노섭을 가리키면서 "저 남자가 누군지 아나?" 하고 물었다.

나는 보안관이 가리키는 방향에 선 남자 얼굴을 빤히 쳐다보았다. 머릿속에 온갖 친근한 얼굴들이 지나갔다. 앤과 사랑스러운 아이들, 돌아가신 아버지 얼굴과 유년 시절 모든 추억, 행복한 시절 친구들 얼굴이 떠올랐다가 사라져 갔다. 그렇게 흐린 그림자들처럼 스쳐 지나가다 드디어 선명한 기억이 떠올랐다. 나는 하늘을 향해 양손을 뻗으면서 흥분을 이기지 못하고 큰 소리로 외쳤다.

"헨리 B. 노섭! 하느님 감사합니다, 하느님 감사합니다!"

순간 나는 그가 이곳에 온 이유를 알아챘고, 해방의 시간이 머지않았다는 사실을 감지했다. 당장 그에게 달려가려는데 보안관이 내 앞을 막아섰다.

"잠깐만, 플랫 말고 다른 이름이 있나?"

"솔로몬 노섭이 제 원래 이름입니다, 나리."

"가족은?"

"아내와 세 아이가 있습니다."

"이름은?"

"엘리자베스, 마거릿, 알론조라고 합니다."

"아내의 결혼 전 이름은?"

"앤 햄프턴입니다."

"주례는 누가 봤습니까?"

"포트 에드워드의 티머시 에디 판사님입니다."

"저 남자는 어디에서 삽니까?"

다시 노섭 변호사를 가리키며 물었고 노섭 변호사는 그 자리에서 여전히 꼼짝도 하지 않고 서 있었다.

"저분은 뉴욕 주 워싱턴 카운티의 샌디힐에서 살고 있습니다."

보안관은 질문을 더 하려 했지만, 나는 참지 못하고 그를 밀치고 나가 오랜 지인의 양손을 꼭 잡았다. 나는 목에 메어 아무 말도 못하고 눈물만 흘렸다.

"솔로몬, 반갑네."

나도 대답을 하고 싶었지만 감정이 북받친 탓에 아무 말도

SCENE IN THE COTTON FIELD, SOLOMON DELIVERED UP.

목화밭에서 구출되는 솔로몬

할 수가 없었다. 동료 노예들은 모두들 어리둥절한 얼굴로 입을 벌리고 눈을 굴리며 놀랍다는 듯 바라보기만 했다. 10년 동안 그들과 함께 밭에서 일하고 오두막에서 자면서 고생을 같이 하고 같은 음식을 먹고, 슬픔과 약간의 기쁨도 함께 나눴지만 지금 이 순간까지도 그들은 내 진짜 이름과 내 진짜 사연을 전혀 몰랐다.

나는 몇 분간 한마디 말도 없이 노섭 변호사의 손을 꼭 잡은 채 그의 얼굴을 쳐다보았다. 모든 것이 꿈이 아닐까 두려웠다.

"자, 이 자루는 이제 던져 버리지. 이제 노예 시절은 다 끝났다네. 우리와 함께 주인에게 가 보세."

나는 그 말을 듣자마자 노섭과 보안관 사이에 서서 저택을 향해 걸었다. 몇 걸음 못 가 입이 풀리면서 가족들에 관해 물었다. 노섭은 얼마 전에 앤과 마거릿, 엘리자베스를 만났으며 알론조도 잘 지내고 있다고 전해 주었다. 그러나 어머니는 다시 뵐 수 없을 거라고 했다. 나는 한껏 들떴던 마음이 좀 진정되기가 무섭게 찾아든 충격적인 소식에 머리가 어지러웠다. 기절할 것같이 힘이 빠져 도저히 걷기가 힘들 정도였다. 보안관이 내 팔을 잡아 주지 않았다면 아마도 땅에 쓰러졌을 것이다.

우리가 안마당에 들어서자 엡스가 문 옆에 서서 마부에게 말을 걸고 있는 게 보였는데 그 청년은 노섭이 당부한 대로 엡스가 계속 질문을 퍼붓는데도 묵묵부답이었다. 우리가 나타나는 모습을 보고 엡스는 밥이나 에이브럼 아저씨처럼 놀라고 무척 당황해했다. 엡스는 보안관과 악수를 나누고 노섭과 인사를 한 뒤 그들을 집 안으로 들였다. 그러면서 내게는 장작을 좀 패오라고 시켰는데 무슨 영문인지 손에 힘이 들어가지 않아 도끼를 정확히 휘두르지 못하는 바람에 시간이 조금 걸렸다. 내가 겨우 장작을 끌어안고 들어가니까 탁자 위에는 서류 여러 장이 놓여 있었고 노섭이 그중 하나를 읽는 중이었다. 나는 천천히 벽난로에 장작을 집어넣으며 시간을 끌었다. "상기 솔로몬 노섭은"이나 "선서 증인이 말하기를", "뉴욕의 자유 시민"이라는 말이 자주 나왔고, 이 표현들로 볼 때는 내가 엡스 주인 부부에게 오랫동안 숨겨 왔던 비밀이 만천하에 드러난 것이 분명했다. 최대한 오래 뭉그적거리다가 방을 나가려는데 엡스가 내게 물었다.

"플랫, 이 신사 분을 아나?"

"네, 오래전부터 아는 분입니다."

"어디에 살고 계시는데?"

"뉴욕에 살고 계십니다."

"너도 거기에서 살았다고?"

"네, 거기서 나고 자랐습니다."

"그럼, 자유인이 맞겠군. 이 빌어먹을 깜둥이가. 왜 너를 샀을 때 말을 안 한 거야?"

"엡스 주인님······."

나는 평소와 조금 다른 목소리로 대답했다.

"주인님께서 한 번도 제게 물은 적이 없으시잖아요. 그리고 예전에 나를 납치했던 자한테 자유인이라고 말했다가 죽지 않을 만큼 채찍질을 맞은 적이 있거든요."

"누가 대신 편지를 써 준 모양인데, 그게 누구야?"

엡스가 무섭게 다그쳤지만 나는 대답하지 않았다.

"대체 누가 편지를 써 줬냐니까?"

"제가 직접 쓴 것 같습니다."

"너는 낮에 마크스빌 우체국에 다녀온 적이 없어. 다 알아."

엡스는 편지를 써 준 자를 대라고 다그쳤으나 나는 끝까지 입을 다물었다. 엡스는 나를 위해 편지를 써 준 남자를 향해 누군지 알아내기만 하면 피의 복수를 하겠다며 이를 북북 갈았다. 큰 재산을 잃었다는 생각에 너무 화가 치민 나머지 그 정체도 모르는 남자를 향해 온갖 욕설을 퍼부어 댔다. 노섭 변호사를 향해서도 자기가 한 시간만 일찍 알아차렸으면 나를 뉴욕에 데려가지 못했을 것이라며 늪지로 빼돌리든 어떻게 해서든 허탕 치게 만들었을 것이라고 저주를 퍼부었다.

내가 마당으로 나와 부엌으로 들어가는데 바로 그때 등 뒤에서 무엇인가가 날아왔다. 피비 아주머니가 주인집 뒷문에서 감자를 던진 것이다. 아마 은밀히 하고 싶은 말이 있는 모양이었다. 내게 급히 달려와 귓전에 대고 빠르게 속삭였다.

"세상에, 플랫! 지금 뭘 해? 저 두 남자가 널 찾으러 왔다고. 주인님한테 네가 자유인이라고 하던데. 아내와 세 아이도 있다면서? 같이 떠날 거지? 안 떠나면 바보지. 나라면 좋아라고 따라갈 거야."

그때 엡스 마님이 부엌으로 들어오더니 나한테 많은 말을 하면서 왜 사실대로 말하지 않았느냐고 물었다. 이 농장에서 나 같은 노예는 없다면서 아쉬워했다. 만약 그날 내가 아닌 팻시가 떠나게 되었더라면 마님은 넘치는 기쁨을 주체하지 못했을 것이다. 마님은 이제 누가 의자나 가구를 고치고, 집 안에 필요한 물건들을 만들어 주고, 바이올린 연주를 해 줄 수 있겠느냐며 울먹였다.

엡스는 밥을 불러서 말을 준비하라고 일렀다. 다른 노예들도 벌 받을 각오를 하고 밭에서 돌아와 있었다. 엡스에게 들키지 않도록 오두막 뒤에 숨어서 나를 보고 손짓했다. 그들은 무척 흥분해서 꼬치꼬치 캐물었다. 그들이 뱉은 말을 고스란히 옮길 수만 있다면 시가 한 편 탄생했을 테고, 그들의 몸짓과 표정을 그릴 수만 있다면 아주 훌륭한 그림이 되었을 것이다. 그들에게 나는 갑작스럽게 위대한 인물이 되었다.

법률 서류를 다 전달하고 다음 날, 마크스빌에서 엡스와 만나기로 약속을 하고 나서 노섭과 보안관은 마크스빌로 돌아가려고 마차에 올라탔다. 내가 막 마부석에 앉으려는데 보안관이 주인 부부에게 작별인사를 하고 오라고 했다. 나는 주인 부부가 서 있는 마당으로 부리나케 달려가 모자를 벗고 인사를 했다.

"안녕히 계십시오, 마님."

"플랫, 잘 가게."

주인마님이 다정한 목소리로 말했다.

"그럼 잘 지내슈, 주인 양반."

"허! 이놈의 깜둥이 새끼가! 아직 안심하긴 일러. 다 끝난 게 아니야. 내일 마크스빌에서 차근차근 따져 볼 참이니까."

엡스가 심술 맞게 중얼거렸다.

나는 내 처지를 잘 아는 깜둥이라 참았지만 만약 백인이었다면 저놈 엉덩이를 한 대 걷어찼을 것이다. 마차로 되돌아가려는데 팻시가 오두막 뒤에서 쫓아 나와 내 목을 감싸 안았다.

"아, 플랫."

팻시는 눈물을 줄줄 흘렸다.

"자유인이 되어 떠나는군요. 멀리 떠나는군요. 다시는 못 보겠지요? 당신 덕분에 매를 덜 맞았는데. 당신이 자유인이 된 건 기쁘지만…… 아! 하느님, 하느님! 이제 난 어떻게 해요?"

나는 팻시의 팔을 조용히 풀고 마차에 올라탔다. 마부가 채찍을 휘둘러 마차를 출발시키고 나는 뒤를 돌아보았다. 팻시는 고개를 숙인 채 웅크리고 앉았고, 엡스 마님은 테라스에 서 있었으며, 에이브럼 아저씨와 밥, 와일리, 피비 아주머니는 문가에 서서 내 쪽을 바라보고 있었다. 나는 손을 흔들었지만 마차가 모퉁이를 돌면서 그들의 모습은 시야에서 사라졌다.

우리는 잠깐 케어리의 제당공장 앞에서 멈췄다. 북부 사람 눈에는 그렇게 많은 노예들이 일하는 모습이 신기해 보이는 모양이었다. 그때 엡스가 쌩하니 말을 타고 지나갔는데 다음 날 물어보니 나를 처음 사 왔던 윌리엄 포드를 만나기 위해 그레이트 파인 우즈로 가던 길이라고 했다.

1월 4일, 화요일에 엡스와 엡스의 변호사인 H. 테일러 씨, 노섭 변호사, 어보이엘르의 판사이며 보안관인 와딜, 이렇게 네 명이 나와 함께 마크스빌의 판사실에 모였다. 우선 노섭 변호사가 나에 관한 사실이 적힌 서류를 읽은 다음 여기에 온 이유를 밝히고는 진술서를 내놓았다. 보안관이 들어와 목화밭에서 나를 처음 본 상황을 증언했고, 나도 오랜 시간 심문을 받았다. 결국 테일러 씨가 소송은 돈이 많이 들 뿐만 아니라 괜한 시간 낭비가 될 것이라며 엡스를 설득했다. 테일러 씨 조언에 따라 합의서가 만들어졌고 양측이 서명했다. 엡스는 내 자유권을 인정하며 공식적으로 나를 포기하고 뉴욕 주로 돌려보낸다는 내용에 합의했다. 규정에 따라 이 합의서는 어보이엘르 기록청에 보관되었다.*(부록 C 참조)

 노섭 변호사와 나는 서둘러 선착장으로 가 처음 도착한 증기선을 탔다. 곧 증기선은 내가 12년 전 깊은 절망감을 안고 도착했던 레드 강을 따라 내려갔다.

제22장

뉴올리언스 도착-지나치면서 본 프리먼-서기관 제누아-솔로 몬에 대한 그의 설명-찰스턴 도착-세관원에게 제지를 당하다- 리치몬드를 지나다-워싱턴 도착-체포되는 버치-셰클스와 손- 이들의 증언-무죄 판결을 받는 버치-고소당하는 솔로몬-고소 를 취하하는 버치-상급 법정-워싱턴 출발-샌디힐 도착-오랜 친구들과 익숙한 풍경들-글랜즈 폴스-앤과 마거릿, 엘리자베 스와의 만남-솔로몬 노섭 스탠턴-일화들-결말

증기선이 유유히 뉴올리언스를 향해 달릴 때도 나는 행복하지 않은 기분이었다. 갑판 위에서 춤이라도 춰야 마땅한데 그럴 생각도 들지 않았던 것 같다. 그렇게 먼 길을 달려 나를 찾아와 준 이 신사에게 고마운 마음조차 들지 않았던 듯하다. 파이프에 불이라도 붙여 드리고 조용히 옆에 있다가 손짓만 해도 당장 달려가야 했을지도 모르지만 그러지도 않았던 것 같다. 뭐, 당시 내 기분이 어땠든 그것은 중요하지 않다.

우리는 뉴올리언스에서 이틀을 묵었다. 나는 그곳에 머무는 동안 프리먼이 운영하는 노예 수용소와 포드가 나를 구입한 방의 위치를 알려 주었다. 그러다 우연히 길거리에서 프리먼과 마주쳤는데 일부러 아는 척할 필요도 없는 인간이라는 생각이

들었다. 점잖은 시민들에게 들은 말에 따르면, 티오필러스는 밑바닥까지 내려간 비참한 인간 말종, 완전히 망가지고 악평만 자자한 불량배였다.

우리는 서기관을 찾아가 슐르 상원 의원이 쓴 편지를 건네주었다. 서기관은 들은 대로 아주 명예롭고 좋은 사람이었는데 직접 서명하고 인장을 찍은 일종의 법적 통행 허가증을 발급해 주었다. 그 속에는 서기관이 내 외모를 묘사한 부분도 있었는데 여기에 소개해도 좋을 것 같다.

루이지애나 주- 뉴올리언스 시
제2지구, 기록청

모든 관계자에게 :
뉴욕 주 워싱턴 카운티에 사는 헨리 B. 노섭 변호사가 흑인 솔로몬이 자유인이란 사실을 증명했다. 솔로몬은 나이 42세 가량, 신장은 170센티미터 정도, 곱슬머리에 적갈색 눈을 가진 물라토로, 고향은 뉴욕 주다. 상기 노섭은 상기 솔로몬을 데리고 남부 길을 이용해 고향으로 귀환하는 중이므로, 우리 시당국은 상기 솔로몬이 특별한 불법적 행동을 하지 않는다면 무사통과를 요청한다.

1853년 1월 7일, 뉴올리언스 시
서기관, TH. 제누아. *H. Genois*

우리는 8일에 기차를 타고 폰차트레인 호수에 도착했고 얼마 지나지 않아 찰스턴에 이르렀다. 여기서 증기선을 타고 통행세를 내려고 하는데, 세관원이 노섭 변호사를 따로 부르더니 왜 하인을 등록하지 않았느냐고 물었다. 노섭 변호사는 하인이 아니라고 대답하면서 뉴욕 주지사의 대리인으로서 노예로 살던 뉴욕 주 자유 시민을 구출해서 가는 길이니까 등록할 생각도 없고 의향도 없노라고 딱 잘라 말했다. 노섭 변호사가 단호하게 대처하는 것을 보니 앞으로 찰스턴 관리들에게 계속 오해를 사더라도 특별한 어려움 없이 풀어 나갈 수 있을 것 같았다. 한참 후에야 우리는 통행 허가를 받았고, 리치몬드를 지날 때는 구딘의 수용소도 스쳐 지나갔다. 그렇게 해서 1853년 1월 17일에 워싱턴에 도착했다.

우리는 워싱턴에 버치와 래드번이 아직도 살고 있다는 사실을 확인하고 워싱턴 경찰에 제임스 H. 버치를 고발하는 고소장을 제출했다. 버치는 고다드 판사가 발부한 영장으로 체포되었으며 맨슬 판사는 그에게 보석금 3,000달러를 책정했다. 체포된 순간 무척 겁에 질려 벌벌 떨던 버치는 루이지애나 애비뉴의 판사실에 도착해 정확한 고소 내용을 알기도 전에 경관에게 벤저민 O. 셰클스를 불러 달라고 애원했다. 셰클스는 17년 동안 노예 상인으로 일한 남자로 버치의 예전 사업 동료다. 이 셰클스가 버치의 보석금을 치렀다.

1월 18일 10시 정각에 양측이 법정에 섰다. 체이스 오하이오 상원 의원과 샌디힐의 오빌 클라크 씨, 노섭 변호사가 원고 측 대리인이었고 조지프 H. 브래들리가 피고 측 대리인이었다.

오빌 클라크 씨가 증인 선서를 한 뒤 어릴 때부터 나를 잘 알고 지내 왔으며 내 아버지가 그랬듯 나도 역시 자유인이었다고 증언했다. 노섭 변호사도 똑같이 증언한 다음 주지사 대리인으로서 어보이엘르로 가게 된 경위를 설명한 뒤 사실 관계를 확인해 주었다. 애버니저 래드번도 선서를 하고 증언을 했는데 마흔여덟 살이며 워싱턴에 거주하고 있고 버치와 알게 된 지 14년 되었으며 1841년에 윌리엄스 노예 수용소 간수 일을 할 때 나를 감금했던 사실을 기억한다고 했다. 그러자 피고 측 대리인도 1841년 봄에 내가 버치의 수용소에 감금되었다는 사실을 인정했다.

벤저민 O. 셰클스가 피고 측 증인으로 나섰다. 우락부락하고 덩치가 상당히 큰 남자로, 독자들도 피고 측 변호사의 첫 질문에 그가 어떻게 대답했는지를 들으면 금세 어떤 인물인지 알 수 있을 것이다. 피고 측 변호사가 태어난 곳을 물었을 때 셰클스는 건들건들한 태도로 바로 이렇게 대답했다.

"뉴욕 주 온타리오 카운티에서 태어났습니다. 무려 6킬로그램이었다니까요!"

벤저민은 대단한 아기였다! 셰클스는 1841년 워싱턴에서 스팀보트 호텔을 운영했는데, 그해 봄에 거기에서 나를 봤노라고 증언했다. 그러면서 두 남자가 말하는 걸 들었던 얘기를 하려는데 체이스 상원 의원이 제삼자의 말은 증거로 부적합하다는 이유로 이의를 제기했다. 하지만 판사가 기각했고, 셰클스는 증언을 계속했다. 어떤 남자 둘이 호텔로 들어오더니 흑인을 팔고 싶다고 말했으며 버치와 협상을 벌였고, 두 남자는 조지아 주에서 왔다고 했지만 정확히 어느 마을인지는 기억나지 않으며, 그 남자들이 데려온 흑인이 벽돌공에 바이올린도 잘 켠다고 하니까 버치가 사겠다고 했고, 두 남자가 데리고 들어온 흑인이 바로 나라는 말이었다. 심지어 셰클스는 내가 내 입으로 직접 조지아에서 나고 자랐으며, 두 남자 중 한 명이 내 주인이라는 말까지 했다고 증언했다. 더구나 내가 주인과 헤어지기 아쉬워서 눈물을 쏟았노라는 말까지 했다. 그런데 오히려 내가 주인에게 나를 팔아야 한다며 고집을 부렸다고 했다. 그 주인이 도박과 음주에 빠져 있었기 때문이라나!

셰클스의 증언은 계속되었고 법원 심리 기록에 담긴 자세한 내용은 다음과 같다.

"버치가 그 흑인에게 늘 하던 질문을 하면서 남부로 팔아 버릴 거라는 말도 했어요. 그런데도 원래 남부로 가고 싶었다면서 좋아했어요. 내가 알기로는 버치가 650달러를 줬을 거요. 이름은 뭔지 모르겠으나 솔로몬은 아니었을 것입니다. 두 남자 이름도 기억나지 않고요. 두 남자는 내 호텔에서 두세 시간 정도 있었는데 그때 그 흑인이 바이올린을 연주했습니다. 매도 증서는 내 가게에서 작성했고요. 빈 종이를 내줬더니 거기에 버치가 내용을 적었어요. 1838년 이전엔 내가 버치와 함께 사업을 했었죠. 노예 매매 사업이요. 그 후로는 뉴올리언스의 티오필러스 프리먼과 함께 했더라고요. 버치가 여기서 사서 프리먼이 그곳에서 파는 식이었습죠!"

셰클스는 증언을 하기 전에 내가 브라운과 해밀턴, 이 두 남자와 함께 워싱턴으로 온 사실, 바이올린을 연주한다는 사실을 듣고 온 것이 분명하다. 그래서 일부러 '두 남자'라고 말했을 테지만 이자의 말은 새빨간 거짓말이다. 그런데 이 워싱턴에서 셰클스의 증언을 거드는 사람이 나타났다.

벤저민 A. 손은 1841년에 셰클스의 호텔에 있었으며 거기서 흑인이 바이올린을 연주하는 모습을 봤노라고 했다.

"주인이 흑인을 팔려고 내놨다고 셰클스가 말해 줬어요. 주인이 팔고 싶다고 하는 소리를 직접 듣기도 했죠. 그 흑인도 자기는 노예라고 했습니다. 돈을 건네는 모습은 직접 보지 못했습니다. 이자가 그때 그 흑인이라고 단정할 수는 없지만, 주인이 눈물을 글썽거렸고 그 흑인도 그랬던 것 같아요! 저는 20년간 간간이 노예들을 남부로 데리고 가는 일을 했습니다. 그 일이 없을 때는 다른 일도 조금씩 하고 말입니다."

그다음으로 내가 증인으로 나섰는데 피고 측이 이의를 제기했고 법원은 내 증언을 인정할 수 없다면서 이의를 받아들였다. 단순히 내가 흑인이기 때문이었다. 내가 뉴욕 주 자유 시민이라는 사실은 쟁점화되지도 못했다.

셰클스가 매도 증서 작성에 대해 증언을 하는 바람에 버치가 불려 나왔고 그 증서만 증거로 제출하면 셰클스와 손의 증언은 입증되는 것이었다. 피고 측은 그 증서를 제시해야만 했고 그러지 못할 경우 합당한 이유를 제시해야 했다. 따라서 버치가 직접 증인으로 나섰고 원고 측 대리인들은 이런 증언을 받아들이면 안 된다고 바로 이의를 제기했다. 모든 증거 규칙에도 어긋날 뿐만 아니라 이런 증언이 받아들여진다면 사법 정의가 무너지는 꼴이라면서 강하게 항변했지만 법원은 버치의 증언을 인정했다! 버치는 매도 증서를 작성하고 서명까지 했지만 '잃어버렸으며 지금은 어디 있는지 모른다'고 증언했다. 그러자 원고 측 변호사가 판사에게 버치의 집으로 경관을 보내 1841년 매도 증서들이 담긴 장부를 가져와 달라고 요청했다. 판사는 이를 받아들였고 증거가 인멸되기 전에 경관이 장부를 입수해서 법원으로 가져왔다. 1841년 판매 기록을 꼼꼼하게 다 뒤져 봤지만 결국 나에 대한 매도 증서는 발견되지 않았다!

법원은 이 증언에 입각해서 내 문제에 관해서는 버치가 정직하고 결백하다는 판단을 내려 버치는 결국 무죄 석방되었다. 그러자 버치와 그 일당들은 나를 옭아매기 위해 음모를 꾸몄다. 내가 두 백인 남자와 공모해 버치를 속였다는 혐의를 내세우며 고소장을 제출했다. 이것에 대해서는 재판 하루나 이틀 뒤에 발행된 〈뉴욕 타임스〉 신문 기사 발췌문을 보기로 하자.

> 피고 측 대리인은 피고인인 버치와 상의하에, 흑인이 두 백인 남자와 공모해 버치에게 625달러를 사기 쳤다는 내용의 고소장을 접수했다. 결국 영장은 발부되었고 흑인은 체포되어 고다드 판사 앞에 서야 했다. 버치와 그 측근들이 법정

에 나타났으며 흑인 대리인으로 참석한 H. B. 노섭 변호사가 피고 측 변호 준비가 되어 있으니 질질 끌 것 없이 바로 재판에 들어가자고 요청했다. 그러자 버치가 셰클스와 함께 잠깐 상의한 끝에 이 사건을 길게 끌 생각 없으니 고소를 취하하겠다고 했다. 피고 측 대리인은 원고가 고소를 취하하는 데 피고가 그 어떤 동의나 요구를 하지 않았음을 강조했다. 버치는 판사에게 고소장과 영장을 다시 돌려 달라고 요청했으며 그 요청이 받아들여졌다. 피고 측 대리인은 즉시 이의를 제기하며 고소장과 영장은 법원 해당 절차에 따라 법원 기록물로 남겨 놓아야 한다고 주장했다. 버치는 고소장과 영장을 되돌려 주었으며 법원은 고소인의 요청에 의한 소송 취하를 선언하고 서류를 보관했다.

아마 세상에는 노예상의 말을 더 믿는 사람도 존재할 것이다. 이런 사람들은 내 말보다 노예상의 말을 훨씬 더 무게감 있게 받아들이리라. 나는 이리저리 짓밟히는 천한 흑인이자 내 목소리에 아무도 귀 기울여 주는 자 없는 초라한 사람이지만, 진실을 알고 내 말에 책임을 지는 사람으로 엄숙하게 인간과 신 앞에 맹세한다. 내가 나를 팔려는 사람들과 직접적이든 간접적이든 공모를 벌였다거나, 워싱턴에 온 이유와 윌리엄스 노예 수용소에 갇힌 이유가 내가 말한 것과 완전히 다르다는 주장은 모두 날조된 거짓말이다. 나는 워싱턴에서 단 한 번도 바이올린을 연주하지 않았다. 스팀보트 호텔은 근처도 가 보지 않았으며, 지난 1월 전까지만 해도 손이나 셰클스는 얼굴도 본 적이 없다. 노예상 세 명이서 되는 대로 내뱉은 비열하고 근거도 없는 엉터리 거짓말일 뿐이다. 그자들의 말이 진실이라면 내가 왜 굳이 버치를 고소하려고 자유를 향해 내딛던 발걸음을 돌렸겠는가? 버치를 찾기보다 차라리 피해 다녔어야 하지 않겠는가. 내 입장만 곤란해질 일이었다면 피해 가지 않았겠는가. 고향으로 돌아가서 그렇게나 원하고 염원하던 가족들을 만날 생각에 한창 들떠 있는 상황에서 내가 뭐하러 위험을 자청하겠는가. 버치와 그 일당들이 지껄인 말들 중에 조금이라도 진실이 섞여 있었다면 내가 유죄 선고를 받을 수도 있을 텐데 말이다. 나는 안간힘을 써서 버치를 찾아냈고 나를 납치한 죄로 법정에 세웠다. 가족들과의 만남도 미룬 채 이렇게 할 수 있었던 것은 순전히 버치가 내게 했던 잘못된 행위에 대한 분노와 법의 심판을 받게 하겠다는 정의감 때문이었건만, 버치는 이런 식으로 무죄 방면되고 말았다. 인간의 재판은 잘도 벗어났지만 아직 더 높은 곳의 재판이 남아 있다. 그곳에서는 그자의 거짓 증언이 전혀 먹히지 않을 테고, 나 역시 그 마지막 재판에서 제대로 판결을 받고 싶다.

우리는 1월 20일에 워싱턴을 떠나서 필라델피아, 뉴욕, 올버니를 거쳐 21일 밤에 샌디힐에 도착했다. 익숙한 풍경과 오랜 친구들로 둘러싸이자 내 가슴에서는 행복이 넘쳐흘렀다. 다음 날 아침, 나는 지인 몇 명과 함께 앤과 아이들이 살고 있는 글

ARRIVAL HOME, AND FIRST MEETING WITH HIS WIFE AND CHILDREN

집에 돌아와 마침내 아내와 아이들을 만나는 솔로몬

랜즈 폴스로 갔다.

아늑한 집 안으로 들어서자 제일 먼저 마거릿이 나왔다. 딸은 아버지를 알아보지 못했다. 내가 떠났을 무렵에 마거릿은 장난감을 갖고 놀던 일곱 살짜리 수다쟁이 꼬마였는데 어느새 성숙한 여인으로 자라 결혼까지 해서 눈이 맑은 한 청년이 옆에 서 있었다. 거기다 억울하게 노예가 된 불쌍한 할아버지를 잊지 말라는 뜻으로 손자 이름을 솔로몬 노섭 스탠턴이라 지었다고 했다. 내가 누구인지 밝히자 마거릿은 감정이 북받쳐 말을 잇지 못했다. 엘리자베스가 이내 방으로 들어왔고, 앤이 호텔에서 연락을 받고 달려왔다. 다들 내 목에 매달려 한참을 울었다. 이후 벌어진 일은 독자의 상상에 맡기겠다.

격렬한 감정들이 가라앉자 우리는 타닥거리며 방 안에 따뜻한 온기를 내뿜는 벽난로 앞에 옹기종기 앉아 그간 나누지 못한 이야기를 했다. 우리가 떨어져 지낸 동안 느꼈던 희망, 두려움, 각자가 겪은 괴로움, 시련, 난관들을 모두 다 털어놓았다. 알론조는 서부에서 일하느라 집에 없었다. 얼마 전에 제 어머니에게 이제 곧 아버지의 자유를 살 돈이 다 모일 거라는 편지를 보내왔다고 했다. 그것이 어릴 적부터 알론조의 유일한 목표였다는 것이다. 가족들은 내가 노예로 잡혀 있다는 걸 알고 있었다. 내가 배에서 보낸 편지와 클레먼스 레이 덕분이었다. 허나 내가 정확히 어디에 붙잡혀 있는지는 배스가 보낸 편지를 본 뒤에야 알았다. 아내 말이, 언젠가는 엘리자베스와 마거릿이 학교에서 돌아와 슬프게 울더란다. 아내가 그 이유를 물으니 지리 시간에 목화밭에서 일하는 노예와 그 노예를 채찍질하는 감독관이 그려진 삽화를 보고는 아버지도 그렇게 고생할 것 같아서 운다고 대답했단다. 사실 남부에서는 그런 것이 현실이었다. 이렇게 우리 가족은 수많은 일화를 얘기하면서 그동안 쌓인 회포를 풀었다. 가족들이 나를 12년 동안 잊지 않고 계속 기억하고 있었다는 사실을 알려 주는 일화들이지만 독자들에게는 별다른 흥밋거리가 되지 않을지도 모른다.

에필로그

이제 내 이야기는 이것으로 끝이다. 노예 제도에 관해 더는 할 말이 없다. 이 책을 읽는 독자들은 그 '희한한 제도'에 대해 저마다 느낀 것이 있을 것이다. 솔직히 말해 다른 주의 상황이 어떤지는 모른다. 하지만 레드 강 지역의 상황은 이 책에 적힌 것과 조금도 다르지 않다. 어떠한 거짓이나 과장도 없는 현실 그대로다. 내가 실수한 부분이 있다면 그것은 독자들에게 제도의 긍정적인 면을 너무 강조해서 보여 준 게 아닐까 하는 점이다.

아직도 나 같은 불행을 겪는 사람들이 수백 명은 될 것이다. 자유 시민 수백 명이 납치되어 노예로 팔려 가고 지금 이 순간에도 텍사스와 루이지애나 농장에서 목숨을 갉아먹는 고된 노동에 시달리고 있을 게 틀림없다. 하지만 나는 모든 것을 참으려 한다. 그간 겪었던 고난으로 내 영혼은 더욱더 단단해졌으며, 여러 좋은 분들 덕분에 이렇게 행복과 자유를 되찾았다.

이제 바라는 것은 소박한 삶이지만 당당하게 살다가 아버지가 잠드신 교회 무덤에서 함께 영원한 안식을 누리는 것뿐이다.

ROARING RIVER.

A REFRAIN OF THE RED RIVER PLANTATION.

"Harper's creek and roarin' ribber,
Thar, my dear, we'll live forebber;
Den we'll go to de Ingin nation,
All I want in dis creation,
Is pretty little wife and big plantation.

CHORUS.

Up dat oak and down dat ribber,
Two overseers and one little nigger."

로링 강
레드 강 농장 흑인 영가

하퍼스 크리크와 로링 강에서
내 사랑 그대와 영원히 살겠네.
인디언 나라로 함께 가세.
내가 이 땅에서 원하는 건
예쁜 아내와 커다란 농장뿐이네.

(후렴)
저 떡갈나무 위와 저 강 아래
감독관 두 명과 깜둥이 하나.

부록 A

뉴욕 법

제375조

뉴욕 주의 자유 시민이 납치되어 노예로 전락하는 것을 방지하기 위한 법령.

[1840년 5월 14일 통과]

뉴욕 주 시민을 대표하여 상원과 하원은 다음과 같이 제정한다.

제1항

뉴욕 주 주지사는 뉴욕 주의 자유 시민이 뉴욕 주에서 납치를 당하고 노예로 전락해 미국 내의 다른 주로 끌려갔다거나, 혹은 뉴욕 주의 자유 시민이나 주민이 흑인을 노예로 부리는 법률이 있는 주에서 부당하게 감금되거나 노예로 전락하거나 자유권을 박탈당했다는 확실한 정보를 입수할 경우, 해당 시민의 자유권 복권 및 뉴욕 주로 귀환하기 위해 필요한 모든 조치를 취해야 할 의무가 있다. 이에 위 주지사는 복권 및 귀환을 효과적으로 실행하기 위해 대리인을 지정, 임명하며 위 대리인이 임무를 완수할 수 있도록 전권을 위임해야 한다. 주지사는 위 대리인에게 필요한 경비 및 보상금을 책정하고 지급할 수 있다.

제2항

대리인은 해당 시민의 자유권을 증명하기 위한 적절한 증거를 수집하고, 주지사의 지시에 따라 해당 시민의 복권과 귀환을 위해 필요한 출장, 조치, 법적 절차를 실행할 의무가 있다.

제3항

이 보호령을 실행할 때 발생하는 모든 경비는 회계검사원의 감사 및 재무국 승인을 거친 후 지급된다. 재무국은 회계검사원의 승인을 받아 사전에 대리인에게 임무 수행에 적당한 경비를 미리 지급할 수 있다. 사후, 대리인은 미리 지급된 경비까지 포함된 최종 감사를 받게 된다.

제4항

이 보호령은 즉시 발효된다.

부록 B

앤의 탄원서

뉴욕 주 주지사님께,

탄원인 앤 노섭은 뉴욕 주 워런 카운티 글랜즈 폴스에 사는 시민이며, 탄원서의 내용은 다음과 같습니다.

탄원인의 결혼 전 이름은 앤 햄프턴이고 나이는 지난 3월 14일을 기준으로 44세가 되었습니다. 남편 솔로몬 노섭과 1828년 12월 25일, 워싱턴 카운티 포트 에드워드에서 티머시 에디 치안 판사의 주례 아래 결혼했습니다. 결혼 후에 포트 에드워드에서 1830년까지 살다가 워싱턴 카운티 킹스베리로 옮겨 3년간 살았으며, 그다음에는 사라토가 스프링스로 이사 가서 1841년까지 살았습니다. 이 무렵에 남편 솔로몬이 워싱턴 D.C.로 떠났는데 이후로 남편을 한 번도 보지 못했습니다.

탄원인은 1841년에 뉴올리언스에서 뉴욕 주 워싱턴 카운티 샌디힐에 사는 헨리 B. 노섭 변호사에게 편지를 한 통 받았는데 솔로몬이 워싱턴에서 납치되어 배를 타고 뉴올리언스로 향하고 있다는 내용이었지만 어떻게 그런 상황에 이르게 되었고 정확히 어디를 향해 가는지는 확실히 적혀 있지 않았습니다.

그 후로 탄원인은 남편 솔로몬의 행방을 전혀 알지 못하다가 이번 9월이 되었을 때야 비로소 루이지애나 주 어보이엘르 교구 마크스빌에서 다시 편지 한 통이 도착해서 솔로몬이 노예로 살고 있다는 사실을 알게 되었습니다. 탄원인은 남편 솔로몬 노섭이 보내온 편지라고 확신하고 있습니다.

솔로몬은 지금 45세이며 뉴욕 주에서 태어나 앞서 말씀드린 것처럼 워싱턴으로 가기 전까지 단 한 번도 뉴욕 주를 떠나 살아 본 적이 없는 사람입니다. 솔로몬 노섭은 뉴욕 주 자유 시민이고 현재 루이지애나 주 어보이엘르 교구 마크스빌 근처에서 부당하게 노예로 붙잡혀 살고 있는 상태입니다.

솔로몬의 아버지인 민투스 노섭은 흑인으로 1829년 11월 22일, 포트 에드워드에서 돌아가셨으며 어머니는 물라토로 5~6년 전에 뉴욕 주 오스위고 카운티에서 돌아가셨습니다. 탄원이 아는 한, 이 두 분은 결코 노예가 아니셨습니다. 탄원인의 가족은 가난하여 솔로몬의 자유를 되찾을 만한 비용을 감당할 수 없습니다.

청하건대, 주지사님께서 1840년 5월 4일에 통과된 뉴욕 주 법령인 '뉴욕 주의 자유 시민이 납치되어 노예로 전락하는 것을 방지하기 위한 법령'에 의거하여 솔로몬 노섭의 복권과 귀환을 수행할 대리인을 임명해 주시기를 부탁합니다.

앤 노섭. *Anne Northup*

1852년 11월 19일.

뉴욕 주

워싱턴 카운티.

뉴욕 주 워런 카운티의 글랜즈 폴스에 거주하는 앤 노섭은 상기 탄원서 내용에 한 치의 거짓도 없음을 맹세합니다.

앤 노섭. *Anne Northup*

1852년 11월 19일.

공증 : 치안 판사, 찰스 휴스.

우리는 뉴욕 주 워싱턴 카운티 샌디힐에 거주하는 헨리 B. 노섭을 솔로몬 노섭의 복권 및 귀환 임무를 맡은 대리인으로 추천합니다.

피터 홀브룩, *Peter Holbrook* 대니얼 스위트, *Daniel Sweer*

1852년 11월 20일.

B. F. 호그, 앨먼 클라크, 찰스 휴스, 벤저민 페리스, E. D. 베이커, 조사이어 H. 브라운, 오빌 클라크.

뉴욕 주

워싱턴 카운티.

진술인 조사이어 핸드는 57세로 포트 에드워드에서 태어나고 자라 지금까지 그곳에 살고 있으며, 1816년 부터 앤 노섭의 탄원서에 등장하는 민투스 노섭과 그의 아들인 솔로몬과 잘 아는 사이입니다. 진술인이 처음 민투스 노섭을 알게 된 순간부터 그가 사망하는 날까지, 민투스 노섭은 킹스베리와 포트 에드워드에서 농사를 지었습니다. 진술인이 알기로 민투스와, 솔로몬 노섭의 어머니인 그의 아내는 분명 뉴욕의 자유 시민이었습니다. 또한 솔로몬 노섭은 워싱턴 카운티에서 태어나 1828년 12월 25일에 포트 에드워드에서 결혼을 했고 아내와 세 아이―딸 둘과 아들 하나―를 두었으며, 그 가족은 현재 뉴욕 주 워런 카운티의 글랜즈 폴스에 거주하고 있습니다. 솔로몬 노섭은 계속해서 뉴욕 주에 거주했지만 1841년경부터 진술인은 솔로몬 노섭을 보지 못했습니다. 진술인은 솔로몬이 부당하게 잡혀 루이지애나 주에서 노예로 살고 있다는 소식을 들었으며 그 사실을 믿습니다. 진술인은 탄원서 내용이 진실임을 확신합니다.

조사이어 핸드. *Josiah Hand* 1852년 11월 19일.
공증 : 치안 판사, 찰스 휴스.

뉴욕 주
워싱턴 카운티.

진술인 포트 에드워드의 티머시 에디는 현재 ○세이며, 포트 에드워드에 거주한 지는 ○년이 넘었습니다. 진술인은 앤 노섭의 탄원서에 등장하는 솔로몬 노섭과 그의 아버지인 민투스 노섭과 잘 아는 사이입니다.

민투스 노섭은 흑인이며 그의 아내는 물라토였습니다. 민투스 노섭과 그의 아내에게는 조지프와 솔로몬이라는 두 아들이 있었으며, 그 가족은 1828년까지 포트 에드워드 마을에 서너 해 거주했고, 민투스 노섭은 1829년에 사망했습니다.

진술인은 포트 에드워드 치안 판사로서 1828년 12월 25일, 솔로몬 노섭과 앤 햄프턴의 결혼식 주례를 본 적이 있습니다. 솔로몬은 뉴욕 주 자유 시민으로 계속 뉴욕 주에 거주했지만, 진술인은 1840년 이후 솔로몬을 본 적이 없습니다.

최근에 들은 소식에 의하면, 솔로몬 노섭이 부당하게 잡혀 루이지애나 주 어보이엘르 교구 마크스빌 근처에서 노예로 살고 있다고 합니다. 진술인은 이 소식이 사실이라고 믿습니다. 또한 약 60세에 사망한 민투스 노섭이 30세부터 뉴욕 주 자유 시민이었다는 것도 밝힙니다.

솔로몬 노섭의 아내, 앤 노섭은 좋은 평판을 받은 시민으로, 그 탄원서의 내용은 전적으로 믿을 수 있다고 확신합니다.

티머시 에디. *Timothy Eddy*
1852년 11월 19일.
공증 : 판사, 티미 스토턴.

뉴욕 주

워싱턴 카운티.

진술인 헨리 B. 노섭은 워싱턴 카운티 샌디힐에 살고 있는 47세 남성입니다. 탄원서에 등장하는 민투스 노섭을 아주 잘 압니다. 진술인이 기억하는 한 민투스 노섭은 1829년 포트 에드워드에서 사망했으며, 민투스의 두 아들인 솔로몬과 조지프는 워싱턴 카운티에서 태어났습니다.

진술인은 앤 노섭의 탄원서에 등장하는 솔로몬 노섭이 어릴 때부터 잘 아는 사이였습니다. 솔로몬은 1841년까지 워싱턴 카운티 근교에서 살았으며, 글을 읽고 쓸 줄도 알고, 솔로몬과 그의 부모는 뉴욕 주 자유 시민이었습니다.

1841년에 솔로몬한테서 뉴올리언스 소인이 찍힌 편지가 한 통 왔는데 워싱턴에서 납치되어 자유인 증명 서류도 잃어버리고 강제로 배에 태워진 채 모르는 곳으로 끌려간다는 내용이었습니다. 솔로몬은 진술인에게 자유를 되찾을 수 있도록 도와달라고 부탁했습니다. 현재 그 편지는 분실 상태이고, 진술인이 그 후 최선의 노력을 다했지만 솔로몬의 행방을 찾을 수 없었습니다.

그러다가 이번 9월에 솔로몬에게서 또 편지 한 통이 도착했고, 루이지애나 주 어보이엘르 교구 마크스빌 근교에서 노예로 살고 있다고 했습니다. 진술인은 이 내용이 사실이며, 솔로몬은 지금 마크스빌에 부당하게 붙잡혀 노예로 살고 있다고 확신합니다.

헨리 B. 노섭. *Henry B. Northup*
1852년 11월 20일.
공증 : 치안 판사, 찰스 휴스.

뉴욕 주
워싱턴 카운티.

진술인 니컬러스 C. 노섭은 샌디힐에 사는 48세 남성으로 앤 노섭의 탄원서에 등장하는 솔로몬 노섭이 태어날 때부터 잘 아는 사이입니다.

솔로몬은 현재 45세이고, 워싱턴 카운티나 에식스 카운티에서 태어났고, 계속 뉴욕 주에서 살았습니다. 그런데 1841년 이후로는 모습을 볼 수 없었고, 몇 주 전에야 루이지애나 주에서 노예로 살고 있다는 소식을 들을 수 있었습니다.

솔로몬은 24년 전에 포트 에드워드에서 결혼했으며 그의 아내와 1남 2녀는 뉴욕 주 워런 카운티 글랜즈 폴스에 살고 있습니다. 맹세하건대, 솔로몬 노섭은 뉴욕 주 자유 시민이고, 태어났을 때부터 워싱턴이나 에식스, 워런, 사라토가 카운티에서 살았습니다. 그의 아내와 자녀들도 뉴욕 주를 떠난 적이 없습니다.

솔로몬 아버지인 민투스 노섭은 1829년 11월 22일, 포트 에드워드에서 돌아가셨고 샌디힐 교회 무덤에 묻혔으며, 생전에 30년 동안 에식스나 워싱턴, 렌셀러 카운티에 살았고, 조지프와 솔로몬을 자식으로 두었습니다. 솔로몬의 어머니는 물라토로, 5~6년 전에 오스위고에서 사망했습니다. 생전 솔로몬의 어머니는 솔로몬 노섭이 태어날 때 절대로 노예 신분이 아니었으며, 지난 50년간 노예였던 적은 한 번도 없었습니다.

N. C. 노섭. *N.C. Northup*
1852년 11월.
공증 : 치안 판사, 찰스 휴스.

뉴욕 주
워싱턴 카운티.

진술인 오빌 클라크는 뉴욕 주 워싱턴 카운티 샌디힐에 사는 50세 남성입니다. 1810년에서 1811년 사이 샌디힐과 글랜즈폴스에 머무는 동안 흑인 또는 유색인인 민투스 노섭을 알게 되었습니다. 당시에, 민투스 노섭은 자유인이었고 그의 아내인 솔로몬의 어머니도 자유인이었습니다.

진술인은 1818년부터 민투스 노섭이 1829년 죽을 때까지 민투스 노섭과 아주 친하게 지냈습니다. 민투스 노섭은 지역 평판도 좋았고 사교성이 좋은 자유 시민이었습니다. 진술인은 1818년부터 행방불명이 된 1841년까지 솔로몬 노섭도 잘 알고 지냈습니다. 솔로몬은 진술인의 이웃인 윌리엄 햄프턴의 딸, 앤 햄프턴과 결혼했습니다. 솔로몬의 아내인 앤은 현재까지 뉴욕 주에 살고 있습니다. 민투스 노섭과 윌리엄 햄프턴은 지역에서 존경받던 시민이었습니다.

  진술인은 거의 1810년부터 민투스 노섭의 가족과 윌리엄 햄프턴 가족을 알고 지낸 사람으로 이들이 뉴욕 주 자유 시민이라는 것을 확신합니다. 윌리엄 햄프턴은 뉴욕 주 법률에 따라 선거권이 있는 시민이었으며, 민투스 노섭도 투표에 필요한 소유재산 조건을 갖춘 자유 시민이었습니다. 민투스의 아들이자 앤 햄프턴의 남편인 솔로몬 노섭은 뉴욕 주를 떠날 당시에 뉴욕 주 자유 시민이었습니다. 또한 솔로몬의 아내인 앤 햄프턴은 평판이 좋은 자유 시민으로, 진술인은 그 탄원서 내용이 사실이라고 확신합니다.

오빌 클라크, *Orville Clark*
1852년 11월 19일.
공증 : 치안판사, U. G. 패리스.

뉴욕 주

워싱턴 카운티.

진술인 벤저민 페리스는 샌디힐에 사는 57세 남성으로 여기에서 45년을 살았습니다. 앤 노섭의 탄원서에 나오는 민투스 노섭과는 1816년부터 1829년 포트 에드워드에서 민투스가 죽을 때까지 알고 지냈습니다.

진술인은 민투스 노섭의 아들인 조지프 노섭과 탄원서에 등장하는 바로 그 인물인 솔로몬 노섭도 잘 압니다. 민투스는 죽을 때까지 워싱턴 카운티에서 뉴욕 주 자유 시민이었습니다. 탄원인인 앤 노섭은 평판이 좋은 시민으로, 진술인은 그 탄원서 내용이 진실이라고 확신합니다.

벤저민 페리스. *Benjamin Ferris*
1852년 11월 19일.
공증 : 치안판사, U. G. 패리스.

뉴욕 주

행정부.

뉴욕 주 주지사, 워싱턴 헌트가 모든 관계자에게,

저는 뉴욕 주 자유 시민인 솔로몬 노섭이 부당하게 잡혀 루이지애나 주에서 노예로 살고 있다는 탄원서와 진술서를 받았습니다.

  저에게는 뉴욕 주 법률에 근거하여 부당하게 노예로 전락한 자유 시민 복권과 귀환을 실행에 옮길 의무가 있습니다. 1840년에 통과된 뉴욕주법 제375조에 근거하여, 워싱턴 카운티의 헨리 B. 노섭을 대리인으로 임명하여 솔로몬 노섭의 복권을 실행하도록 전권을 위임합니다. 이에 대리인은 증거를 수집하고, 다방면의 조언을 구하는 등, 필요한 모든 법적 절차를 실행하여 임무를 완수하기 바랍니다.

  또한 대리인은 신속하게 루이지애나 주로 가서 모든 조치를 취하시길 바랍니다.

1852년 11월 23일.
주지사, 워싱턴 헌트.
보좌관, 제임스 F. 러글스.

부록 C

루이지애나 주
어보이엘르 교구.

서기관 애리스티드 바빈은 뉴욕 주 워싱턴 카운티 헨리 B. 노섭이 1852년 11월 23일자로 뉴욕 주 주지사인 워싱턴 헌트에게 대리인 자격을 위임받았음을 확인한다.

뉴욕 주 자유 시민인 솔로몬 노섭이 납치된 후 루이지애나 주로 팔려 와서 현재 루이지애나 주 어보이엘르 교구 에드윈 엡스의 노예가 되어 살고 있음이 밝혀졌고, 뉴욕 주 대리인은 노섭의 복권과 귀환을 바라고 있다.

이에 에드윈 엡스는 뉴욕 주 대리인이 제시한 증거들을 충분히 인지했으므로 흑인 자유인인 솔로몬 노섭에 대한 모든 권리를 포기하고 솔로몬의 복권과 귀환을 인정한다. 양측은 이 합의서에 동의한다.

어보이엘르 교구, 마크스빌.
1852년 1월 4일.

헨리 B. 노섭. *Henry B. Northup*
에드윈 엡스. *Edwin Epps*
서기관, 애리스티드 바빈. *Aristide Barbin*

증인 : H. 테일러, 존 P. 와딜.

루이지애나 주
어보이엘르 교구.

위 합의서는 본 기록청에 등록된 원본임을 증명한다.

1853년 1월 4일.
서기관, 애리스티드 바빈. *Aristide Barbin*

| 작품 해설 |

자유인으로 태어나 노예로 산
한 남자의 거짓말 같은 실화, 《노예 12년》

　미국 남북 전쟁이 발발하기 20년 전인 1841년, 뉴욕에 살던 자유인 솔로몬 노섭이란 남자가 노예상에게 납치되어 남부의 루이지애나에서 12년간 노예 생활을 한다. 《노예 12년》은 바로 12년간 노예 생활을 하다가 1853년에 극적으로 자유를 되찾은 노섭이 쓴 자서전이다.

　저자가 이 책의 도입 부분에서 밝히듯, 이 당시 미국 북부에서는 해리엇 비처 스토 여사의 《톰 아저씨의 오두막》(1852)을 비롯해 노예 제도를 고발하는 수많은 문학 작품이 쏟아져 나오며 노예 제도에 대한 활발한 논의가 이루어지고 있었다. 그중 노섭의 《노예 12년》은 자유인이던 노섭이 납치당해 무수한 학대를 받으며 노예로, 일개 가축으로 전락하는 과정과 처참한 남부 노예 제도의 실상을 실명과 실제 지명을 언급하며 자세하게 그렸다.

170여 년 전에 쓰인 작품인 솔로몬 노섭의 《노예 12년》은 놀랍게도 현세대 노동자의 삶을 보여 주고 있다. 자유인인 한 흑인 남자가 노예가 되면서 겪는 처절한 고통과 탈출 과정은 현실에서 차별받고 살아가는 수많은 노동자들의 모습을 반영한 듯하다.

대한민국의 매스컴을 통해 보도되는 이주 노동자의 삶을 들여다보면 불합리한 대우를 받는 경우가 다반사다. 또한, 전 세계적으로도 아직 자유로운 삶을 누리지 못하고, 인간다운 대접을 받지 못하는 이들이 존재한다. 그들은 《노예 12년》의 주인공처럼 피폐하고 외로우며 몸과 마음이 병들어 있다.

노예 제도가 사라진 지 오래인 현시대, 《노예 12년》은 우리가 꼭 되짚고 넘어가야 할 '자유'와 '정의', '인간다움'이란 무엇인가 묻고 있다. 전 세계에 부당한 대우를 받는 노동자들이 존재하고, 자유를 갈망하는 수많은 이들이 존재하는 현시점에도 여전히 유효한 '노동자 소설' '자유를 말한 소설'인 것이다. 소설을 읽고 있노라면, "이 아름다운 나라에 사람에게서 사람이 억압받는 일이 결코, 결코, 결코 다시 일어나서는 안 된다. 자유가 흘러넘치도록 하자"라고 했던 남아프리카 공화국 최초의 흑인 대통령이자 자유 선구자 넬슨 만델라의 말이 떠오른다. 마치 넬슨 만델라가 부르짖던 자유에 대한 염원을 압축하여 담은 듯 주인공 노섭의 거짓말 같은 실제 경험 이야기가 생생하게 전개된다.

이 실화를 영국 출신의 흑인 영화감독 스티브 맥퀸이 《노예 12년》을 영화로 탄생시켰다. 브래드 피트가 카메오로 출연하고 국내에서도 크게 흥행을 거둔 〈슬럼독 밀리어네어〉와 〈월드워 Z〉의 제작진이 만들어 낸 영화다.

영화 〈노예 12년〉은 제71회 골든글로브 최다 부분에 올라 당당히 드라마 부문 작품상을 수상했다. 3월 2일에 열린 제86회 아카데미상에도 9개 부문에 올랐고 작품상·각색상을 수상했다. 이미 런던과 뉴욕의 비평가협회상 등을 수상해서 냉혹한 평을 하기로 정평이 나 있는 비평가들에게조차 뜨거운 극찬을 받았다. 이 영화의 주인공으로는 실제 솔로몬 노섭과 닮았다고 알려진 치웨텔 에지오포가 맡았고, 아카데미 남우주연상을 노렸다. 비록 남우주연상은 수상하지 못했지만 치웨텔 에지오포의 연기는 매우 뛰어났다. 특히 국내에서 TV 시리즈 〈셜록〉에 등장해 인기가 높은 베네딕트 컴버배치가 노예를 존중하는 첫 번째 주인 윌리엄 포드 역을 맡아서 더욱 관심을 모았다. 더불어 흑인 노예들의 가슴 아픈 비운을 담은 영화의 OST 〈Roll Jordan Roll〉은 영화가 끝나고도 여운을 남길 정도로 깊고 아름답게 다가왔다.

역사적 사료로도 큰 의미

이 작품은 당시 시대상을 객관적으로 바라보았다는 점에서 여타의 일대기 작품과 차별성이 있다. 태어날 때부터 자유인이었고, 정당한 교육을 받았으며 지식인답게 생활하던 한 흑인이 자유를 잃은 후부터 노예의 삶을 경험하기에 독자들은 더 안타깝고 처절하며 아픈 상황에 감정 이입된다.

작품은 단순히 착취당하고 억압받는 노예의 수난만을 다루지 않았다. 당시 미국 사회의 이면을 엿볼 수 있게 풍부한 소재와 묘사가 가득하다.

원작을 그대로 표현한 삽화는 이 소재와 묘사를 더욱 사실적으로 드러내준다. 작품은 주인공 노섭이 거쳐 가는 미국 남부의 자연과 특성, 농법, 노예 제도에 대해서 더욱 세밀히 관찰하고 객관적으로 그렸다. 이렇듯 당시 미국 남부를 사실성에 입각해서 보여 줬다는 점에서 문학뿐만 아니라 역사적 사료로도 큰 의미가 있다.

선의와 인류애를 환기시켜 주는 작품

노섭의 이야기가 특이한 점은 처참한 노예 생활을 12년간이나 했음에도 무조건적으로 백인 주인을 비난하지만은 않는다는 것이다. 노섭은 처참한 노예들의 주거지며 먹거리며 고된 노동과 일상을 눈에 보이듯 세세하게 설명하면서도, 주인 중에는 냉혹하고 무자비한 엡스 같은 자뿐만이 아니라 포드 같은 선량한 사람도 있음을 누누이 밝히며 최대한 객관적인 견지를 유지하려 노력한다. 또한, 남부의 백인 노예 주인들이 그토록 잔인하게 흑인을 가축 취급한 것은 개개인의 성품 문제가 아니라 그보다 큰 사회 제도, 시스템의 문제임을, 인간이 아무리 몸부림을 쳐 봐야 사회라는 틀 안에서 벗어나기 힘들다는 점을 지적하는 것도 잊지 않았다.

비록 이 책은 170년 전 미국의 노예 제도에 관한 이야기지만 인간에 대한 인간의 잔혹성과 비합리적인 사회 제도가 그 안에 사는 개개인에게 미치는 악영향을 고발하는 동시에, 아무리 비참한 상황에서도 희망과 믿음을 잃지 않는 인간의 의지, 인간이 가지고 있는 선의와 인류애를 환기시켜 준다. 이런 점에서 오늘날의 독자들에게도 큰 울림을 전하는 걸작이다.

원은주

| 작가 연보 |

1808년 7월에 미국 뉴욕 주 미네르바에서 자유인 신분의 흑인으로 태어났다.

1828년 앤 햄프턴과 결혼하여 세 자녀를 두었고 단란한 가정의 아버지가 된다. 여러 가지 일을 하며 바이올린 연주자로 성실하게 생계를 이어 가던 그는 현재의 가난한 상황을 비관하지 않고 언젠가는 풍족한 삶을 누리리라는 희망을 갖고 살았다.

1841~1853년 어느 날, 낯선 두 사람에게 바이올린 연주 의뢰를 받고 워싱턴으로 향하던 중, 그들에게 속아 노예로 팔린다. 노예 상인이 붙인 '플랫'이라는 새 이름으로 시작된 그의 노예 생활은 이때부터 시작된다. 그로부터 12년간 여러 주인 아래에서 노예로 지내며 끔찍한 고난의 시간을 보낸다. 첫 번째 주인은 다행히도 선량하고 배려심 있는 사람이었지만, 이후에는 매우 악독한 주인들을 만난다. 노섭은 노예들이 당하는 채

찍질과 인간 이하의 대우에 매일 목숨을 위협받는 지옥과도 같은 날들을 견딘다. 고통의 날들이 계속되는 와중에도 그는 끊임없이 탈출을 계획하고 희망을 버리지 않는다. 마침내 노섭은 루이지애나 주의 목화밭에서 구조된다.

1853년 그동안 겪었던 힘들고 괴로웠던 노예 생활을 담은 자서전을 집필한다. 이를《노예 12년》이라는 제목을 붙여 출간한다. 이 작품은 저자가 직접 경험한 노예 생활 이야기라는 점에서 엄청난 주목을 받았으며, 순식간에 베스트셀러가 되었다. 이후 노섭은 자신을 팔아넘긴 노예 상인들을 고소했고, 노예 제도의 근본적인 문제점과 흑인 노예들의 피와 눈물, 백인 주인들의 비인간적인 야만성, 잔혹함 등을 알리는 강연, 연설 등을 적극적으로 했다. 탈주 노예를 캐나다로 도피시키는 비밀 조직 '지하철도'에서 활동했다는 증언도 있다.

1857년 어느 날, 행방이 묘연해졌다.

1863년 솔로몬 노섭은 이 해에 실종된 것으로 추정된다. 노예 상인들에게 다시 납치되어 살해되었다는 일설이 있지만 확실하지 않다.

옮긴이 원은주

충북대학교에서 고고미술사학을 전공했다. 현재 영어 전문 번역가로 활동하고 있다. 옮긴 책으로 《야수의 정원》《노란 새》《붉은 엄지손가락 지문》《윈스턴 처칠의 뜨거운 승리》《권력의 탄생》《우라늄》《죽음의 전주곡》《8인의 고백》《9번의 심판》 애거서 크리스티 전집 중 《할로 저택의 비극》《벙어리 목격자》《다섯 마리 아기 돼지》《헤라클레스의 모험》 등이 있다.

노예 12년

개정 1쇄 펴낸 날 2020년 12월 1일
개정 2쇄 펴낸 날 2021년 1월 30일

지은이	솔로몬 노섭
옮긴이	원은주
펴낸이	장영재
펴낸곳	(주)미르북컴퍼니
자회사	더클래식
전 화	02)3141-4421
팩 스	02)3141-4428
등 록	2012년 3월 16일(제313-2012-81호)
주 소	서울시 마포구 성미산로32길 12, 2층 (우 03983)
E-mail	sanhonjinju@naver.com
카 페	cafe.naver.com/mirbookcompany

* (주)미르북컴퍼니는 독자 여러분의 의견에 항상 귀 기울이고 있습니다.
* 파본은 책을 구입하신 서점에서 교환해 드립니다.
* 책값은 뒤표지에 있습니다.

더클래식
세계문학 컬렉션

1 | 노인과 바다 | 어니스트 헤밍웨이
 1953년 퓰리처상 수상작 / 1954년 노벨문학상 수상작 / 미국대학위원회 선정 SAT 추천도서

2 | 동물 농장 | 조지 오웰
 미국대학위원회 선정 SAT 추천도서 / 〈타임〉지 선정 현대 100대 영문소설
 한국 문인이 선호하는 세계명작소설 100선 / 서울시 교육청 추천도서
 논술 및 수능에 출제된 책(1998~2005)

3 | 어린 왕자 | 앙투안 드 생텍쥐페리
 전 세계 1억 부 이상 판매 기록 / 16개국 언어로 번역

4 | 사람은 무엇으로 사는가(톨스토이 단편선 1) | 레프 니콜라예비치 톨스토이
 영어권 문학가들이 가장 좋아하는 작가 / 전 세계 거의 모든 언어로 번역된 필독서

5 | 검은 고양이(포 단편선) | 에드거 앨런 포
 포 최고의 미스터리 세계를 보여 준 호러 문학의 걸작

6 | 예언자 | 칼릴 지브란
 '현대의 성서'로 불리는 책

7 | 젊은 베르테르의 슬픔 | 요한 볼프강 폰 괴테
 세기의 철학가와 문인들의 찬사를 받은 대표작

8 | 독일인의 사랑 | 프리드리히 막스 뮐러
 잊히지 않는 낭만적 사랑의 향기 / 독일 낭만주의 시인 막스 뮐러의 유일 순수문학 작품

9 | 이방인 | 알베르 카뮈
 노벨 연구소 선정 최고의 세계문학 100선 / 1957년 노벨문학상 수상작
 대한민국 명사 101인의 대표 추천작 / 연세대학교 필독도서 / 미국대학위원회 선정 SAT 추천도서
 〈타임〉지 선정 세상을 움직인 책 100권

10 | 데미안 | 헤르만 헤세
 노벨문학상 수상 작가 / 20세기 일대 센세이션을 일으킨 성장 소설의 고전
 서울시 교육청 추천도서

11 | 그리스인 조르바 | 니코스 카잔차키스
미국대학위원회 선정 SAT 추천도서 / 한국간행물윤리위원회 선정추천도서
한국출판인회의 출판인이 선정한 100권의 도서

12 | 위대한 개츠비 | 프랜시스 스콧 피츠제럴드
〈타임〉지 선정 현대 100대 영문소설 / 어니스트 헤밍웨이가 인정한 완벽한 일급 작품
20세기 100대 영문소설 1위 / 미국대학위원회 선정 SAT 추천도서 / 뉴욕 공립도서관 추천도서
대한민국 명사 101인의 대표 추천작 / WTO 북클럽 추천도서

13 | 도리언 그레이의 초상 | 오스카 와일드
미국대학위원회 고교 추천도서 101 / 대한민국 명사 101의 대표 추천작

14 | 벨 아미 | 기 드 모파상
모파상의 가장 매력적이고 파격적인 작품 / 19세기 파리를 뒤흔든 파격 스캔들
2012년 개봉한 영화 〈벨 아미〉 원작

15 | 이상한 나라의 앨리스 | 루이스 캐럴
난센스와 판타지의 대표작 / 아카데미 '미술상' 수상한 영화의 원작
19세기 가장 유명한 영국 아동문학 작가

16 | 두 도시 이야기 | 찰스 디킨스
영국이 낳은 가장 위대한 소설가 / 영화 〈다크나이트〉의 모티프
미국대학위원회 선정 SAT 추천도서 / 서울시 교육청 선정 청소년 필독도서

17 | 햄릿 | 윌리엄 셰익스피어
대한민국 명사 101인의 대표 추천작 / 서울대학교 권장도서 100선 / 서울대학교 동서고전 200선
연세대학교 필독도서 / 미국대학위원회 선정 SAT 추천도서 / 국립중앙도서관 선정 청소년 권장도서

18 | 오페라의 유령 | 가스통 르루
4대 뮤지컬 〈오페라의 유령〉 원작 소설 / 프랑스 최고 추리소설 작가

19 | 1984 | 조지 오웰
〈타임〉지 선정 세상을 움직인 책 100권 / 〈텔레그라프〉지 완벽한 도서관을 위한 권장도서 100
세계 3대 디스토피아 미래 소설 / 〈가디언〉지 권장도서 / 뉴욕 공립도서관 추천도서
하버드 대학생이 가장 많이 산 책 1위

20 | 수레바퀴 아래서 | 헤르만 헤세
대한민국 명사 101인의 대표 추천작 / 헤르만 헤세의 사춘기 시절 경험을 바탕으로 한 자전적 소설
노벨문학상 수상 작가 / 국립중앙도서관 선정 청소년 권장도서

21 22 23 | 안나 카레니나 1~3 | 레프 니콜라예비치 톨스토이
톨스토이 생애 최고의 리얼리즘 소설 / 서울대학교 권장도서 100선 / 서울대학교 동서고전 200선
연세대학교 필독도서 / 미국대학위원회 선정 SAT 추천도서 / 오프라 윈프리 북클럽 권장도서
논술 및 수능에 출제된 책(1998~2005)

24 | 오즈의 마법사 1 - 오즈의 위대한 마법사 | 라이먼 프랭크 바움
미국대학위원회 선정 SAT 추천도서 / 연세대학교 필독도서 / 국립중앙도서관 선정 우수 번역서

25 | 리어 왕 | 윌리엄 셰익스피어
대한민국 명사 101인의 대표 추천작 / 서울대학교 권장도서 100선 / 연세대학교 필독도서
미국대학위원회 선정 SAT 추천도서 / 〈가디언〉지 권장도서 / 세인트존스 대학교 권장도서
논술 및 수능에 출제된 책(1998~2005)

26 27 28 29 30 | 레 미제라블 1~5 | 빅토르 위고
저명한 문학비평가들이 극찬한 세기의 걸작 / WTO 북클럽 추천도서
2013년 개봉한 영화 〈레 미제라블〉의 원작 / 전자책 베스트셀러 1위(2013)

31 | 월든 | 헨리 데이비드 소로
미국대학위원회 고교추천도서 101 / 미국대학위원회 선정 SAT 추천도서

32 | 겨울 왕국(안데르센 단편선 1) | 한스 크리스티안 안데르센
어린이문학에 꽃을 피운 불멸의 작가 / 세계를 움직인 100권의 책 선정
노벨 연구소 선정 세계 100대 문학 작품

33 | 오만과 편견 | 제인 오스틴
서울대학교 동서고전 200선 / 연세대학교 필독도서 / 세인트존스 대학교 권장도서
〈텔레그라프〉지 완벽한 도서관을 위한 권장도서 100 / 〈가디언〉지 권장도서
미국대학위원회 선정 SAT 추천도서 / 국립중앙도서관 선정 청소년 권장도서

34 | 로미오와 줄리엣 | 윌리엄 셰익스피어
서울대학교 동서고전 200선 / 미국대학위원회 선정 SAT 추천도서
칼리지보드 선정 고교생 필독서 101권

35 | 바람이 분다 | 호리 다쓰오
미야자키 하야오의 애니메이션 영화 〈바람이 분다〉 원작

36 | 맥베스 | 윌리엄 셰익스피어
서울대학교 권장도서 100선 / 연세대학교 필독도서 / 미국대학위원회 선정 SAT 추천도서
국립중앙도서관 선정 청소년 권장도서

37 | 신곡 – 인페르노(지옥) | 단테 알리기에리
서울대학교 권장도서 100선 / 국립중앙도서관 선정 청소년 권장도서
미국대학위원회 선정 SAT 추천도서 / 〈뉴스위크〉지 선정 100대 명저

38 | 외투 · 코(고골 단편선) | 니콜라이 바실리예비치 고골
러시아 사실주의 문학의 지평을 연 작품

39 | 인간 실격 | 다자이 오사무
교육과학기술부 산하 사단법인 한국교육지원회 선정 아침독서 10분 운동 필독서
영화 평론가 이동진 추천도서

40 | 마지막 잎새(오 헨리 단편선) | 오 헨리
서울대학교 · 연세대학교 추천도서 / 서울시 교육청 추천도서
EBS 주최 북퀴즈 왕 선발 추천도서

41 | 오즈의 마법사 2 - 환상의 나라 오즈 | 라이먼 프랭크 바움
미국대학위원회 선정 SAT 추천도서

42 | 좁은 문 | 앙드레 지드
교육과학기술부 산하 사단법인 한국교육지원회 선정 아침독서 10분 운동 필독서

43 | 킬리만자로의 눈(헤밍웨이 단편선) | 어니스트 헤밍웨이
국립중앙도서관 선정도서 / 남산도서관 선정도서

44 | 벤자민 버튼의 시간은 거꾸로 간다(피츠제럴드 단편선 1) | 프랜시스 스콧 피츠제럴드
전미비평가협회 선정 '톱 10 작품', 영화 〈벤자민 버튼의 시간은 거꾸로 간다〉의 원작
2013 화제의 영화 〈위대한 개츠비〉 작가, 피츠제럴드 단편선

45 | 광란의 일요일(피츠제럴드 단편선 2) | 프랜시스 스콧 피츠제럴드
2013 화제의 영화 〈위대한 개츠비〉 작가, 피츠제럴드 단편선

46 | 천로역정 | 존 버니언
성경 다음으로 많이 읽힌 기독교 3대 고전 중 하나 / 2003년 국립중앙도서관 선정 고전 100선

47 | 세 가지 질문(톨스토이 단편선 2) | 레프 니콜라예비치 톨스토이
영어권 문학가들이 가장 좋아하는 작가 / 전 세계 거의 모든 언어로 번역된 필독서

48 | 갈매기(체호프 희곡선 1) | 안톤 체호프
미국대학위원회 선정 SAT 추천도서 / 서울대학교 권장도서 100선

49 | 개를 데리고 다니는 여인(체호프 단편선 1) | 안톤 체호프
서울대학교 동서고전 200선 / 노벨 연구소 선정 세계문학 100선

50 | 귀여운 여인(체호프 단편선 2) | 안톤 체호프
노벨 연구소 선정 세계문학 100선

51 | 폭풍의 언덕 | 에밀리 브론테
서울대학교 · 연세대학교 · 고려대학교 권장도서
1940 아카데미 상 최우수작 지명 〈폭풍의 언덕〉 원작

52 | 지킬 박사와 하이드 | 로버트 루이스 스티븐슨
2004 한국 문인이 선호하는 세계 명작 소설 100선 / 브로드웨이 뮤지컬 역사상 가장 아름다운
스릴러 / 〈지킬 앤 하이드〉 원작

53 | 바냐 아저씨(체호프 희곡선 2) | 안톤 체호프
서울대학교 권장도서 100선 / 노벨문학상 수상자 네이딘 고디머, 앨리스 먼로의 표본

54 55 | 이솝 이야기 1~2 | 이솝
어린이독서위원회, 서울 독서교육연구회 권장도서

56 | 오즈의 마법사 3 - 오즈의 오즈마 공주 | 라이먼 프랭크 바움
미국대학위원회 선정 SAT 추천도서

57 | 주홍색 연구(셜록 홈스 시리즈 1) | 아서 코난 도일
영국 BBC 제작, KBS 방영 〈셜록〉의 원작 / 대한민국 대표 추리 소설가 백휴의 작품해설 수록

58 | 네 개의 서명(셜록 홈스 시리즈 2) | 아서 코난 도일
영국 BBC 제작, KBS 방영 〈셜록〉의 원작 / 대한민국 대표 추리 소설가 백휴의 작품해설 수록

59 | 배스커빌 가의 개(셜록 홈스 시리즈 3) | 아서 코난 도일
영국 BBC 제작, KBS 방영 〈셜록〉의 원작 / 대한민국 대표 추리 소설가 백휴의 작품해설 수록

60 | 공포의 계곡(셜록 홈스 시리즈 4) | 아서 코난 도일
영국 BBC 제작, KBS 방영 〈셜록〉의 원작 / 대한민국 대표 추리 소설가 백휴의 작품해설 수록

61 | 페스트 | 알베르 카뮈
노벨문학상 수상 작가 / 1947년 프랑스 비평가상 수상 / 서울대학교 권장도서 100선

62 | 무기여 잘 있거라 | 어니스트 헤밍웨이
노벨문학상 수상 작가 / 〈타임〉지가 뽑은 20세기 최고의 문학 100선
미국 대학 위원회 선정 SAT 추천 도서 / 서울대학교 권장도서 200선

63 | 야간 비행 | 앙투안 드 생텍쥐페리
1931년 페미나 문학상 수상 / 작가의 경험이 들어간 직업 소설

64 | 톰 소여의 모험 | 마크 트웨인
미국 현대문학의 효시 마크 트웨인의 대표작 / 일본 후지TV 애니메이션 〈톰 소여의 모험〉 원작

65 | 프랑켄슈타인 | 메리 셸리
오늘날 SF소설의 선구 / 과학기술이 야기하는 사회적, 윤리적 문제를 다룬 최초의 소설

66 | 마음 | 나쓰메 소세키
서울대 권장도서 100선 / 일본의 셰익스피어 나쓰메 소세키의 대표작

67 | 노예 12년 | 솔로몬 노섭
2014 아카데미 시상식 3관왕 〈노예 12년〉 원작 / 노예 해방의 도화선이 된 작품

68 | 성냥팔이 소녀(안데르센 단편선 2) | 한스 크리스티안 안데르센
SBS 드라마 〈신의 선물—14일〉 메인 테마 도서 / 어린이문학에 꽃을 피운 불멸의 작가

69 70 | 제인 에어 1~2 | 샬럿 브론테
150년간 사랑받은 로맨스 소설의 고전 / 미국 대학위원회 선정 SAT 추천도서
영국 〈가디언〉이 선정한 세계 100대 최고의 소설 / 연세대학교 권장도서
영국 BBC 조사 영국인들이 가장 사랑하는 소설 100선 / 현대 여성들이 가장 사랑하는 필독서

71 | 예수의 생애 | 찰스 디킨스
2014년 개봉 〈선 오브 갓〉 원작 / 종교철학자 헤겔의 사상을 만든 고전
대문호 찰스 디킨스의 숨은 명작

72 | 싯다르타 | 헤르만 헤세
대한민국 명사 시인 장석남이 강력 추천한 작품 / 출간과 동시에 10만 부가 넘게 팔린 역작
진정한 자아를 깨닫기 위해 늘 고민하던 헤르만 헤세의 자전적 소설

73 | 신곡-연옥 | 단테 알리기에리
서울대 권장도서 100선 / 미국대학위원회 선정 SAT 추천도서
국립중앙박물관 선정 청소년 권장도서 / 〈뉴스위크〉 선정 100대 명저

74 75 | 테스 1~2 | 토머스 하디
미국 영국 BBC 선정 영국인이 사랑한 책 100선 / 서울대 추천 고등학생 권장도서 100선

76 | 신데렐라(샤를 페로 단편선) | 샤를 페로
프랑스 아동 문학의 아버지 / 영화 〈말레피센트〉 원작

77 | 미녀와 야수(보몽 단편선) | 쟌 마리 르 프랭스 드 보몽
변신 모티프의 전형을 완성 / 미야자키 하야오와 디즈니 애니메이션 원작

78 79 80 | 웃는 남자 1~3 | 빅토르 위고
빅토르 위고가 최고로 자부한 걸작 / 출간 당시 전 유럽을 충격에 빠트린 문제작
뮤지컬, 영화 등 여러 매체로 알려진 〈웃는 남자〉의 원작
한국간행물윤리위원회 선정 청소년 권장도서(2007)

81 | 마담 보바리 | 귀스타브 플로베르
사실주의 문학의 거장 귀스타브 플로베르의 대표작 / 서울대학교 추천 도서 100선
외설적이라는 이유로 19세기 교황청 금서목록에 선정된 작품 / 〈뉴스위크〉지 선정 100대 명저

82 | 별(도데 단편선 1) | 알퐁스 도데
자연주의와 인상주의의 절묘한 조화 / 서정적인 감수성과 아름다운 문체
부산시 교육청 선정 중학생 권장도서 / 포스코 교육재단 선정 중학생 필독도서

83 | 보이첵(뷔히너 단편선) | 게오르그 뷔히너
세계 최초로 한국에서 뮤지컬화 된 〈보이첵〉의 원작
시대를 폭로하는 천재 작가의 현실감 넘치는 작품

84 | 오셀로 | 윌리엄 셰익스피어
셰익스피어 4대 비극 중 하나 / 〈뉴스위크〉 선정 100대 명저 / 서울대학교 권장도서 100선

85 | 변신(카프카 단편선) | 프란츠 카프카
소외된 인간이었던 작가의 갈등과 고독을 반영 / 서울대 추천도서 100선 / 명사 101명이 추천한 파워클래식

86 | 피노키오 | 카를로 콜로디
월트 디즈니 인생 최고의 애니메이션으로 재탄생
스티븐 스필버그 감독의 2001년작 〈A.I.〉의 모티브 / 260개 언어로 번역된 교훈적 내용

87 | 세상을 보는 지혜 | 발타자르 그라시안 · 쇼펜하우어
세기를 아우르는 저명한 철학자가 쓰고 철학자가 옮긴 대표적인 작품
세상을 살아가는 데 꼭 필요한 빛나는 지혜를 전수해 주는 인생 처세서

88 | 마지막 수업(도데 단편선 2) | 알퐁스 도데
중·고등학교 국어 교과서 수록 작품 / 교육청 선정 청소년 권장도서 100선

89 | 키다리 아저씨 | 진 웹스터
출간 이래 100년 동안 사랑받아 온 스테디셀러 / 세상의 편견을 뛰어넘은, 편지 형식 소설의 대명사

90 | 키다리 아저씨 2 —그 후 이야기 | 진 웹스터
미국·일본·한국에서 2차 창작된 작품의 속편 / 여성의 대외 활동을 고양시킨 사회적 걸작

91 92 93 | 피터 래빗 이야기 1~3 | 베아트릭스 포터
세상에서 가장 사랑받는 토끼 이야기 / 자연 보호와 동물 존중 사상이 담긴 작품

94 95 | 드라큘라 1~2 | 브램 스토커
지금까지 가장 많은 동명의 영화로 제작된 고딕 소설의 대명사
2004년 뮤지컬로 만들어져 브로드웨이 초연 이후 세계 각국에서 사랑 받아온 작품

96 97 98 99 | 카라마조프가의 형제들 1~4 | 표도르 도스토옙스키
신·종교, 삶·죽음, 사랑·욕망 등 인간 내면의 본성의 문제를 다룬 작품
정신분석학자 프로이트가 꼽은 세계문학사 3대 걸작 중 하나

100 | 하늘과 바람과 별과 시 | 윤동주 (양승갑 영작)
요절한 천재 민족 시인의 유고시집 / 대중성과 문학성을 겸비한 시인 김경주 추천작

101 | 정글북 | 러디어드 키플링
영미권 작품 최초, 최연소 노벨문학상 수상작 / 정글의 생명력을 담은 자연친화적 작품
가의 아버지 존 록우드 키플링이 직접 그린 삽화 및 기타 삽화가들 그림 삽입

102 | 거울나라의 앨리스 | 루이스 캐럴
난센스와 판타지의 대표작 《이상한 나라의 앨리스》 속편
거울 속으로 떠난 앨리스의 두 번째 모험 이야기

103 | 마테오 팔코네(메리메 단편선) | 프로스페르 메리메
프랑스 단편소설의 거장 메리메의 대표 단편선 / 비제의 오페라 〈카르멘〉의 원작자

104 | 빨강머리 앤 | 루시 모드 몽고메리
캐나다의 대표적인 소설가 몽고메리의 데뷔작 / 서울시 교육청 선정 청소년 권장도서
KBS TV '책을 말하다' 추천도서 / 일본 후지 TV 애니메이션 〈빨강머리 앤〉 원작

105 | 삶이 그대를 속일지라도(푸시킨 시선집) | 알렉산드르 푸시킨
러시아 리얼리즘 문학의 선구자이자 러시아 국민시인 푸시킨의 대표 시선집

106 | 도련님 | 나쓰메 소세키
일본의 셰익스피어 나쓰메 소세키를 인기 작가 반열에 올린 작품
'책으로 따뜻한 세상 만드는 교사들(책따세)' 권장도서
서울시 교육청 '청소년을 위한 고전 콘서트' 도서 / 서울대학교 지정 수능필독도서

107 | 은하철도의 밤(겐지 단편선) | 미야자와 겐지
일본이 가장 사랑하는 동화작가 미야자와 겐지의 대표 단편선
일본 후지 TV 애니메이션 〈은하철도 999〉의 모티브

108 | 자기만의 방 | 버지니아 울프
20세기 페미니즘 비평의 선구자 버지니아 울프의 수필집
국립중앙도서관 선정 권장도서 / 서강대학교 권장도서 100선

109 | 플랜더스의 개(위다 단편선) | 위다(매리 루이스 드 라 라메)
멜로 드라마풍의 작품으로 유명한 영국의 아동문학가
서울시 교육청 선정 청소년 권장도서 / 일본 후지 TV 애니메이션 〈플랜더스의 개〉 원작

110 | 크리스마스 캐럴 | 찰스 디킨스
셰익스피어와 함께 영국을 대표하는 작가 찰스 디킨스의 중편소설
'책으로 따뜻한 세상 만드는 교사들(책따세)' 권장도서

111 | 탈무드
5000년에 걸친 유대인의 지혜가 담긴 책 / 서울대학교 지정 수능필독도서
포스코 교육재단 선정 초등학교 필독도서 / 경북교육청 선정 청소년 권장도서
백인제기념도서관 교양도서

112 | 호두까기 인형 | 에른스트 호프만
1892년 차이코프스키 발레 호두까기인형의 원작소설
2018 디즈니 애니메이션 호두까기 인형과 4개의 왕국의 원작소설

113 114 | 곰돌이 푸 1~2 | 앨런 알렉산더 밀른
2018 영화 '곰돌이 푸 다시만나 행복해' 원작 동화 / 곰돌이 푸가 건네는 따뜻한 감성 메시지

115 | 인형의 집 | 헨릭 입센
여성 평등을 그린 선구자적인 작품 / 페미니즘 희곡의 대명사 / 노벨연구소 선정 세계 100대 문학

* 더클래식 세계문학 컬렉션은 계속 출간될 예정입니다.